# 人民共和國文化與文學叢書

七 編

李 怡 主編

第 **7** 冊

魯迅在中文網絡中傳播與接受狀況研究

葛 濤 著

花木蘭文化事業有限公司

國家圖書館出版品預行編目資料

魯迅在中文網絡中傳播與接受狀況研究／葛濤 著—初版—新北市：花木蘭文化事業有限公司，2019〔民 108〕

目 2+278 面：19×26 公分

（人民共和國文化與文學叢書 七編：第 7 冊）

ISBN 978-986-485-779-1（精裝）

1. 周樹人 2. 學術思想 3. 文學評論

820.8                                                     108011434

特邀編委（以姓氏筆畫為序）：

吳義勤 孟繁華 張 檸
張志忠 張清華 陳思和
陳曉明 程光煒 劉福春
（臺灣）宋如珊
（日本）岩佐昌暲
（新西蘭）王一燕
（澳大利亞）鄭 怡

ISBN-978-986-485-779-1

9 789864 857791

人民共和國文化與文學叢書
七 編 第 七 冊                    ISBN：978-986-485-779-1

## 魯迅在中文網絡中傳播與接受狀況研究

作　　者 葛　濤
主　　編 李　怡
企　　劃 四川大學中國詩歌研究院
總 編 輯 杜潔祥
副總編輯 楊嘉樂
編　　輯 許郁翎、王筑、張雅淋　美術編輯　陳逸婷
印　　刷 普羅文化出版廣告事業
出　　版 花木蘭文化事業有限公司
發 行 人 高小娟
聯絡地址 235 新北市中和區中安街七二號十三樓
　　　　　電話：02-2923-1455／傳眞：02-2923-1452
網　　址 http://www.huamulan.tw 信箱 hml810518@gmail.com
初　　版 2019 年 9 月
全書字數 252579 字
定　　價 七編13 冊（精裝）台幣25,000 元

# 魯迅在中文網絡中傳播與接受狀況研究

葛濤　著

作者簡介

葛濤，文學博士，現爲北京魯迅博物館研究館員，兼任國際魯迅研究會秘書長、中國現代文學研究會理事、中國魯迅研究會理事。主要從事魯迅及中國現代作家研究、網絡文化研究，獨立承擔兩項國家社科基金一般項目和一項中國博士後科研基金項目，在國內外發表 100 多篇文章，出版 5 部著作。先後赴意大利、印度、美國、韓國、德國、奧地利等國家參加學術研討會，並有論文被翻譯成意大利語、英語、俄語、朝鮮語發表。

提　　要

　　本書選擇 2000～2009 年期間，魯迅在中文網絡中傳播與接受的狀況進行了系統的研究，不僅梳理了魯迅在中文網絡中的傳播與接受狀況，而且也包含隨著中文網絡的興起而浮出歷史地表的民間的魯迅愛好者（即魯迅的「粉絲」，筆者把他們稱爲「魯迅迷」）在網絡中的活動狀況，通過這兩個方面的研究可以較爲全面的瞭解魯迅精神在中文網絡中也可以說是在當代社會的大眾中的傳播與接受情況。

　　本研究的第一章「魯迅在中文網絡中傳播與接受史」，主要追溯魯迅在中文網絡中的傳播歷史，以編年的方式重點分析年度中文網絡中關於魯迅的重要事件和網友關於魯迅的重要的評論。本研究的第二到第六章「『網絡魯迅』的微觀研究」，主要運用文藝學、文化學和社會學的方法對網絡中關於魯迅的評論與研究進行理論分析。本研究的第七章「中文網絡中的『魯迅迷』虛擬社區研究」，重點研究網絡中關於魯迅的虛擬社區以及在虛擬社區活動的「魯迅迷」。

# 人民共和國時代新文學史料的保存與整理——《人民共和國文化與文學叢書》第七編引言

李　怡

　　中國新文學創生於民國時期，其文獻史料的保存、整理與研究、出版工作也肇始於民國時期。不過，這些重要的工作主要還在民間和學者個人的層面上展開，缺乏來自國家制度的頂層擘畫，也未能進入當時學科建設的正軌。

　　作為國家層面的新文學文獻史料的搜集整理工作始於新中國成立以後。

　　十七年間，作為新文學總結的各類作家文集、選集開始有計劃地編輯出版。如在周揚主持下，由柯仲平、陳湧等編輯了《中國人民文藝叢書》。該工作始於 1948 年，1949 年 5 月起由新華書店陸續出版。叢書收入作家創作（包括集體創作）的作品 170 餘篇，工農兵群眾創作的作品 50 多篇，展現了解放區文學，特別是自《在延安文藝座談會上的講話》以來的文學成果，從此開啓了國家政府層面肯定和總結新文學成績的新方式。此外，開明書店、人民文學出版社等也先後編選了一些現代作家的選集、文集，通過對新文學「進步」力量的梳理昭示了新中國所認可的新文學遺產。

　　除了文學作品的選編，文學研究史料也開始被分類整理出版，如上海文藝出版社影印了二、三十年代的革命文學期刊四十餘種，編輯了《魯迅研究資料編目》、《中國現代文學期刊目錄》等專題資料，還創辦了《中國現代文藝資料叢刊》；作為「內部讀物」，上海圖書館在 1961 年編輯出版了《辛亥革命時期期刊總目錄》。這樣的基礎性的史料工作在新文學的歷史上，都還是第

一次。第二年 5 月，在《中國現代文藝資料叢刊》的創刊號上，周天提出了對現代文學資料整理出版的具體設想，包括現代文學資料的分類法：「一、調查、訪問、回憶；二、專題文字資料的整理、選輯；三、編目；四、影印；五、考證。」〔註1〕標誌著中國新文學史料文獻研究之理論探討的起步。

作家個人的專題資料搜集、整理開始受到了重視，在十七年間，當然主要還是作為「新文學旗手」的魯迅的相關資料。1936 年魯迅逝世後即有不少回憶問世，新中國成立後，又陸續出版了許廣平、馮雪峰、周作人、周建人、唐弢等親友所寫的系列回憶，魯迅作為個體作家的史料完善工作，繼續成為新文學史料建設的主要引擎。

隨著新中國學科規劃的制定，中國新文學（現代文學）學科被納入到國家教育文化事業的主要組成部分，對作為學科基礎的文獻工作的重視也就自然成了新中國教育和學術發展的必然。大約從 1960 年代開始，部分的高等院校和國家研究機構也組織學者隊伍，投入到新文學史料的編輯整理之中。1960 年，山東師範學院中文系薛綏之等先生主持編輯了「中國現代作家研究資料叢書」，名為內部發行，實則在高校學界傳播較廣，影響很大。叢書分作家作品研究十一種，包括《郭沫若研究資料彙編》、《茅盾研究資料彙編》、《巴金研究資料彙編》、《老舍研究資料彙編》、《曹禺研究資料彙編》、《夏衍研究資料彙編》、《趙樹理研究資料彙編》、《周立波研究資料彙編》、《李季研究資料彙編》、《杜鵬程研究資料彙編》、《毛主席詩詞研究資料彙編》等；目錄索引兩種，包括《中國現代作家著作目錄》、《中國現代作家研究資料索引》；傳記一種，為《中國現代作家小傳》；社團期刊資料兩種，有《中國現代文學社團及期刊介紹》和《1937～1949 主要文學期刊目錄索引》。全套叢書共計 300 餘萬字。以後，教研室還編輯了《魯迅主編及參與或指導編輯的雜誌》，收錄了十七種期刊的簡介、目錄、發刊詞、終刊詞、復刊詞等內容。這樣的工作在當時可謂聲勢浩大，在整個新文學學術史上也是開創性的。另據樊駿先生所述，中國社會科學院文學研究所現代文學研究室在五十年代末也做過類似工作。〔註2〕

---

〔註1〕周天：《關於現代文學資料整理、出版工作的一些看法》，載《中國現代文藝資料叢刊》第 1 輯，上海文藝出版社 1962 年版。

〔註2〕樊駿：《這是一項宏大的系統工程——關於中國現代文學史料工作的總體考察》（上），《新文學史料》1989 年 1 期。

　　當然，這些文獻史料工作在奠定我們新文學學術基礎的同時也構製了一種史料的「限制性機制」，因爲，按照當時的理解，只有「革命」的、「進步」的文獻才擁有整理、開放的必要，在特定政治意識形態下，某些歷史記敘和回憶可能出現有意無意的「修正」、「改編」，例如許廣平 1959 年「奉命」寫作的《魯迅回憶錄》，1961 年 5 月由作家出版社出版。周海嬰先生後來告訴我們：「這本《魯迅回憶錄》母親許廣平寫於五十年前的 1959 年 8 月，11 月底完成，雖然不足十萬字，但對於當時已六十高齡且又時時被高血壓困擾的母親來說，確是一件爲了『獻禮』而『遵命』的苦差事。看到她忍受高血壓而泛紅的面龐，寫作中不時地拭擦額頭的汗珠，我們家人雖心有不忍，卻也不能攔阻。」「確切地說許廣平只是初稿執筆者，『何者應刪，何者應加，使書的內容更加充實健康』是要經過集體討論、上級拍板的。因此書中有些內容也是有悖作者原意的。」〔註3〕

　　而所謂「反動」的、「落後」的、「消極」的文獻現象則可能失去了及時整理出版的機會，以致到了時過境遷、心態開放的時代，再試圖廣泛保存和利用歷史文獻之時，可能已經造成了某些不可挽回的物理損失。

　　1950 年代中期特別是「大躍進」以後，以研究者個人署名的文學史著作開始爲集體署名的成果所取代，除了如復旦大學、吉林大學、中國人民大學、北京大學中文系師生先後集體編著出版的《中國現代文學史》外，以「參考資料」命名的著作還包括東北師範大學中文系中國現代文學教研室《中國現代文學參考資料》（1954）、北京師範大學中文系編《中國現代文學史參考資料》（高等教育出版社 1959）、吉林師範大學中文系現代文學教研室《中國現代文學參考資料》（1961）等，所謂「資料」其實是在明確的意識形態框架中對文藝思想鬥爭言論的選擇和截取，東北師範大學中文系中國現代文學教研室《中國現代文學參考資料》在文學史的標題上彙編理論批評的片段，讀者無法看到完整的論述，而其他保留了完整文章的「資料」也對原本豐富的歷史作了大刀闊斧的刪削，甚至還出現了樊駿先生所指出的現象：

　　　　「大躍進」期間，採用群眾運動方式編輯出版的一些「中國現代文學參考資料」書籍，有的不知是因爲粗心大意，還是出於政治需要，所收史料中文字缺漏、刪節、改動等，到了遍體鱗傷的地步，叫人慘不忍睹，更不敢輕易引用。理論上把堅持階級性、黨性原則

〔註3〕周海嬰、馬新雲：《媽媽的心血》，見許廣平《魯迅回憶錄：手稿本》1～2 頁，長江文藝出版社 2010 年。

和爲無產階級政治服務的要求簡單化、絕對化了，又一再斥責史料
工作中的客觀主義、「非政治傾向」，也導致了人們忽略這個工作必
不可少的客觀性和科學性。〔註4〕

不過，較之於後來的「文革」，新中國十七年間的文獻工作還是值得充分
肯定的，新文學的史料整理和出版在此期間的確在總體上獲得了相當的發
展，——雖然「大躍進」期間也出現過修正歷史的史料書籍，不過，比起隨
之而來的十年文革則畢竟多有收穫。在文革那浩劫的歲月中，不僅大量的文
學文獻被人爲地破壞，再難修復和尋覓，就是繼續出版的種種「史料」竟也
被理直氣壯地加以增刪修改，給後來的學術工作造成了根本性的干擾，正如
樊駿痛心疾首的描述：

「文化大革命」後期，有的高校所編的現代文學參考資料，竟
然把胡適的《文學改良芻議》和陳獨秀的《文學革命論》，與林紓等
守舊文人反對新文學的文章一起作爲附錄。這就是說，他們不但不
是「五四」文學革命最早的倡導者，而且從一開始就是這場變革的
反對者、破壞者。顛倒事實，以至於此！不尊重史料，就是不尊重
歷史；改動史料，就是歪曲歷史眞相的第一步。這樣的史料，除了
將人們對於歷史的認識引入歧途，還能有什麼參考價值呢？

「文化大革命」期間，朝不保夕的「黑幫」和「準黑幫」、他
們的膽戰心驚的親屬友好、還有「義憤塡膺」的「革命小將」，從各
不相同的動機出發，爭先恐後地展開了一場毀滅與現代歷史有關的
事物的無比殘酷的競賽。很少有人能夠完全逃脫這場劫難。不要說
不計其數的史料在尚未公諸世人之前，或者尚未爲人們認識和使用
之前，就都化爲塵土，連一些死去多年的革命作家的墳墓之類的歷
史文物都被搗毀了。江青、張春橋等人爲了掩蓋自己三十年代混跡
文藝界時不可告人的行徑，更利用至高無上的權力查禁、封鎖、消
滅有關史料，連多少知道一些當年內情的人也因此成了「反革命」，
甚至遭到「殺人滅口」的厄運。眞可以說是到了「上窮碧落下黃泉」
的乾淨徹底的地步。

這類出於政治原因、來自政治暴力的非正常破壞所造成的損

---

〔註 4〕樊駿：《這是一項宏大的系統工程——關於中國現代文學史料工作的總體考
察》（上），《新文學史料》1989 年 1 期。

失，更是不知多少倍於因爲歲月消逝所帶來的自然損耗。試問有誰
能夠大致估計由此造成的史料損失？更有誰能夠補救這些損失於萬
一呢？」〔註5〕

至此，我們可以說，中國新文學的文獻史料工作出現了中斷。

中國新文學文獻史料工作的再度復蘇始於新時期。隨著新時期改革開放
的步伐，一些中斷已久的文化事業工作陸續恢復和發展起來，中國新文學研
究包括作爲這一研究的基礎性文獻工作也重新得到了學界的重視。1980 年，
在中國現當代文學研究剛剛恢復之際，作爲學科創始人的王瑤先生就提醒我
們，「必須對史料進行嚴格的鑒別」，「在古典文學的研究中，我們有一套大家
所熟知的整理和鑒別文獻材料的學問，版本、目錄、辨僞、輯佚，都是研究
者必須掌握或進行的工作，其實這些工作在現代文學的研究中同樣存在，不
過還沒有引起人們應有的重視罷了。」〔註6〕

新時期的文獻史料工作首先體現在一系列扎扎實實的編輯出版活動中。
其中，值得一提的著作如下：

作爲文獻史料的最基礎的部分——作家選集、文集、全集及社團流派爲
單位的作品集逐漸由各地出版社推出，人民文學出版社與各省級出版社在重
編作家文集方面作了大量的工作，中國社會科學院文學研究所現代文學研究
室主編的《中國現代文學創作選集》叢書，人民文學出版社編輯出版的《中
國現代文學流派創作選》叢書，錢谷融主編的《中國新文學社團、流派叢書》
等都成爲學術研究的重要文獻，大型叢書編撰更連續不斷，如《延安文藝叢
書》、《上海抗戰時期文學叢書》、《抗戰文藝叢書》、《中國抗日戰爭時期大後
方文學書系》、《中國解放區文學研究叢書》、《中國淪陷區文學大系》等，《中
國新文學大系》的續編工作也有序展開。

北京魯迅博物館於 1976 年 10 月率先編輯出版不定期刊物《魯迅研究資
料》，人民文學出版社於 1978 年秋季也創辦了《新文學史料》季刊。稍後，
各地紛紛推出各種專題的文學史料叢刊，包括《東北現代文學史料》〔註7〕、

---

〔註5〕樊駿：《這是一項宏大的系統工程——關於中國現代文學史料工作的總體考
　　　察》（上），《新文學史料》1989 年 1 期。
〔註6〕王瑤：《關於中國現代文學研究工作的隨想》，載《中國現代文學研究叢刊》
　　　1980 年 4 期。
〔註7〕黑龍江、遼寧社會科學院文學研究所共同編印，不定期刊物，1980 年 3 月出
　　　版第一輯。

《抗戰文藝研究》、〔註8〕《延安文藝研究》、〔註9〕《晉察冀文藝研究》〔註10〕等，創刊於六十年代初期的《中國現代文藝資料叢刊》於七十年代末期復刊〔註11〕，創刊較早的《文教資料簡報》也繼續發行，並影響擴大。〔註12〕

1979 年中國社會科學院文學研究所現代文學研究室發起編纂大型史料叢書《中國現代文學史資料彙編》，該叢書包括甲乙丙三大序列，甲種為「中國現代文學運動、論爭、社團資料叢書」31 卷，乙種為「中國現代作家作品研究資料叢書」，先後囊括了 170 多位作家的研究專集或合集近 150 種，丙種為「中國現代文學期刊目錄彙編」、「中國現代文學總書目」等大型工具書多種。甲乙丙三大序列總計五六千萬字，由 60 多所高校和科研機構的數百位研究人員參加編選，十幾家出版社承擔出版任務。這是自中國新文學誕生以來規模最大的一項文獻整理出版工程。2010 年，知識產權出版社將已經面世的各種著作盡數搜集，在《中國文學史資料全編・現代卷》之名下再次隆重推出，全套凡 60 種 81 冊逾 3000 萬字，蔚為大觀。

一些較大規模的專題性文學研究彙編本也陸續出版，有 1981～1986 年天津人民出版社出版的由薛綏之先生主編的《魯迅生平史料彙編》，全書分五輯六冊計三百餘萬字，是對於現存的魯迅回憶錄的一種摘錄式的彙編。除外，先後有上海社會科學院文學研究所主編的《上海「孤島」時期文學資料叢書》、廣西社會科學院主編的《抗戰時期桂林文化運動史料叢書》、中國社會科學院文學研究所魯迅研究室主編的《1923～1983 年魯迅研究學術論著資料彙編》以及《中國人民解放軍文藝史料叢書》、《新文學史料叢書》、《江蘇革命根據地文藝資料彙編》等。

---

〔註 8〕四川省社科院文學所與重慶中國抗戰文藝研究會聯合編輯，1981 年底開始「內部發行」，至 1983 年 1 期起公開發行，到 1987 年底共出版 27 期，1988 年 3 月起改由四川省社科院出版社出版，重新編號出版了 3 期，1990 年由成都出版社出版 1 期。

〔註 9〕陝西省社會科學院文學研究所和陝西延安文藝學會合辦的《延安文藝研究》雜誌，於 1984 年 11 月創刊。

〔註10〕天津社科院文學所創辦，最初作為「津門文藝論叢」增刊，1983 年 10 月出版第一輯。

〔註11〕上海文藝出版社 1962 年 5 月創刊，出版 3 輯後停刊，第 4 輯於 1979 年復刊。

〔註12〕最初是南京師範學院內部編印的資料性月刊，創辦於 1972 年 12 月，1～15 期名為《文教動態簡報》，從第 16 期（1974 年 3 月）起更名為《文教資料簡報》，並沿用至 1985 年底。1986 年 1 月該刊改名《文教資料》，1987 年 1 月改為公開發行。

　　上述「文學史資料彙編」中涉及的著作、期刊目錄可謂是文獻史料工作的「基礎之基礎」，在這方面，也出現了大量的成果，除了唐沅等編輯的《中國現代文學期刊目錄彙編》〔註 13〕外，引人注目的還有董健主編的《中國現代戲劇總目提要》，〔註 14〕賈植芳等主編的《中國現代文學總書目》，〔註 15〕《中國現代作家著譯書目》，〔註 16〕郭志剛等編《中國現代文學書目匯要》〔註 17〕，應國靖著《現代文學期刊漫話》，〔註 18〕吳俊、李今、劉曉麗等編《中國現代文學期刊目錄新編》等。〔註 19〕此外，來自圖書館系統的目錄成果也爲釐清文學的「家底」提供了幫助，如國家圖書館、上海圖書館編《1833～1949 全國中文期刊聯合目錄》（補充本）、〔註 20〕《民國時期總書目》〔註 21〕等。

　　隨著史料文獻的陸續出版，文獻工作的理論探索與學科建設工作也被提上了議事日程。

　　20 世紀 80 年代以來，學術界即不斷有人發出建立「中國現代文學文獻學」的呼籲。《中國現代文學研究叢刊》1985 年第 1 期刊登了馬良春《關於建立中國現代文學「史料學」的建議》，他提出了文獻史料的七分法：專題性研究史料、工具性史料、敘事性史料、作品史料、傳記性史料、文獻史料和考辨性史料。《新文學史料》1989 年第 1、2、4 期連續刊登了著名學者樊駿的八萬字長文《這是一項宏大的系統工程——關於中國現代文學史料工作的總體考察》。樊駿先生富有戰略性地指出：「如果我們不把史料工作理解爲拾遺補缺、剪刀加漿糊之類的簡單勞動，而承認它有自己的領域和職責、嚴密的方法和要求、獨立的品格和價值——不只在整個文學研究事業中佔有不容忽略、無法替代的位置，而且它本身就是一項宏大的系統工程；那麼就不難發現迄今

〔註 13〕上下冊，天津人民出版社，1988 年。
〔註 14〕南京大學出版社，2003 年。
〔註 15〕福建教育出版社，1993 年。
〔註 16〕兩冊（含續編），書目文獻出版社分別於 1982、1985 年出版。
〔註 17〕小説卷、詩歌卷各一冊，書目文獻出版社，1994 年。
〔註 18〕花城出版社，1986 年。
〔註 19〕上海人民出版社，2010 年。
〔註 20〕中央民族大學出版社，2000 年。
〔註 21〕北京圖書館編，書目文獻出版社 1986 年～1997 年陸續出版。它以北京圖書館、上海圖書館、重慶圖書館的館藏爲基礎，收錄了 1911 年至 1949 年 9 月間出版的中文圖書 124000 餘種，基本反映了民國時期出版的圖書全貌。

所作的，無論就史料工作理應包羅的眾多方面和廣泛內容，還是史料工作必須達到的嚴謹程度和科學水平而言，都存在著許多不足。」

1986 年北京語言學院出版社出版了朱金順先生的《新文學資料引論》，這是關於中國現代文學史料學的第一部專著。

1989 年，中華文學史料學學會成立，著名學者馬良春任會長，徐迺翔任副會長，並編輯出版了會刊《中華文學史料》，〔註22〕2007 年，中華文學史料學學會在聊城大學集會成立了中國近現代文學史料學分會，標誌著新文學（現代文學）文獻學學科的建設又上了一個臺階。

進入 1990 年代，從學術大環境來說，新文學研究的「學術性」被格外強調，「學術規範」問題獲得了鄭重的強調和肯定，應當說，文獻史料工作的自覺推進獲得了更加有利的條件。近 20 年來，我們的確看到有越來越多的學者自覺投入了文獻收藏、整理與研究的領域，河南大學、清華大學、中國現代文學館、重慶師範大學、長沙理工大學等都先後舉辦了現代文學文獻史料研討的專題會議。2004 年至 2007 年，《學術與探索》、《中國現代文學研究叢刊》、《河南大學學報》、《汕頭大學學報》、《現代中文學刊》等刊物闢專欄相繼刊發了專題「筆談」，《中國現代文學研究叢刊》還在 2005 年第 6 期策劃了「文獻史料專號」，《現代中國文化與文學》設立「文學檔案」欄目，每期發表新文學史料或史料辨析論文。新文學文獻史料的一系列新的課題得以深入展開，例如版本問題、手稿問題、副文本問題、目錄、校勘、輯佚、辨偽等等，對文獻史料作為獨立學科的價值、意義及研究方法等多個方面都展開了前所未有的研討。

陳子善先生及其主編的《現代中文學刊》特別值得一提。陳子善先生長期致力於中國現代文學史料研究，尤其對張愛玲佚文的搜集研究貢獻良多。2009 年 8 月，原《中文自學指導》改刊成為《現代中文學刊》，由陳子善先生主持。這份刊物除了對中國現代文學研究突出「問題意識」之外，最引人矚目之處便是它為現代文學的史料文獻研究提供了大量的篇幅，不僅有文獻的考辨、佚文的再現，甚至還有新出版的文獻書刊信息及作家故居圖片，《現代中文學刊》的彩色封底、封二、封三幾乎成為學人愛不釋手的歷史文獻的櫥窗。

劉增人等出版了 100 多萬字的《中國現代文學期刊史論》，既有「中國現

---

〔註22〕《中華文學史料（一）》由上海百家出版社 1990 年 6 月推出。

代文學期刊敘錄」，又有「中國現代文學期刊研究資料目錄」的史料彙編，從「史」的梳理和資料的呈現等方面作了扎實的積累。〔註23〕2015 年 12 月，劉增人、劉泉、王今暉編著的《1872～1949 文學期刊信息總匯》由青島出版社推出，全書分四巨冊， 500 萬字，包括了 2000 幅圖片， 正文近 4000 頁，涵蓋了 1872～1949 年間中國文學期刊的基本信息。

一些著名學者都在新文學的文獻學理論建設上貢獻了重要的意見。楊義提出「文獻還原與學理原創」的「八事」：1、版本的鑒定和對這些鑒定的思考；2、作家思想表述和當時其他材料印證；3、文本真偽和對其風格的鑒賞；4、文本的搜集閱讀和文本之外的調查；5、印刷文本和作者手稿，圖書館藏書和作家自留書版本之間的互補互勘；6、文學材料和史學材料的互證；7、現代材料和古代材料的借用、引申和旁出；8、圖和文互相闡釋。〔註24〕

徐鵬緒、逢錦波試圖綜合運用文獻學、傳播學、闡釋學、接受美學等理論方法，對中國現代文學文獻學的基本概念進行界定，嘗試建構中國現代文學文獻學理論體系的基本模式。〔註25〕

2008 年，謝泳發表論文《建立中國現代文學史料學的構想》，〔註26〕先後出版《中國現代文學史料概述》（廈門大學出版社 2009 年版）和《中國現代文學史料的搜集與應用》（臺北秀威信息科技股份有限公司 2010 年版）、《中國現代文學史研究法》（廣西師範大學出版社 2010 年版），就「中國現代文學史料學」問題闡述了自己的詳盡設想。

劉增杰集多年現代文學史料研究和研究生教學成果而成《中國現代文學史料學》，〔註27〕此書被學者視為 2012 年現代文學史料考釋與研究方面的「重大突破」。

最近十多年來，在新文學文獻理論或實際整理方面作出了貢獻的學者還有孫玉石、朱正、王得後、錢理群、楊義、劉福春、吳福輝、林賢次、方錫德、李今、解志熙、張桂興、高恒文、王風、金宏宇、廖久明、李楠、魏建等。

---

〔註23〕 新華出版社，2005 年。
〔註24〕 楊義：《文獻還原與學理原創的互動》，《河南大學學報》2005 年 2 期。
〔註25〕 徐鵬緒、逢錦波：《中國現代文學文獻學之建立》，《東方論壇》2007 年 1～3 期。
〔註26〕 《文藝爭鳴》2008 年 7 期。
〔註27〕 中西書局，2012 年。

　　隨著中國文學傳播與研究的國際化，境外出版機構也開始介入到文獻史料的整理與出版活動，如香港牛津大學出版社出版蕭軍《延安日記》、《東北日記》，臺灣秀威信息科技股份有限公司出版謝泳整理的《現代文學史稀見資料》，臺灣花木蘭文化出版社自 2016 年起推出劉福春、李怡主編《民國文學珍稀文獻集成》大型系列叢書。

　　在中國現代文學的史料文獻意識日益強化的同時，當代文學的史料文獻問題也被有志之士提上了議事日程，洪子誠、吳秀明、程光煒等都對此貢獻良多，〔註 28〕這無疑將大大地推動新文學學科的文獻研究，更爲新文學研究走向深入，爲現代新文學傳統的經典化進程加大力度，甚至有人據此斷言中國新文學研究已經出現了現代文學研究的「文獻學轉向」。〔註 29〕

　　但是，與之同時，一個嚴峻的現實卻也毫不留情地日益顯現在了我們面前，這就是，作爲新文學出版的物質基礎──民國出版物卻已經逼近了它的生存界限，再沒有系統、強大的編輯出版或刻不容緩的數字化工程，一切關於文獻史料的議論都會最終流於紙上談兵，對此，一直憂心忡忡的劉福春先生形象地說：「歷史正在消失」：「第一，我們賴以生存的紙質書報刊已經臨近閱讀的極限；第二，歷史的參與者和見證者現在很多都已經再沒有發言的機會了。2005 年，《人民日報》海外版的消息，國家圖書館民國文獻，中度以上破壞已達 90%。民國初期的文獻已 100% 損壞。有相當數量的文獻，一觸即破，瀕臨毀滅。國家圖書館一位副館長講：若干年後，我們的後人也許能看到甲骨文，敦煌遺書，卻看不到民國的書刊。而更嚴重的是，隨著一批批老作家的故去，那些鮮活的歷史就永遠無法打撈了。」〔註 30〕

　　由此說來，中國新文學的文獻史料工作不僅僅有任重道遠的沉重感，而且更有它的刻不容緩的緊迫性。

　　新文學百年文獻史料，即便是中華人民共和國文學史料這一部分，也是好幾代史料工作者精心搜集、保存和整理的成果，雖然現代印刷已經無法還

〔註 28〕參見洪子誠《當代文學的史料問題》（《長沙理工大學學報》2016 年 6 期），吳秀明、章濤《當代文學文獻史料研究的歷史與現狀──基於現有成果的一種考察》（《文藝理論研究》2012 年 6 期），吳秀明、章濤《當代文學文獻史料研究的歷史困境與主要問題》（《浙江大學學報》2013 年 3 期）等。
〔註 29〕王賀：《現代文學研究的「文獻學轉向」》，《長沙理工大學學報》2016 年 6 期。
〔註 30〕劉福春：《尋求中國現代文學文獻學學科的獨立學術價值》，《長沙理工大學學報》2016 年 6 期。

原它們那發黃的歷史印跡，無法通過色彩和字型的恢復來揭示歷史的秘密，然而，其中盡力保存的歷史的精神和思想還是「原樣」的，閱讀這些歷經歲月風霜雨雪的文獻，相信我們能夠依稀觸摸到中國新文學存在和發展的更為豐富的靈魂，在其他作品選集之外，這些被稱作「史料」的文學內部或外部的「故事」與「瘢痕」同樣生動、餘味悠長。

2019 年 1 月修改於成都江安花園

# 目次

# 緒　論

## 1、研究背景與問題意識

### （1）研究背景

隨著網絡技術的發展，網絡在人類社會中的影響力也越來越大，聯合國在 1998 年把網絡正式作爲人類繼報刊、廣播、電視之後的第四媒體，國外的很多領域的學者也從眾多領域開展了對網絡社會的研究。在中國大陸，中文網絡從 1997 年以來的飛速發展不僅使網絡的影響滲透到眾多的社會領域，而且網民〔註1〕的數量在短時間內超過了 1 億，形成了一個無法忽視的意見群體，國內很多領域學者也開始把中文網絡作爲研究的對象，陸續出現了 100 多部研究著作和近百篇的博士和碩士學位論文。

伴隨著中文網絡的發展，魯迅也逐漸成爲中文網絡中的一個值得注意的話題。從 1994 年方舟子等留學生在美國創辦新語絲網站到 1998 年出現的在中文網絡中有著重要影響的網易‧魯迅論壇，從網絡中受魯迅精神影響的網民寫作的大量談論魯迅及批評時事的文章到 2006 年出現的胡戈的《瘋狂的饅頭》〔註2〕等「惡搞」風格的視頻及文字，可以說，魯迅在中文網絡中的傳播與接受狀況已經成爲魯迅傳播與接受史中不可忽視的一部分，而且，此前的魯迅傳播與接受史基本上都是研究魯迅在文學、藝術、影視、戲劇等領

---

〔註1〕 中國互聯網絡信息中心（CNNIC）發布的《中國互聯網絡發展狀況統計報告》把網民界定爲「過去半年內使用過互聯網的 6 週歲及以上中國居民」（http://www.cnnic.net.cn/index.htm）

〔註2〕 胡戈在接受記者採訪時說，製作《瘋狂的饅頭》是受了魯迅的《故事新編》的影響。另外，解放晚報 2007 年 10 月 29 日刊登的記者韓疊採訪胡戈的稿件題目就是《新片再度惡搞007　胡戈：我也是向魯迅學習》。

域中的傳播與接受的情況，關注的是學者、作家、藝術家等文化精英在圖書、報刊、廣播、影視、戲劇中對魯迅的接受與傳播，幾乎沒有關於民間普通讀者（他們也被形象地稱為「沉默的大多數」）對魯迅的傳播與接受情況的研究，但是魯迅的影響又不僅存在於文化精英之中，也更多地存在於民間大眾之中。學術界不是不關注魯迅在民間的接受與傳播情況，只是不便於搜集到研究資料。

可以說，中文網絡的興起不僅為普通民眾提供了表達對魯迅看法的可能，同時也為研究魯迅在普通民眾中的傳播與接受情況提供了可能〔註3〕。另外，在某種意義上也可以說民間大眾對魯迅的傳播與接受在魯迅傳播與接受研究領域中是最需要填補的一塊研究空白。

為了區別於傳統意義上的魯迅研究，筆者把這種普通網民在網絡中傳播與研究魯迅的新生現象命名為「網絡魯迅」。「網絡魯迅」這個概念有兩個特點：「網絡」和「魯迅」，前者是傳播的載體和媒介，後者是傳播的內容和對象，即必須是網絡中的關於魯迅的傳播與接受。因此，「網絡魯迅」的研究對象不僅包含網民在網絡中發表的關於魯迅的文章，網絡中出現的關於魯迅的網站和論壇以及由這些網站和論壇發展起來的虛擬社區，而且也包含網絡中出現的魯迅愛好者即「魯迅迷」在網絡中對魯迅精神的接受。另外，鑒於網民對魯迅的認知和接受的實際狀況，需要把「網絡魯迅」所要研究的與魯迅有關的網民作一個限定，即本文所研究的「網民」主要是對魯迅多少有所瞭解的那些網民，並非全部的 6 歲以上的網民。筆者在研究過程中雖然看到在網絡中談論到魯迅的網民還有一些小學生，最小的只有 10 歲，但是這些小學生對魯迅的認知比較簡單，不再納入本文的研究範圍。而中學生雖然只有十多歲，但是他們已經在課本中大致學過一些魯迅的文章，並知道一些關於魯迅的信息，所以納入本文的研究範圍。總之，本文主要研究從中學生年齡段開始的網民對魯迅的傳播與接受。另外，需要特別指出的是，在網絡中談論魯迅的網民還包括一些知名的魯迅研究專家，如著名魯迅研究專家張夢陽曾經主持過搜狐網站的「魯迅頻道」，並多次和網民在網絡中對話，但是這些以魯迅研究專家身份在網絡中談論魯迅的學者並不是以「網民」身份在網絡中

〔註3〕《南方週末》2001 年 10 月 20 日刊登的紀念魯迅誕辰 120 週年專輯的編者說：我們關注普通大眾對魯迅的看法，但我們不知道到哪裏去尋找他們。中文網絡中網民關於魯迅的評論使他們很驚喜，因此，他們慷慨地用整版的篇幅刊登了網民對魯迅的評論，以此作為對魯迅的特殊的紀念。

談論魯迅，所以也不納入本文的研究範圍，只是簡略涉及；而那些以網民身份而非以魯迅研究專家的身份在網絡中談論魯迅的魯迅研究專家則納入本文的研究範圍，如某位著名的魯迅研究專家以「金槍魚」的網名在「網易・魯迅論壇」多次發表文章，這樣的網民納入本文的研究範圍。

### （2）問題意識

當代的普通民眾究竟是如何看待魯迅的？魯迅在中文網絡中究竟是什麼樣子？如何看待從 2000 年以來的魯迅在中文網絡中傳播與接受的狀況？如何看待魯迅與當代中文網絡文化的關係？這些問題已經成爲魯迅研究乃至中國現代文學研究的一個嶄新的課題。本研究課題就是要通過長期的深入觀察和跟蹤研究來嘗試解決這些問題，從而在一定程度上填補了魯迅傳播與接受研究中的空白。

此外，中共十七大報告提出要「加強網絡文化建設和管理，營造良好網絡環境」，推動文化的大發展大繁榮。魯迅等一些著名作家不僅在中文網絡空間中佔有重要地位，而且也對當代中文網絡文化產生了重要的影響。筆者認爲通過對魯迅在中文網絡中傳播與接受情況的研究，不僅可以觀察當代中文網絡文化的發展趨勢，及時地總結中文網絡文化在初級發展階段中的經驗與教訓，爲建設健康、有序的中文網絡文化提供參考研究案例，而且也可以爲進一步推動當代中文網絡文化的大發展與大繁榮和在當代中文網絡文化中構建社會主義核心價值體系、建設中華民族的精神家園提供研究建議。

### 2、文獻綜述

### （1）國外網絡文化研究趨勢

國外的網絡文化研究隨著網絡的發展呈現出不同的階段。戴維・西爾弗（David Silver）在《回顧與前瞻——1990 至 2000 年間的網絡文化研究》[註4]一文中將 1990 年至 2000 年間西方的網絡文化研究分爲三個階段：第一個階段爲網絡文化的大眾化（popular cyberculture）階段，它起源於新聞界，主要任務是對網絡這樣一種新興媒介進行描述與前瞻，其特點是好走極端，要麼將網絡視爲烏托邦似的神話，要麼就是完全將它視作反面烏托邦。第二階段爲網絡文化研究階段（cyberculture studies），這一階段主要關注的是虛擬社區

---

［註 4］戴維・西爾弗（David Silver）《回顧與前瞻——1990 至 2000 年間的網絡文化研究》，載《網絡研究：數字化時代媒介研究的重新定向》，彭蘭等譯，北京：新華出版社，2005 年出版。

和網上的個體身份認同。第三個階段爲批判性網絡文化研究階段（critical cyberculture studies），這時的網絡文化研究擴展到四個領域：網絡中各種因素的相互作用（online interactions）——政治、經濟、文化、社會等各種因素在網絡中是如何共同發生作用的；關於電子空間的話語方式（digital discourse）——對於網絡的描述方式是如何影響到人們對網絡的認識的；使用網絡的障礙（access and denial to the Internet）——哪些因素阻止人們上網；網絡空間的界面設計（interface design of cyberspace）——網絡界面的設計方式如何影響人們使用網絡及在網絡中的互動。這一階段的研究也往往關注以上四個領域間的相互交織和相互依賴關係。

另外，因爲臺灣地區比大陸地區更早的受到網絡的巨大影響，所以臺灣學者對網絡的研究不僅比大陸學者要早，而且取得的研究成果也較爲豐碩，研究方法也較新。吳筱玫在《網絡傳播概論》一書中在總結網絡文化研究特別是臺灣地區的網絡文化研究時指出，網絡傳播研究方法早期主要採用「實驗法」、「調查法」、「文本分析法」，近期主要採用「親身參與觀察、方志研究和深度訪談法」，而「親身參與法、方志研究和深度訪談法」，也可以說是近期網絡研究中最具有代表性的幾種方法〔註5〕。

大陸的網絡文化研究者在研究中文網絡時大多借鑒西方和臺灣學者的研究方法，而大陸的網絡文化研究也大致呈現出與國外網絡文化研究相近的趨勢，從開始階段的網絡文化表象研究逐漸深入到網絡文化的深層研究，目前大致在整體上處於西方網絡文化研究的第二個階段「網絡文化研究階段」，並向第三個階段「批判性網絡文化研究階段」發展。雖然大陸地區的網絡文化研究者借鑒西方網絡文化研究方法和臺灣地區的網絡文化研究方法來研究國內的中文網絡文化取得了很多的研究成果，但還存在一些問題。彭蘭在《視野、焦點與方法：中國網絡傳播研究的三個待突破》一文中指出：「中國的網絡媒體實踐進行了近十年，相關的研究也伴隨著實踐在向前推進。應該說，從數量上看，研究成果是可喜的，但是，從質量上看，還不盡如人意。視野、焦點、方法這三個方面存在的不足，制約了中國網絡傳播的研究。要想實現歷史性的突破，一方面需要研究者更好地潛入網絡傳播的實際中去發現問題，另一方面也需要研究者將眼界放得更寬，從國外的有關研究中吸取有益

---

〔註5〕 吳筱玫《網絡傳播概論》，臺北：智勝文化事業有限公司，2003 年，第 34～39 頁。

的養分」。〔註6〕雖然彭蘭的文章僅就中文網絡傳播研究領域進行評析，但是她的觀點在某種程度上也反映出中文網絡文化研究的現狀，並指出了今後中文網絡文化研究的方向。

（2）本課題國內外研究現狀

國內外關於本課題的研究者和研究成果都還比較少，目前可以檢索到的相關研究成果除了筆者的論著之外還有如下：陳豔冰的《從網上魯迅看「民間魯迅」》〔註7〕，文章指出從網絡中的魯迅可以看出民間魯迅的形象，筆者贊同這一觀點；黃健的《論網絡傳播中的魯迅現象》〔註8〕，文章認為大眾能夠通過網絡深入理解魯迅、促進魯迅精神傳播，筆者認為網絡的確可以促進魯迅精神傳播，不過從目前的情況來看，大眾能通過網絡深入理解魯迅可能言之過早；鄒賢堯的《征服時空：魯迅影響論》〔註9〕，在該書的「拓展與延伸：魯迅與當今互聯網」一章中從「狂歡」、「喧嘩」、「戲仿」與「顛覆」四個方面分析網絡中關於魯迅的評論的觀點，這一觀點與本人在 2001 年發表的文章從觀點到材料都有不少相似之處；梁剛的《論網絡魯迅批評的意義與局限》〔註10〕，文章認為「網絡魯迅」已經與「學术魯迅」、「政治魯迅」三足鼎立，這一觀點不符合目前「網絡魯迅」的實際情況，但他所指出應當清除魯迅批評的語言暴力的觀點也和筆者在 2001 年發表的文章中的觀點是一致的；黃健的《網絡文化傳播：魯迅形象重塑的民間路徑》〔註11〕，文章認為網絡文化傳播一方面解構了原有的被高度政治化和意識形態化的魯迅，同時又重塑了具有民間性和極具親和力的魯迅，筆者基本認可這一觀點，但是認為該文還應當進一步指出目前網絡中魯迅形象是解構有餘而重塑不足。

筆者是這一研究領域的開創者和主要的研究者，已經在國內外的學術刊物和學術會議上發表了 16 篇論文，出版了一部合著的著作，這些研究成果不

〔註6〕彭蘭《視野、焦點與方法：中國網絡傳播研究的三個待突破》（http://www.zijin.net/gb/content/2004-04/14）。

〔註7〕陳豔冰《從網上魯迅看「民間魯迅」》，《魯迅世界（季刊）》2001 年第 3 期。

〔註8〕黃健《論網絡傳播中的魯迅現象》，《浙江萬里學院學報》2005 年第 18 卷第 1 期。

〔註9〕鄒賢堯《征服時空：魯迅影響論》，北京：新星出版社，2006 年出版。

〔註10〕梁剛《論網絡魯迅批評的意義與局限》，《北京郵電大學學報（社科版）》2007 年第 1 期。

〔註11〕黃健《網絡文化傳播：魯迅形象重塑的民間路徑》，2008 年 12 月浙江魯迅研究會年會會議論文，未發表。

僅分析了魯迅在中文網絡中的傳播與接受的狀況，而且對年度魯迅網絡傳播與接受的動態進行述評，雖然收集了豐富的研究資料，但還沒有上升到理論層面，還需要進一步深化。

### 3、研究方法與研究架構

#### （1）研究方法

本文借鑒西方的文化研究中的大眾文化理論對「網絡魯迅」現象進行研究，主要採用親身參與觀察法和個案研究〔註12〕的方法進行研究。筆者追蹤觀察了魯迅從 2000 年到 2009 年期間在中文網絡中傳播與接受的狀況，在第一章中從歷史的角度宏觀概括魯迅在中文網絡中傳播與接受的發展歷史，較為全面的介紹了魯迅網絡傳播的真實狀況；第二、四、五、六、七章主要採用個案研究的方法，通過對關於魯迅的網站、專欄、專輯、網民文章和網民的個案研究，試圖從微觀的角度對魯迅網絡傳播的特點進行深入、全面的剖析；第三章主要採用以定性研究為主，以定量研究為輔的方法來研究互聯網上的「魯迅迷」在網絡中的互動及由此形成的網絡亞文化，主要採用網絡民族志研究方法和問卷調查及滲入訪談研究方法。吳筱玫指出，「社群研究所用的方法，幾乎都是親身觀察、論述分析與深度訪談的結合，研究者必先『埋伏』在某個網站上幾個月或幾年（很多人只上線不說話），針對某個特定議題或情境累積文本，根據自己參與的經驗進行論述分析，事後再想辦法訪談印證。」〔註13〕筆者從 2001 年 10 月一直密切關注中文網絡中關於魯迅的評論動態，和一些版主、網友建立了聯繫，並和一些網友見面訪談。在 2003 年開始有意識的選擇網易·魯迅論壇作為深入觀察、研究的對象，一直較為密切的觀察這些論壇和網站的發展變化。另外，為了配合參與觀察方法的使用，本研究還選擇了一些「魯迅迷」進行問卷調查與深入訪談。在設計深入訪談的大綱時參考了南希·凱·貝姆和邵琮淳等國內外研究者的深入訪談大綱，吸收其精華，並結合「魯迅迷」研究的實際作了相應的調整。本研究採用在魯迅論壇張貼深入訪談大綱的方式徵集「魯迅迷」來參與回答筆者的問卷，在收到寄回的答卷之後，筆者會視答卷中出現的一些情況再就答卷中的問題以及筆者進一步想瞭解的問題通過電子郵件和這些作家「魯迅迷」繼續

---

〔註12〕全國科學技術名詞審定委員會把個案研究（case study）界定為「研究具體地方的具體事件，在充分認識問題的特殊性的基礎上來考慮普遍性的意義。」

〔註13〕吳筱玫《網絡傳播概論》第 160～161 頁。

聯繫。第八章主要從「網絡魯迅」興起的原因、「網絡魯迅」的特點、「網絡魯迅」與傳統魯迅研究的關係、「網絡魯迅」的價值與局限、「網絡魯迅」的傳播效應與未來發展趨勢、「網絡魯迅」與當代中國思想文化的關係等角度對本研究進行總結，並以魯迅的網絡傳播爲個案來研究當前的中文網絡文化的發展狀況，爲十七大提出的加強網絡文化管理、推動網絡文化大發展大繁榮的基本國策提供參考意見。

（2）研究架構

「緒論」，主要介紹了本研究的「研究背景與問題意識」、「文獻綜述」、「研究方法與研究架構」。在「研究背景與問題意識」一節中指出互聯網的興起爲研究魯迅在民間大眾中的傳播與接受提供了可能，本研究主要研究魯迅從 2000 年到 2009 年期間在中文網絡中傳播與接受的狀況，並爲當代中文網絡文化建設提供研究建議；在「文獻綜述」一節中指出國內外網絡文化研究的現狀，並指出國內外關於本課題的研究者和研究成果都還比較少，魯迅的網絡傳播狀況還需要進一步深入的研究；在「研究方法與研究架構」一節中指出本研究採用個案研究的方法進行研究，並概要介紹了本研究的章節內容。

第一章「魯迅在當代中文網絡中傳播與接受的歷史及現狀」，主要把魯迅從 2000 年到 2009 年在中文網絡中傳播與接受的狀況劃分爲三個階段：興起階段，進展階段，分化階段。在「當代中文網絡中關於魯迅的網站、論壇、專欄和網民文章的興起」（2000～2001）一節中指出，雖然中文網絡中關於魯迅的網站、論壇和專欄以及網民關於魯迅的文章都存在一些突出的問題，但魯迅在中文網絡中的傳播已經形成了一個比較良好的開端，爲今後的進一步發展打下了良好的基礎。在「當代中文網絡中關於魯迅的網站、論壇、專欄和網民文章的進展」（2002～2006）一節中指出，雖然網絡中關於魯迅的網站、論壇、專欄有所減少，但是網民的文章在水平上有很大的進步：網民關於魯迅的評論文章，不僅在文章數量方面有比較大的進展，而且在文章質量方面也有很明顯的提高；網民仿寫魯迅作品的文章中諷刺現實弊端的文章越來越多；網民關於魯迅的多次論爭不僅次數越來越多，而且論爭的規模越來越大，論爭的程度越來越激烈；網民攻擊魯迅的文章大多都是拿攻擊魯迅來掩飾他的真實目的。在「當代中文網絡中關於魯迅的網站、論壇、專欄和網民文章的分化」（2007～2009）一節中指出，關於魯迅的網站、論壇和網民都出現了

分化，在各種思潮和消費文化的猛烈衝擊下，魯迅的網絡傳播工作雖然經歷了不少的曲折，但依然在前進。

第二章「當代中文網絡中關於魯迅的網站個案研究」，主要採用個案研究的方法，對評讀魯迅網進行研究，指出，推動魯迅的網絡傳播工作，不僅要大力推進官方機構主辦的魯迅網站的內容建設，而且也需要大力發展民間組織建立的魯迅網站，並鼓勵網民建設個人網站。

第三章「當代中文網絡中關於魯迅的論壇、虛擬社區個案研究」，主要採用親身參與觀察法、方志研究和深度訪談法對已經形成「魯迅迷」虛擬社區的網易·魯迅論壇進行研究：第一部分主要是對魯迅論壇發表文章的狀況進行抽樣分析，從「文章響應類型」、「文章內容性質」和「各類型成員發表文章內容性質」的角度分析虛擬社區中的「文章概況」，從「對話分析」、「角色分析」角度分析虛擬社區中的「成員溝通情況」，指出網絡「魯迅迷」虛擬社區的亞文化的內涵、網絡「魯迅迷」的互動情況、網友發表文章的策略和網絡「魯迅迷」虛擬社區存在的問題；第二節主要是對「魯迅迷」虛擬社區的20位網友進行深入訪談，從網友的人口學特徵、網友對論壇的涉入度、網友之間的互動、網友對論壇的評價、網友對魯迅的認識與評價、網友對「魯迅迷」稱呼的認同度等角度分析網「絡魯迅迷」虛擬社區。第三部分「小結」，主要從「魯迅迷」的「區辨力」、「生產力」、網友之間的互動、網友對論壇的認同度、網友發表文章的游擊戰術、大眾快感的兩種方式、虛擬社區的亞文化、虛擬社區的類型、虛擬社區中的性別政治、虛擬社區中的身份認同、虛擬社區中的權力／政治關係等角度對本研究的結論進行比較分析。

第四章「當代中文網絡中關於魯迅的紀念專輯研究」，指出這些紀念專輯雖然在文章水平或製作風格上存在一些問題，但是在整體上有了明顯的進步，不僅在很大程度上展示出當代網民對魯迅的紀念，而且也在很大程度上顯示出當代網民對魯迅的認知的多元化。

第五章「當代中文網絡中關於魯迅的網絡調查活動研究」，主要採用統計分析的方法對中文網絡中關於魯迅的網絡調查活動進行研究，指出網絡調查結果顯示，一些網民對魯迅的理解和瞭解相對來說還不夠全面，他們對魯迅的精神和價值認識的還不夠深入，這不僅需要有關部門對課本中選錄的魯迅作品進行調整，更需要專業的魯迅研究者進入網絡中對廣大熱愛魯迅的網民進行引導，從而使廣大熱愛魯迅的網民能夠正確地繼承新文化中的魯迅傳統

並弘揚魯迅精神。

　　第六章「當代中文網絡中關於魯迅的文章個案研究」，主要採用個案研究的方法，從評論魯迅本人的文章中選擇網民「梁由之」的《關於魯迅》、從評論魯迅作品的文章中選擇網民范美忠解讀《野草》的系列文章、從仿寫魯迅作品的文章中選擇網民「姚文嚼字」仿寫魯迅作品的系列章、從攻擊魯迅的文章中選擇網民「脂硯齋」攻擊魯迅的系列文章進行研究，指出：網民評論魯迅的文章水平參差不齊，差距較大，有一些網民評論魯迅的文章具有一定的水平；網民對魯迅作品的評論比較側重於表達自己閱讀魯迅作品的感受，帶有較濃厚的個人體驗色彩；網民仿寫魯迅作品的文章雖然有一些純粹是遊戲之作，但是也有一些文章具有現實意義；網民攻擊魯迅的文章雖然很多但大都是毫無道理的大批判，真正能客觀的指出魯迅罪狀的文章幾乎沒有。

　　第七章「當代中文網絡中受到魯迅影響的網民個案研究」，主要採用個案研究的方法，選擇方舟子、于仲達、「檳榔」、范美忠（「范跑跑」）、宋祖德等網民進行研究，指出：網民推動了魯迅的網絡傳播工作；網民對魯迅精神的接受有正面的繼承也有負面的歪曲；網民對魯迅的接受過程不同，既有一直不變的也有發生變化的。

　　第八章「研究結論」，本研究通過對上文的分析得出如下的結論：（1）「網絡魯迅」產生的原因主要有如下幾點：互聯網為「網絡魯迅」的形成提供了外部的技術條件；魯迅所具有的影響力為「網絡魯迅」的形成提供了內部條件；網民傳播與討論魯迅的不同心理動機共同促進了「網絡魯迅」的產生。（2）「網絡魯迅」的特點有如下幾點：虛擬性與真實性交織；民間立場為主；互動性較強；主要使用口語化語言寫作。（3）「網絡魯迅」與傳統魯迅研究的區別有如下幾點：傳播的媒介不同；研究立場有所不同；使用的語言有所不同；學術水平差異較大；影響力差別較大。「網絡魯迅」與傳統魯迅研究的聯繫有如下幾點：兩者不是對立的，而是互補的；傳統的魯迅研究對「網絡魯迅」產生了正負兩方面的影響；「網絡魯迅」目前還沒有能夠對傳統的魯迅研究形成影響。（4）「網絡魯迅」的價值有如下幾點：拓寬了魯迅傳播的範圍；展示了民間對魯迅的認知狀況；彌補現在魯迅研究的不足。「網絡魯迅」的局限有如下幾點：在整體上對魯迅的認知水平較低；不僅在社會上而且在網絡中的影響力都比較小；存在較為明顯的暴力話語問題。（5）「網絡魯迅」的傳播效應有如下幾點：為民間的普通讀者提供了一個開放的傳播

和研究魯迅的平臺，有助於進一步推動魯迅的傳播與研究工作；爲魯迅研究凝聚和儲備了一批生力軍，有助於魯迅研究的薪火相傳；爲傳統的魯迅研究提供了一些可資參考的內容，有助於傳統的魯迅研究彌補自己的不足。「網絡魯迅」的未來發展需要注意如下幾點：需要產生一批具有一定魯迅研究水平的網民；需要產生一批具有一定水平的魯迅研究文章；需要多吸收傳統魯迅研究的有益成果；需要多吸收傳統魯迅研究的有益成果。（6）「網絡魯迅」與當代思想文化的關係主要有如下幾點：「網絡魯迅」是當代中國文化的一個症候，在一定程度上展示出民間業餘思考者對魯迅乃至中國的思考狀況；「網絡魯迅」是中文網絡文化乃至當代中國文化的一個個案，做好魯迅的網絡傳播工作對於建設好當代中文網絡文化乃至當代中國文化都具有重要意義；中文網絡文化乃至當代中國文化的未來發展都需要「網絡魯迅」。

# 第一章　魯迅在當代中文網絡中傳播
## 與接受的歷史及現狀
## （2000～2009）

### 一、當代中文網絡中關於魯迅的網站、論壇、專欄和網民文章的興起（2000～2001）

隨著中文網絡的興起，魯迅也成為互聯網中的一個熱點話題。在《揚子晚報》於 2000 年 1 月 1 日刊登的「網上作家排行榜」中，魯迅以 9874 個頁面高居大陸已故作家排行榜之首。筆者在 2000 年 12 月 20 日通過新浪網站搜索「魯迅」，共搜索到 27524 個網頁（含部分重複的頁面），搜索「魯迅研究」，共搜索到 219 個網頁，搜索「魯迅」網站，共搜索到 65 個網站。這些數據表明魯迅在中文網絡中的傳播與接受狀況已經成為一個值得關注的研究對象。

追溯魯迅在中文互聯網中傳播的歷史，可以大致確定 1994 年創建於美國的新語絲・魯迅家頁是源頭。但是，當時新語絲網站的影響還局限於北美華人留學生，未能產生較大規模的影響，而中國大陸在 1997 年才興起「網絡熱」，社會上較大規模的使用網絡則在 2000 年，加上與魯迅有關的網站、論壇基本上都創建於 2000 年，因此，本研究傾向於把魯迅在中文網絡中成規模的興起的時間限定在 2000 年。

#### 1、中文網絡中關於魯迅的網站的出現及其狀況

中文網絡中有關魯迅的專門型網站主要有魯迅研究網、在線魯迅、熱愛

魯迅、魯迅──中華民族的脊樑等。

（1）魯迅研究網（網址 http://www.luxun.top263.net）：版主「小石頭」（或許與魯迅被貶爲「老石頭」有關）是武漢大學經濟法專業學生，建站於 2000 年 8 月，到 2000 年 12 月 20 日已有 10162 位訪問者。該站的宗旨是：「①以開放兼容的心態接納各方之研究成果。②借助互聯網，使魯迅文化得以交流、共享、傳播。③探詢與發揚魯迅文化的現今意義。④倡導知識分子堅持獨立的思想及品格。」

該站的主頁設計很精美，主頁左上方有魯迅先生半身像和「我自愛我的魯迅，因爲他向世人昭示著獨立與摯愛」的文字滾動條。其下便是所設欄目一覽表，訪問者可以極方便快捷地進入感興趣的欄目。該站欄目設置也是互聯網上同類站點中最爲全面、豐富的，主要有如下欄目：

①「新聞信息」：薈萃與魯迅相關的新聞和研究信息、研究成果。

②「最新稿件」：收集研究魯迅的最新文章，包括反對、否定魯迅的文章。

③「歷史照片」：收集魯迅本人及其生活環境的珍貴照片 150 多張。分童年時期、青年時期、中年時期、晚年時期、論敵及友人、家人等類。這在網上是第一次出現如此全面的魯迅先生照片。

④「作品欣賞」：收有魯迅的大部分作品（按：網上至今還沒有一部較爲完整的《魯迅全集》），訪問者可以輕鬆地瀏覽下載，這對傳播魯迅有較大的促進作用。

⑤「專家專欄」：現有張夢陽、王乾坤、錢理群、王曉明、李新宇等人的專欄。其中，張夢陽、王乾坤、李新宇是常上網的魯研界學者，他們常給該網站郵寄自己的大作。不過，該欄目有待進一步擴大、深化，提高學術品位。

⑥「褻瀆聲音」：收集從民國以來直到 2000 年期間出現的一些攻擊魯迅的文章。

⑦「魯迅論壇」：定位是：內容不拘於與魯迅有關，希望聽到「對我們偉大卻又災難深重的國家和民族的深刻解剖的聲音」。但是目前該站的訪問者比較少，「深刻解剖的聲音」更是寥寥。

⑧「語絲評論」（試刊）：宗旨爲「直面社會、無所顧忌、崇尚獨立、務實求真」；「兼取『語絲派』的勇氣與促新和『現代評論派』的獨立與務實」。從匿名的《學術爭鳴爲何屢屢捲入政治漩渦》、海子的《錢理群，北大的方

尖碑》、老漢的《對「中國人就是缺乏獸性」有感》等現有文章不難看出該刊的鋒芒。這也是互聯網作爲公共空間能無所顧忌地發表自由言論優勢的鮮明體現。

⑨「先生靈堂」：這在同類站點中是獨此一家。頁面上端有魯迅頭像和題爲「魯迅先生永垂不朽！」的留言版。到 2000 年年底已經有 1289 位訪問者。整個靈堂布置的莊嚴肅穆，訪問者一進入靈堂就會聽到一曲沉痛的哀樂。「魯迅先生網上紀念靈堂」設有「銘記先生」（收有郁達夫、林語堂、蕭紅、張承志等回憶魯迅的文章、「先生著作」（收有《阿 Q 正傳》、《狂人日記》、《記念劉和珍君》、《從百草園到三味書屋》等文章、「先生相片」、「先生警語」（收有魯迅「關於國粹」、「關於中庸」的相關論述、「後人評說」（收有李澤厚、王朔、余杰論魯迅的三篇文章）、「生平簡介」、「大事年譜」等專欄，訪問者由此可以大致瞭解魯迅先生的一生。訪問者在此也可以通過「留言、獻鮮花、點歌曲、燭光、上香、祭酒」的方式悼念先生（值得一提的是，一個名叫田中政道的日本人在此用日語留言悼念魯迅先生）。「點歌」，利用網同紀念網站（網址：http://www.Netor.com）提供的技術支持，可以爲周樹人點歌，現有《安魂曲》、《高山流水》、《祝福》、《candle in the wind》等 20 首歌曲。

⑩「魯迅研究半月刊」（電子雜誌）：所設欄目有「魯迅新聞」、「最新稿件」、「特別專題」、「讀者信箱」。2000 年 9 月 1 日第一次發行，到 2000 年年底發行量已有 50 份。這是版主利用網絡快捷地傳遞信息的優勢創辦的，可以與網民共享最新的魯迅動態。這在網上也是獨此一家。

⑪「魯迅研究論壇」：版主是 stone406（即小石頭），在 2000 年 8 月 28 日開通。11 月 8 日因首都熱線網站上的主頁不穩定而轉到網易公司網站上。目前該論壇的文章還不多，訪問者也較少，但論壇的定位是值得讚賞的。

⑫「專題選讀」：所設專題有「懷念魯迅先生」、「文學成就評述」、「王朔看魯迅」（收有網上關於此話題的大部分文章）、「婚姻與愛情」、「魯迅及其論敵」、「魯迅的人學思想」、「海外看魯迅」、「歷史資料鉤沉」。此欄仍稍嫌不夠全面，需要再豐富、再充實一些。

（2）在線魯迅（網址 http://www.go3.163.com）版主是「luxun」，2000 年 8 月 21 日開通。截止 2000 年 12 月 28 日已有 3344 位訪問者。該站主頁設計也較精美，主頁有晚年魯迅的頭像及「俯首甘爲孺子牛」的手跡和兩個文字

滾動條：「謹以此獻給魯迅先生：20世紀中國人的精神導師，雄視百年的文壇巨匠」；「讀一個完整的（魯迅）、看一個真實的（魯迅）、談一個時代的魯迅」。該站所設欄目也較豐富，主要有如下欄目：

①「作品欣賞」：收有部分魯迅作品。訪問者可以方便地瀏覽這些作品。

②「婚姻與愛情」：在「魯迅與朱安」、「兩地書」、「兩地書未刊書信選」、「許廣平致朱安書信」的題目下收錄了一些相關來往書信。

③「人眼看魯迅」：收有「魯迅挨罵錄」。訪問者可以看到部分攻擊魯迅的文章。

④「新論語」：收錄了一些思想隨筆。

⑤「魯迅今日談」：網民在此可以談論關於魯迅的話題，近期設立的話題有「魯迅在今天老掉牙了嗎？」和「我看王朔」。網民可以在此就這兩個熱點話題展開討論。不過，目前該專欄的文章只有幾篇，且所論內容與這兩個話題關係不大，這可能與該站建站時間太短有關。

⑥「孺子牛文學半月刊」：宗旨是「弘揚魯迅文風的文學園地」。設有「魯文論壇」、「練筆場」、「歪嘴正評」「時尚雜文」、「以文會友」等欄目。

（3）魯迅——中華民族的脊樑（網址 http://www.Neas.net；另一名稱為 niehui 個人主頁，網址 http://202.3864.10/xiexh/luxun）版主是「niehui」，1998年3月開通。不過，該站在開通後不久，就暫停更新，進入 2000 年 7 月底後才再次更新。版主自述建站：「為的就是能有更多的朋友瞭解先生，喜歡先生，能夠像先生指引的那樣成為一個自強、正義的中國人。我們不仇恨任何一個國家，但我們會時刻警惕並反擊任何一種危害中華民族利益的勢力；也許我們無力解決我國的種種弊病，但我們仍要為完成這個目的不斷地做些實事，不為別的，只為自己是一個中國人。」這也是在特定的歷史背景下對魯迅精神的弘揚。

該站主頁設計較簡單，欄目設置也不夠全面。內容包括「魯迅生平」、「歷史照片」（有魯迅各時期的照片、與親友的合影，及魯迅生活過的住所等），「小說和雜文」，另有新建的「新百草園」供網民發表文章。該站的價值在於它是網上較早出現的有關魯迅的網站，較早地在網上介紹、傳播魯迅。版主 niehui 無疑是值得讚賞的。

（4）大魯迅網（網址 http://www.home.Chinese.com）版主為「中國寒士」，2000 年 12 月 15 日開通。該站雖然以魯迅為站名，但該站的宣言是「用魯迅

的眼光審視當代中國人」，所以沒有對魯迅本人的介紹，而是關注當下社會現實、民生疾苦，重在繼承發揚魯迅的精神。這在網上有關魯迅的站點中是獨樹一幟的。版主的開場白是：「如果你曾經是一個農民子弟，或曾念過書，或只要你不是個麻木的中國人，點擊本站你應該有所感想。」從現有的文章如《最窮的納稅人：中國農民》、《積憂勞成惡疾：中國教育》和《儒家病態積澱：國民性格》等不難看出版主對魯迅精神的繼承。但該站需要警惕情緒化的語言，要加強反思歷史、批判現實的力度與深度。

（5）魯迅之路網站（網址 http://www.Lx1881.yeath.net，另一網址 http://member.netease.com/niehui），版主是「詩研」，創建於 1998 年，2000 年後網站搬移到網易公司，主要欄目有：「最新更新」、「魯迅生平」（收錄了許壽裳編的魯迅生平年表）、「眾說紛紜」（收錄了一些名人評論魯迅的文章）、「珍貴照片」、「作品欣賞」、「製作說明」等，網站最後更新的時間是 2001 年 12月 21 日，2003 年關閉。這個網站的收錄的關於的資料及魯迅的文章都不算豐富，但是得益於是中文網絡中較早的魯迅網站，所以吸引了國內外的網民訪問，從論壇留言中可以看到國內外網民的留言，但是這些留言大多都是抒發對魯迅及這個網站的喜愛之情，或者是敘述自己閱讀魯迅的經歷，關於魯迅的評論較少。

在 2001 年 11 月 20 日之後的幾天時間裏，一些學習漢語或中國文學的韓國大學生因為查找關於魯迅的資料而先後訪問了魯迅之路網站，並在該站的論壇上用有點生硬的漢語留下了他們對魯迅的看法，雖然這些留言在對魯迅的認識上還存在這樣或那樣的問題，但是能真實地體現出一些韓國大學生對魯迅的一些看法，另外，這也應當是境外網民首次大規模地闡述對魯迅的個人看法，因此值得關注。

尹信瑛說：「其實以前我沒有讀過魯迅的作品，只有我聽過他的名字，但這次我有機會讀魯迅的作品，我才知道了他的作品和精心多麼深。我讀的他的作品中我喜歡的是《阿 Q 正傳》。我覺得《阿 Q 正傳》是魯迅最好的作品，還有我第一讀的魯迅作品也是《阿 Q 正傳》，所以我最喜歡。」權美貞說：「學習關於魯迅，我受到了震動。內容，形式是很新的文學作品，他的文學顯出中國社會現實弊病。如果魯迅在中國沒有，當今的現代文學（就會）不誕生。」夢中人說：「最近上課的時候我學了關於『魯迅』，第一次學的時候學習對單純他的作品，可是我學習對他的生平和思想等一等的，其間我對

他的愛國心和思想很感動。我想他被叫中國文學史上最偉大的作家的理由是他是最初的現代文學作家的，還有在他的作品有他的深厚思想性，所以現在他的名聲越來越大。」

在魯迅之路網站，還可以看到來自日本、馬來西亞、新加坡、印度尼西亞、美國、英國、加拿大、澳大利亞等國網民的留言，但這些留言多是對網站的評價，具體評論魯迅的文字很少。另外，也有中國的香港、澳門、臺灣等地區的網民訪問該站並留言，其中比較活躍的是一位名叫「道」的香港網民，他在文章中說：「香港也盡有愛魯迅的人，雖然我不覺得他是一個完人，但作為一個人，他是可敬的！！！」

從上述中國大陸之外的外網民在魯迅之路網站中的一些留言可以看出，魯迅不僅仍然在當代中國的青年中有著重要的影響，而且也在中國大陸之外的一些青年中產生著一定的影響，這不僅從一個側面顯示出魯迅的偉大，而且也從另一個方面顯示出網絡對於傳播魯迅的重要性。

（6）紹興魯迅紀念館（網址 http://www.ctn.com/cn/china/shaoxing）：該站主要用文字和圖片介紹魯迅故居、魯迅祖居、百草園、三味書屋和魯迅生平事蹟陳列廳。

（7）上海魯迅紀念館（網址 http://202.96.242.1/famous/luxun），主要介紹該館關於魯迅的紀念設施，如魯迅墓、魯迅故居、魯迅展覽等。

（8）魯迅在國外（網址：http://www.Infoworld.online.sh.cn）：主要欄目有：「魯迅生平」（簡介）、「魯迅研究」（概述各個歷史階段的魯迅研究狀況）、「魯迅紀念」（介紹紀念活動、紀念設施）、「魯迅在國外」（簡介魯迅在國外的傳播和國外對魯迅的紀念）。該站內容雖然內容還不夠豐富，但側重介紹魯迅在國外的傳播，這對於訪問者瞭解魯迅在世界上的影響與地位還是有價值的。

在上述中文魯迅網站之外，網絡中還有臺灣地區的魯迅廣場網站（http://www.firstsquare.com.tw/luxun.html）和魯迅網站（http://www.netvigator.com.tw/yoshimk2/lunxun），新加坡的紀念魯迅網站（http://lidiqiye.com/lx）等，但是這些網站設立的欄目都很少，內容也很淡薄。如新加坡的紀念魯迅網站只收錄了該電臺製作的一個關於魯迅生平介紹的節目內容，可以在線收聽廣播。

### 2、中文網絡中關於魯迅的論壇和專欄的出現及其狀況

#### （1）中文網絡中關於魯迅的論壇

在 2000 年前後，中文網絡中出現了一些以魯迅命名的網絡論壇，主要有：

①網易網站・魯迅論壇（網址 http://www.163.com/forum.Luxun）：版主是「咆哮」和「謫仙人」，創建於 1998 年。該論壇是互聯網上同類站點中最好的，也是訪問者最多的論壇。其宗旨是「給所有喜歡或不喜歡先生的人一個說話的場所——因爲，即使是在 21 世紀的今天，先生也是不可迴避的。」網民可以在此用網絡色彩比較濃厚的語言自由地討論和魯迅有關的話題，捍衛魯迅的網民與攻擊魯迅的網民常在此論戰（網上稱之爲「火焰戰爭」），不過相比之下，持中立態度的網民較多。論壇中雖充斥著許多情緒化的、遊戲化的語言，但仍可看到一些理智、清醒的民間評論。

②搜狐網站・魯迅頻道（網址 http://www.sohu.com）：版主是「夢陽」，創建於 2000 年。該論壇的宗旨是「發布最新魯迅研究動態」，因版主是著名的魯迅研究專家張夢陽，所以該論壇的學術色彩是互聯網上同類站點中最強的。雖然該論壇主要定位在介紹魯迅研究最新學術成果，但可能因訪問者太少，該論壇幾乎成了版主個人發表文章的主頁，現有的 101 篇帖子中版主的大作約占 90%，從而使論壇的互動性較差，網絡作爲公共空間的優勢也較難發揮出來。這也是該論壇急需改進之處。

（2）中文網絡中關於魯迅的專欄

在 2000 年前後，中文網絡中出現了一些以魯迅命名的網絡論壇，主要有：

①新語絲網站・魯迅家頁（網址 http://www.xys.org/Luxun homepage）：是方舟子等幾位留美青年學者在 1994 年創建，這也是互聯網上同類站點中出現較早、內容較豐富、欄目較全面的一個站點。到 2000 年，該站的內容經過不斷的更新之後在互聯網上仍然是同類站點中比較豐富的。

該專欄所設欄目有：「魯迅像」、「魯迅手稿」、「魯迅傳略」、「許壽裳《魯迅年譜》」、「魯迅全集」、「魯迅傳記」（收錄回憶與研究魯迅生平的文章）、「魯迅評論」、「新聞報導」等。該欄目的特色不僅在於收集了許多魯迅手稿和較多的研究魯迅生平的文章，而且所收魯迅作品集均附有全面的英文目錄。另外，該欄目所收集的評論文章也是同類站點中最多的。值得一提的是，該欄目還創辦了「眾說周氏兄弟」的增刊（電子刊物），發表一些留美青年學者的研究文章，只是該刊在出版了第一期之後遲遲不見第二期。

②澳大利亞新聞網・新思想檔案・魯迅專欄（網址 http://www.acnews.net.au/wenxue）：該欄目的版主是旅澳批評家朱大可和國內的批評家張閎，它的主

要價值在於發起了首屆關於魯迅的在線討論會。2000 年 12 月 9 日,「一個世紀的魯迅」在線討論會在該欄目舉行,來自國內外的 40 多位網民應邀參加。本次在線討論會主要發表了如下文章:《走不近的魯迅》(張閎)、《兩個魯迅與中國現代知識分子的精神分裂》(朱大可)、《閣樓上的瘋男人》(崔衛平)、《跟魯迅翻臉的理由》(張檸)、《意識形態鐵屋子裏的人質》(王曉漁)、《魯迅話語與仇恨政治學》(朱大可)、《朱大可與方舟子的網上論戰》、《知識分子為什麼總想要做思想教師?》(王曉漁)、《魯迅與現代神話》(張閎)、《魯迅與現代知識分子問題》(張閎)、《解構魯迅的作品》(走吧)、《你們也魯迅》(李大衛)、《日常生活的魯迅:為什麼女人討厭魯迅?》(呂約)、《魯迅和我們》(李大衛)、《戲仿:一種魯迅的 abc》(朱珐)、《魯迅的謾罵》(狗子)。毋庸諱言,在關於上述話題的討論中有太多的情緒化、遊戲化的語言,也有較多的攻擊魯迅的語言,甚至有一些網民因為某個話題而在網上互相謾罵。但不可否認的是其中也有一些很尖銳的值得深思的正確見解。在本次在線討論會之後,也有一些網民就該討論會所討論的話題在網上展開論戰,其中以尖銳批評的文章為多(有一個網民多次用英語批評攻擊魯迅者大多是不理解真實的魯迅)。本次討論會也是網絡作為公共空間所具有的優勢的體現,來自五湖四海的網民可以自由發表自己的言論,但值得深思的是,網上捍衛魯迅、理智清醒地看待魯迅的網民還是處於弱勢的。

　　③思想的境界網站·魯迅專題(網址 http://www.yaguo.com):版主李永剛是一位高校青年教師,該站是網民公認的網上最出色的思想性網站。因該站學術思想品位極高,民間色彩也很濃厚,所以訪問者眾多。該站所設的「魯迅專題」是互聯網上較早設立的關於近年魯迅論戰的專題。張閎在報刊上無法發表的《走不近的魯迅》一文也曾經在此發表,這篇文章引起了網民的較大爭議,並有數千次的點擊。值得注意的是,該專題還收集了一些為王朔、張閎、葛紅兵等攻擊魯迅者辯護的文章,這也是網絡作為自由民主的公共空間所獨具優勢的體現。

　　④讀到之處網站·魯迅論爭專欄(網址 http://www.readeveryday.com):該站設有近期有關魯迅論爭的專欄,收錄了朱大可的《殖民地魯迅和仇恨政治學的崛起》、方舟子的《淫者見淫:評朱大可〈殖民地魯迅和仇恨政治學的崛起〉》、天俊的《魯迅與林語堂親疏議》、袁良駿的《兩位藝術大師為何不相能》和謫仙人的《戲仿:我看王朔》等文章,但所收文章較少,也沒有自

己的特色。

⑤文學視界網站・魯迅專欄（網址 http://www.Netbug.cn）：該站所設欄目有「魯迅文集」（收集大部分魯迅作品）、「魯迅研究」（分「其人其事」、「作品探討」）等，所收錄的文章比較少，學術性也比較低。

⑥國學網站・魯迅專題（網址 http://www.Yyyin.guoxue.Com）：該欄由中國傳統文化與現代化網絡發展部製作，收錄了魯迅的《朝花夕拾》、《野草》、《故事新編》、《吶喊》、《彷徨》、《且介亭雜文》、《集外集拾遺》、《偽自由書》等文集。在「關於魯迅的其他文章」專欄中收有部分有關魯迅的文章，如《關於魯迅》、《近訪魯迅博物館》、《李澤厚論魯迅》、《魯迅研究現狀》、《魯迅與電影》、《魯迅與朱安》等文章。總的來說，這個網站的內容比較單薄，互動性也比較低。

此外，橄欖樹文學社（網址 http://www.olive Tree literature society）、榕樹下（網址 http://www.mind.rongshu.com）、六香村（網址 http://www.wenxue.com）的「現場・非虛擬批判」、百靈（網址 http://www. bee link）的「文學・新文化看臺」、新浪的文化新聞、文化教育等站點都有關於批評魯迅現象的大量報導。

### （3）中文網絡中紀念魯迅誕辰 120 週年的幾個重要專輯

2001 年是魯迅先生誕辰 120 週年，在社會上陸續開展紀念魯迅誕辰 120 週年活動的同時，網絡中也掀起了紀念魯迅的高潮，一些大型網站也先後製作了紀念魯迅誕辰 120 週年的專輯，如網易網站的紀念魯迅誕辰 120 週年專題是「大家都來『吃』魯迅」，新浪網的紀念魯迅誕辰 120 週年專輯是「百年魯迅　精神豐碑」，搜狐網的紀念魯迅誕辰 120 週年專題是「懷念魯迅先生」，人民網的紀念魯迅誕辰 120 週年專輯，這些紀念魯迅的專輯都是由各大網站設計製作，雖然在內容收錄、欄目設計等方面還存在一些問題，但是都在一定程度上促進了魯迅的網絡傳播，並表達出了一部分網民對魯迅的紀念之情。（詳見下文分析）

### （4）中文網絡中提供魯迅文集的網站

中文網絡興起之後，一些中文網站提供了魯迅文集的免費閱讀和下載服務，這在一定程度上促進了魯迅作品在中文網絡中的傳播。主要的網站有：

①魯迅文選（網址 http://www.E shu net.com）：較為全面的搜集了魯迅作品集。

②亦凡公益圖書館・魯迅文選（網址 http://www.Shuku.net）收有《朝花

夕拾》、《野草》、《墳》、《吶喊》、《彷徨》、《二心集》、《而已集》、《僞自由書》等魯迅文集，另有《魯迅傳略》等介紹魯迅的文章。

③魯迅文集（網址 http://www.Zhongshan.gd.cn/bookroom/xiaoshuo/luxun）：收集了《朝花夕拾》、《野草》、《故事新編》、《吶喊》、《彷徨》和魯迅的 19 本雜文集。

④魯迅小說全集（網址 http://202.102.230.15）：版主是馬雲眾，該站提供魯迅的全部小說的下載服務。

⑤白鹿書院‧魯迅文集（網址 http://www.Sinowing.com/famous/luxun）：該站提供大部分的魯迅作品集的下載服務。

⑥中華書庫‧魯迅篇（網址 http://www.bookbig.com/famous/luxun）：該站除收錄魯迅全集外，還收錄一些與魯迅有關的其他文章。

⑦黃金書屋網站‧魯迅文集（網址 http://www.Goldnets.com）：該站收錄了魯迅的《野草》、《吶喊》、《彷徨》、《二心集》、《而已集》、《三閒集》、《熱風》、《華蓋集》、《集外集》。

⑧清漪園網站（網址 http://www.Loverain.163.net）：該站可以提供《魯迅全集》的下載服務。

⑨宇生工作室網站（網址 http://www.Yusheng.easthom.net）：該站可以提供《魯迅全集》的下載服務。

### 3、中文網絡中關於魯迅的網民文章的出現及其狀況

中文網絡中有關魯迅的評論是隨著網絡的發展和媒體對魯迅的關注程度的變化而逐步發展起來的。當 2000 年王朔在《收穫》第 2 期發表《我看魯迅》時，網絡中所發表的爭論文章數已超過報刊所發表文章數（僅某個網站有關討論王朔貶魯迅的文章就有 120 多篇），而且文章的水平也有較大的提高。甚至於有一些網民因爲不滿意王朔等人的貶魯文章，而在網上建立了幾個有關魯迅的網站來宣傳魯迅先生，以爭奪在互聯網上的話語空間。緊隨王朔之後，網上出現了多篇批評魯迅的文章，如張閎的《走不近的魯迅》、朱大可的《殖民地魯迅和仇恨政治學的崛起》、崔衛平的《閣樓上的瘋男人》、楊小濱的《瘋子‧狂人‧眞假魯迅》等，這些文章也在網絡中引起了較大的爭議，一些論壇上還出現了許多圍繞這幾篇文章而激烈辯論的帖子。

但從總體上說，在 2000 年和 2001 年度，中文網絡中與魯迅有關的網站和專欄所收錄的有關魯迅的文章大多是從報刊上轉載而來，眞正在網上首發

的文章所佔比例還比較少，本文主要關注那些在網上首發的文章，從報刊轉載的文章不納入研究範圍。另外，中文網絡中網民談論魯迅的文章大都是在相關魯迅論壇中發表的帖子。

### （1）關於魯迅的評論文章

2000 年度中文網絡中出現的關於魯迅的文章從整體上來說篇幅都比較短小，大多都是描述自己對魯迅的認識與閱讀魯迅作品的感受，有代表性的文章有網民「西門掃雪」的《不僅僅是姿態》〔註1〕和網民「可見」的《我所認識的魯迅及其他》〔註2〕等。

「西門掃雪」的這篇文章反駁了魯迅思想是「虛無」的觀點，他指出：

> 或許他對虛無的擔當也只是一種表象，一種內心掙扎的表象。
> 事實上，從辛亥、五四到左聯、抗日，先生一直站在陣地的前沿，
> 他自己的思想也在不斷變化發展，其間的收穫也不單單是個「虛無」
> 可以概括的。我們說魯迅代表著一種進步的力量也是因爲他對進步
> 的追求，這是他「虛無」表象所遮蓋不住的。

應當說，「西門掃雪」的上述觀點對魯迅思想的認知是比較準確的。

「可見」的這篇文章主要談自己對魯迅的認識，他指出，「先生思想最偉大的地方我認爲是『愛』。先生的所有的文章都可以歸結到這一點上。」「先生的偉大之處還在於永不放棄，永遠抗爭的偉大精神。」總的來說，「可見」上述對魯迅的認識來源於他對魯迅作品的閱讀和感受，應當說他對魯迅思想的概括雖然比較突出其中的一個方面，但是也有一定道理。

2001 年是魯迅誕辰 120 週年，中文網絡中出現的關於魯迅的評論文章不僅數量明顯增多，而且文章質量從整體上來說比 2000 年的文章有明顯的進步，出現了一些能較爲深入的評論魯迅及其作品的文章，具有代表性的文章有范美忠的《我看魯迅系列之一：我與魯迅》〔註3〕、《爲了不忘卻的紀念——紀念魯迅誕辰一百二十週年》〔註4〕。

---

〔註1〕「西門掃雪」《不僅僅是姿態》，網易·魯迅論壇（http://www.163.com/forum. Luxun）2000-09-12。

〔註2〕「可見」《我所認識的魯迅及其他》，網易·魯迅論壇（http://www.163.com/ forum.Luxun）2000-10-20。

〔註3〕范美忠《我看魯迅系列之一：我與魯迅》，新浪·讀書沙龍（http://forum.book. sina.com.cn/forum-14-1.html）2001-07-19。

〔註4〕范美忠《爲了不忘卻的紀念——紀念魯迅誕辰一百二十週年》，新浪·讀書沙龍（http://forum.book.sina.com.cn/forum-14-1.html）2001-09-23。

范美忠在《我看魯迅系列之一：我與魯迅》一文中描述了自己走近魯迅的過程：

> 真正在心理體驗上接近於魯迅還是在大學畢業工作以後，你如果沒有改造中國的願望，你如果沒有在這過程中碰過壁，你如果沒有更深的閱歷中國社會百態，你是永遠無法走進魯迅的，你如果沒有熱烈的愛，沒有對人生和意義的執著，你沒有無止境的追求，你也是無法理解魯迅的。大學畢業四年，魯迅對庸眾的批評我理解了，對他們的奴性人格我理解了，對被看的狂人感理解了，對孤獨者理解了，因為我自己就是狂人和孤獨者，要改變者被被改變者所改變。我以我所感到者為寂寞，寂寞如大毒蛇，絕望之為虛妄正與希望同，當夜深人靜的時候，誰這時孤獨就永遠孤獨，我惟有閱讀先生的書。

范美忠的這篇文章描述了自己從中學以來到現在對魯迅的認知過程，從對魯迅產生閱讀興趣，到「佩服到了五體投地的地步」，成為魯迅的忠實追隨者。在中文網絡中，范美忠的這種經歷並不是個案，相似的例子還有不少。

范美忠在《為了不忘卻的紀念——紀念魯迅誕辰一百二十週年》一文中指出了魯迅的思想特點：

> 那麼紀念魯迅究竟紀念什麼？雖然我更欣賞他的文學才華，但我還是首先把重點放在他的社會批判和民族的關懷方面。我們始終應該牢記，魯迅終其一身（生）都不是一個把玩文學的人，或者把文學作為逃避現實社會和人生的避難所和烏有之鄉的人，他自己說得很清楚，他之選擇文學是為了改造國民的靈魂，也是為了戰鬥，也就是說文學對於他來講，並不是目的而是工具……魯迅批判的對象主要體現在四個方面，國民性批判，歷史文化批判，知識分子的批判和對權勢者的批判。他批判的基礎是人道主義和個人主義。

總的來說，范美忠上述對魯迅思想的闡釋比較突出魯迅思想中的具有批判性的一面，在一定程度上忽略了魯迅思想的豐富性和複雜性。

（2）關於魯迅作品的評論文章

2000 年度中文網絡中出現的關於魯迅的文章主要出現在網易·魯迅論壇，有代表性的文章有「西門掃雪」的《六十年前的夜空——讀〈秋夜〉有

感》〔註5〕、「夷正釗」的《我說〈野草〉》〔註6〕等。

「西門掃雪」的這篇文章結合魯迅的經歷和思想對《秋夜》一文的語句進行了較爲詳細的分析，在結尾寫出了自己閱讀此文的感受：

> 六十多年前的天空，時過境遷了，然而我依稀看見先生背著手，走在寒冷的星空下，對著天空冷笑。

通讀全文，可以看出「西門掃雪」比較瞭解魯迅的生平和思想，他的閱讀感受也是比較細膩和準確的。

「夷正釗」的這篇文章主要談從《野草》中所感知的魯迅精神，他指出：

> 《野草》精神之偉大就在於先生只是以民主之戰士，自由之精神，獨立之人格立於天地之間。爲之奮鬥的是民族的利益。是一種屬於自我人格的最本質的東西。

應當說「夷正釗」對《野草》的閱讀，雖然指出了《野草》所體現出的魯迅思想的某一個方面，但是相對忽略了《野草》的豐富內涵。

2001 年度中文網絡中出現的關於魯迅的文章與 2000 年度相比明顯增多，有代表性的文章有范美忠的《我看魯迅散文》〔註7〕、《我看魯迅小說》〔註8〕等。

范美忠的《我看魯迅散文》一文對魯迅的散文藝術成就作了高度的評價：

> 而魯迅的散文則同他的所有其他作品一樣，把眞實放在第一位，拒絕任何粉飾和安慰，拒絕給現實塗上一層詩意而自我麻醉。比如故鄉在他心中就並不是象（像）沈從問（文）那樣被詩化爲唯美的農業時代的田園牧歌的世界。更爲他人所不及者，是貫穿其中的偉大作家所特有的悲憫情懷；如果從語言風格來說，他的語言是眞正做到了語言和存在的同一，他從不化用前人的語言和一些陳詞濫調，他直接書寫他的所感，借用中國古代詩學理論的說法就是直尋，而不是找補，他總是用最見解（簡潔）的語言直

〔註5〕「西門掃雪」《六十年前的夜空——讀〈秋夜〉有感》，網易・魯迅論壇（http://www.163.com/forum.Luxun）2000-03-11。

〔註6〕「夷正釗」《我說〈野草〉》，網易・魯迅論壇（http://www.163.com/forum.Luxun）2000-10-09。

〔註7〕范美忠《我看魯迅散文》新浪・讀書沙龍（http://forum.book.sina.com.cn）2001-07-14。

〔註8〕范美忠《我看魯迅小說》，新浪・讀書沙龍（http://forum.book.sina.com.cn）2001-07-25。

接抒寫自己的感受。

從上述評論可以看出，范美忠比較突出魯迅散文的真實性，比較讚賞魯迅在散文中所表達出來的真實的思想情感，這種解讀雖然具有一定的道理，但也有點失之偏頗。

范美忠在《我看魯迅小說》一文中主要分六個方面來評價魯迅的小說：

> 一是魯迅小說和中國傳統小說的關係；二是魯迅小說和當時世界文學的關係，三是魯迅小說和同時代作家小說的比較，四是魯迅小說的成就和特點分析，五是魯迅小說的現代價值；六是回應對魯迅小說的批評。

范美忠的這篇文章主要從上述六個角度談他對魯迅小說的閱讀感受，不過，他所列的這六個方面的題目太大了，雖然他的這篇文章在當時中文網絡中談論魯迅的文章中算是比較長的了，但也僅有 6000 多字，不可能深入的探討上述六個問題，只能浮光掠影的談談讀後隨感，如：

> 如果要說魯迅的小說從中國傳統小說裏學習了什麼的話，也只有從他高度評價《儒林外史》這個角度來看，從《孔乙几（己）》裏面很可以見到影響，一方面是對舊式知識分子的憐憫和諷刺，另一方面是在刻畫人物方面並非象（像）西方小說那樣大段大段的描寫，而是抓住最具特點的地方寥寥幾筆傳寫精神。另外他曾專門研究小說史，也曾編輯過《唐宋傳奇集》，他用筆的精練是否受了唐宋傳奇的影響呢？

從這些讀後感中可以看出，范美忠雖然對魯迅及其作品比較熟悉，但是還沒有能夠進入研究層面，還很少有自己的觀點。

另外，網易·魯迅論壇的版主「咆哮」於 2001 年 4 月 24 日在論壇中發起了閱讀《故事新編》的活動，一些網民響應號召加入了此次活動，並在論壇中發表了一些評論《故事新編》的短文。雖然這些文章在總體上對《故事新編》的理解還不夠深入全面，但是從中也可以看出這些網民對《魯迅新編》的熱愛。

（3）戲仿魯迅的作品的文章

2001 年中文網絡中出現了一些戲仿魯迅作品的文章，並出現了兩篇題為《嫁給魯迅》的小說，另外，網易·魯迅論壇還專門發起組織過一次「魯迅模仿秀」的徵文活動，網民創作了多篇戲仿魯迅的文章，如「悠晴」的《祝

福新編——祥林嫂的故事》、「stockton326」的《孔乙己：一個 NBA 球迷的故事》、「雨燕」的《從百草園到三味書屋（影院版）》、雷立剛的《互聯網時代的嫦娥奔月》等。（具體分析參見下文）

（4）關於魯迅的論爭文章

①2000 年中文網絡中有關王朔的《我看魯迅》一文的相關評淪

王朔的《我看魯迅》一文發表後，報刊上很快出現了大量的批評文章，但網民卻在作爲公共空間的互聯網上圍繞此事件展開了激烈的論爭，呈現出眾聲喧嘩的局面，其論點也呈現出多元化色彩。筆者選取網易・魯迅論壇（網址 http://www.163.com/forum.Luxun）中的一些網民的觀點進行分析。

一些網民對王朔的觀點進行了批評。網民「無話可說」在《不幸的魯迅》〔註 9〕一文中強調：「並不是魯迅不能批評，但魯迅被王朔批評，這是魯迅的不幸，也是我們民族的不幸」。「明知不可爲而爲之，這是王朔的悲哀，也是商業文明給大多數人帶來的莫名其妙的悲哀。」這段評論一針見血地指出了這次王朔抨擊魯迅的事件在本質上是商業化的炒作。

一些網民支持王朔的觀點。網民「甄理」在《盲目死忠魯迅》〔註 10〕一文中認爲：「魯迅有的是滿腔的怨恨而不是可以改變現況的主張。——無主張，無系統，作家的大忌。」「如果他是生在一個文字沒有中國這樣精深的國度，那麼空拽文詞，節外生枝的奚落，這些都是很難實現的。所以我說時代造就了魯迅，革命救了魯迅」。這位網民的上述觀點無視魯迅的偉大成就和偉大貢獻，不僅是片面的，而且也是武斷的。

另外，還有一些網民對這場論爭進行了反思。網民「西門掃雪」在《從風波看國人》一文中指出：「實際上，長期以來我們的國人已經淡漠了對嚴肅話題的關懷，對沉重的反思。所以當魯迅被這樣一種方式炒熱的時候，其實是魯迅的悲哀。我們已經習慣了娛樂化的生活。」這段評論深刻的反思了這次「魯迅事件」的前因與後果，沉痛地指出正是因爲「我們長期以來對魯迅以及他所代表的文化現象的淡漠」〔註 11〕才導致了王朔的這次行爲藝術。這位網民的觀點對於重新審視這次論爭的歷史意義有一定的參考價值。

---

〔註 9〕　「無話可說」《不幸的魯迅》，網易・魯迅論壇（http://www.163.com/forum.Luxun）。
〔註 10〕　「甄理」《盲目死忠魯迅》，網易・魯迅論壇（http://www.163.com/forum.Luxun）。
〔註 11〕　「西門掃雪」《從風波看國人》，網易・魯迅論壇（http://www.163.com/forum. Luxun）。

②「一個世紀的魯迅」在線討論會關於魯迅的討論

張閎、朱大可等人的文章在網上發表後引起了較激烈的反響，爲此，他們在 2000 年發起召開了「一個世紀的魯迅」在線討論會〔註12〕，進一步討論相關問題，網民的大致觀點有如下幾類。

一些網民贊同張閎、朱大可等人的觀點。網民王曉漁在《意識形態鐵屋子裏的人質》的帖子中指出：「崔衛平、張閎、朱大可等人對魯迅的批判，在我看來，爲魯迅研究提供了另外一種可能的精神空間。雖然這是一些不和諧音，但絕對不是喧嘩……我認爲，批判魯迅（不是革命的批判）也是尊敬他的一種方式。或許有人對『瘋男人』之類的說法無法接受，這不能不說是對詩學中修辭的無知。」網民「Zhutao」認爲：「只有獨立於官方意識形態和市場價值取向的批判性話語才能眞正讀解傳統並指向一種更多元化和創造性的文化。在這一點上，我尊重朱大可的工作。儘管有些時候他考據工作不夠嚴謹，但至今那些來自保守官方意識形態和淺薄的一鱗半爪的抗議還根本未構成與朱大可同一層面的對話。」這兩位網民的評論，不僅從詩學的角度可定張、朱兩文的價值，肯定了張、朱兩文重新反思魯迅，努力開關批評魯迅的新的精神空間的努力，而且也指出了兩文所存在的一些問題，應當說是比較中肯的。

一些網民對張閎、朱大可的觀點進行了批評。網民「錢塘浪子」和「清瀾漁父」重點批評了張、朱的文風，他們認爲：「如果將重評當作『爆肚』，信口雌黃，故作驚人語，那就大大背離了學術的原則。此等行徑，與神化和庸俗化又有何異？觀點看似針鋒相對，其實卻同樣在對歷史與學術施暴，只是所取的體位不同而已。」網民尹麗川的評論比較尖銳，她一針見血地指出了張、朱兩人的目的：「大家都是明白人，這種討論依然沒完沒了拿政治說事兒，到底還看不看文字？思路爲什麼總是受從前教育的影響，爲什麼總以一種專制化的思維模式來批判幾個文人？」這幾位網民重點批評了張、朱兩文的文風與寫作目的，有力地批駁張、朱兩文的觀點。

一些網民對這場論爭進行了反思。網民任不寐在《魯迅活在我們心中》的帖子中深刻地反思了在這場論爭中「同時內在於魯學和反魯學知識人靈魂中的有限性」，他指出：「幾十年過去了，被發揚光大的是爲魯迅辯護的人和批判魯迅的人的『舊文字的腔調』，而不是與此相對的批評的理性……對語言

---

〔註12〕 「一個世紀的魯迅」在線討論會（http://www.acnews.net.au/wenxue）。

暴力的批判不是使用語言暴力，而是不再使用語言暴力。然而，我所見的批魯風潮所表現的正相反。這才是眞正值得反省的。」可以說，任不寐的上述針對中文網絡中有關魯迅論爭的評論，不僅深入地指出了這次論爭中存在的值得關注與思考的問題，而且深刻地反思了這次論爭所暴露出來的問題，是本次論爭中最值得認眞思考的、較爲理性的評論。

③關於「魯迅召妓」一事的論爭

首先在新浪網‧讀書沙龍論壇爆發的關於魯迅召妓的論爭因爲引起爭論的相關文章被一些網民轉貼到多個網站，從而使本次論爭波及到中文網絡中的多個網站、論壇，成爲本年度中文網絡中較爲引人矚目的一次論爭。

2001 年 4 月 15 日，網民「nirvara」在《魯迅實在是有些詭異地可怕》一文中對 2001 年 3 月 13 日《北京青年報》發表的《魯迅何以變得如此荒誕》一文提出了批評：「魯迅是經常召妓宴客的，這是中國文人風雅的一面，不能輕易批判，說出這種不懂事的話，那個寫文章的記者確實不懂魯迅。至於魯迅和許廣平的師生畸戀，本身就是偷偷摸摸的，要不，也不會被趕出校門了。」這個帖子在被轉貼到榕樹下網站‧躺著讀書論壇之後，版主陳村在 4 月 17 日提出了疑問：「魯迅經常召妓宴客有史料嗎？」對此，「nirvara」在當日就做出了答覆：「以前看過類似的文章，談魯迅宴客的事，這裡的妓是賣藝不賣身的。魯迅受日本文化影響頗深。」次日，陳村在題爲《對 N 先生好失望》的帖子中對「nirvara」提出了批評：「N 你這可不是做學問的態度。你認定一個事實，不光要有確切的出處，什麼人寫的什麼文章，發表在哪裏。還問是否是孤證，說明採信的原因。道聽途說地隨便一說，有譁眾取寵之嫌呢。」〔註13〕此後，又有多位網民參與論爭。

綜觀本次論爭，可以看出「nirvara」抓住魯迅日記中關於在青蓮閣「邀妓略來坐」的記載來對魯迅進行人身攻擊的言論在網絡中產生了較爲惡劣的影響，而晨牧和灌夫等網民及時對「nirvara」的錯誤言論進行了有理有據的批駁，這不僅有力地澄清了關於魯迅的歷史事實，而且揭露出了「nirvara」攻擊魯迅的陰暗心理。值得特別一提的是，這些網民並不盲從倪墨炎、陳漱渝等一些著名魯迅專家關於這一事件的觀點，而是提出了自己的看法，發出了自己的聲音。筆者認爲這幾位網民的觀點相比較一些著名魯迅研究專家的「社會調查說」、「掩護革命工作說」的觀點而言應當說是比較正確的。

---

〔註13〕榕樹下網站‧躺著讀書論壇（http://bbs.rongshuxia.com）。

④關於《魯迅應該是幾幾開？》一文的論爭

如何對魯迅進行評價一直是網民爭論較多的話題。2001 年 10 月，網民「分辨率」在天涯社區網站發表了《魯迅應該是幾幾開？》〔註14〕一文，引起了一場較大規模的爭論。

「分辨率」在文章說：「我對魯迅是否能稱的上是思想家抱懷疑態度，對魯迅的人品雖不敢說鄙視，但確實是很不以爲然。他的性格很狹隘，鼠肚雞腸，睚眥必報，不能容人……因此，看魯迅的文學地位還是要和他人格品行分開來看。」他接著又強調：「我最不能接受的就是魯迅對中國傳統道德文化的全盤否定……魯迅把中國傳統文化稱之爲『吃人』，但基本沒有把鬥爭的矛頭指向專制，而通通指向了中國的傳統文化，這不公平。」

一些網民對「分辨率」的觀點進行了批評。網民「關東居」指出：「對於一個留下豐厚思想文化的歷史人物，實在不能把他數字化，去分幾開幾開。徒然爭論罷了。」網民「流氓訟師」指出：「對魯迅根本不用幾幾開，只需要看其觀點就行了。如果說馬克思是資本主義的病理學家的話，魯迅則是中國文化和社會制度的病理學家。他最準最狠地爲中國人（包括今天的中國人）指出了我們皮袍下面藏著的『小』這是前無古人的成就。我相信，如果我們能夠更加深入地理解魯迅的思想，那麼我們將永遠受益。」

從本次論爭可以看出，網民對魯迅應當幾幾開的問題爭議較大，論爭雙方基於不同的立場和觀點，彼此很難說服對方，不過，相對來說，爲魯迅辯護的網民的言論不僅較多，而且也較爲理智和客觀，有助於這個話題的進一步深入討論。

## 4、小 結

### （1）中文網絡中關於魯迅的網站、論壇和專欄分析

①中文網絡中關於魯迅的網站、論壇和專欄的出現爲魯迅的傳播做出了重要的貢獻。中文網絡中陸續出現的以「魯迅」命名的網站和論壇大多都能以在弘揚魯迅的精神爲己任，關注魯迅的當下現實意義，各位版主（他們或許就是魯迅先生所期許的青年，也是魯迅先生的精神傳人）作爲熱血青年以青年魯迅「我以我血薦軒轅」的精神在互聯網上針砭時弊，憂國憂民，對於魯迅在互聯網這一最新媒體中的傳播做出了劃時代的貢獻。

〔註14〕「分辨率」《魯迅應該是幾幾開？》，天涯社區·關天茶舍（http://www.tianya. cn/publicforum）2001-10-09。

②中文網絡中關於魯迅的網站、論壇和專欄因爲建立的時間比較短，所以都還存在著一些有待提高之處。中文網絡中關於魯迅的網站、論壇和專欄普遍存在著內容更新較慢、原創性文章較少、訪問者較少，互動性較差等一些問題，再加上站長和版主知識結構的局限（他們多爲熱愛魯迅的熱血青年，對魯迅的瞭解有待深入），所以目前中文網絡中有關魯迅的站點均都有值得大力改進之處。就 2000 年和 2001 年中文網絡中關於魯迅的網站和論壇、專欄狀況來說，雖然關於魯迅的站點已較多，對於擴大魯迅在網絡中的影響，推動魯迅在網絡中的傳播已經做出了一些工作，但是中文網絡中攻擊、解構魯迅的言論相對於正面評價魯迅的文章來說，在點擊率和影響力方面仍然佔據上風。可以說，網絡對於傳播魯迅的優勢還沒有充分發揮出來，這就需要各位站長和版主在正面宣傳魯迅方面多一些技巧和手段，努力使網上魯迅站點的欄目、內容、信息等「軟件」更具有吸引力，從而才會有更大的影響力。另外，在中文網絡中攻擊與捍衛魯迅的情緒化語言較爲氾濫的情況之下，各位版主也更需要認眞冷靜的思考，更需要探詢魯迅對當代中國的現實意義，更需要把先生的精神落實爲實際行動。最後需要指出的是，各位站長和版主都是眞愛魯迅的有識之士，他們懷著對先生的無限敬意，投入了大量精力創建上述各站，這些網站和論壇大多都處於拓荒期，出現這樣或那樣的一些問題也有可以理解的。

### （2）2000 年中文網絡中關於魯迅的網民文章分析

①眾聲喧嘩的局面初步形成。互聯網是一個虛擬空間，網民可以在論壇中用隨意杜撰的網名較爲自由地發表自己的觀點並和別的網民交流、辯論。這種較爲自由的氛圍使得一部分網民可以無所顧忌的、不負任何責任的就自己感興趣的話題發表坦率的評論。在魯迅成爲熱點之後，一些網民聚集在相關論壇中唇槍舌劍的激烈辯論，此外還有一些無法披露的激烈觀點（並非一無是處），對於這些激烈的言論，我們不能視而不見，也無須一味指責，而應當清醒理智地去面對。至於那些蔑視、敵視或忽視網上魯迅評論動態的態度倒是值得反思的。總而言之，從目前的現狀來看，有關魯迅先生的評論已初步形成眾聲喧嘩或者說是百家爭鳴、百花齊放的局面，這也是互聯網作爲自由空間的優勢的鮮明體現，是值得認眞思考和對待的。

②網民發表的關於魯迅的文章中情緒化的評論較多。網上雖然初步形成了眾聲喧嘩的局面，但情緒化的評論較多，理智清醒的眞知灼見相對偏少，

這也是互聯網的特點或缺點之一：網絡提供了宣洩情緒的自由空間，使許多被形形色色的條條框框所壓抑的言論得以釋放（如一些人的論文），加之又無須爲文章負責，所以可以「語不驚人死不休」；同時，在線討論（和互相攻擊的辯論）也不允許網民有充分的思考時間，只好用尖刻的言論吸引眼球（注意力）或在氣勢上搶佔上風。無論是熱愛魯迅的網民還是攻擊魯迅的網民在論爭中都不同程度地體現出情緒化的色彩，雖然這種局面可能在短期內無法改變，但是我們對網上有關魯迅的評論應當客觀對待，要尋找出互聯網這一最新媒介與傳播魯迅、評論魯迅工作的最佳聯結點，以促使目前互聯網上有關魯迅評論的現狀朝著健康的方向發展。

③網民原創的關於魯迅的文章在總體上顯得較少而且水平不高。雖然中文網絡中出現了一些網民原創的談論魯迅的文章，但是因爲大多數的網民對魯迅的瞭解不夠深入，所以大多數的文章對魯迅的理解也顯得比較單一，有待於進一步提高。

通過上述分析，可以看出雖然中文網絡中關於魯迅的網站、論壇和專欄以及網民關於魯迅的文章都存在一些突出的問題，但魯迅在中文網絡中的傳播已經形成了一個比較良好的開端，爲今後的進一步發展打下了良好的基礎。筆者相信中文網絡中關於魯迅的網站、論壇和專欄以及網民關於魯迅的文章的興起不僅會進一步促進魯迅在民間的傳播，而且也會爲二十一世紀的魯迅傳播與研究工作提供新鮮的血液。

2001 年，魯迅在中文的網絡中傳播的現象引起了專業從事魯迅研究者的關注。隨著《被 E 化的魯迅》、《BBS 上被灌水的魯迅》、《狂歡節廣場上的魯迅》等研究魯迅網絡傳播現象的文章在專業的《魯迅研究月刊》和《魯迅世界》的刊登，《網絡魯迅》一書在權威的人民文學出版社出版和《南方週末》在紀念魯迅先生 120 週年的專題（四個版）中以一個整版的篇幅刊登由《網絡魯迅》一書編者選編的《互聯網上的魯迅》一文，中文網絡中的魯迅正式浮出海面，並受到了一定的社會關注。

## 二、當代中文網絡中關於魯迅的網站、論壇、專欄和網民文章的進展（2002～2006）

### 1、中文網絡中關於魯迅的網站、論壇、專欄發展狀況

### （1）中文網絡中關於魯迅的網站的發展狀況

2002 年，中文網絡中的關於魯迅的一些網站出現了重大變化：因爲政府對網絡的嚴格控制而導致國內的網民無法訪問一些中國大陸之外的關於魯迅的網站，如臺灣的魯迅廣場網站（http://www.firstsquare.com.tw/luxun.htm）和魯迅網站（http://www.netvigator.com.tw/yoshimk2/lunxun），新加坡的紀念魯迅網站（http://lidiqiye.com/lx）和美國的新語絲・魯迅家頁（http://www.xys.org/pages/luxun.html）等；另外，因爲網絡泡沫的爆破導致一些網絡公司從經濟利益出發不再向網民提供免費的網絡空間，魯迅研究網（http://luxun.top263.net）、大魯迅網（http://go7.163.com/Eluxun2）、在線魯迅（網址 http://www.go3.163.com）、魯迅——中華民族的脊樑（網址 http://www.Neas.net）等一些利用網絡公司免費提供的網絡空間建設的網站因此被相關的網絡公司關閉，評讀魯迅網因爲得到了兩位熱心網民的資助（每年 1500 元的國際域名費用）而幸存下來，基本上彌補了魯迅研究網倒閉後在網絡中所留下的空白，成爲網絡中的魯迅研究資料中心。

雖然上述的一些關於魯迅的個人網站倒閉了，但是也有一些關於魯迅的個人網站取得了一定的進展：魯迅之路網站（http://www.Lx1881.yeath.net）到 2002 年 4 月 6 日，網站的訪問量達到 10 萬次；另外，中國現代文學專業博士「檳榔」在 2002 年創建的檳榔文學園網站也因爲刊發了大量有關魯迅的研究文章而在網絡中產生一定的影響，他的個人網站發行的檳榔文學園電子報的訂戶甚至超過了 2 萬份。

2003 年，中文網絡中關於魯迅的網站的發展狀況依然很糟糕，雖然評讀魯迅網和檳榔文學園網站都在緩慢的發展著，並在網絡中發揮著一定的影響，但是訪問量突破 10 萬人次的魯迅之路網站在搬遷到網易公司之後，因爲種種原因依然無法生存下來，不得不關閉。

2004 年，中文網絡中關於魯迅的網站的發展狀況有所變化：紹興魯迅紀念館在 2004 年開通了新的有獨立域名的網站（http://www.luxunhome.com），網站主要分爲兩大板塊：「魯迅故里」，重點介紹紹興關於魯迅的旅遊景點；「讀點魯迅」，重點介紹魯迅的生平和著作集魯迅研究，主要欄目有：「魯迅生平」、「魯迅年表」、「作品欣賞」、「名言警句」、「魯迅詩集」、「墨蹟精選」、「音容笑貌」、「《民族魂》（視屏）」、「研究動態」、「相關報導」、「魯迅網站鏈接」等，但是網站存在一些問題：不僅內容比較單薄，有待進一步充實，而且網站的互動性較差，雖然設立了魯迅論壇，卻沒有對外開放。另外，2004

年 4 月，由團中央和國家檔案局等單位聯合製作的弘揚革命文化的系列網上紀念館中的魯迅紀念館（http://luxun.chinaspirit.net.cn）開通，這是一個側重祭祀魯迅的網站，主要欄目有「敬獻鮮花」、「參觀留言」，網民可以在此向魯迅獻花，留言。但是，官辦機構主辦的魯迅網站開始出現在網絡中，並沒有為個人魯迅網站的生存和發展帶來一些好處，隨著政府對網絡的管理進一步加強，網絡公司要承擔它所提供服務器空間的個人網站的連帶責任，個人主辦的網站的生存壓力也因此越來越大，檳榔文學園網站等一些個人網站因此關閉。

　　2005 年，隨著博客熱的興起，中文網絡中新出現了幾個關於魯迅的博客。博客在某種程度上也可以視為一種個人網站，因此本文把博客納入網站的範圍之內研究。新浪網‧魯迅的博客（http://blog.sina.com.cn）在 2005 年 10 月 30 日開通，由網名為「魯迅的打字員」的資深網民王小山創建，他巧妙的抓住一些當前社會上的不良現象並用博客主人魯迅寫博客的形式以魯迅的文章進行評論，應當說這一用魯迅文章評論當前社會不良現象的形式很有創意，這個博客站點也應當很有發展前途，但是，新浪網站的管理員居然認為已經逝世七十週年的魯迅先生所寫的文章有敏感內容不宜在網站上刊登而多次刪除了博客中轉載的魯迅的文章。在這種情況下，這個博客站點的內容更新速度較慢，人氣也逐漸減少，其發展前景也令人擔憂；中國魯迅左翼文學網（http://libins.blogms.com）是由「檳榔」創建的博客，把被關閉的檳榔文學園網站中的大部分資料搬遷過來，並延續了他在中文網絡中倡導「魯迅左派」的一貫立場，繼續弘揚「魯迅左派」的精神。另外，堅持下來的評讀魯迅網等網站的內容更新速度較慢，變化不大。

　　2006 年，中文網絡中關於魯迅的網站有較大的變化：由北京魯迅博物館創建的北京魯迅博物館網站（http://www.luxunmuseum.com.cn）在 2006 年開通，主要欄目有：「動態公告」、「博物館介紹」、「博物館藏品」、「博物館展示」、「查詢與研究」、「魯博書屋」、「服務指南」、「友情鏈接」等。「查詢與研究」欄目收錄了一些研究魯迅的論文和魯迅博物館開發的在線檢索系統，這個檢索系統可以在線檢索魯迅著譯全集及《魯迅研究月刊》的文章，這對於廣大網民和魯迅研究者來說都是一個非常好的資料庫。「博物館展示」欄目設立了虛擬展廳，可以在線觀看魯迅博物館的基本陳列「魯迅生平展覽」，另外，還可以在線觀看由魯迅著作改編的電影《阿 Q 正傳》、《祝福》、《傷逝》和紀錄

片《魯迅傳》。「博物館藏品」欄目收錄了魯迅博物館館藏的 32 幅魯迅手跡的掃描圖片，另外還有一些魯迅遺物及收藏的畫作的彩色圖片，可以在線欣賞魯迅的手跡。總的來說，北京魯迅博物館網站的開通極大的推動了魯迅的網絡傳播工作，進一步充實了魯迅的網絡傳播的內容。

　　網絡中關於魯迅的博客也有變化：新浪網‧魯迅的博客因為內容方面不符合有關法規政策的原因所以在 2006 年 9 月 10 日被新浪網關閉，而此前在 2005 年被網易公司關閉的網易‧魯迅論壇卻以博客的形式重新出現在中文網絡中，另外，有一位網民化名「魯迅」在 2006 年 3 月 3 日創建了名為「魯迅的日記」博客（http://blog.sina.com.cn/u/1220184743），以魯迅在 2006 年復活後在網絡中寫日記的形式記錄他在現實社會中遇到的一些問題如拆遷等，以此來批評現實社會的弊端，但只刊登了 7 則日記就停止更新，具體原因不詳，但是與新浪網網管的嚴格的審帖制度應當有一些關係。網民「jinguang1969」在 2006 年 5 月 23 日建立了名為「走近魯迅」博客（http://luxunyanjiu.blog.tianya.cn），收錄了一些魯迅的作品和評論魯迅的文章，特別是收錄了一些中學生選修他的魯迅作品選講課程之後的作業（都是閱讀魯迅作品的讀後感）。

　　此外，評讀魯迅網、魯迅左翼文學網等關於魯迅的網站和博客都在平穩而緩慢地發展著。

### （2）中文網絡中關於魯迅的論壇、專欄發展狀況

　　2002 年，中文網絡中最重要的網易‧魯迅論壇因為國家加強對網絡言論的管理而更換了版主並限制了網民發表言論的自由，一些聚集在魯迅論壇的知名寫手因為網易公司的網管和新任版主大量地刪除網民的帖子而陸續離開論壇，散布於茫茫的網絡江湖之中，導致網易‧魯迅論壇的水平和在中文網絡中的影響力大幅度下降。但是，新浪網、人民網、網易公司、新華網等大型網站在 2001 年為紀念魯迅誕辰 120 週年所建立的一些專題、專欄成為這些網站的長期固定的專欄，因為這些網站的流量非常大（僅新浪網當時的每天訪問量就超過 1000 萬）而繼續在中文網絡中發揮著一定的影響，對傳播魯迅起到了重要的作用。

　　2003 年，互聯網上關於魯迅的站點發生了一些變化。此前在中文網絡空間中較為知名的網易‧魯迅論壇，因為種種原因，已經「離魯迅越來越遠」，用一位網民的話來說，網易‧魯迅論壇有變為「雜物論壇」的趨勢。但同時

也有一些新的魯迅論壇在崛起：評讀魯迅網·魯迅論壇逐漸聚集了一些魯迅愛好者，在網絡中逐漸有了一定的影響力；北大 BBS 則新開通了一個魯迅論壇，並與北大中文系的中國現當代文學學術論壇一起在互聯網中發揮著一定的影響。在網易·魯迅論壇逐漸冷清的情況下，天涯社區·關天茶舍聚集了較多的熱愛魯迅的網民，「擁魯派」的網民與「貶魯派」的網民經常在此處展開大規模的論戰，天涯社區也因此成為互聯網上最為重要的討論魯迅的網站。

另外，2003 年在中文網絡中發生了兩個值得關注的關於魯迅的重大事件：第一個就是新浪網組織的「二十世紀文化偶像評選」的在線調查，本次調查不僅在社會上而且在互聯網中也引起了大規模的論戰。在總共有 14 萬多位網民參與的本次調查中，魯迅先生以 57259 票高居榜首；第二個事件就是網易·新聞頻道發表的《過大於功的魯迅》一文引發了一場較大規模的論戰，這篇文章也有了超過 10 萬次的點擊（／閱讀）。在筆者的閱讀印象中，截止到 2003 年，中文網絡中關於魯迅的文章，擁有超過 1 萬次點擊的文章尚且比較少，而這篇僅有一千多字的短文竟然有超過 10 萬次的點擊！新浪網和網易公司分別為這兩個活動製作了專欄，收錄了一些網民關於這兩個事件的評論。

2004 年，互聯網上關於魯迅的站點也發生了一些較大的變化。中文網絡中最為著名的網易·魯迅論壇在內容方面有所變化，逐漸變成為一個以討論時事政治為主的論壇，在新版主上任之後，論壇的活動較多，人氣也較為旺盛；天涯社區·關天茶舍雖然仍然是中文網絡中較為重要的關於魯迅的論壇，「擁魯派」的網民與「貶魯派」的網民常在此處展開大規模的論戰，但是因為一些資深的網民如陳愚等因不滿天涯社區的管理政策等原因陸續離開，從而在一定程度上影響到討論的質量。除此之外，新浪網、人民網、網易公司、新華網等大型網站在 2001 年為紀念魯迅誕辰 120 週年所建立的一些專題、專欄繼續在中文網絡中發揮著一定的影響。評讀魯迅網·魯迅論壇和北大 BBS·魯迅論壇在本年度顯得比較冷清，發表的帖子比較少，因此在網絡中沒有產生多大的影響。

2005 年，在中文網絡中有著重要影響力的網易·魯迅論壇在 9 月 20 日被網易公司關閉，這不僅使一些關注魯迅的網民失去了一個具有標誌性的重要論壇，而且也使正處於發展階段的魯迅的網絡傳播工作遭到重創。本年度中

文網絡中有關魯迅的論壇的狀況可以說喜憂參半：既有評讀魯迅網和新語絲・魯迅家頁等網站的內容更新速度較慢、評讀魯迅網・魯迅論壇和北大BBS上的魯迅論壇的日漸冷清之憂，也有西陸網・魯迅研究資料論壇、百度貼吧・魯迅吧和天涯社區・關天茶舍（這個論壇中彙集了一些從網易・魯迅論壇中轉移出來的資深網民）逐漸在網絡中產生影響之喜。其中百度貼吧・魯迅吧和西陸網・魯迅研究資料論壇在本年度新開通，百度貼吧・魯迅吧設立了「走近魯迅」、「眾說魯迅」、「作品解析」、「討論爭鳴」、「魯迅與國學」、「針砭弊病」、「吧友隨筆」等欄目，聚集了一批比較年輕的網民，從中可以看出一些中學生對魯迅的看法；西陸網・魯迅研究資料論壇側重轉貼一些魯迅研究資料，雖然訪問量不多，但是其中的一些資料還是有助於網民瞭解魯迅的。

　　2006年是魯迅逝世70週年，雖然官方沒有舉行大規模的紀念活動，但是在民間卻掀起了一個紀念魯迅的高潮，一些網站和論壇都製作了紀念魯迅的專欄，主要有天涯社區網站紀念魯迅逝世70週年的專輯「民族精魂　暗夜豐碑」、搜狐網站紀念魯迅逝世70週年的專輯「70年後一回眸」、新浪網紀念魯迅逝世70週年的專輯「我們離魯迅究竟有多遠」、人民網紀念魯迅逝世70週年的專輯「魯迅精神常青」等，詳見下文分析。另外，新浪・讀點魯迅論壇在本年度設立，吸引了一些網民討論魯迅的話題。

### 2、中文網絡中關於魯迅的網民文章發展狀況

　　隨著中文網絡的飛速發展，網民的數量也越來越多，一些網民開始在中文網絡中討論關於魯迅的話題，網民關於魯迅的評論可以說是眾聲喧嘩，魚龍混雜。鑒於網民發表的關於魯迅的文章比較分散，涉及到許多的網站，為了更好的分析網民發表的關於魯迅的文章的發展狀況，本文選擇發表了網民談論魯迅文章較多的網易・魯迅論壇和天涯社區網站作為主要研究對象，兼及其他的網站和論壇中發表的關於魯迅的文章。

　　網民關於魯迅的評論文章大致分為兩類：評論魯迅本人的文章，評論魯迅作品的文章。關於魯迅本人的評論又可大致分為三類：網民心目中的魯迅，關於魯迅生平的評論，關於魯迅思想的評論等。

#### （1）關於魯迅的評論文章
①關於魯迅本人的評論

2002年度中文網絡中出現的關於魯迅本人的評論比較有影響的有如下幾

篇：網民「班布爾汗」在《論魯迅的不寬容》〔註 15〕一文中指出魯迅思想中
不寬容的一面：

> 魯迅先生的風骨，值得我們去敬仰；他的深刻，值得我們去思
> 考和自我審視；他的責任感，值得我們去學習。但是，對於他偏激
> 的處世方法，不寬容的批判態度，我們是應該有所保留的。

「班布爾汗」在文章中還指出了魯迅性格中不寬容的一面在「文革」時
期造成的不良影響，應當說，「班布爾汗」的上述言論無疑是錯誤的，魯迅性
格中確實有不寬容的一面，但是魯迅的不寬容和「文革」對魯迅的歪曲與利
用是兩碼事。

網民「三七生」在《橫看魯迅》〔註 16〕一文中用「這樣的戰士」、「生命
的路」、「死」三個章節來「橫看魯迅」，在分析了魯迅的思想與人生經歷之
後，指出魯迅「用厭惡和憎恨作前導，將心靈與生命的路引入了黑暗而空虛
的境地」。「三七生」雖然在一定程度上指出了魯迅思想中的「毒氣」與「鬼
氣」，但是他沒有能夠正確認識到魯迅思想中的「毒氣」與「鬼氣」對魯迅
的影響。

2003 年度中文網絡中出現的關於魯迅本人的評論有如下幾篇：網民「梁
惠王」在《近代文人印象之九——魯迅》〔註 17〕一文中重點談了自己心目中
的魯迅：

> 魯迅是我的至愛。寫起他，我的手都要顫抖，千言萬語不知從
> 何說起。多年來我暗暗尋思，卻永遠不能明白，一個人怎麼能把白
> 話漢語操作成這樣。簡潔而不覺其單薄，堅韌而不覺其枯硬。敲之
> 鏗然，觸之也濡；望之儼然，即之也溫。那一個個簡單的字，竟被
> 他使得出神入化。好像他在寫每一篇文章時，都將每一個漢字經過
> 精心體檢，排列操練，讓其各司其職，絕無一個冗員殘兵。於是，
> 鑄成了那樣完美無暇的魯迅體。那是無論什麼時候，截取其中的一
> 段，都能讓我迅即認出面目來的。他早已化入了我的靈魂當中。

〔註 15〕「班布爾汗」《論魯迅的不寬容》，天涯社區‧關天茶舍（http://www.tianya.
cn/publicforum）2002-09-13。
〔註 16〕「三七生」《橫看魯迅》，天涯社區‧關天茶舍（http://www.tianya.cn/publicforum）
2002-10-05。
〔註 17〕「梁惠王」《近代文人印象之九——魯迅》，天涯社區‧閒閒書話（http://www.
tianya.cn/publicforum）2003-05-07。

　　從「梁惠王」的上述言論可以看出他對魯迅非常熱愛，但是這種熱愛影響到他對魯迅的客觀評價，應當說，魯迅的許多文章的確很精彩，經得起上述的評價，但是也有一些文章可能無法得出如此高的評價的。

　　網民「淚眼看人」在《一個人的魯迅》〔註18〕一文中描述了自己心目中的魯迅形象：

> 　　如果說真的要用一個最簡單的方法來概括魯迅精神的話，那麼我想沒有比「反抗」這兩個字更合適的。在魯迅那裡，沒有任何權威，沒有任何現世的偶像。他聲稱要「反抗一切的壓迫」……在這點上，中國人裏只有魯迅真正的做到了。他的絕望即是他打倒了一切內心權威和精神枷鎖後的結果，但即使絕望也不能統治他的精神。當一個人連絕望也要反抗的時候，我相信他的內心不是虛無的，而是自由的……我不喜歡魯迅的刻薄、陰鷙、不肯「費厄潑賴」和不肯寬恕，但我喜歡魯迅反抗一切權力和權威的精神，正是在反抗中，我才保證了自己的精神自由。

　　從「淚眼看人」的上述言論可以看出，他對魯迅思想的複雜性有所認識，比較認同魯迅反抗絕望的精神，同時對魯迅思想中不寬容的一面予以批評。從他批評魯迅的不寬容這一點來說，他對魯迅在什麼情況下對什麼人什麼事「不寬容」的原因缺乏瞭解，因而他的這一觀點是不夠客觀的。

　　網民陳愚在《「如何替我照料」母親──魯迅「怯懦」嗎？》〔註19〕一文中分析了魯迅的性格：

> 　　在魯迅的心靈的天平裏，是「民族」這樣的名詞重要，還是母親的眼淚重要呢？恐怕後者重於前者，而且魯迅的基本心態是絕望的，對於民族的未來，他從「人」的角度看到，暗殺對促進民族的進步的力量是微乎其微的──中國現代歷史也一再落入魯迅最為隱憂的那種循環中去。因此在面對是否把生命一次性地獻給「民族」的選擇，魯迅選擇了活下來，以另一種方式戰鬥，也選擇了母親。

　　陳愚的這篇文章針對一些網民認為魯迅拒絕執行暗殺任務是性格「怯

---

〔註18〕「淚眼看人」《一個人的魯迅》，天涯社區‧關天茶舍（http://www.tianya.cn/publicforum）2003-02-18。

〔註19〕陳愚《如何替我照料》母親──魯迅「怯懦」嗎？》，天涯社區‧關天茶舍（http://www.tianya.cn/publicforum）2003-06-11。

儒」的觀點進行了反駁，並對魯迅擔心母親而拒絕執行暗殺任務的心理進行了分析，應當說，陳愚的分析還是比較合理的。

網民「班布爾汗」在《永懷希望者與永處絕望者——胡適與魯迅》〔註20〕一文中比較了魯迅與胡適的特點：

> 兩人都從文化起步，但魯迅始終注視著文化，而胡適則更多的關注政治，一個追求完美，一個只圖「不要太壞」。完美導致絕望，而「不要太壞」則總會激發希望，他們之間有了不可逾越的鴻溝。魯迅死在絕望當中，死在努力一生而看不到希望的絕望當中；胡適死在希望當中，死在努力一生看到希望在遠處閃爍的希望當中。無論希望與絕望，他們都已死了，都在歷史的風塵中看著後人們進行著希望和絕望的努力。

「班布爾汗」把魯迅和胡適兩人對待文化與政治的關注用二分法進行比較，雖然可以從中看出魯迅和胡適的異同點，但是這種劃分也有點簡單化，沒能反映出魯迅和胡適兩人思想中對文化與政治問題認識的複雜性。

網民「獨狼一笑」在《魯迅：詛咒與悲憫》〔註21〕一文中分析了魯迅的情感：

> 魯迅的文字背後，都有著一棵悲憫的心，是愛讓他詛咒國民，是愛讓他以56歲之齡喪生。沒了愛，一切冷嘲熱諷嬉笑怒罵都將只是垃圾。愛之深，責之切，這是理解魯迅文字的樞紐所在。

「獨狼一笑」從魯迅的文字背後讀出了魯迅的愛心，應當說，他對魯迅的上述分析還是比較準確的。

2004年中文網絡中出現的關於魯迅本人的評論有如下幾篇：網民「崇拜摩羅」在《裂縫中的魯迅》〔註22〕一文中分析了魯迅思想中的矛盾：

> 魯迅的確是現代中國最痛苦的靈魂，痛苦本身就是魯迅個體精神意向最好的注釋。魯迅的痛苦不但源自現實，更源自心靈，魯迅走到無路可逃的地步——彷徨與無地的時候痛苦的深度才可堪測

---

〔註20〕「班布爾汗」《永懷希望者與永處絕望者——胡適與魯迅》，天涯社區・煮酒論史（http://www.tianya.cn/publicforum）2003-06-24。

〔註21〕「獨狼一笑」《魯迅：詛咒與悲憫》，天涯社區・閒閒書話（http://www.tianya.cn/publicforum）2003-10-10。

〔註22〕「崇拜摩羅」《裂縫中的魯迅》，天涯社區・關天茶舍（http://www.tianya.cn/publicforum）2004-03-02。

量。如果只是爲現實所苦楚，那麼這個苦楚依然停留在傳統士大夫的憂患意識中，而憂患意識的建立還有個樂感前提，就是自己畢竟去道德擔當了。與西方人比較，魯迅的痛感意識還沒有上升到罪感意識的高度，但是在中國也只有魯迅能從社會現實與心靈現實的整體中進行痛苦的喘息，而絕非帶著樂感的單純現實憂患意識。

「崇拜摩羅」的這篇文章從傳統與現代裂變的角度對魯迅的精神痛苦進行了深入的分析，並從西方文化的角度指出魯迅的痛感意識還沒有上升到罪感意識，這一結論在一定程度上忽視了魯迅是在中國的文化而非西方文化的背景下面對痛苦的。

網民仲達在《魯迅給我們的茫茫暗夜》〔註23〕一文中分析了魯迅「反抗絕望」的哲學：

> 反抗絕望的哲學，是魯迅轉向自己內心世界進行激烈搏鬥產生的精神產物。所謂「反抗絕望」並不是一個封閉世界的孤獨者自我精神的煎熬與咀嚼，而是堅持叛逆抗爭中感受寂寞孤獨時靈魂的自我抗戰與反思。魯迅對世界的荒謬、怪誕、陰冷感，對死和生的強烈感受是那樣的銳敏和深刻，終其一生的孤獨和悲涼具有形而上學的哲理意味。

仲達的這篇文章結合魯迅的生平對魯迅的反抗絕望的人生哲學進行了較爲客觀的分析，從中可以看出他對魯迅思想的認識已經比較深入。

2005 年度中文網絡中出現的關於魯迅本人的評論有如下幾篇：網民「崇拜摩羅」在《我的魯迅觀——作爲祭品的先知》〔註24〕一文中指出：

> 魯迅無疑也是一個極端感性的人，而極端的感性並非就與思想保持距離，在筆者看來，眞正的思想家都是極端感性的個體，這種感覺類似於性至而神歸的體驗。翻開思想英雄的履歷，這一點也沒什麼不當之處。性之至者，才可以穿透歷史的迷霧，在最深沉的地方感覺人類的前途和民族的希望，魯迅在我看來就是這樣的性之至者。

從上述評論可以看出「崇拜摩羅」雖然敏銳的觀察到魯迅的感性的一面，

---

〔註23〕仲達《魯迅給我們的茫茫暗夜》，天涯社區・關天茶舍（http://www.tianya.cn/publicforum）2004-03-05。

〔註24〕「崇拜摩羅」《我的魯迅觀——作爲祭品的先知》，天涯社區・閒閒書話（http://www.tianya.cn/publicforum）2005-11-1。

但比較突出魯迅的感性的一面，同時相對忽略了魯迅理性的一面，因此這一評價也是不夠全面的。

網民聞中在《一個文化激進主義者的歸宿》〔註25〕一文中指出：

> 魯迅本身就不準備代表未來，而只屬於那個令人失望的舊時代。他自己也不是一個到達者，而是一個行走在途中的先知先覺。他的作用就是通過自己吶喊來喚醒人們的夢魂。如果目的達到了，那他自己，則寧願彷徨於黑夜並消失於黑夜。這也許就是他最後的歸宿。

聞中在這篇文章中把魯迅視為一個文化激進主義者，認為魯迅的歸宿是「消失於黑暗」，並呼籲人們要走過魯迅。應當說，魯迅早期的確在文化問題上有一些激進主義的觀點，但是魯迅在文化問題上的全部觀點並不能用「激進主義」來概括，因此聞中的上述觀點無疑是錯誤的。

2006 年度中文網絡中出現的關於魯迅本人的評論有如下幾篇：網民「晨牧」在《孤獨的魯迅》〔註26〕一文中說：

> 魯迅一直以孤傲的姿態馳騁於中國社會，奮力地用他的匕首橫衝直撞，夢想用自己的文字驚醒沉睡的國民。可同胞的猥瑣、麻木和自私，使魯迅過早地耗盡精力，帶著「一個也不寬恕」的憤恨，揮手而去……看看中國的過去和現在，再靜下心好好閱讀魯迅，這可以使我們更好地理解先生，理解他的憤怒，理解他的偏激，理解他的「一個也不寬恕」。

「晨牧」的這篇文章指出從魯迅的人生經歷和作品中可以感知魯迅在思想和政治道路上的「孤獨」的姿態，這種對魯迅的評價也是比較準確的。

網民「崇拜摩羅」在《雙峰並立　一水分流——我眼中的魯迅和胡適》〔註27〕一文中對魯迅與胡適進行了比較：

> 就魯迅而言，他無疑是近現代最獨立的知識分子。魯迅對自由絕對而純粹的追求和捍衛充分說明，他把握的乃是民主政治下個

〔註25〕聞中《一個文化激進主義者的歸宿》，天涯社區·關天茶舍（http://www.tianya.cn/publicforum）2005-11-06。
〔註26〕「晨牧」《孤獨的魯迅》，天涯社區·閒閒書話（http://www.tianya.cn/publicforum）2006-04-20。
〔註27〕「崇拜摩羅」《雙峰並立　一水分流——我眼中的魯迅和胡適》，天涯社區·閒閒書話（http://www.tianya.cn/publicforum）2006-10-01。

體的政治倫理。而胡適儘管在學術上建樹很多，但是都爲開風氣之作，他最讓後人觸目的，恰恰是以自己的社會威望走到政治前臺，對當局進行苦心孤詣的，理想主義的政治訴求。後來的歷史證明，無論是魯迅的路，「立意在反抗」，還是胡適的路，做政府的諍友，推行好人政府，都沒有使中國的歷史走出改朝換代的歷史循環。這並非說明二者乏善可陳，而是當時的社會急流使他們，甚至是使那個時代無法冷靜的確立自己的道路。一言以蔽之，當時的社會條件只能提供他們開風氣的條件，而無法完成現代知識分子推行憲政的社會使命。

「崇拜摩羅」在這篇文章中對魯迅和胡適的人生道路進行了較爲全面的比較，指出兩人的道路分別開創了現代中國的兩種知識分子傳統，但是，「崇拜摩羅」在比較魯迅與胡適之後認爲兩人都沒有完成現代知識分子的使命走向西方的憲政，這個結論還是值得商榷的，中國社會不一定要向西方社會那樣走向憲政社會才算成功。

另外，本年度還出現了網民「梁由之」的長篇文章《關於魯迅》，可以說一部關於魯迅的評傳，詳見下文分析。

②關於魯迅思想的評論

雖然魯迅的思想博大精深，比較難於認知和把握，但一些網民還是熱衷討論這一話題，發表自己對魯迅思想的看法。需要強調的是，雖然一些網民的觀點無疑是錯誤的，但也有一些網民的觀點值得關注。

2002 年關於魯迅的思想評論文章主要有如下幾篇：網民孟慶德在《魯迅自在》〔註28〕一文中認爲：

> 魯迅不屬於任何宗教，魯迅身上卻有著一種大悲憫。作爲一個東方人，魯迅身上絕無佛、老之氣，這是中國古來文化人中獨一無二的，魯迅不怕寂寞地代替一個民族站在那裡，他不逃避、不隱居、不頹廢、不逍遙。

孟慶德在這篇文章中突出魯迅具有「大悲憫」的人間情懷，這一觀點還是比較準確的。

---

〔註28〕孟慶德《魯迅自在》，天涯社區·關天茶舍（http://www.tianya.cn/publicforum）2003-07-17。

網民「檳榔」在《超「主義」的魯迅》〔註29〕一文中指出：

> 儘管魯迅生前相信過進化論，有過啓蒙主義的信念，還「從進
> 化論進到階級論」(《魯迅雜感選集·序言》)，但根本上，魯迅可能
> 不是任何一個主義者，更可能魯迅是一個「反主義者」或「超主義
> 者」，魯迅之所以爲魯迅，就在於對任何一種現成的「主義」都持懷
> 疑態度，爲我所用，更有超越。更重要的，魯迅是個歷史人物，他
> 是後來者所有人共同的精神資源。

「檳郎」在這篇文章中用超「主義」來突出魯迅思想的複雜性和豐富性，
這一概括是很有道理的。

網民「garyleecq」在《魯迅沒有思想》〔註30〕的帖子中指出：

> 只能說，魯迅具有一點進化論和一點物質論，進化與物質論並
> 不是他原創，也不是他一個人提倡。他叫喊拿來主義，並沒有爲中
> 國拿來什麼。魯迅沒有提倡過《法意》的三權分立；也沒有贊同過
> 《原富》的看不見的手，更沒有力行過《寬容》，他與這些個東西是
> 格格格不入的。魯迅決不是一個自由主義者。

「garyleecq」在這篇文章中簡單的用西方理論的標準來衡量魯迅，認爲
魯迅沒有所謂的「思想」，在網絡中也有一些網民持有類似的觀點，應當說，
這種觀點是完全錯誤的，魯迅思想的豐富性、複雜性，乃至獨特性都不能簡
單地用西方的標準來批評。

2003 年度中文網絡中關於魯迅思想的評論主要有如下幾篇：網民「獨狼
一笑」在《我爲什麼選擇了魯迅：思想篇》〔註31〕中回顧了自己對魯迅思想
認識的變化過程，他指出：

> 作爲奴化教育的犧牲者和反叛者，我對魯迅曾經嗤之以鼻，因
> 爲我覺得既然他是共產黨的聖人——有時候聖人是奴才的另外一個
> 稱呼，那麼他肯定不是什麼好東西，這觀點根深蒂固，直到我讀了
> 魯迅大部分的文章以後才動搖。我的閱讀告訴我，魯迅一直是個批
> 判者，假如他活在今天，一樣會揮動他的如椽（摶）大筆發洩胸中

---

〔註29〕「檳榔」《超「主義」的魯迅》，檳榔文學園（http://blog.stnn.cc/libins）。

〔註30〕「garyleecq」《魯迅沒有思想》，網易·讀書論壇（http://book.163.com）
2002-10-17。

〔註31〕「獨狼一笑」《我爲什麼選擇了魯迅：思想篇》，天涯社區·閒閒書話（http://
www.tianya.cn/publicforum）2003-10-12。

鳥氣，就是說，他並不是一個肉麻的吹捧者，不是一個奴才。事實
上，魯迅一直是個懷疑主義者，「於一切眼中看見無所有，於無所希
望中得救」，只有摧毀一切不切實際的虛妄的夢想，人才能得到救
贖。魯迅始終是個走在現實大地上的「過客」，不是一個飄於雲端的
預言家。魯迅不曾構建一個完整的理論體系來探討救國救民，我以
為這是魯迅傑出的地方，也是與波普哈耶克相一致的地方：既然社
會不可預測不可設計，那麼，做好現在一切才是正經。雖然有人因
此說魯迅是個世故老人。

　　從這些言論中可以看出，網民「獨狼一笑」對魯迅的思想有自己的認識，
認為沒有構建一個完整的理論體系來探討救國救民是魯迅思想傑出的表現之
一，此外，他認為魯迅一直是一個懷疑者的觀點也是較為正確的。

　　網民江雷的《棄神而去的魯迅》〔註32〕一文重點討論了魯迅和神學的關
係，他指出：

事實上，魯迅的絕望抗爭和救贖仍然都屬於人類的普羅米修斯
之火，同基督的希望一樣，提供了光明，做出了燃燒性的貢獻，只
是道路不同，所擁有的世界也因此而異。魯迅的絕望抗爭是英雄的
自我毀滅式的承擔痛苦和不幸，而基督的救贖卻是上帝的愛憐之手
對絕望的救護。基督的方式是中國所需要的，魯迅的方式也是中國
所需的，他的吶喊使他的背後已經點燃了無數的火種。

　　雖然江雷的這篇文章是探討魯迅與基督教神學關係的，但是他沒有用基
督教神學的觀點來衡量魯迅，而是結合中國現代歷史的真實情況和魯迅所受
到尼采哲學的影響來分析魯迅為何拋棄基督教神學，並肯定了魯迅反抗絕望
的思想選擇，這種觀點無疑是比較正確的。

　　2004 年年度中文網絡中關於魯迅思想的評論主要有如下幾篇：網民仲達
在《魯迅最精華的思想到底是什麼？——兼駁某些魯迅盲》〔註33〕一文中說：

魯迅之所以是魯迅，就在於他拒絕上帝向他伸出的手，他要再
次在此岸尋找意義。魯迅不是一個文化創造意義上的巨人，而是一
個自由意志的巨人。當絕大多數中國人早已適應外部壓力下放棄個

〔註32〕江雷《棄神而去的魯迅》，天涯社區・關天茶舍（http://www.tianya.cn/publicforum）
　　　　2003-10-22。

〔註33〕仲達《魯迅最精華的思想到底是什麼？——兼駁某些魯迅盲》天涯社區・關
　　　　天茶舍（http://www.tianya.cn/publicforum）2004-04-04。

體生命的自由意志的生存狀態的同時，魯迅卻如拔地而起的大樹，堅決捍衛自我尊嚴和自由意志，對外部黑暗和罪惡宣戰，反抗那些對他構成壓力和傷害的一切東西，包括國家的、家族的、群體的、黨派的、機關的、他人的、文化的、倫理的、政治的精神的等。魯迅本質上是一個反秩序的人，他對一切抹殺個體的外在和內在的東西保持警惕，對一切完滿和光明的東西保持高度懷疑。

仲達的上述評論把魯迅稱爲一個「自由意志的巨人」、「本質上是一個反秩序的人」，應當說，「自由意志」和「反秩序」的確是魯迅思想中的一個重要組成部分，但是魯迅的思想很複雜、很豐富，如果過分突出這兩點，就有點失之於絕對化和簡單化了。

網民「zj 量子」在《魯迅，一個沒有哲學的吶喊者》〔註34〕一文中指出：

魯迅的思想，是一個沒有哲學基礎的思想。因爲，魯迅的思想是建立在立「人」基礎之上，是以立「人」爲命題展開的形而上學思想。

「zj 量子」的上述觀點用沒有「哲學基礎」來批評魯迅的「立人」思想，這一衡量標準無疑是片面的和簡單的，沒有看到魯迅思想的豐富性和複雜性。

2005 年年度中文網絡中關於魯迅思想的評論主要有如下幾篇：網民仲達在《「個的自覺」和「罪的自覺」——重讀魯迅》〔註35〕一文中從日本魯迅研究學者伊藤虎丸對「個」的思想的闡釋入手來解讀魯迅，他指出：

「個的自覺」與「罪的自覺」，很多因素糾纏一起，迫使魯迅最終選擇「那我不如燒完」，即自主地選擇死亡。正因爲有了這樣的「自覺」，《過客》中的過客離開了他所憎惡的「家園」，而走向墳地，從而在對絕望洞悉之後，採取「絕望的反抗」。縱觀魯迅的一生，以實際行動踐履自己的生命哲學，他的具有形而上的意向性的自覺生存意識，爲中國文化史貢獻出了一個全新文化品質。

從總體上來說，仲達的這篇文章和《在拯救的名義下逍遙——從劉小楓

---

〔註34〕「zj 量子」《魯迅，一個沒有哲學的吶喊者》天涯社區‧關天茶舍（http://www.tianya.cn/publicforum）2004-10-01。

〔註35〕仲達《「個的自覺」和「罪的自覺」——重讀魯迅》，天涯社區‧關天茶舍（http://www.tianya.cn/publicforum）2005-5-27。

批魯迅說起》〔註36〕等幾篇涉及到魯迅思想的文章，雖然切入魯迅的角度不同，但在大體上都是借助或吸收已有的魯迅研究成果再結合自己的理解然後來闡釋魯迅，這些觀點雖然說不上是原創的，但是其中也有他吸收消化一些魯迅研究成果之後的個人的理解和思考，因此也有其價值意義。

　　網民「朱弦三歎」的《關於魯迅先生思想的點滴感想》〔註37〕一文是他在真名網與多位網民討論魯迅思想的文字合集，包括答冉雲飛的《多讀胡適可以改善人性》一文的文字，答于仲達的《多讀魯迅可以捍衛人性——回冉雲飛〈多讀胡適可以改善人性〉》一文的文字，答陳永苗的《告別魯迅》一文的文字，答「撥出蘿蔔」的《回歸一個生命個體》一文的文字，答丁輝的《亟需「引起療救的注意」的精神殘疾》一文的文字，答邵建的《事出劉文典》一文的文字，及雜談「批評魯迅」現象一文。這篇文章集中闡述了「朱弦三歎」對魯迅思想的看法：

　　　　近 100 年來，除卻魯迅先生，又有誰更配擔當「民族魂」三個
　　字？若非先生對於本土人民深切博大的愛，對於強暴奴役視若仇敵
　　的恨，於絕望之中仍保有不絕如縷的希望，時人又怎麼能夠為他送
　　上「民族魂」的尊諡？像這樣艱苦卓絕奮鬥不息的精神，魯迅先生
　　的為 20 世紀以來唯一一人、第一之人也。這樣的「魂」，不消說我
　　們這個有著「五毒」的民族，與世界上哪一個民族相比，又遜色了
　　呢？

　　　　先生雖以文學安身立命，但切不可以傳統「文人」的那點格局
　　而小視之，先生乃為偉大的思想者！

　　「朱弦三歎」的這篇與多位網民論爭的文章分別指出了多位網民在其談魯迅的文章中的觀點錯誤，重申魯迅是「民族魂」。總的來說，他對魯迅的評價是比較準確和客觀的。

　　2006 年年度中文網絡中關於魯迅思想的評論主要有如下幾篇：網民「飄然遠引」在《魯迅是一個真正的儒家》〔註38〕一文中說：

〔註36〕　仲達《在拯救的名義下逍遙——從劉小楓批魯迅說起》，天涯社區·關天茶舍
　　　　　（http://www.tianya.cn/publicforum）2005-11-06。
〔註37〕　「朱弦三歎」《關於魯迅先生思想的點滴感想》，天涯社區·關天茶舍
　　　　　（http://www.tianya.cn/publicforum）2005-1-24。
〔註38〕　「飄然遠引」《魯迅是一個真正的儒家》，天涯社區·閒閒書話（http://www.
　　　　　tianya.cn/publicforum）2006-05-20。

> 從儒家的傳統倫理衡量，魯迅是遵守儒家文化的傑出人物，一
> 是克己，二是復禮。克己的目的是爲了復禮。克己就是修身，節制
> 自己，和朱安，那段漫長的無性婚姻以及對母親大人的孝道，克己
> 到了一定程度，於是出現了十年酷烈的沉默，於是他出山了，帶著
> 絕望的心態去做復禮的希望，也就是要挽救中國人的心，要在這個
> 意義上去平天下……從這個層面來說，魯迅是民族魂，正是尤其對
> 傳統文化的批判，他成爲儒家文化的現代傳人，在繼承和變異中復
> 活著中國人的精神血統！

應當說，「飄然遠引」的上述用「克己」來解讀魯迅和朱安的婚姻，用
「復禮」來解讀魯迅改造國民性的言行無疑也是很牽強的，因此用儒家的「克
己」與「復禮」的倫理觀來衡量魯迅生平的觀點是錯誤的，魯迅作爲一個中
國人不可避免的要受到儒家倫理的影響，但是這種影響在魯迅的思想中並不
是具有主導地位的，魯迅因此也不是什麼真正的儒家。

網民「西辭唱詩」在《魯迅與儒家》〔註39〕一文中也討論了魯迅與儒家
的關係，他指出：

> 魯迅對於儒家的批判，總起來就是：儒家成爲專制權力的工具
> 即禮教之後的虛僞。所以，說魯迅是儒家的敵人，其實不準確，他
> 應該是禮教的敵人，但因爲禮教確實與儒家以及孔子有關，所以，
> 還是說魯迅是儒家的敵人吧……不管怎樣，魯迅作爲一個傑出的批
> 判者，他是儒家的敵人，但卻是一個有益的敵人，因爲魯迅所批判
> 的那些禮教的糟粕，也正是儒學自身應當加以批判的。

「西辭唱詩」的上述觀點指出了魯迅與儒家的複雜關係，魯迅對儒家的
批判實際上是對禮教的批判，這種觀點應當說是比較正確的。

### （2）關於魯迅作品的評論文章

2002 年中文網絡中評論魯迅作品的文章最重要的是網民「shidi」在天涯
社區·閒閒書話從 5 月 18 日開始陸續發表的系列文章《再謁魯迅（上）》，
後來他又在 7 月 20 日把這 32 篇文章以《再謁魯迅（上）》〔註40〕爲題集中

---

〔註39〕 「西辭唱詩」《魯迅與儒家》，天涯社區·閒閒書話（http://www.tianya.cn/
publicforum）2006-9-16。
〔註40〕 「shidi」《再謁魯迅（上）》，天涯社區·閒閒書話（http://www.tianya.cn/
publicforum）2002-7-20。

發表。「Shidi」的這些文章大部分都是從魯迅雜文中選取一些語句或段落，然後聯繫現實社會中的一些現象進行分析，如《「劫難中的光芒」——再謁魯迅（4）》、《讀〈幫閒法發隱〉有感——再謁魯迅（26）》、《讀〈漫罵〉有感——再謁魯迅（29）》等；另有小部分文章是分析魯迅的小說，如《〈阿Q正傳〉斷想——再謁魯迅（7）》、《冷漠的惡果——再謁魯迅（8）》。總的來說，「shidi」的這些文章都分別從不同角度指出了魯迅作品的現實意義，突出了魯迅思想的深刻性。「石地」（即shidi）在《暗夜中的豐碑——〈再謁魯迅〉後記》中指出了魯迅對於現代中國的價值：

> 舊中國的黑暗如此沉重，嘔心瀝血轉戰不息的魯迅，最終倒在了批判、戰鬥的路上，但他用自己的一生，為中華民族的有志之士樹起了一個榜樣。一個熱愛祖國、關注社會、關懷弱者的榜樣，一個正視苦難、挑戰黑暗、尋求新路的榜樣，一個隱忍著內心的孤苦而挺立於陰風冷雨、刀叢血海之中的榜樣，一個獨自擦拭明槍暗箭留下的傷口、卻勇於「從別國竊來火種，為的卻是煮自己的肉」的榜樣。他用他的思想和精神、用他的錚錚硬骨和沉沉華章昭示後人、召喚來者：對黑暗的戰鬥是艱巨的、困難的，卻是永遠有價值、永遠有意義、永遠不能妥協的！

2003年中文網絡中關於魯迅作品的評論最重要的文章是網民「shidi」在天涯社區網站從1月8日開始陸續發表的系列文章《再謁魯迅（下）》〔註41〕。「Shidi」的這個系列文章包括《墳前的叩問——再謁魯迅（下之1）》、《穿透世紀的「熱風」——再謁魯迅（下之2）、《「吶喊」探源——再謁魯迅（下之3）》、《〈傷逝〉的失察和護短——再謁魯迅（下之4）》、《凝視那蒼茫的〈野草〉——再謁魯迅（下之5）》、《〈準風月談〉箚記　十二章——再謁魯迅（下之6）》、《冷眼悲情睿見深——再謁魯迅（下之7）》等，主要談自己閱讀魯迅的部分文集後的感想。如「Shidi」在《凝視那蒼茫的〈野草〉——再謁魯迅（下之5）》一文中就指出：

> 我將《野草》視為魯迅人生轉折的里程碑。我將《野草》看得如此之重，還有一個重要原因：它是詩。那些直抒胸臆的詩句，是靈魂最真誠的籲吐，是個人情懷最無保留的展現，對於一個不再謀

---

〔註41〕　「shidi」《再謁魯迅（下）》，天涯社區‧閒閒書話（http://www.tianya.cn/publicforum）2003-1-8。

求俗世事功，已經放下種種權謀機心的思想家來說，「文如其人」的集中表現，實在莫過於「詩言志」了。通觀《野草》全篇，除了那一首意在諷刺的《我的失戀》以外，沉鬱悲憤的心境和緊張焦灼的摯情，浸透了每一篇章；那種深味傷痛而剛毅自持的凜然，坦陳絕望卻絕不苟且的蒼涼，以及向無邊的黑暗以命相搏的決心，不正是晚年魯迅最突出的特點麼？

從「Shidi」的上述評論中可以看出，他結合魯迅的人生經歷和《野草》的寫作手法對《野草》做出了比較準確的評價。

本年度關於魯迅小說的評論文章主要有網民「絮影妃子笑」的《傷逝——再談魯迅的愛》〔註42〕。「絮影妃子笑」指出：

> 寫這篇小文的初衷是對魯迅愛和寬容的詮釋，以反駁魯迅缺乏溫情論。我從來都不認為魯迅就是涓生，但涓生的矛盾和掙扎裏有作者的影子……《傷逝》是一部涵蓋深廣、可以探尋魯迅情感線索的作品，當然不僅僅是寫給周作人的，後來他出版的《兩地書》更細緻地表現了掙脫桎梏的過程，巧妙地給了所愛的人精神的地位和真切的關注。

「絮影妃子笑」結合自己對小說的閱讀體驗，闡述了自己的真實感受，雖然她的觀點在魯迅研究領域不算什麼新觀點，但是這種理解和討論魯迅小說的方式無疑應當是值得肯定的。

另外，本年度關於《野草》的重要文章還有網民范美忠的《過客：行走反抗虛無》一文。（詳見下文分析）

2004年關於魯迅作品的評論文章主要有如下幾篇：網民「老太」的《一個具體的魯迅，何曾虛無？何曾冷漠？》〔註43〕一文共有25則雜感組成，作者從魯迅的書信中摘取了部分的句子或段落，然後聯繫歷史或現實進行分析，從中突出魯迅的溫情。例如，

> 21，「《思想，山水，人物》中的 Sketch Book 一字，完全係我看錯譯錯，最近出版的《一般》裏有一篇（題目似係《論翻譯之難》）指謫得很對的。但那結論以翻譯為冒險，我卻以為不然。翻譯似乎

---

〔註42〕 「絮影妃子笑」《傷逝——再談魯迅的愛》，天涯社區‧人物論壇（http://www.tianya.cn/publicforum）2003-09-04。

〔註43〕 「老太」《一個具體的魯迅，何曾虛無？何曾冷漠？》天涯社區‧關天茶舍（http://www.tianya.cn/publicforum）2004-10-21。

不能因爲有人粗心或淺學，有了誤譯，便成冒險事業，於是反過來給誤譯的人辯護。」（魯迅・1928・致錢君匋）

雜感：

有人指責魯迅，說他不僅刻薄，而且決不認錯。這指責是只看到表面，只看到局部，還不能成爲對一個歷史人物中肯而公正的評價。讀魯迅書信，你會時時領教先生的溫情，他幫助起人來是非常大方大度的；而對自己的弱點或錯誤，也並非熱中於爲自己護短，承認錯誤和自我批評的言論是很多的，而且不以「看錯」爲藉口，直接把「譯錯」的責任擔在肩上。你比較一下當今寫字作文的紅人秋雨先生，那是無論大錯小錯，一概要死抗到底的，著文辯解，越描越黑，其境界之高下可謂一目了然。

「老太」不僅從魯迅的私人書信中看出魯迅的眞實的情感，而且結合書信的內容有感而發，這對於更好的理解魯迅本人無疑是有幫助的，但是可能因爲這篇文章中的一些雜感聯繫到現實社會中的某些負面問題，或者是因爲別的某種原因，這篇文章被封貼，作者無法再繼續寫下去，這是很遺憾的。

網民仲達在《過客：大地上的行走》〔註44〕一文中對《過客》進行了解讀，他指出：

過客，一個消失於沉沉黑夜獨自遠行的影子，孤獨無援的反抗和掙扎，拒絕了一切天堂、地獄、黃金世界，義無反顧地在黃昏裏「走」向墳場，一個背負四千年重負，帶著極強的使命意識，肩起黑暗的閘門的歷史「中間物」，正是在反抗「孤獨」「被拋」向死而生的不懈努力中，過客成了自己命運的主宰者。過客通過行走反抗虛無，「走」成了對精神囚禁的突圍和反抗。當生存的眞相被撕裂，沉睡的大地只剩下濃重的暗夜。千百年來，大地作爲承載者、藏匿者、保護者的意義一直沒有被彰顯出來。人在大地上行走，卻遺忘了大地。遺忘大地，就是對生存根基的遺忘。過客在大地上行走，大地成了他的意義。

仲達的這篇文章指出「過客」通過在大地上的「走」來反抗絕望，不僅較爲準確地揭示出魯迅的反抗絕望的思想，而且突出了「大地」對於「過客」

---

〔註44〕仲達《過客：大地上的行走》天涯社區・關天茶舍（http://www.tianya.cn/publicforum）2004-9-20。

的精神意義，總的來說，他對《過客》的闡釋雖然吸收了一些魯迅研究者的觀點，但是也在吸收前人成果的基礎上又有自己的闡釋。

2005 年度中文網絡中關於魯迅作品的評論文章主要有如下幾篇：網民「獨狼一笑」在《魯迅的詩》〔註 45〕一文中對魯迅的詩歌創作進行了分析並對《慣於長夜過春時》和《自嘲》這兩首舊詩進行了點評，他指出：

> 先生的真正佳作，我以為是《慣於長夜過春時》和《自嘲》。《慣於長夜過春時》這首，倘說還有甚麼缺點，從技術上說，是最後一句出韻了。詩前幾句韻字分別是時、絲、旗、詩，乃屬四支韻，而末句的衣字，卻是屬於五微韻的。近體詩的押韻，我的看法，要麼押古韻，要麼押今韻。既押古韻，則當守古人之規矩，除第一句外，餘者皆不得押鄰韻，但這也只是白璧微瑕，似乎不必過於求全責備。
>
> 《自嘲》也許是先生最廣為人知的一首了，尤其是頸聯，「橫眉冷對千夫指，俯首甘為孺子牛。」經領袖欽點，已經成了先生的標準像。但這或許是有欠思量的。橫眉冷對千夫指，先生自能做到；俯首甘為孺子牛，則只怕未必。無論是先生的小說，還是先生的雜文，我都只能感到先生是高高在上俯視眾生，大筆如椽（搏），針砭時弊，至於低到塵埃里的俯首，則我未及一見。便是先生的文字，也絕說不上通達順暢，而先生自己也承認，以純粹的口語寫文章，是他力所不能及的。

從這篇文章可以看出，「獨狼一笑」把魯迅的新詩和舊詩放到中國詩歌的歷史長河之中進行分析，指出魯迅舊詩創作的價值所在，並對魯迅的兩首舊詩做出了精彩的點評，這無疑顯示出「獨狼一笑」對於中國詩歌研究和魯迅詩歌研究已經具有較高的學術水平，但是「獨狼一笑」對於魯迅新詩的評價較低，這一觀點還值得商榷。魯迅的新詩成就的確比不上他在舊詩創作上的成就，但也有其價值。

網民仲達在《由〈野草〉雜談魯迅「反抗絕望」的人生哲學》〔註 46〕一文中指出：

---

〔註 45〕「獨狼一笑」《魯迅的詩》天涯社區・關天茶舍（http://www.tianya.cn/publicforum）2005-04-17。

〔註 46〕仲達《由〈野草〉雜談魯迅「反抗絕望」的人生哲學》，天涯社區・天涯雜談（http://www.tianya.cn/publicforum）2005-10-19。

　　魯迅散文集《野草》是魯迅人生哲學集中而形象的體現，而曾在作者心中醞釀 10 年之久的《過客》，又可以看作《野草》的「綱」。《過客》鎔鑄了魯迅個人生活的痛苦經驗和獨異思考。「過客」的形象，無論從外貌還是更重要的精神氣質上說，都可以看作作者的自畫像。「過客」精神的意義——拒絕以消極的方式結束人生的旅程，「雖然明知前路是墳而偏要走，就是反抗絕望」，「絕望而反抗者難，比因希望而戰鬥者更勇猛，更悲壯。」「我只得走」，這成為他生命的底線或絕對命令，這是生命的掙扎，是看透與拒絕一切徹底的「空」與「無」中惟一堅守和選擇。魯迅後來把這種「永遠向前走」的過客精神概括為「反抗絕望」！

　　總的來說，仲達的這篇文章結合自己的閱讀體驗和生命體驗通過對《野草》的解讀來分析魯迅「反抗絕望」的思想，其觀點雖然受到一些魯迅研究者如王乾坤等人的影響，但是還是表達出了自己對《野草》的閱讀感受。

　　網民「雅車棋子」在《重讀魯迅經典〈傷逝〉》〔註47〕一文中認為「《傷逝》的主旨決非僅限於討論或強調經濟問題」，「深入的文本解讀不難發現：涓生和子君的婚姻理想終告破滅的悲劇是注定的，生計危機至多只能使這一結局的出現有早晚之別」，魯迅「在這篇看似『愛情故事』或『生計問題小說』的作品裏，寄寓了遠較單純的愛情和經濟問題更為深遠的意趣。」他「用悲憫的筆觸完成了對芸芸眾生心靈一隅和社會世象的深深探索。」應當說，「雅車棋子」對《傷逝》的這番解讀還是比較深入的，不過，這篇文章從體例上來看很像是一篇學術論文，而不像是一篇網絡中常見的網民的文章。

　　另外，網民范美忠在天涯社區·閒閒書話連續發表了四篇關於《野草》的解讀文章：《復仇：對庸眾的復仇與極致生命美學》（2005-05-31）、《頹敗線的顫動：存在的撕扯與憤怒心態解剖》（2005-06-08）、《復仇·二：反思精英心態和超越啓蒙》（2005-06-14）、《秋夜：詭異夜晚冥想中之對抗》（2005-6-25），繼續對《野草》進行解讀。（詳見下文分析）

　　2006 年中文網絡中關於魯迅作品的評論主要有如下幾篇：范美忠在天涯社區網站發表了《故鄉：鄉土知識分子失鄉之原型書寫》〔註48〕一文，用文

〔註47〕「雅車棋子」《重讀魯迅經典〈傷逝〉》，天涯社區·舞文弄墨（http://www.tianya.cn/publicforum）2005-10-11。

〔註48〕范美忠《故鄉：鄉土知識分子失鄉之原型書寫》，天涯社區·閒閒書話（http://www.tianya.cn/publicforum）2006-1-8。

本細讀的方法解讀《故鄉》，並提出了現代中國的「鄉土知識分子何以突然失鄉」的問題。他指出中國現代知識分子「離開家園之後變成了在路上」，而魯迅對於「故鄉」的描述具有典型意義：

> 魯迅未能區分偶像與神，信仰與迷信，把道路上的行走終極化，把希望偶像化，亦爲魯迅之失，從而其生命成爲漫無目的的靈魂漂泊，魯迅的生命因其無信仰而成爲反抗絕望的走之生命哲學，通過不斷反抗和追求來指向不可能的理想之鄉，希望在未來，在遠方，在路上。故鄉成爲一種指向，道路變得更爲關鍵，而思鄉情結成爲一種烏托邦式的哲性鄉愁。對魯迅而言：仍是政治社會的，人際的，個體內在的三重意義上的理想指向。水生與宏兒反映了我一貫的寄希望於下一代的進化論思想。三種道路：社會政治道路，只是對現實不滿，沒有明確目標；人生之路，走的人多了就成了路；精神靈魂之旅，永遠是個體孤獨之旅，不會行走於同一道路，也沒有終點和方向。

范美忠的上述評論把「故鄉」的內涵拓展爲「地理倫理故鄉、文化故鄉和靈魂故鄉」，從《故鄉》的「離鄉──回鄉──再離鄉模式」入手，探討魯迅等現代鄉土知識分子與故鄉特別是精神家園的關係，顯示出他對《故鄉》的解讀的獨特性和深刻性。

另外，網民范美忠還在天涯社區發表了《〈野草〉心解》（修訂稿）〔註49〕，包括14篇解讀《野草》的文章，這是中文網絡中網民創作的第一部關於《野草》的書稿，顯示出網民對魯迅研究的深入。（詳見下文分析）

2006年10月，網民石地在天涯社區網站以《三祭魯迅》爲題陸續發表了《〈吶喊〉探源──三祭魯迅之一》〔註50〕、《〈野草〉眺望──三祭魯迅之二》〔註51〕、《冷眼悲情睿見深──三祭魯迅之三》〔註52〕等三篇文章，

---

〔註49〕 范美忠《〈野草〉心解》（修訂稿），天涯社區・閒閒書話（http://www.tianya.cn/publicforum）2006-1-13。

〔註50〕 石地《〈吶喊〉探源──三祭魯迅之一》，天涯社區・關天茶舍 2006-10-07（http://www.tianya.cn/publicforum）。

〔註51〕 石地《〈野草〉眺望──三祭魯迅之二》，天涯社區・閒閒書話 2006-10-09（http://www.tianya.cn/publicforum）。

〔註52〕 石地《冷眼悲情睿見深──三祭魯迅之三》，天涯社區・關天茶舍 2006-10-13（http://www.tianya.cn/publicforum）。

系統地評述了魯迅的《吶喊》、《野草》這兩部代表作品和魯迅本人的思想。
另外，還發表了《魯迅雜文學習箚記》（五篇）〔註 53〕和《魯迅的失察與護
短——解讀傷逝》〔註 54〕等文章，這些文章都是石地此前已經在天涯社區發
表的文章的修改稿，從這幾篇文章可以看出，石地不僅對魯迅的生平和著作
十分熟悉，而且他對《吶喊》、《野草》以及魯迅思想的評論雖然在魯迅研究
史上並不算什麼新的觀點，但也都是比較準確的，這樣的富有文采和見解的
關於魯迅的文章在網絡中也是不多見的。另外，石地的《魯迅雜文學習箚記》
一文包括「生存與苟活」、「有效和無效的人口」、「『不免』和『不經』」、「規
矩和道理」、「可憐的『國民』」等五則箚記，這幾篇箚記用魯迅雜文中的一
些觀點來分析現實社會中的某些問題，把魯迅部分雜文與現實社會中一些問
題結合起來進行議論，不僅較爲深入地揭示出某些社會問題的弊端，而且也
顯示出魯迅雜文的生命力。

　　本年度關於《野草》的評論文章有網民「dfdyz」的《魯迅野草部分篇目
解讀》〔註 55〕一文，他對胡尹強在《魯迅：爲愛情作證——破解〈野草〉世
紀之謎》一書中提出的《野草》是一部記錄魯迅與許廣平戀愛過程的愛情詩
集的觀點比較認同，但對其中的一些篇章解讀有不同的意見，例如：

　　　　地火在地下運行，奔突；熔岩一旦噴發，將燒盡一切野草，以
　　及喬木，於是並且無可朽腐。

　　　　——歷來的解釋，都把地火作爲革命或革命運動、革命精神來
　　講，即胡尹強諸君也把它作爲愛情之火來解（是否也受了上面一種
　　解釋的影響），我覺得這都不能講得通。只要聯繫上段與下段，以及
　　與此節做排比的上一節的意思，就能夠得出這地火並不是作爲積極
　　意義出現的，也即不是作爲所謂正面形象出現的，否則很難與上下
　　文的意思貫穿起來，成了一個孤立的存在。其實，它喻示的是醜陋
　　現實籠蓋下的一種陰暗心理，一種暗地裏燃燒的邪火，也即流言蜚
　　語。這種流言蜚語漸傳漸多，就會形成一股強大的邪惡勢力，將會

〔註 53〕石地《魯迅雜文學習箚記》（五篇），天涯社區‧天涯雜談 2006-10-16（http://
　　　　www.tianya.cn/publicforum）。
〔註 54〕石地《魯迅的失察與護短——解讀傷逝》，天涯社區‧舞文弄墨 2006-10-14
　　　　（http://www.tianya.cn/publicforum）。
〔註 55〕「dfdyz」《魯迅野草部分篇目解讀》，天涯社區‧閒閒書話 2006-1-7
　　　　（http://www.tianya.cn/publicforum）。

把這嶄新的愛情，把這由愛情締造的《野草》，以及一切具有鮮活生命的事物摧毀。「於是並且無可朽腐」，喻深具封建傳統和封建倫理的人對待這野草般的愛情的毀滅與絞殺是毫不留情的，即連野草朽腐的時間都不給。

總的來說，網民「dfdyz」對《野草》部分篇目的解讀還是可以自圓其說的，對於拓展《野草》研究還是具有一定的參考價值。

本年度還出現了多篇關於《傷逝》的評論文章。網民「流水白雲多自在」在《從魯迅小說〈傷逝〉的轉折點說起》〔註56〕一文中指出：

> 涓生對子君從未有過真正意義上的愛情，有的只是成熟男性對異性的生理需求。《傷逝》的悲劇不僅不是涓生的悲劇，而且是涓生甩掉包袱，走向新生的成功。涓生的懺悔也不過是他要在連他自己也不相信有的「所謂地獄」「尋覓子君」，「祈求她的饒恕」，逃避良心的譴責而已。

網民「吻你的左臉頰」在《一曲愛與哀愁的輓歌——讀魯迅的傷逝》〔註57〕一文中指出：

> 在表現金錢與愛情的對立以及愛情和謊言的對立的作品中，自認為沒有比魯迅的《傷逝》更深刻的作品了。不過在這篇文章中，想要表達的並非是金錢與愛情或愛情與謊言之間的關係，而主要是想說明魯迅怎麼樣通過子君——涓生眼中的子君和與涓生對比的子君，來表現愛情以及追隨愛情而來的哀愁這一主題。

總的來說，這兩位網民對《傷逝》的評論雖然在觀點方面都值得商榷，但是都從不同角度寫出了自己閱讀感受，有感而發，這也是值得鼓勵的。

### （3）仿寫魯迅作品的文章

魯迅先生是中文網絡中最受歡迎的作家之一，他的一些著作也成了網民重構、戲仿的對象，繼 2001 年網易文化頻道「大家都來『吃』魯迅」專輯之後，在 2002 年的網易·魯迅論壇中又出現了一批戲仿魯迅著作的文章〔註58〕。

---

〔註56〕「流水白雲多自在」《從魯迅小說〈傷逝〉的轉折點說起》，天涯社區·煮酒論史（http://www.tianya.cn/publicforum）2006-10-28。

〔註57〕「吻你的左臉頰」《一曲愛與哀愁的輓歌——讀魯迅的傷逝》，天涯社區·閒閒書話（http://www.tianya.cn/publicforum）2006-05-24。

〔註58〕網易·魯迅論壇 2002 年發表（http://www.163.com/forum.Luxun）（按因為論壇

　　網民「cornerxu」的《祥林總》是對魯迅小說《祝福》中「我」與祥林嫂在魯鎮相遇時的對話的戲仿，寫「我」回到衡陽時遇到了當時處於慘淡經營中，並正處於股份制改造時期的衡陽某某顏料化工公司總裁某某，某某向我諮詢「我的廠如果買了 ERP 之後，究竟有沒有好處的？」網民「桃溪老叟」的《祝福》也是對魯迅小說《祝福》中「我」與祥林嫂在魯鎮相遇時的對話的戲仿，寫「我」在證券公司門口遇見祥林嫂，祥林嫂詢問「一個人深套了之後，究竟能不能解套？」並一再說「我真傻，真的……我單知道熊市的時候主力都不進場，股票會跌下來；我不知道牛市也會賠」。網民「cornerxu」的《記念諾基亞君》則是戲仿魯迅的《記念劉和珍君》，寫諾基亞與微軟競標失敗：「嗚呼，我說不出話，但以此記念諾基亞帶來的失落！」網民「桃溪老叟」的《起死》（股市版）寫莊子赴楚國擔任股市操盤手途中在一個證券公司與股民發生爭辯的故事，最後在巡警的掩護下才得以脫身。作者對巡警和莊子的對話戲仿的比較有趣：「咱們的局長這幾天就常常提起您老，說您老要上楚國操盤去了，也許從這裡經過的。敝局長也是一位股民，很愛讀您老的文章，什麼『方漲方跌，方跌方漲，方漲方不漲，方不漲方漲』，真寫得有勁，真是上流的文章，真好！您老還是到敝局裏去歇歇罷。」網民「數學大俠」的《孔乙己之余杰版》把魯鎮替換為北大的 BBS，從擔任網絡監管角色的「我」的視角寫余杰在北大的 BBS 的經歷。從「余杰是罵政府而從校內上網的唯一的人」到「我到現在終於沒有見——大約余杰的確去了美國了」，較為完整的戲仿了魯迅的小說《孔乙己》。網民「yueshiwan」的《搞笑模仿秀：中國足球孔乙己版》寫足球隊員孔乙己的故事，有較強的現時意義。網民「自愚自樂」的《論「費厄潑賴」應該緩行（鄭夢准篇）》較為辛辣的諷刺了韓國足協主席鄭夢准：「球迷們或者要問：那麼，我們竟不要『費厄潑賴』麼？我可以立刻回答：當然是要的，然而尚早。這就是『請君入甕』法。雖然球迷們未必肯用，但我還可以言之成理。」網民「林野大雪」的《論世貿大廈的倒掉》是對魯迅的《論雷鋒塔的倒掉》一文的戲仿，比較及時的表達出中國網民對 9．11 事件的態度：「莫非老美造此大廈的時候，竟沒有想到樓是終究要倒的麼？」網民「自愚自樂」的《狂人日記——世界盃教練》是對《狂人日記》的戲仿，較為幽默地描寫了參加世界盃足球賽的各隊教練的心態。網民「悠晴」的《祝福新編》寫祥林嫂投資股市被套牢後，在「我」

關閉所以各篇文章發表的具體日期已經無法查證）。

的指點下，拜魯鎮的財神廟，最後中了七合彩變成了百萬富婆並和兒子阿毛遷居上海的故事。其中對祥林嫂語言的戲仿較爲成功：祥林嫂一副失魂落魄的樣子，對我說道，「我單知道股市有風險，大市不好的時候會很容易賠錢；卻不知道會在股市紅火的時候也會賠的這樣慘。」網民「斜陽西樓」的《魯迅的故事》寫朱安大膽的向魯迅示愛並終於得到魯迅的愛的故事。網民「熱帶魚」的《再回故鄉》寫閏土邀「我」來爲「魯迅故居」開館與「周氏祠堂」動土儀式剪綵而再回故鄉的經歷：無辜被我寫「死」的阿Q如今已是一家什麼CEO了，見到我，並沒有生氣，反而恭恭敬敬遞過一張名片來，倒讓我惶恐；又據說他給京劇院贊助了一筆款子，成了京劇藝術協會榮譽會員的，再唱起「我手執鋼鞭將你打」隱隱的有了嫡派的味道；祥林嫂沒日對著耳聾的九斤老太念叨股市風險；趙家的狗據說因爲在我的文章中露過幾次面，竟大大的風光了，出鏡率是比當年希特勒的「親王」還要高的，見了我居然也客客氣氣的了。網民「賈寶賈玉」的《狂犬日記——〈狂人日記〉續篇》是對《狂人日記》的續寫，從趙家的狗的視角寫人的瘋狂和不可理喻。網民「蔣郎憔悴」的《網絡時代的孔乙己》和網民南方流浪人的《阿Q與金庸的QQ對話》、《魯四老爺與祥林嫂的QQ對話》、《祥林嫂與豆腐西施楊二嫂的QQ對話》、《孔乙己與阿Q的QQ對話》都是借用魯迅筆下的人物描寫現實社會的弊端，有較強的諷刺意味。如孔乙己成了著名網絡寫手、桃花島網站CEO、中國網絡文聯常任理事、博士，著有《魯鎮寶貝》，阿Q成了網絡寫手，筆名「如水溫柔」，著有《第一次親自喝醋》等。

2003年中文網絡中出現的仿寫魯迅作品的文章有如下幾篇：網民「蘇小貓」的《魯迅〈論雷鋒塔的倒掉〉、劉湧案》〔註59〕一文把瀋陽發生的劉湧案的部分情節放入魯迅的《論雷鋒塔的倒掉》一文中，諷刺爲劉湧辯護的專家、教授：

> 當初，黑老大行兇作惡，教授們躲在蟹殼裏。現在卻只有13位教授傻眼了。莫非他翻案的時候，竟沒有想到「黑老大」是終究要倒的麼？
>
> 活該。

網民「令狐無皮」的《論薩達姆塑像的倒掉》〔註60〕一文模仿魯迅的《論

---

〔註59〕 「蘇小貓」《魯迅〈論雷鋒塔的倒掉〉、劉湧案》，天涯社區·天涯時空（http://www.tianya.cn/publicforum）2003-12-19。

〔註60〕 「令狐無皮」《論薩達姆塑像的倒掉》，教育在線網站（http://bbs.eduol.cn/post）

雷峰塔的倒掉》一文，諷刺薩達姆：

> 當初，斯大林的塑像被推翻，後來，齊奧塞斯庫死在亂槍之下，米洛舍維奇關在海牙法庭。現在卻只有金正日獨自靜坐了，非到獨裁者斷種的那一天爲止出不來。莫非他造塑像的時候，竟沒有想到塑像是終究要倒的麼？

> 活該。

網民「斜天平」的《李尋歡先生》〔註61〕一文模仿魯迅的《藤野先生》一文，寫「我」從關外到關內隨武林高手李尋歡先生學習武功的故事：

> 但不知怎地，我總還時時記起他，在我所認爲我朋友的之中，他是最使我感激，給我鼓勵的一個。有時我常常想：他的對於我的熱心的希望，不倦的教誨，小而言之，是爲關外，就是希望關外人有好的武功；大而言之，是爲武術，就是希望好的武術傳到關外去。他的性格，在我的眼裏和心裏是偉大的，雖然他的姓名並不爲許多人所知道。

佚名的《紀念亞爾迪君》〔註62〕一文模仿魯迅的《記念劉和珍君》一文，寫聖鬥士遊戲中的聖鬥士之一亞爾迪：

> 在十二個黃金聖鬥士之中，亞爾迪君曾是我最忽視的。忽視云者，我向來這樣想，這樣說，現在卻覺得有些躊躇了，我應該對他奉獻我的悲哀與尊敬。他不應該被任何人所忽視，他是爲了雅典娜而死的勇猛的聖鬥士。

2004 年中文網絡中出現的仿寫魯迅作品的文章有如下幾篇：網民楊戬的《紀念寶馬事件中的死者和傷者》〔註63〕一文模仿魯迅的《記念劉和珍君》一文，紀念黑龍江寶馬車事件中的死者和傷者，並表達對法院判決結果的不滿：

> 可是我實在無話可說。我只覺得我所住的並非人間（魯迅的原文引用）。一死十二傷的事實，判二緩三的現狀，使我艱於呼吸

---

2003-4-16。
〔註61〕「斜天平」《李尋歡先生》，西祠胡同 2003-9-9（http://www.xici.net）。
〔註62〕佚名《紀念亞爾迪君》，聖鬥士星矢中文社區 2003-1-26（http://www.saintseiya.com.cn/bbs/archiver）。
〔註63〕楊戬《紀念寶馬事件中的死者和傷者》，搜狐網站（http://club.yule.sohu.com）2004-01-06。

視聽，哪裏還能有什麼言語。長歌當哭是必須在痛定之後的。而此後所謂的法官和部分傳媒的論調，尤使我覺得悲涼。我已經出離憤怒了。我將深味這非人間的濃黑的悲涼！！！

網民「嚕嚕啦啦」的《紀念曹志林君》〔註64〕一文模仿魯迅的《記念劉和珍君》，諷刺曹志林八段的《棋魂》一書剽竊日本的漫畫《光之棋》與《棋靈王》：

> 我已經説過：我向來是不憚以最壞的惡意來推測中國人的。但這回卻很有幾點出於我的意外。一是媒體竟會這樣地盲人般吹捧，一是抄襲者竟至如此之高尚卻比最低的惡鬼還下劣，一是中國的棋界竟能如此之縱容。

網民「SHERV」的《克爾蘇加德先生》〔註65〕一文是模仿魯迅的《藤野先生》一文，寫「我」在魔獸遊戲中向克爾蘇加德先生學習魔法的故事：

> 他所改正的魔法書，我曾經訂成三厚本，收藏著的，將作爲永久的紀念。不幸七年前遷居的時候，中途失去了一個苦工，失去背包裹的東西，恰巧這魔法也遺失在內了。責成蝙蝠去找尋，寂無回信。只有他的腐蝕球至今還掛在我身上。每當夜間疲倦，正想偷懶時，仰面彷彿在球中瞥見他的樣子，似乎正要發出 NOVA 來，便使我忽又良心發現，而且增加勇氣了，於是喝上一杯魔法藥水，再繼續練些爲「NEHUM 之流所深惡痛疾的群殺魔法。

網民「楚三少」的《紀念＊＊＊君（仿魯迅文）紀念在南京因深套而自殺的一散戶》〔註66〕模仿魯迅的《記念劉和珍君》一文，紀念因股票被套牢而自殺的一位南京股民：

> 我目睹中國散戶的炒股，是始於前年的，雖然是多數，但看那幹練堅決，百折不回的氣概，曾經屢次爲之感歎。至於有幾回在深套中互相鼓勵，雖有淺薄的事實，則更足見中國散戶的勇毅，雖聽股評所言，虧損至數幾成，而終於沒有割肉的打算了。倘要尋求這一次＊＊＊對於將來的意義，意義就在此罷。散戶們在淡紅的盤面中，

---

〔註64〕 「嚕嚕啦啦」《紀念曹志林君》，南方網（http://www.southcn.com/cartoon）。
〔註65〕 「SHERV」《克爾蘇加德先生》，新浪（http://games.sina.com.cn/z/war3）2004-12-07。
〔註66〕 「楚三少」《紀念＊＊＊君（仿魯迅文）紀念在南京因深套而自殺的一散戶》，和訊網（http://money.bbs.hexun.com）2004-11-14。

會依稀看見微茫的希望；眞的散戶，將更奮然而前行。嗚呼，我說不出話，但以此記念＊＊＊君！

2005 年中文網絡中出現的仿寫魯迅作品的文章有如下幾篇：網民「你的農民兄弟」的《今夜我們與魯迅相遇》〔註67〕一文，寫「我」在城市流浪時夜遇魯迅並與魯迅對話的故事，以魯迅的回答來諷刺現實社會中的一些不良現象。如「我」問魯迅：「先生，過去阿 Q 進城打工，是否也要象（像）我們一樣要向官家購買暫住證、未婚證、流動人口證、就業證等東西呢？」魯迅氣憤的說道：

記得前幾年，也就是公元 2003 年，你們有一個農民大學生，叫做孫志剛，就是因爲沒有帶這些官樣證明，而被警察打死在監獄裏的。我記得我在未死之前曾經說過，我向來是不憚以最壞的惡意來推測中國人的，但是，想不到現在卻比幾十年前的白色恐怖時期，更出於我的意外：一是當局者會這樣的兇殘，二是現在中國民眾的命運依然如過去一樣卑微。

網民「再見 echo」的《一個銷售部門的離職總結——仿魯迅的〈記念劉和珍君〉》〔註68〕一文模仿魯迅的《記念劉和珍君》寫銷售部門員工的離職：

始終微笑的和藹的漂亮劉和珍君確是辭職了，這是眞的，有她自己的辭職書爲證；沉勇而友愛的楊德群君也辭職了，有她自己的辭職書爲證；只有一樣沉勇而友愛的張靜淑君部門裏奮鬥。當三個女子從容地轉輾於精明的客戶的時候，這是怎樣的一個驚心動魄的業績呵！部門的業績，年初制定的全年任務，不幸全被打亂了。

網民「桃子」的《「政府驚詫」論》〔註69〕是模仿魯迅的《「友邦驚詫」論》一文，寫廣東興寧大興煤礦 123 名礦工在透水事故，批評各地政府對礦工生命的漠視：

可是「政府人士」一驚詫，我們的礦主們表面上是要裝出一點點怕的樣子來的。「長此以往，礦將不礦」了，好像失了無數礦工的

---

〔註67〕「你的農民兄弟」《今夜我們與魯迅相遇》，天涯社區・關天茶舍（http://www.tianya.cn/publicforum）2005-10-18。

〔註68〕「再見 echo」《一個銷售部門的離職總結——仿魯迅的〈記念劉和珍君〉》，天涯社區・情感驛站（http://www.tianya.cn/publicforum）2005-10-23。

〔註69〕「桃子」《「政府驚詫」論》，山西房地產網（http://www.housoo.com/bbs）2005-08-29。

生命，礦倒愈像一個礦，失了無數礦工的寶貴生命誰也不響，礦倒像一個礦，失了無數礦工鮮活的生命只有幾個記者上幾篇「新聞」，礦倒像一個礦，可以博得「政府人士」的誇獎，永遠「礦」下去一樣。

網民「梁山草寇」的《仿魯迅先生〈記念劉和珍君〉》（德比失利版）〔註70〕寫國際米蘭足球隊比賽輸球的故事：

> 我成爲國際米蘭的球迷，是始於7年前的，目睹球迷們深愛俱樂部，百折不回的氣概，曾屢次爲之感歎。至於這回失敗後的彼此安慰，雖受嘲笑亦不沉淪的事實，更足以爲國際米俱樂部所驕傲，雖然遭受無情打擊，壓抑十數年，而終於沒有人數減少的明證了。倘要尋求此次失敗的意義，意義就在於此吧。

> 球迷們在失敗的陰影中，會依稀看見微茫的希望；眞的猛士，將更奮然而前行。嗚呼，我說不出話，謹以此紀念國際米蘭。

網民「從小看南鋼」的《紀念王治郅君（仿魯迅）》〔註71〕一文寫籃球明星王治郅的故事：

> 我已經說過：我向來是不憚以最壞的惡意來推測王治郅君的。但這回卻很有幾點出於我的意外。一是王治郅君會是如此的沉默。二是總局籃協局竟至此之重視，三是媒體口誅筆伐之後竟能如此之從容……苟活者在淡紅的血色中，會依稀看見微茫的希望；眞的勇士，將更奮然而前行。嗚呼，我說不出話，謹以此記王治郅君！

網民「我的姚明」的《深思火箭與魔術的比賽》〔註72〕（仿魯迅的《記念劉和珍君》）一文寫籃球明星姚明的故事：

> 我在九日早晨，才知道上午有CCTV5有轉播火箭的比賽；中午便得到靈耗，說三連敗的魔術居然發威，雙方命中率至三成，而姚明即在此之列。但我對於這些傳說，竟至於頗爲懷疑。我向來是不憚以最壞的惡意，來推測火箭隊的，然而我還不料，也不信竟會低劣到這地步。況且始終含蓄著的幽默的姚明君，更何至於無端在

〔註70〕 「梁山草寇」《仿魯迅先生〈記念劉和珍君〉》，國際米蘭中文網（http://www.inter.net.cn/news）2005-4-8。

〔註71〕 「從小看南鋼」《紀念王治郅君（仿魯迅）》（http://bbs.jsngl.com）2005-3-2。

〔註72〕 「我的姚明」《深思火箭與魔術的比賽》（http://forum.sports.sina.com.cn）。

豐田中心內失準呢？

2006 年中文網絡中出現的仿寫魯迅作品的文章有如下幾篇：網民「redondo.raul」的《紀念陳凱歌君》〔註73〕一文模仿魯迅的《記念劉和珍君》寫陳凱歌起訴胡戈一事：

> 我在十二日早晨，才知道有陳君向記者宣告起訴的事；下午便看到網上如潮的評論，說陳君如此沒有幽默感，可能是一時氣極，而胡戈即要成爲遇害者之列？但我對於這些評論，竟至於頗爲懷疑。我向來是不憚以最壞的惡意，來推測著名的陳導的，然而我還不料，也不信竟會可憐到這等地步。況且始終口碑還可以的陳凱歌君，更何至於在國外無端發飆呢？

佚名的《紀念胡新宇君》〔註74〕一文寫華爲公司自殺員工胡新宇的故事：

> 時間永是流駛，街市依舊太平，有限的幾個生命，在華爲是不算什麼的，至多，不過供無惡意的員工以飯後的歡息，或者給有惡意的管理者作「奉獻文化」宣傳的絕好例子。至於此外的深的意義，我總覺得很寥寥，因爲這實在不過是徒勞的努力。華爲作爲「民族工業的驕傲」，有了某些人刻意的關照，是難聽到眞實的，但論壇並不在其中，更何況是清醒的員工的聲音。

網民「生存權利」的《記念周一超君》（仿魯迅先生《記念劉和珍君》）〔註75〕一文寫乙肝患者周一超反對乙肝歧視的故事：

> 可是我實在無話可說。我只覺得所住的並非樂土。周一超君的血、上億 HBVER 的淚，洋溢在我的周圍，使我艱於呼吸視聽，那裡還能有什麼言語？長歌當哭，是必須在痛定之後的。而此今肝膽相照論壇醫藥版的某些所謂斑竹，到維權版越界放潑、蓄意破壞反乙肝歧視運動的狂妄言行，尤使我覺得憤恨。我已經出離憤怒了。我將深味這非樂土的濃厚的歧視；以我的最大悲憤顯示於非樂土，使他們快意於我的憤懑，就將這作爲後受歧視者的菲薄的祭品，奉獻於逝者的靈前。

〔註73〕「redondo.raul」《紀念陳凱歌君》，西祠胡同網站（http://www.xici.net）2006-02-24。
〔註74〕佚名《紀念胡新宇君》，毛澤東旗幟網（http://www.maoflag.net/bbs）。
〔註75〕「生存權利」《記念周一超君》，肝膽相照網站（http://www.hbvhbv.com/forum0。

　　佚名的《紀念明天第一城（仿魯迅）》〔註76〕寫明天第一城小區業主的故事：

　　　　眞的業主，敢於直面節衣縮食，敢於正視高額的銀行貸款。這是怎樣的哀痛者和幸福者？然而造化又常常爲庸人設計，以時間的流駛，來洗滌舊迹，僅使留下淚水的痕跡和微漠的悲哀。在這淚水的痕跡和微漠的悲哀中，又給人短暫的幻想，維持著這弱肉強食的房產世界。俺不知道這樣的世界何時是一個盡頭！

　　網民「四川曾穎」的《魯迅門下走狗之未莊新時代系列雜文》〔註77〕在天涯社區網站發表之後網絡中引起了較大的反響，並被網站放在首頁推薦。這個題爲「未莊新時代」的系列的雜文包括《阿Q後傳》、《愛莊水》、《當阿Q成爲時尚》、《未莊形象工程》、《未莊大案》、《未莊選美大賽》、《一朝成名》、《建設未莊的曼哈頓》、《未莊的和諧》等9篇，主要把未莊的人物和當前社會上的一些現實問題結合起來，用幽默的文字借歷史來諷刺現實。如《阿Q後傳》一文寫道：

　　　　阿Q成爲世界級知名人士，未莊上下歡欣鼓舞。莊政府接連召開5天4夜會議，初步訂下「以旅遊爲龍頭，帶動多種經營發」的調子，一場「阿Q搭臺，經濟唱戲」的熱鬧景象在未莊轟轟烈烈地展開。

　　這種戲仿魯迅作品的形式不僅可以使讀者把歷史與現實結合起來，用歷史現象觀照現實，而且也可以在一定程度上凸顯出魯迅作品的深刻性，因此還是有一定價值的，並不同於網絡中流行的「惡搞」。

　　（4）關於魯迅的論爭文章

　　2002年度關於魯迅的影響較大的論爭主要有如下幾個：

　　①關於魯迅與蘇聯關係的爭論

　　魯迅晚年對蘇聯的評價引起了一些網民的爭論。網民「老金在線」認爲「魯迅有兩大失誤：過分相信俄蘇；加入左聯」。「老金在線」的這個觀點得到了一些網民的贊同。網民李上網來2002指出：「魯迅對蘇聯的不實際的想法，正說明了他的思想是有問題的。看看陳獨秀晚年對蘇聯的批判，眞是十

〔註76〕佚名《紀念明天第一城（仿魯迅）》，搜狐（http://house.focus.cn）2006-03-12。
〔註77〕「四川曾穎」《魯迅門下走狗之未莊新時代系列雜文》，天涯社區・關天茶舍（http://www.tianya.cn/publicforum）2006-10-19。

分精彩，所以陳獨秀是偉大的思想家，魯迅不過是個作家而已。對他的不恰當吹捧等於糟蹋他」。網民楊支柱在《我也來談談魯迅》一文中指出，「不必神化魯迅，也不該醜化魯迅。魯迅對蘇聯及其追隨者肯定是看走了眼，但當時看走眼的並非他一個，當時許多知識分子都在鼓吹『美國式民主政治與蘇聯式計劃經濟』。當然這方面魯迅比胡適要更糊塗些。陳獨秀對蘇聯認識清楚得多，主要原因是因為他早在 27 年國共合作失敗後就被蘇聯及其中國追隨者當替罪羊拋棄了」。

　　一些網民從不同的角度對「老金在線」的觀點進行了反駁和分析。網民「未有鄉富翁」認為：「按當時中國社會善惡勢力對比度而言，魯迅之相信蘇俄一點，參加一下作為社會主流專制罪惡勢力之抗爭力量的左聯（何況，在左聯內部，魯迅還與種種不健康情況作了眾所周知的抗爭！）沒有多少失誤可言！而以歷史已經發生如此變化之後的今日的標準去度量魯迅當時的這些選擇，是否太……啊哈」？網民宋迅認為，「當時有志人士不滿於國民黨治下的中國，自然希望重新建立一個民主自由的社會。而革命就是唯一的希望，所以魯迅先生就寄了很大的希望於受蘇聯所影響的共產黨，其時他並未想到後來的專政」。〔註78〕

　　本次論爭涉及到如何評價魯迅晚年傾向於蘇聯的問題，應當說這個問題也是魯迅研究史上富有爭議的問題之一，網民關注和討論這一話題是值得肯定的。但是從上述網民的言論中可以看出，攻擊魯迅傾向於蘇聯的網民受到當前一些社會思潮的影響，認為魯迅傾向於蘇聯就是傾向於專制而非民主，這種觀點無疑暴露了這些網民對當時歷史的瞭解不夠，用現在的眼光去看當時的歷史的硬傷，而那些為魯迅辯護的網民的言論相對來說比較尊重歷史，因而也是比較理性和客觀的。

　　②關於「魯迅活著會如何」的討論

　　周海嬰在《魯迅與我七十年》一書中披露的「毛、羅對話」不僅在報刊中引起了大規模的論爭，而且在網絡中也引起了大規模的討論。網民「金槍魚」認為，「魯迅不死，就沒有現在的魯迅。魯迅不死，毛不可能對魯迅作出那樣的評價，也就沒有現在的魯迅了。如果沒有毛對魯迅的政治炒作，魯迅絕對不可能是家喻戶曉的，也不會有這樣崇高的地位的。我不相信 20 世紀中

---

〔註78〕以上文章均引自天涯社區・關天茶舍（http://www.tianya.cn/publicforum）（因為原文被刪除，所以無法查證具體日期）。

國文學內部會把魯迅評價得如今天這樣高的」。網民「采薇人」在《如果魯迅活到了四九年後，他會怎麼樣？》一文中認爲，「如果魯迅四九年後還健在，那他的選擇只有一個：『識大體不做聲』。我的根據如下：四九年後哪還有租界呢？四九年後，『人民當家做主』的社會，『輿論一律』了，偉大領袖一聲號令，誰又能不『識大體』？四九年後，出版事業成了黨的事業，自己可以不識大體，過艱苦生活，但奈妻子兒女何？所以，魯迅先生英年（去逝時才過五十歲）早逝，從某個角度來說，也是一種幸運吧」！網民「民主戰士」認爲，「魯迅因爲死的早，才成爲中國歷史上最偉大的文學家之一。如果活在六、七十年代，以他那刀筆吏的筆尖，一定比老舍的下場還要慘！而且他恐怕永遠也成不了中國最偉大的作家了」！網民「班布爾汗」認爲，「如果魯迅活到 49 年以後，並且因繼續寫文章而入監獄，那他將更爲偉大！我們看到那麼多 49 年以前敢講眞話的作家，49 年以後成爲阿諛奉承之輩，我們有理由相信，魯迅想成爲中國的高爾基，死在曾經是戰友的手中」。〔註 79〕

本次討論由周海嬰披露的「毛、羅對話」引起，從整體上來說，與社會上關於此話題的熱烈爭論相比，網民在討論魯迅在建國後的命運時的觀點比較一致，都比較認同毛澤東的講話，並由此作了種種假設，從中也可以看出，網民的觀點雖然不乏偏激，但從整體上來說還算是正視歷史事實的，因而也是有些道理的。

2003 年度關於魯迅的影響較大的論爭主要有如下幾個：

①關於《過大於功的魯迅》一文的論爭

2003 年 7 月 5 日，網民「david_huang」在網易·新聞論壇發表了《過大於功的魯迅》〔註 80〕一文，這篇文章因爲對魯迅的抨擊比較激烈而在互聯網上引發了大規模的論戰。」david_huang」認爲：「魯迅在對中國的種種落後進行激烈抨擊的時候，卻犯下了很多對中國歷史發展產生致命影響的錯誤：（1）歷史虛無主義。對中國歷史的全盤否定。在魯迅筆下，整個中國歷史莫名的成爲了吃人的歷史。（2）現實虛無主義。全面否定中國現實。在魯迅筆下，不僅中國的歷史是整個吃人的歷史，中國的現實也差不多是吃人的現實。（3）只有批判，沒有建設。魯迅除了對中國的歷史和現實大加批判，

---

〔註 79〕以上文字均引自網易·魯迅論壇（http://www.163.com/forum.Luxun）（因爲論壇被關閉，所以無法查證具體日期）。

〔註 80〕「david_huang」《過大於功的魯迅》網易·新聞論壇（http://news.163.com）2003-07-05。

卻根本沒有對中國社會的發展提出任何有益的建議。」7 月 6 日，「david_huang」又補充了魯迅的一條罪狀：「（4）民族虛無主義。對本民族的批評和自我批評是應該的，但魯迅對本民族的過分批判導致了實質上的民族虛無主義的氾濫。」「david_huang」的最後結論是：「魯迅的歷史虛無主義，現實虛無主義，民族虛無主義影響了很多中國人，是幾十年後的文革的淵源之一。」

這篇文章很快在網易公司的新聞論壇中引起了強烈的反響，有 343 人表示認同，915 人表示反對，先後有 600 多個帖子參與了本次論戰，叫好者有之，但更多的是批評。綜觀本次論爭，可以看出「david_huang」的《過大於功的魯迅》一文中存在較多的錯誤之處，許多網民也已經從不同角度指出該文的謬誤之處，但是就是這樣一篇短文竟然在網絡中產生了巨大的反響，不僅參與論爭的網民眾多，而且論爭持續的時間也較長，將近 5 個月。筆者認為這種利用偏激的觀點猛烈抨擊魯迅的現象值得注意，聯繫到新浪網利用評選文化偶像進行炒作的行為，使人不得不對這次論爭的背後是否有商業炒作的背景產生懷疑。

②關於林賢治《魯迅的最後十年》一書的討論

2003 年出版的較有影響的魯迅研究著作首推林賢治的《魯迅的最後十年》，這本書不僅在學術界引起了較多的關注和討論，而且也在互聯網上引起了一些網民的討論。雖然林賢治的《魯迅的最後十年》的全文在 2001 年左右就已經在網上流傳，但促使一些網民進行較為集中的討論還是在這本書正式出版之後。

一些網民高度評價這本書的出版。網民「阿啃 1919」在《讀林賢治〈魯迅的最後十年〉》〔註 81〕一文中認為：「林賢治這本書側重的是闡釋魯迅指向於『外』的一種反抗。雖然明確的內外之分不可能，但各有側重還是有可能的……如果魯迅不是活在這樣一個時代，而是活在一個相對民主自由的社會，那麼他也許就是克爾凱郭爾、或者加繆之類。」網民「伊恬」在跟帖中認為：「題為《魯迅的最後十年》，寫的不僅僅是魯迅先生，更是那一個年代。當我們把魯迅先生放到那個動亂的年代當中的時候，理解才能更深刻一些。書裏有兩個名詞經常地出現——『人民』和『朋友』。前者是魯迅先生終生奮

---

〔註 81〕「阿啃 1919」《讀林賢治〈魯迅的最後十年〉》，天涯社區‧關天茶舍（http://www.tianya.cn/publicforum）2003-05-22。

鬥的動力，是屬於大眾的；後者帶給魯迅先生的不僅僅是關懷，也有一次次的刺痛，是屬於私人的。」

另外還有一些網民還對林賢治的《魯迅的最後十年》一書提出了商榷和批評。網民樸素在《讀林賢治〈魯迅的最後十年〉》〔註82〕一文中指出：「由於（林賢治）對魯迅近乎信奉的熱愛，一方面是能夠從個人體驗的角度接近魯迅，深入到魯迅的內心；但另一方面就陷入了美化魯迅的境地……把個人喜好與學術研究融合在一起時，固然會有相契於心的親切，也會有袒護自己所喜歡的人之毛病」。網民「閒時摘花忙時摸蝦」認爲「林賢治此新書的問題太執著於政治批判……魯迅之所以令今人一說再說欲罷不能，因爲他所根本關注並且時時失望的其實正是中國人的國民性。從這點上說，林賢治的新書映照出的是一個很片面的魯迅，或者說，魯迅只是一個用來澆林賢治心中塊壘的酒壺」。網民「胡適之的幽靈」對《魯迅的最後十年》提出了尖銳地批評，他指出：「林賢治大贊魯迅的批判與反抗精神，並誣胡適爲『廷臣』。如果林賢治不是故意，那只能說明他及其追隨者的目光短淺及潛藏而不自知的奴化精神」。

本次討論圍繞如何評價著名魯迅研究專家林賢治的《魯迅的最後十年》一書，雖然一些網民充分肯定該書的價值，但是也有較多的網民並沒有盲從林賢治的觀點，對該書提出了批評。從上述的網民批評林賢治的言論中可以看出，這些網民對林賢治的批評是比較準確的，不僅指出林賢治書中存在著過度喜愛魯迅的感情色彩，而且指出林賢治對胡適的觀點存在錯誤之處，這些因素都導致到該書的論述不夠客觀，而客觀的學術立場則是一本學術著作應當採取的。

### ③關於魯迅與周作人的論爭

周氏兄弟都是中國現代文壇的大師，但其思想、性情和文章卻多有不同，有關周氏兄弟的話題也一直是網民關注的熱點。2003 年，網民「白色鳥」的《我看魯迅與周作人》〔註83〕一文在推崇魯迅的網民和推崇周作人的網民之間再次引發了一場大規模的論戰。「白色鳥」指出：

> 看這兩個人物的高下，我認爲不能夠找些細節——那些工作看

---

〔註82〕樸素《讀林賢治〈魯迅的最後十年〉》，天涯社區‧閒閒書話（http://www.tianya.cn/publicforum）2003-10-28。

〔註83〕「白色鳥」《我看魯迅與周作人》，天涯社區‧閒閒書話（http://www.tianya.cn/publicforum）2003-06-16。

起來很辛苦，但於事無補——而是要從真正的歷史角度去評斷。其實說到底，魯迅與知堂的區別就是一個直面與躲閃的區別，一個血與茶的區別，一個戰士與一個變節者的區別。這樣的問題和選擇在以前和後來的人們中（不管他是否寫作）還會有不同的選擇；換句話說，如果說魯迅先生和知堂老人在寫作水平上不分高下的話，但在做人上卻是高下立判的。

本次論爭涉及如何評價周氏兄弟的問題，「白色鳥」主要從人格評價的角度批評周作人，而一些網民則對這種評價表示異議，不僅認爲周氏兄弟的相同之處大於相異之處，而且對周作人的變節行爲表示理解。這些網民反駁「白色鳥」的觀點需要辨析，從總體上來說，周氏兄弟的確相同之處大於相異之處，這種觀點也是比較正確的，但是周作人的變節問題也是毋庸置疑的，因而也是無法被原諒的，在這一點上白色鳥對周作人的批評是正確的。不過，「白色鳥」單純從人格問題上否定周作人的文學價值卻是有點失之過當，評價一個歷史人物應當全面，要兼顧其人與其文，但是不能把其人與其文的評價捆綁在一起，不能因人廢文，應當在其人與其文之間有所區別。

④關於魯迅與胡適的論爭

魯迅與胡適的人生道路也是網民討論的熱點話題。網民陳愚在《魯迅、胡適及其角色定位》〔註84〕一文中認爲：

> 魯迅與胡適，代表著知識分子兩種不同的性格，及其面向國家、權力的兩種不同的價值取向。魯迅是通過展示個體價值來「建設」的，也就是說，在魯迅的社會哲學中，所謂建設，癥結不在建設改良政治，而在改良社會……魯迅不可能直接影響現實操作，但是他的存在，他的聲音，給統治者一種來自民間良知聲音的壓力，那是無權者向權力者制衡的一種力量。而胡適是通過各種「建設」來體現自身價值，通過學術建設——開創哲學史、文學史的學科模式，制度建設——做政府的諍友，在高層之間斡旋活動，企圖通過權力實現自己的主張，以成就他的歷史價值。

本次論爭涉及到如何評價魯迅和胡適的問題，這也是當時社會上的熱點話題之一，陳愚顯然認爲魯迅的價值比胡適重要，另外一些網民則從不同的

---

〔註84〕陳愚《魯迅、胡適及其角色定位》，天涯社區・關天茶舍（http://www.tianya.cn/publicforum）2003-10-04。

角度對此觀點提出了質疑，認為胡適比魯迅的思想更深刻、對歷史的作用也更大。統觀本次論爭，可以看出各位網民對魯迅與胡適的理解不僅存在較大的差異，而且也存在一定的情緒化色彩，他們從不同的立場出發，或擁護魯迅或擁護胡適，不過他們的共同點就是對所擁護的對象的瞭解要遠遠超過對所反對對象的瞭解，這就在一定程度上造成了論爭無法取得一致意見的結果。事實上，甚至各位網民對自己所擁護對象的瞭解也是不太深入和全面的，所以也不可能具有比較兩位歷史偉人孰優孰劣、孰高孰低的能力。

⑤關於《魯迅與日本人》一文的論爭

互聯網上攻擊魯迅的主要言論之一就是攻擊魯迅與日本的關係。網民「獨狼一笑」在《魯迅與日本人──兼談余杰》〔註85〕一文中從老師、學生、朋友三個方面介紹魯迅與日本人的交往與友誼，並批評余杰將「仇恨的對象改換為整個日本民族」：「在魯迅那裡，我們看到的是愛憎分明，在余杰那裡我們卻只能看到憎恨，這個余杰據說是崇敬魯迅的，我不知道他在想起魯迅先生那些事蹟時是否會有那麼一點臉紅？」

本次論爭涉及到魯迅與內山完造關係的問題，問題的背後就是魯迅是否受到日本特務的利用，這個話題可以說也是魯迅文化史上的一個歷史悠久的熱點之一，從 20 世紀 30 年代就有人用內山完造是日本特務的傳言來攻擊魯迅。但是，需要強調的是，內山完造是不是日本侵略者的特務和魯迅的民族氣節是兩個問題，必須把內山完造和魯迅之間的關係劃分開來，不能從內山完造是日本侵略者的特務來證明魯迅的民族氣節有問題，正如一些網民所指出的那樣，這樣的不依靠歷史事實而進行的推測是毫無邏輯性的，因而也是站不住腳的。即使內山完造是日本侵略者的特務也無損於魯迅的偉大。

2004 年度關於魯迅的幾次影響較大的論爭有關於《可憐的魯迅》一文的論爭。

網民蘆笛的《可憐的魯迅》〔註86〕一文被網民「skimming」轉貼在天涯社區網站之後引發了較大規模的爭論。「蘆笛」在《可憐的魯迅》一文中指出：

這種在幼年時期便引起的強烈逆反心理，必然會造成終生的
心理變態。魯迅的所有這一切激烈的姿態，其實不過是他把一己遭

---

〔註85〕 「獨狼一笑」《魯迅與日本人──兼談余杰》，天涯社區‧關天茶舍（http://www.tianya.cn/publicforum）2003-09-11。

〔註86〕 蘆笛《可憐的魯迅》，天涯社區‧關天茶舍（http://www.tianya.cn/publicforum）2004-10-23。

遇放大到全社會規模引起的幻覺去而已。與其說他是發起討伐黑暗勢力的十字軍聖戰的「文化革命主將」，莫如說他是一個遭遇悲慘的病人，與其說他的作品是戰鬥的吶喊，莫如說它們是痛楚的呻吟。

審視這場論爭，可以看出網民蘆笛的確提出了一個值得關注的話題，魯迅的心理問題也的確值得研究與討論，但蘆笛把魯迅的心理問題複雜化了，甚至是泛化了，並以此來指責魯迅的創作和各種社會活動，這就顯得很牽強，也很沒有道理。

2005 年度關於魯迅的影響較大的論爭文章主要有如下幾個：

### ①關於李敖批評魯迅的論爭

3 月 1 日，李敖在電視節目中批評魯迅「此公爲人相當圓滑」，網民「雪月馬尾松」把李敖的原話在論壇中張貼出來，在網民之間引發了大規模的論爭。一些網民對李敖的觀點進行了反駁〔註87〕。網民「jixiezhangl」指出：

> 看一個人我們要全面客觀的評價，不以自己的個人感情所轉移，才能得到正確的結論。魯迅是有一些缺點，過於偏激，有一些地方不能免俗，雜文多，但是從他當時所處的環境看，國民處於水深火熱，又被落後而迂腐的封建思想束縛住頭腦。哀其不幸，怒其不爭，令人憤恨，選擇尖銳的雜文和論調不難理解，這也正是沒有長篇的原因。

網民「閃不閃」指出：

> 李敖可以罵任何人，但是他沒有資格罵魯迅！魯迅先生的精神是我們的民族脊樑，是中國人的驕傲，李敖憑著與胡適的一點交情想把愛國憂民的魯迅打下去，沒門！

一些網民對李敖的觀點表示支持。網民「無介」指出：

> 李敖論魯迅是言之有據的，他找出了作爲論據的資料。李敖讀書的最大本事就是能爲我們找出那麼多歷史資料，反駁李敖最好能否定他所引用的論據的眞實性，否則我們只能承認他所說的事實是正確的。

網民「Aindy」指出：

> 前面諸公何必動怒對李敖惡言相加那，他所評論只是就事論事，並未牽涉其他，更別說對周公的人身攻擊了，倒是你們顯得很

---

〔註87〕天涯社區・關天茶舍（http://www.tianya.cn/publicforum）2005-3-26。

不厚道了。

另外，一些網民對李敖與魯迅的進行了比較與分析。網民「非常紅袖」指出：

> 其實李敖也不是要貶低魯迅，他只是説明看待歷史人物可以由多個角度。説魯迅世故，那是老調了，魯迅在世時就有「世故老人」之稱，只是此「世故」並非一般意義上的世故，非三言兩語能説清。李敖也説過自己是世故的，並非貶義。

網民「drinkK」指出：

> 至於魯迅先生，無論任何人都應該讀讀他的文章，尤其是中國人，在他的筆下中國人的劣根性和陰暗面從來沒有那麼明顯過、深刻過。李敖批評魯迅更多是批評他的文字，和後世加給他的諸多光環，對魯迅本人還是比較讚賞的。

本次論爭一直持續到 2005 年 9 月 27 日才結束。

3 月 22 日，李敖在電視節目中評點魯迅遺言和詩句時，對魯迅的不恭之言又引起了網民之間的論爭。網民「yshk」在《李敖利用鳳凰臺侮辱魯迅，是可忍，孰不可忍？》〔註88〕一文中認為李敖不能和魯迅相併列討論：

> 首先一點，魯迅的形象正面健康，是中華民族的精英，是中華民族的驕傲。李敖算什麼？大不了只是一個蹲過班房的，嚴重自大且變態的色情狂。魯迅的影響從抗日時期一直持續到現在。而李敖連眼下的腳還沒站穩。對於其議論也多種多樣。只不過是一時被那些淺薄之人捧的。李敖的思想道德極端敗壞，這種人怎麼和文學大師魯迅比？簡直是對魯迅的侮辱。魯迅的文學成就更不是什麼李敖所能企及的。

這篇文章在網民之間引起了大規模的爭論。本次論爭一直延續到 2005 年 12 月 13 日才結束。綜觀上述關於李敖批評魯迅的論爭，可以看出有相當多的網民對李敖批評魯迅的言論表示不滿，有一些網民的言論還比較尖刻，甚至比較激烈，這種帶有情緒性的論戰文字在很大程度上損害了文章本身的邏輯力量，希望無論是擁護魯迅的網民還是擁護李敖的網民都要多從自己擁護對象那裡學習論戰的技巧，這才是繼承發揚各自偶像精神的正確之路。倘若，

---

〔註88〕「yshk」《李敖利用鳳凰臺侮辱魯迅，是可忍，孰不可忍？》，天涯社區・天涯時空（http://www.tianya.cn/publicforum）2005-7-12。

更多的注重口舌之爭，那就只能逞一時之快，不僅無助於恢復歷史的本來面貌，也無助於客觀的評價歷史人物。

②關於魯迅與巴金歷史地位的爭論

巴金先生逝世的消息傳出之後，一些網民開始在網上討論魯迅和巴金的價值高下。網民「指點江山 2005 版本」在《10 個巴金都不比上一個魯迅：巴金不是文化巨人》〔註89〕一文中認為：

> 雖然在文學史上有「魯郭茅，巴老曹」這種排名法，但我們也不可過分迷信這種排名。作為一位有良知、有眼光的現代公民或現代知識分子，我們固然敬重巴金的人品，為他的逝世而悲哀，但是，卻也不應該因此而過分拔高了他的文學成就與在文學史上的地位。如果這樣，我相信，以巴金的為人，他泉下有知，也會感到不安的。把巴金拉下神壇，還他一個客觀的、真實的面目，這才是對於死者的最大的尊敬！

一些網民對此進行了討論。網民「joezero」認為「巴金是中國文人的良心，這個是魯迅達不到的高度」。網民「為這篇文章註冊」說「雖然巴老是我們四川人，可惜我也不怎麼愛看他的書，畢竟他生活的年代和我不同，社會背景不一樣，對他的只是對於一個老人的尊敬。巴老的小說裏面的大家族，我們這個年代已經很少遇到了，也沒有共鳴點，倒是魯迅先生的雜文放到現在，依然可以讓人共鳴。」網民「孫進財」指出「與魯迅相比，巴金的文學造詣、文化影響力都顯得太微薄太膚淺。他和冰心都是一類的文學家：才華、思想深度上有太多欠缺，受政治環境所迫不得不與當局靠近，但並不助紂為虐或為政治勢力代言，遂成為官方及民間的共同道德楷模，最後得善終。」網民「axia0622」認為「不是巴金不好，是魯迅太偉大了。」網民「貓是個好人」認為「只能說他們都是偉大的文人，文人是不能比較的」。

總結本次論爭，可以說大多數網民對巴金的認識還是比較客觀和深入的，巴金雖然和魯迅相比還有差距，但是巴金的歷史地位無疑是不容歪曲和抹殺的。

③關於魯迅是不是思想家的爭論

網民知熠在《評李敖說魯迅不是思想家》〔註90〕一文中對李敖認為魯迅

---

〔註89〕「指點江山 2005 版本」《10 個巴金都不比上一個魯迅：巴金不是文化巨人》，天涯社區・天涯雜談（http://www.tianya.cn/publicforum）2005-10-20。

〔註90〕知熠《評李敖說魯迅不是思想家》，天涯社區・天涯雜談（http://www.tianya.cn/

不是思想家的觀點進行了反駁，他指出：

> 一個人是不是一個思想家，在於他的主要的思想必須是新的重
> 要的思想，在於他的重要的思想體系。可是，「議會政治」既不是什
> 麼新思想，甚至都不是魯迅的思想，你李敖用魯迅對「議會政治」
> 的看法來駁斥魯迅不是一個思想家不是無異於胡扯嗎？！

這篇文章在網民之間引發了熱烈的討論。針對網民的 400 多篇回覆和討論，知熠在《關於〈評李敖說魯迅不是思想家〉一文答天涯讀者》一文中再次申明自己的觀點，他指出：

> 當李敖在駁斥魯迅是一個思想家的時候，李敖不去考察魯迅究
> 竟有什麼思想，或者不去否認魯迅的重要思想，而是批駁魯迅關於
> 民主和議會政治的一個觀點，這本身是不合邏輯的。因此，不管魯
> 迅關於民主和議會政治的觀點多麼可笑，多麼不合時宜，多麼地沒
> 有水平，多麼不符合「政治學的常識」，李敖也無法由此而斷言魯迅
> 不是一個思想家。

回顧本次論爭，可以說網民知熠對李敖認爲魯迅不是思想家的觀點的反駁是非常有力的，一針見血的揭示出李敖的邏輯錯誤，由該文引發的魯迅究竟能否稱得上是思想家的論爭因爲網民對何謂思想家的理解不同，最後只能不了了之。不過，知熠最後引用的林思雲在《中國不需要思想家》一文中的觀點來解釋爲何把魯迅稱爲思想家的說法還算是比較有說服力的。

2006 年度關於魯迅的影響較大的論爭主要有關於朱學勤《魯迅思想的短板》一文的論爭。12 月 14 日，國內自由主義代表人物之一的朱學勤在《南方週末》發表了《魯迅思想的短板》一文，對魯迅提出了批評：「魯迅精神不死，能夠活到今天的遺產只有一項：對當權勢力的不合作。胡適晚年曾回顧五四之後分手的兩位同道，說他們倘若活得足夠長，一定會殊途同歸。」〔註91〕

12 月 16 日，網民「西風獨自涼」在新語絲網站發表了的《朱學勤的思想長板》〔註92〕一文對朱學勤進行反駁：

> 朱學勤無視當時的歷史條件與格局，一再聲討魯迅思想的短

---

publicforum）2005-9-2。
〔註91〕 朱學勤《魯迅思想的短板》，《南方週末》2006 年 12 月 14 日。
〔註92〕 「西風獨自涼」《朱學勤的思想長板》（http://www.xys.org）2006 年 12 月 16 日。

板：「無政府主義」。無政府主義雖然不乏消極因素，但它對中國和
世界的巨大影響及其進步意義完全應該得到肯定。魯迅受過各種思
潮的影響，無政府主義不但不是魯迅先生思想的短板，甚至是促使
他成爲一個徹底的自由主義者的重要原因，是魯迅思想的「長板」。

同日，方舟子也在新語絲網站發表了《朱學勤僞造魯迅遺囑》〔註93〕一
文，指出「該文從魯迅的遺囑說起，卻是在歪曲魯迅的本意」：

朱學勤所提到的，是這七條中的第二和第五條，但是做了竄
改。魯迅「遺囑」的第二條：「趕快收斂，埋掉，拉倒。」這指的是
對遺體的處理而言的，是希望肉體的速朽，而朱氏將其竄改成希望
文字的速朽。第五條：「孩子長大，倘無才能，可尋點小事情過活，
萬不可去做空頭文學家或美術家。」……朱氏將其竄改成魯迅不顧
一切不許後代當文學家，再進而推論出這是一份「反文學遺囑」，完
全是在栽贓。他怎麼就略去了「美術家」一詞，不說這還是一份「反
美術遺囑」呢？魯迅並不反對文學、美術，反對的是「空頭文學」、
「空頭美術」，反映的恰恰是他對眞文學、眞美術的熱愛。

此外，還有一些網民撰文對朱學勤進行了批評，同時也有一些網民撰文
支持朱學勤。不過，本次論爭很快就結束了。從朱學勤的文章中不僅可以看
出他是站在自由主義的立場上否定魯迅的，而且他對魯迅生平史實的瞭解也
明顯地不夠全面，這就導致他的觀點失之客觀，顯得偏執。因此，方舟子等
人對他的反駁是比較切中要害的。

（5）攻擊魯迅的文章

2002年度中文網絡中攻擊魯迅的文章主要有如下幾篇：

①網民「清水君」的《魯迅，漢奸還是族魂？》一文

「清水君」的《魯迅，漢奸還是族魂？》〔註94〕一文長達萬言，在2002
年被轉貼到天涯社區網站之後在網上引起大規模的爭論。「清水君」在文章中
指出：

一個對中國的文字都看不慣要徹底消滅的人，一個對中國的歷
史看成一片垃圾的人，一個對中國的古代一切文明傳統都看不順眼

---

〔註93〕方舟子《朱學勤僞造魯迅遺囑》（http://www.xys.org）2006年12月16日。
〔註94〕「清水君」《魯迅，漢奸還是族魂？》天涯社區・天涯雜談（http://www.tianya.cn/
　　　publicforum）2002-10-8。

的人，一個對抗日救難國民政府的努力冷嘲熱諷的人，怎麼有資格
做中華民族的「族魂」？！

本次論爭涉及到魯迅歷史地位的定評問題，雖然「清水君」的文章比較
長，有一萬多字，在網上閱讀起來比較費神，而且這篇文章在史實上存在許
多的硬傷，在論述上也不夠嚴謹，但是他抓住網民的獵奇心理，用「漢奸」
還是「族魂」這一比較吸引人的題目，成功地引起了許多網民的關注，達到
了在網絡中攻擊魯迅的目的。從傳播效果的角度來說，他的這篇文章在網絡
中眾多的攻擊魯迅的文章中要算是影響比較大的一篇長文了。一些網民雖然
指出了「清水君」這篇文章中的眾多錯誤，並依據相關的一些歷史事實進行
批駁，但還不能有力地消除該文在網絡中所造成的不良影響，這篇文章也因
此經常被一些對魯迅不滿的網民轉貼到各個論壇，繼續產生著影響。

②網民「中華不敗」的《再評魯迅漢奸行徑》〔註95〕一文

「中華不敗」的《再評魯迅漢奸行徑》一文在天涯社區網站引發了大規
模的論爭。「中華不敗」在文章中認為：

> 縱觀魯迅的一生，是個賣國的一生，充滿罪惡的一生，他的全
> 部心思都是用在如何投降日本人的身上……如果魯迅活著，中日戰
> 爭爆發，魯迅一定是賣國政府中的要員，這是無用質疑的。這也是
> 魯迅千方百計挑撥中日戰爭的用心所在，也是魯迅在日本人侵略中
> 國時，不對日本人進行一句譴責，只罵國民黨政府的用心所在。

「中華不敗」的這篇文章純粹是譁眾取寵，一些網民指出了「中華不敗」
攻擊魯迅的目的。網民「正在墮落」指出：

> 我敢肯定「不敗」先生絕對不會以為魯迅是漢奸，他之所以這
> 樣說，原因有兩個：一是我們把魯迅神化的屬害，他偏要刺你一下，
> 反正是網上；二是狹隘的民族主義作怪，借魯老爺子說事。網上這
> 種長著所謂愛國臉的義和團多的很。911時候幸災樂禍的不都是嗎？
> 所以勸各位擁魯派不要生氣。魯迅從來不怕別人死後罵他，要不臨
> 死也不會說他的敵人一個都不寬恕。

網民「甄理辯」也指出：「事到如此難道大家還看不出來嗎？中華不敗作
為一名跳樑小丑，攀附著魯迅，已經出盡風頭，也臭到盡頭了。不如就此罷

---

〔註95〕「中華不敗」《再評魯迅漢奸行徑》，天涯社區・天涯雜談（http://www.tianya.
cn/publicforum）2002-10-12。

了。」網民「李大水「則「建議網民對這樣弱智的文章不要點擊、回覆，讓它自然沉底。」

　　從這次論爭可以看出，「中華不敗」攻擊魯迅的目的純粹是爲了博得網上的名氣，一些網民已經揭露出其目的，並予以駁斥，一些網民則直接痛罵「中華不敗」攻擊魯迅的行徑。

　　2003 年度中文網絡中攻擊魯迅的文章主要有網民「海軍上將」的《魯迅若是國魂，那就是中國的悲哀》〔註96〕一文。網民「海軍上將」認爲：

> 　　民族魂也是人類魂，國魂也是世界魂。魯迅先生不該也不能是中國的國魂。是的，先生是有其價值的，但需要我們有恰當的方式。先生淵博的學識、高超的才智，和糾纏他一生的淒苦心態，憑此釀造出的作品有如一杯杯清茶。只要我們不把清茶當滋養靈魂的牛奶，清茶對我們還是很有好處的。

　　本次論爭涉及到如何評價魯迅的問題，網民「海軍上將」從宗教的觀點出發，認爲魯迅雖然偉大，但是不應當被當作中國的國魂，另外一些網民則從魯迅對現代中國的影響出發指出魯迅被稱爲國魂是當之無愧的。可以說，本次論爭的焦點是從宗教特別是基督教立場出發來評價魯迅是否合適？劉小楓等學者用基督教的標準來抨擊魯迅在社會上產生了一定的影響，「海軍上將」或許也在某種度上受到了劉小楓的影響而用基督教的教義來批評魯迅，這樣的批評在立場上無疑是不夠客觀的，也是不適合中國現代歷史的複雜狀況的，正如一些網民所指出的那樣，不要拿西方的基督教思想來苛求中國的魯迅，魯迅以其在中國現代文化史上的巨大貢獻是擔當得起國魂這一稱號的。

　　2004 年度中文網絡中攻擊魯迅的文章主要有如下幾篇：

①網民「雲兒」批評魯迅的系列文章

　　2004 年，中文網絡中突然冒出一個名叫「雲兒」的網民連續在網上發表了《魯迅文中的謊言謠言》、《魯迅先生如何爲殘暴辯護？》、《白色恐怖中的胡適與魯迅》、《魯迅如何誤人子弟？》、《魯迅如何斷章取義潑人污水？》（按：因爲其中的一些文章被國內的網絡系統屏蔽，無法看到全文，所以本文只能就檢索到的兩篇文章進行介紹）等一系列抨擊魯迅的文章，

---

〔註96〕 「海軍上將」《魯迅若是國魂，那就是中國的悲哀》，天涯社區・關天茶舍（http://www.tianya.cn/publicforum）2003-10-18。

這些文章很快被轉載到國內外的各大中文網站，在中文網絡中引起了大規模的論爭。

「雲兒」在《一篇誤人子弟的魯迅文章——析〈文學與出汗〉》〔註97〕一文中這樣抨擊魯迅：

> 如此以來，魯迅的邏輯不通的歪曲引申，就被當作正常的間接引用，教給中學生模仿；魯迅的謬誤連篇的刻薄文字，就被當成議論文典範，逼迫中學生學習。誤人子弟，可說是莫此為甚。

「雲兒」的文章在中文網絡中產生了較大的反響，一些網民對雲兒進行了反駁與批評。方舟子在為發表在新語絲網站的《善待魯迅》一文撰寫的「按語」中指出：「這些罵文採用的都是同一卑劣手法（『斷章取義潑人污水』法），駁一篇即可見其全貌，無需浪費時間一一駁斥。」〔註98〕

網民「蓋斯了」在《善待魯迅》〔註99〕一文中對雲兒抨擊魯迅的幾篇文章進行了集中的回應，他指出：

> 善待魯迅，善待一個歷史人物必然擁有的局限性，善待他的次要方面，後來者應當「站」在他的肩膀上，而不要「踩」在他的肩膀上。

應當說，「雲兒」在這一系列的文章中對魯迅的各種攻擊與誣衊經過網民的批駁已經真相大白，本次論爭也逐漸平息。不過，值得反思的是，為何「雲兒」的這幾篇漏洞百出的文章會在中文網絡中產生這麼大的影響（這次討論不僅涉及到海外的新語絲、海納百川、加拿大華人等網站，而且涉及到天涯社區、網易·魯迅論壇、真名網等國內的一些網站。新語絲網站曾把與本次論爭相關的一些文章收集在一起，真名網曾發動網民就本次論爭展開深入討論。）筆者認為，這與中文網絡中對魯迅瞭解較多、較全面的網民較少有極大的關係，如果「雲兒」的文章在中文網絡中出現不久就有真正瞭解魯迅的網民如方舟子等對之進行批駁，那麼「雲兒」的文章估計不會像現在這樣在中文網絡中產生那麼大的反響也不會產生那麼大的負面作用。

---

〔註97〕 「雲兒」《一篇誤人子弟的魯迅文章——析〈文學與出汗〉》（http://www.www.xys.org）。

〔註98〕 方舟子《善待魯迅》按語（http://www.www.xys.org）。

〔註99〕 「蓋斯了」《善待魯迅》，天涯社區·關天茶舍（http://www.tianya.cn/publicforum）2004-12-13。

②網民「1958」的《想起陳其昌事件──英雄悲歌照亮魯迅醜陋的靈魂》
　一文

　　網民「1958」在天涯社區發表的《想起陳其昌信件的故事──英雄悲歌
照亮魯迅醜陋的靈魂》〔註100〕一文引起了較大規模的爭論。「1958」在文章中
強調：

> 在抗日的危急關頭，污蔑一個抗日分子是拿日元的，這種手段
> 還真不是一般人能使出來的。這已經超越了可以寬恕的「錯誤」，不
> 然所有的漢奸都是五講四美的三個代表模範了。

　　本次論爭涉及到魯迅研究史上的一樁公案，不過論爭雙方對這樁公案都
是有所瞭解的，因而本次論爭的質量較高，論爭雙方糾結在如何評價魯迅以
公開信的形式答覆陳其昌問題。從論爭的結果來看，雙方都無法改變對方的
觀點，最後仍是各持己見，不了了之。

③網民廖亦武的《告左翼魯迅的偽自由書》一文

　　網民廖亦武在《告左翼魯迅的偽自由書》〔註101〕這篇萬字長文中對魯迅
提出了許多批評，他指出：

> 民族主義也許在對付外來侵略時很有效，但對知識分子的獨立
> 立場和思考能力卻是一種遮蔽和損傷，而在魯迅身上，封建傳統所
> 造成的無出路的內心黑暗恰好借著新文化啟蒙外化出來，當其作為
> 一種內省的原動力時，魯迅寫出了《野草》、《吶喊》、《彷徨》，展現
> 了舊文人脫胎換骨的世紀共性；而當其作為一種走向大眾，改造社
> 會的武器時，他的內心黑暗便無節制地擴散、彌漫，與盛極一時的
> 非理性左翼思潮融合，在反抗外來侵略的同時，成為侵略他人內心
> 自由理直氣壯的權威。

　　本次論爭涉及到如何評價魯迅轉向左翼的問題，廖亦武借自由主義的觀
點來攻擊魯迅的左翼思想其實目的在於批評建國後魯迅的左翼思想在中國思
想界所產生的深遠的影響，一些網民則從不同的角度對廖亦武的言論進行批
駁，指出應當把魯迅本人和被政治利用的魯迅分開，從中可以看出，這些網
民對魯迅左翼思想的認識是比較符合歷史事實的，也是比較理性的。

---

〔註100〕「1958」《想起陳其昌事件──英雄悲歌照亮魯迅醜陋的靈魂》，天涯社區‧
　　　　關天茶舍（http://www.tianya.cn/publicforum）2004-04-24。
〔註101〕廖亦武《告左翼魯迅的偽自由書》，天涯社區‧關天茶舍（http://www.tianya.cn/
　　　　publicforum）2004-07-29。

　　2005 年度中文網絡中攻擊魯迅的文章主要有網民「和絃 C」的《竟然讀到魯迅寫給裕仁天皇的詩》〔註102〕一文。網民「和絃 C」在這篇文章中披露了她的一個重大發現:「在網上讀書,竟然找到一首魯迅寫給裕仁天皇的詩」,魯迅在這首詩中寫到:

　　　　玄酒頌皇仁——玄,黑色,古代漢中的黑米酒是進貢皇帝的,

　　這裡意思是應該是:用黑米酒頌祝偉大的天皇裕仁!由此可見,魯

　　迅在日本七年,早就培養成了漢奸特務,上海的書店老闆內山完造,

　　日本醫生須藤,都是魯迅同夥。

　　本次論爭時間跨度較長,一直延續到 2006 年 3 月 12 日被網管封鎖了帖子才告結束,論爭雙方先後發表了數百篇文章參與論戰。這場論爭可以說中文網絡中「倒魯派」網民和「擁魯派」網民論戰的經典案例,從中可以看出「倒魯派」網民經常不斷的捏造出一些莫須有的罪名來大肆攻擊魯迅,而「擁魯派」網民則不斷的對這些攻擊魯迅的言論進行批駁,論爭雙方的言辭都比較激烈,不僅有較多的人身攻擊語言,而且也出現了罵人的粗口,這雖然是中文網絡論戰中常見的現象,但是罵人的粗口出現在「擁魯派」網民的文章中就有點令人遺憾了,魯迅不是說過「辱罵和恐嚇不是戰鬥」嗎?希望「擁魯派」的網民不僅要多讀魯迅的著作,而且也要細心、深入地領會魯迅的論戰藝術,繼承和發揚魯迅的戰鬥精神,用魯迅的方法和方式來批駁那些攻擊魯迅的言論謬說,這樣才是愛護魯迅、繼承魯迅精神的正確方式。

　　2006 年度中文網絡中攻擊魯迅的文章主要有如下幾篇:

①網民姚小遠的《變態的魯迅》一文

　　2006 年 10 月 20 日,網民姚小遠在自己的新浪博客發表了《變態的魯迅》〔註103〕一文,在網絡中引發了較大的反響,截止 2006 年 11 月 3 日晚上 21 點,該文被點擊 11200 餘次,並有 330 多位網民在該文之後留言予以評論。這也是魯迅網絡傳播史上第一篇引起大規模論爭的關於魯迅的博客文章。姚小遠首先表示自己要「從跟魯迅反目成仇或者被魯迅痛罵的那些人的人格和結局入手來論證這個被我們穿著華美神袍的魯迅其實是一個變態的人,還這個人以本來的真實面目。」他在分析了魯迅和周作人、陳西瀅、楊蔭榆、陳其

〔註102〕「和絃 C」《竟然讀到魯迅寫給裕仁天皇的詩》,天涯社區·閒閒書話(http://www.tianya.cn/publicforum)2005-6-4。

〔註103〕姚小遠《變態的魯迅》姚小遠的新浪博客(http://blog.sina.com.cn/yaoxiaoyuan)。

昌等人的矛盾後指出：

> 魯迅是中國現代文學史裏罵人最多、最惡毒的，像林語堂、像
> 梁實秋、像胡適，這些人哪個不是溫良敦厚的中國讀書人，哪個又
> 沒有被魯迅潑婦罵街一樣罵的狗血噴頭；一直以來，我們一直沉浸
> 在主流對於魯迅不容置疑的偉大裏，卻忽視了文學家魯迅心理陰
> 暗、人格分裂，極度變態的本相，這不能不說是一種莫大的悲劇。

　　雖然也有一些網民在留言中附和姚小遠的觀點，但是大多數的網民都在
留言中對姚小遠進行了批駁。回顧本次論爭，可以看出姚小遠的文章不僅觀
點比較片面，而且論證也沒有什麼說服力，許多網民已經指出了他的致命硬
傷。但是這麼一篇漏洞百出的博客文章爲何會有 1 萬多次的點擊並吸引 330
多位網民參加論爭就值得注意了。筆者認爲這與姚小遠的文章起了一個聳人
聽聞的題目有很大關係，把「變態」一詞加在魯迅先生的頭上會比較吸引讀
者。在網絡中海量的信息面前，許多網民常常通過搜索工具來尋找自己感興
趣的文章，《變態的魯迅》這一標題會吸引一些讀者的目光和閱讀興趣，而讀
者在閱讀文章之後對原文進行反駁的眾多留言也會引起更多的讀者來關注此
文。最後需要指出的是，一些網民在留言中使用了粗俗的語言對姚小遠進行
謾罵，他們的出發點雖然是捍衛魯迅，但是這種使用粗俗語言捍衛魯迅的方
式卻是應當批評的（如有的網民使用「魯迅萬歲」的網名在留言中謾罵）。在
網絡中此起彼伏的攻擊魯迅的言論面前，採取擺事實、講道理的心平氣和的
方式是最佳的，也是最容易取得捍衛魯迅、愛護魯迅的眞正效果的。事實上，
姚小遠在本次論爭之後就在一篇文章指出：

> 在上面三種回帖裏，不論是中立的就事論事還是支持我的觀點
> 的，大都能保持一種平和的心態和風度，雖然即使支持我的觀點也
> 有一些未必被我認同，但是他們的理性、教養和態度，卻值得我尊
> 重認同，倒是那些所謂的挺魯的大多數，語言垃圾、脾氣暴躁、動
> 作生猛、邏輯混亂，好像除了謾罵就不會說話，怎麼看都是一些素
> 質低下思維混亂的傢夥，當然，其中也有一些抱著探索討論態度進
> 行說理的，我對他們同樣尊重並且認同；可惜，他們的聲音往往被
> 跟他們執一種觀點的低層次挺魯者所淹沒，反倒讓人感覺到魯迅的
> 支持者都不是一些好東西了！

姚小遠對這次關於魯迅的論爭中部分網民暴力語言的批評值得網絡中熱

愛魯迅的網民注意。

②網民「脂硯齋」的攻擊魯迅的系列文章

本年度還出現了網民「脂硯齋」的攻擊魯迅的系列文章《魯迅並非大師級作家的四點理由》、《魯迅的國民性改造，是開歷史的倒車》等 6 篇，詳見下文分析。

## 3、小 結

（1）回顧中文網絡從 2002 年到 2006 年所出現的關於魯迅的評論文章，可以看出不僅在文章數量方面有比較大的進展，而且在文章質量方面也有很明顯的提高，其中的一些文章如梁由之的《關於魯迅》、范美忠的《〈野草〉心解》等，雖然還在不同程度上存在一些問題，但是對魯迅本人及其作品的理解已經比較深入，充分顯示出一些網民對魯迅的評論已經具有較高的水平。

（2）回顧中文網絡從 2002 年到 2006 年所出現的仿寫魯迅作品的文章，可以看出在這些仿寫文章中，諷刺社會現實弊端的文章越來越多。網絡文化的一大特點就是 DIY，網民經常按照自己的興趣對名著進行重構、戲仿，從而取得特殊的喜劇效果。從上述的網民戲仿魯迅的文章可以看出，一些網民對魯迅的作品較爲熟悉，很巧妙地結合當前社會上的一些現實問題，如股市、足球、「9‧11」事件等，用魯迅式的語言重構或者重寫魯迅的原著，不僅在某種程度上拓展了魯迅原著的內涵，借魯迅之口諷刺了當前的一些社會問題，取得了特殊的喜劇效果，而且也在某種程度上通過重構和戲仿的方式使魯迅的原作具有鮮活的生命力和現實感，從而促進了魯迅作品的傳播。這種充分體現網民生產力的戲仿和重構是值得肯定的。但是，需要指出的是，上述文章中也有一些爲戲仿而戲仿的搞笑文章，不僅顯得牽強，而且沒有什麼意義，這是需要網民警惕的，不要爲了遊戲而遊戲，爲了狂歡而狂歡，從而消解了魯迅原作的精神。

（3）回顧中文網絡從 2002 年到 2006 年所出現的關於魯迅的多次論爭，可以看出有如下趨勢：論爭的次數越來越多，論爭的規模越來越大，論爭的程度越來越激烈。雖然有一些關於魯迅的論爭是毫無意義的，甚至有些論爭就是某些想出名的網民故意挑起的，但是必須承認還有一些關於魯迅的論爭可以幫助網民更準確更全面地瞭解魯迅。例如中文網絡中多次出現的關於魯迅和胡適的論爭、魯迅和周作人的論爭等，通過擁護魯迅的網民與擁護胡適的網民以及擁護周作人的網民之間反覆辯論，使一些網民可以更爲全面地瞭

解魯迅。另外，網民在論爭時有時會因彼此的粗鄙化語言而引發大規模的互相攻擊，這種現象是應當予以批評的，因爲互相攻擊對於所辯論的內容來說是毫無意義的。

（4）回顧中文網絡從 2002 年到 2006 年所出現的攻擊魯迅的多篇文章，可以看出此前在民國報刊中就已經出現的一些污蔑魯迅的文字如「漢奸」、「變態」等又在中文網絡中出現了，一些網民如「中華不敗」、「脂硯齋」等再次炒冷飯，捏造事實，妄圖通過多次攻擊魯迅來達到一定的目的。總的來說，攻擊魯迅的網民大多都是拿攻擊魯迅來掩飾他的真實目的，如批評政府等，單純爲了抹黑魯迅而攻擊魯迅的網民很少。雖然網絡中攻擊魯迅的言論此起彼伏，但這些攻擊魯迅的文章大多都遭到一些熱愛魯迅的網民猛烈的批判，攻擊與捍衛魯迅的兩派網民的常常爆發激烈的衝突，這些衝突又大多都出現了使用粗鄙化的語言痛罵對方的現象，常常使一場辯論成爲一場罵戰，這對於魯迅的網絡傳播工作來說是毫無意義的。

## 三、當代中文網絡中關於魯迅的網站、論壇和網民文章的分化（2007～2009）

### 1、中文網絡中關於魯迅的網站和論壇和網民的分化

#### （1）中文網絡中關於魯迅的網站的變化

2007 年度關於魯迅的網站除了新增加了魯迅網和新浪・人間魯迅圈（http://q.blog.sina.com.cn/wpm2008）之外沒有明顯的變化，都在平穩而緩慢地發展著。評讀魯迅網在一度得到廣東省茂名市魯迅研究會的資助之後，成爲該會的網站，在欄目方面有所調整；在網絡中打出「左翼魯迅」旗號的檳榔文學園網站，在本年度雖然發表了一些文章，但具有分量的文章和引起廣泛關注和討論比較少。

本年度新增的魯迅網（http://www.luxun.cc）是由魯迅的家人爲弘揚魯迅文化而組建的非贏利組織上海魯迅文化發展中心創辦的，主要定位是「一個邁向華人新文化的網站，一個爲新文化奉獻的社會公益園地」。該網站把「新文化」定義爲「新的文化、革新的文化、創意的文化、時尚的文化、與時俱進的文化」，試圖在二十一世紀的時代背景下爲魯迅等人所開創的「新文化」運動注入新時代的精神，以魯迅爲旗幟大力弘揚「新文化」精神，推動全球華人邁向新的文化時代。因此，該網站雖然設立了「非常魯迅」的頻道（包

括「魯迅數碼圖片庫」、「非常魯迅」、「教學魯迅」三大板塊，並下設了「中心時訊」、「魯迅研究」、「魯迅文庫」、「魯迅生平」、「魯迅年表」、「」魯迅精神、「懷念紀念」、「新文化運動」、「魯迅大家族」、「立人基金」、「網上展覽」、「影音圖片」、「魯迅中心」等專欄）、「百草園」頻道（創作園地）和「魯風窗」頻道（時評），但是全部的內容不僅局限於魯迅，而且還包括「文化新聞」、「文化人才」、「藝海泛舟」、「名人殿堂」、「百家博客」等頻道，涵蓋國內演藝界、文化界的信息，試圖打造成一個國內權威的文化信息平臺。目前這一網站還處於試運行階段，今後還要就試運行過程中發現的問題進行修改。需要指出的是，魯迅網的出現具有重要意義，這不僅是魯迅的家人以非贏利組織的名義在中文網絡中弘揚魯迅精神、還原魯迅的創舉，同時也爲進一步拓寬傳播魯迅的渠道提供了有益的嘗試。

值得一提的是，新浪·人間魯迅圈由熱愛魯迅的甘肅網民「飛天夢筆」在 2007 年 10 月 5 日創建，這是中文網絡中現存的第一個以「魯迅」爲名的博客圈子，目前已經聚集了 17 位熱愛魯迅的網民。此圈的目的在於「學習魯迅，弘揚魯迅精神，維護人間正義，鞭撻一切醜惡的東西」。設有小說、散文、雜談、時評、史評等專欄，另外還刊載一些關於魯迅的文章和新聞。因爲這個博客圈子建立的時間不長，所以收錄的文章還較少，有待進一步發展。

2008 年度中文網絡中關於魯迅的幾個網站都在平穩的發展著，除了評讀魯迅網調整了網站欄目之外，大多網站都沒有明顯的變化。另外，自稱「魯迅門下走狗」的魯迅研究專家房向東在他的新浪博客「釣雪齋」（http://blog.sina.com.cn/u/1353129461）中從 2008 年 5 月 5 日開始連載了《孤島過客》一書的部分章節，描述魯迅在廈門的生活狀況和內心情感世界，該書後來在 2009 年正式出版。

2009 年度中文網絡中新出現了南京魯迅紀念館網站（http://www.njluxun.com/），由南京師範大學附屬中學在 2009 年 11 月 9 日創建，側重向中學生介紹魯迅，並關注中學語文課本中魯迅作品的教學問題，主要欄目有：「本館介紹」、「館際信息」、「魯迅與南京」、「魯迅作品教學」、「魯迅研究」、「魯迅讀書生活」、「魯迅電影館」等。「魯迅作品教學」欄目在「入選作品」、「教學指導」、「教案薈萃」、「參考資料」、「魯迅作品選讀」、「南京圖書館相關書目」、「魯迅作品電子書庫」標題下收錄了中學語文課本中魯迅作品教學可以參考的大量資料，對於進一步深化中學魯迅作品教學有很好的示範意義；「魯迅研

究」欄目收錄了錢理群、林賢治等幾位著名魯迅研究專家在南京師範大學附中演講的講稿，另外還有一些南京師大附中學生撰寫的關於魯迅的文章；「魯迅電影館」收錄了魯迅著作改編的電影《祝福》、《傷逝》、《祥林嫂》、《阿 Q 正傳》和專題紀錄片《先生魯迅》、《魯迅之路》，可以在線觀看、下載，這也是中文網絡中收錄關於魯迅的影視資料最全的一個欄目。

另外，網民「吳國山人」在 2009 年創建了名爲「魯迅雜誌編輯室」的博客（http://seobuluo.blog.hexun.com），收錄他談論魯迅其人其事和魯迅詩詞的文章多篇。其餘關於魯迅的幾個網站如評讀魯迅網、魯迅左翼文學網都在平穩的發展著，沒有明顯的變化。

### （2）中文網絡中關於魯迅的論壇的分化

2007 年度中文網絡中關於魯迅的論壇大多比較冷清，著名的網易‧魯迅論壇在復活之後，經過一年多的發展，仍然顯得較爲冷清，沒有多大的進展；

本年度中文網絡中關於魯迅的論壇發生的最重要的事件就是新浪網‧讀點魯迅論壇發起了題爲「我們不需要魯迅了嗎」的討論。

網民「脂硯齋」從 2006 年以來陸續在新浪網‧讀點魯迅論壇發表了《魯迅千篇雄文，不抵當代青年一件小事》、《對魯迅的批判，是中國思想界的勝利》、《魯迅的國民性改造，是開歷史的倒車》、《魯迅精神造就三代腐朽文人》、《四點理由：魯迅並非大師級作家》等一系列攻擊魯迅的文章，在該論壇引起了大規模的論爭。統計數據顯示，《魯迅千篇雄文，不抵當代青年一件小事》一文有 26619 次閱讀，1299 個回覆評論；《對魯迅的批判，是中國思想界的勝利》一文有 18215 次閱讀，999 個回覆評論；《魯迅的國民性改造，是開歷史的倒車》一文有 10977 次閱讀，121 個回覆評論；《魯迅精神造就三代腐朽文人》一文有 17858 次閱讀，193 個回覆評論、《四點理由：魯迅並非大師級作家》一文有 17530 次閱讀，619 個回覆評論。

新浪網‧讀點魯迅論壇的版主針對這一現象在 2007 年 4 月 11 日發起了題爲「我們不需要魯迅了嗎」的討論，希望網民就「我們今天需要魯迅嗎？在反思和繼承之間，我們該如何面對魯迅遺產？」這一話題進行討論，並製作了本次討論的專輯〔註 104〕。專輯不僅收錄了「脂硯齋」的上述 5 篇文章和《魯迅欺騙了整個中國》、《解讀魯迅內心之謎　死去的愛情與冰冷的性壓

---

〔註104〕新浪網‧讀點魯迅論壇「我們不需要魯迅了嗎」專輯（http://cul.book.sina.com. cn/t/2007-04-11/1432168663.html）。

抑》、《看民國時期的人如何評價魯迅》、《論魯迅的出現是中國思想界的災難》等一些攻擊魯迅的文章，同時也收錄了《駁脂豔齋「魯迅非大師級作家」四點理由》、《比起魯迅，現在的文學都是糟粕》、《洋奴與憤青們——魯迅小說管窺及其他》、《洋魯迅證明了中國人作為一個人的尊嚴的存在》等一些正面評價魯迅的文章。最後的統計數據顯示這次討論共有 28682 次閱讀，813 個回覆評論。眾多的網民都對這一話題作出了肯定的回答：網民「yujixiangtiger」說：「魯迅之於我們就像空氣與水，我們的精神需要魯迅」；網民「happy19820805「說：「我們這個社會，正是需要像魯迅那樣的人物出現，用自己的筆桿子，用一個文人和學者的良心，來批判社會做一個有良知的文化人，把社會的不公，揭示出來就像魯迅一樣，做一個牛盲（虻），不停地叮咬」；網民「疾風 356」說：「認魯迅是中華民族的民族魂，連魂都不要了豈不連鬼也不如了？那些大罵魯迅的人不外乎新的假洋鬼子與阿 Q 們，既然他們想做，就讓他們去做好了」；網民「janlice_lucky」說：「如果把我國文學史比作長城，那麼魯迅是我國文壇史上的一小塊磚。隨著歲月的流逝，新的思想逐漸淘汰了舊的思想，這是一個歷史的過程，魯迅逐漸被我們的後代遺忘，這是必然的。但他的作用是永遠無法抹去的，就像當初建長城時，沒有下面一塊磚撐著，上面的磚塊哪能往上砌嗎？」

應當說，新浪網・讀點魯迅論壇所發起的這次討論很有現實意義，一些網民的回答也比較有水平，不僅對魯迅在當代社會的重要意義句用清醒的認識，而且也講出了一些針砭現實的話。不過，在總共 813 個的回覆評論中有不少是毫無意義的故意搗亂的灌水貼，另外也有不少評論因為語言粗俗或有敏感的文字而被版主或網站屏蔽，這兩種評論約占全部回覆評論的一半。這種現象也在一定程度上反映出本次討論的激烈程度。

2008 年度中文網絡中關於魯迅的論壇大多依然比較冷清。本年度關於魯迅的論壇中發生的最重要的事件就是百度・魯迅吧中新老網民之間的衝突。

2008 年 6 月，網民「煙縈」在百度・魯迅吧發表了《〈傷逝〉與〈紅樓夢〉：愛為何總歸於虛無？》〔註105〕一文，文章指出，《紅樓夢》和《傷逝》「兩部作品都從不同的角度，寫了至真至純的愛，愛的毀滅；而最終都不約而同的歸於虛無。」曹雪芹和魯迅這「兩個中國文學史上頂尖的作家，同樣塑造了

---

〔註105〕「煙縈」《〈傷逝〉與〈紅樓夢〉：愛為何總歸於虛無？》百度・魯迅吧（http://tieba.baidu.com）。

自己時代的叛逆新人，卻又同樣的呈現出使人迷茫的虛無結局」。

　　這篇文章發表之後被百度・魯迅吧的老網民「奉先元霸何足畏」譏諷爲「腦殘」，「左右忤逆」等一些網民對此作出了反駁，稍後又對「奉先元霸何足畏」此前發表的《我爲什麼說魯迅是漢奸》一文進行批評，由此引發了新老兩派網民之間長達兩個月的一場混戰。

　　在論爭的過程中，因爲時任的小吧主「喝多了」刪除了網民「江北牧吾2」不斷翻出並頂到首頁的一些論壇中的舊的精品帖子，加之一些新來的網民提出百度・魯迅吧要「打掃垃圾」（網民「曙色朗朗」說：「我們說的打掃垃圾，針對的就是魯吧中盤踞的流氓文化，他們以老資格自居，不分是非，任意對新吧友的嘲笑和謾罵」），在一定程度上造成新老兩派網民的對立。稍後，另一位小吧主「煙台9p是誰」又運用版主的權力刪除了一些新網民發表的參與論爭的帖子，並刪除了一些新網民此前發表的原創的帖子。隨著論爭激烈程度的升級，以「煙縈」爲首的新網民感到吧主的不公正，在投訴無果的情況下，採取爆吧軟件攻擊魯迅吧，魯迅吧由此成爲一個互相謾罵攻擊的地方，正常的討論無法開展。爲了扭轉魯迅吧的現狀，吧主「雲想衣裳花想容」辭去版主職務，網民「醉眼中的朦朧」也臨危不懼，主動請纓擔任小吧主，和吧主「99aaaa99」一起制定了臨時吧規，採取封號、刪帖等強制措施遏制住魯迅吧互相謾罵攻擊的現象，希望把魯迅吧的正常討論氛圍建立起來。

　　這場所謂的百度・魯迅吧的新人和老人之間的混戰（也有的網民說是80後和90後的論戰）可以說對百度・魯迅吧造成了極大的傷害。應當說，大多數聚集在百度・魯迅吧的網民還是抱著對魯迅先生崇敬的心理的，只有極少數的網民不尊重魯迅、甚至以攻擊、褻瀆魯迅爲樂，因此，在百度・魯迅吧建立一個討論魯迅先生的平臺還是符合眾望的。

　　網民「提香的女人」在題爲《魯吧與強權》〔註106〕的文章中說：

　　　　夜已深，面對這樣一個魯吧，痛心、失望。

　　　　魯吧毫無疑問是爲紀念魯迅先生而設的。當初先生一人面對肮**髒的中國、面對強**權、專**制，面對國人的愚昧，苦苦戰鬥，以致勞心而死。我們敬佩先生的硬骨和犧牲精神。帶著這種敬仰，我們來到魯吧，希望尋到知己。就算在現實生活中彼此不相識、彼

────────────────

〔註106〕「提香的女人」《魯吧與強權》百度・魯迅吧（http://tieba.baidu.com）。

此都在怯懦的屈從強權，也可以在網絡中尋到一份支持，在魯迅先生的精神裏得到一絲力量和啓示。

……

畢竟，我們希望魯吧成爲祭奠魯迅先生的聖地，希望這裡公正、乾淨，希望還能在這發帖紀念先生，而不被人嘲笑。就在此時，那些一直客觀的吧友出現了，他們願意犧牲自己，不怕成爲眾人的靶子，重整魯吧，使它客觀、公正、理性、寬容。我們相信他們，因爲這也是我們的願望，爲此，不惜流血、鬥爭。我們以爲，魯吧自此會眞正成爲自由、公正發言的地方，我們心生寬慰：畢竟在網絡世界裏，還有正義，還有價值。

可以說，百度·魯迅吧中和網民「提香的女人」一樣對百度·魯迅吧抱有厚望的網民還有很多。經過「醉眼中的朦朧」等幾位吧主的努力，這場長達兩個多月的混戰終於暫時的消停了，相信那些沒有選擇離開百度·魯迅吧的各位網民都會因此而珍惜百度·魯迅吧的歷史和現狀。俗話說「不破不立」，希望百度·魯迅吧的廣大熱愛魯迅的網民經過這次大的動盪能消除百度·魯迅吧此前的一些不良現象，共同維護好自己的網上精神家園並爲百度·魯迅吧創造一個新的開端。

2009 年度中文網絡中關於魯迅的論壇在經歷了 2008 年的分化之後有了明顯的變化，都在平穩的發展著：在 2008 年發生過網民之間混戰的百度·魯迅吧逐漸恢復正常的論壇秩序並多次出現了關於魯迅的熱烈討論，網絡中的新浪·讀點魯迅論壇等關於魯迅的網站和論壇也都在平穩的發展著。

### （3）中文網絡中關於魯迅的網民的分化

2007 年度中文網絡中與魯迅有關的網民發生的最重要的變化就是仲達宣稱要走出魯迅並皈依基督教。

進入 2008 年之後，仲達雖然也參與網絡中關於魯迅話題的論戰，但是他很少再寫關於魯迅的文章，更多的關注精神信仰問題，他此後所寫的文章基本上都是從基督教的觀點出發的。仲達還選擇在 2008 年 10 月 18 日——也是魯迅逝世紀念日的前一天，在天涯社區網站發表了《背負自己的十字架》〔註 107〕一文，詳細地回顧了自己如何開始追隨魯迅、走出魯迅到皈依基督

---

〔註 107〕仲達《背負自己的十字架》，天涯社區·關天茶舍（http://www.tianya.cn/publicforum）2008-10-18。

教的精神歷程。值得注意的是，仲達開始從基督教的觀點來審視魯迅，認爲魯迅缺乏精神信仰，無法拯救自己的靈魂：

> 魯迅洞悉到人心裏頭全是黑暗，他自己也深受心靈毒素對心靈自身的戕害。當我在敬佩魯迅「求眞」勇氣的同時，也注意到他在「反抗絕望」以後無路可走的困境，他看到了一個終點：墳。看清了人靈魂的本然，下一步又該怎麼走呢？魯迅作爲一個絕望個體，他無論怎樣掙扎、反抗，都無法自救，這些都是注定了的。可惜的是，先生不認識、理解耶穌，卻只把他當作人之子。魯迅先生就是一個啓蒙者、自我反思者和尋求拯救者，只是他沒有尋找到拯救的力量。魯迅那裡，有痛苦的精神維度。再往前走一步，就是信仰的精神維度。魯迅是獨一無二的，遠於上帝又疏於世俗，但是有著一般學者身上沒有的「人間情懷」，對底層民眾深深同情。魯迅的生命中沒有上帝，沒有源於上帝的土壤、清泉和亮光。

從仲達的上述言論來說，他對魯迅的體驗與研究已經在很大程度上陷入偏執，甚至是誤入迷途。

2008 年度中文網絡中與魯迅有關的網民發生的最重要的變化就是天涯社區網站「擁魯派」網民之間的衝突。

2008 年 8 月 30 日，網民孟慶德在天涯社區發表了《魯迅的脾氣》〔註108〕一文，這篇談論魯迅脾氣的文章不僅引起了一些網民參與討論魯迅的脾氣問題，而且也引發了孟慶德和仲達這兩位在網絡中較爲知名的「擁魯派」網民之間的意氣之爭。

孟慶德在文章中針對一些人說的「魯迅脾氣不好，氣量太窄」的言論進行了反駁，他分析了魯迅與孩子、與母親、與友人的交往，繼而指出，「魯迅到底是有脾氣的，在有些事情上，他並不含糊，也不認爲有什麼不可以說。」孟慶德最後強調，「魯迅若是沒脾氣，也就不是魯迅了。」

網民仲達在孟慶德的這篇文章之後跟帖說：「魯迅的氣量小，其中還透著些淘氣。你孟慶德的氣量小，其中還充斥著怨毒。」由此引爆了兩人之間的論爭。孟慶德很快就對仲達的言論進行了反擊，並揭出兩人之間在論壇中結下的一些恩怨。稍後，仲達又對孟慶德的這篇文章進行了嚴厲的批評：

---

〔註108〕孟慶德《魯迅的脾氣》，天涯社區・閒閒書話（http://www.tianya.cn/publicforum）2008-08-30。

你的態度、氣量、口吻等等，都一個像過了氣的世故老人，文字之中投射著一股子暮氣，這樣的心態怎麼可能理解了魯迅呢？你適合做個具有道德感的老好人，如此而已。但是，無情的是你根本無法理解魯迅直逼自己靈魂的拷問。

孟慶德針對仲達的批評，又披露了兩人之間在網絡中所結下的恩怨。此後，孟慶德和仲達兩人之間的論爭愈演愈烈，甚至「脂硯齋」、「長江後浪」、「黃禍」等一些和仲達有過文字恩怨的網民也參加進來批評仲達，形成了對仲達的圍攻。一些網民對這種已經陷入人身攻擊的混戰表示了不滿，網民「晨牧」對仲達的文風進行了批評：

反駁、批評別人的觀點，我覺得首先你要懂得尊重別人，尊重別人，也是尊重你自己。如果不尊重別人，動輒進行人身攻擊，這個習慣很不好，最後雙方必定不歡而散，這就失去了爭論的意義。

網民「老石頭06」也指出：

我個人以為今天的陣勢，多少都有些貶損你們自己。說句不中聽的，這是掐架，沒有思想的交鋒。我覺得老孟的《脾氣》文章做得很好，從多視角的角度展現了魯迅先生的「脾氣」個性。

總的來說，這場混戰的確是一場掐架，沒有多少思想的交鋒，不過它卻顯示出「擁魯派」網民之間的分化和對立，很可惜的是，這幾位網民之間的這次掐架最初是因為幾年前的文字上的恩怨，而非觀點上的不同，這樣的意氣之爭顯然是毫無意義的。

2009年度中文網絡中關於魯迅的網民發生的重要變化就是于仲達與范美忠的公開決裂。

2009年8月16日，網民于仲達在天涯社區網站發表了《揭開「知識精英」范美忠的「精神困局」》〔註109〕一文，解剖曾經熱愛魯迅的網民范美忠（即「范跑跑」）的精神問題，這篇文章不僅引起了廣泛的爭論，而且也正式宣告這兩位曾經熱愛魯迅的網民的公開決裂。于仲達在文章中首先回顧了他和范美忠在網絡中因魯迅話題而結識、交往的經過，然後又對范美忠因在汶川大地震後的言論暴得大名後的言行進行了分析：

范美忠受魯迅的影響很深……魯迅的真正深刻來源於對於「失

---

〔註109〕于仲達《揭開「知識精英」范美忠的「精神困局」》，天涯社區‧閒閒書話，（http://www.tianya.cn/publicforum）2009-08-16。

敗」的覺醒，他那種強烈的自省意識和自剖意識，是研究魯迅的范
美忠所欠缺的。

范美忠在當天看到于仲達的這篇文章之後在跟帖中進行了回應，認爲于
仲達是在報復自己。在一些網民加入這次討論之後，范美忠披露了他和于仲
達產生衝突的經過：

> 兩週前于醫生給我打電話，談兩個問題：第一，你要利用現在
> 的名聲推薦民間魯迅研究。二，接下來于醫生又要跟我討論魯迅研
> 究……于醫生又說：「你的野草研究太主觀了！」我說，我們對文本
> 解讀的理解不一樣，並對他老談魯迅研究專家表示不耐煩。

對於范美忠的解釋，于仲達澄清了事實眞相：

> 第一、我記得我是這樣對你說的，你既然已經進入了公共話
> 題，就不要老是談論地震這種大家談的話題，就推薦民間魯迅研究。
> 第二、我批評你的《野草》研究太主觀，不是一點理由沒有，當然，
> 要談這個問題，也不是一兩句的事情。

于仲達最後強調：

> （這篇）文章是基於長期觀察寫的，凝聚了我的思考，目的是
> 解剖你的精神困局。總之，不是一時心血來潮「報復」你。只是，
> 你認爲我「報復」你，實際情況不過是我批評了你，而不是僅僅像
> 以前那樣應你的要求吹捧你的魯迅研究而已。

綜觀這次論爭，可以看出于仲達和范美忠這兩位熱愛魯迅的網民因爲對
魯迅的理解與傳播方面的意見不同而發生了衝突，最終造成了決裂。可以
說，于仲達希望范美忠利用他現在的知名度來推介民間魯迅研究的建議是很
好的，但是范美忠認爲自己在向外界推介民間魯迅研究方面沒有多少影響
力，並且不太認同于仲達對魯迅的闡釋與研究，兩人因言語不和，加上范美
忠又對于仲達進行了謾罵而產生了激烈衝突，于仲達稍後在網絡中發表了解
剖范美忠的「精神困局」的長文，引起了范美忠的誤解，以爲于仲達是藉此
「報復」自己，隨後，「水妖」等一些擁護范美忠的網民又撰文反擊于仲達，
雙方互揭個人隱私，彼此進行人身攻擊，最後導致了一場混戰。這樣一個關
於推介民間魯迅研究的話題本來應該會很有意義的，但是卻最終因個人恩怨
而成爲一場毫無意義的互相攻擊的混戰，的確是很令人遺憾的。希望一些熱
愛魯迅的網民能從這次混戰中吸取教訓，認眞的討論一下如何推介民間魯迅

研究的話題。

## 2、中文網絡中關於魯迅的網民文章的分化

2007 年度關於魯迅的評論與上一年度相比在數量上大幅減少，在質量上也沒有明顯的進步，仍然是魚龍混雜，參差不齊；而關於魯迅的論爭雖然仍舊比較熱烈，但依然存在一些值得注意的問題。

### （1）關於魯迅本人的評論文章

#### ①于仲達的《魯迅先生見證了我曾走過的十年艱難歲月》

2007 年 1 月 21 日，于仲達在天涯社區網站發表了《于仲達訪談錄——魯迅先生見證了我曾走過的十年艱難歲月》〔註110〕一文，他在這篇文章中不僅闡明了自己研讀魯迅的立場，對自己過去的研讀魯迅的系列文章作了總結回顧，對當前的一些魯迅熱點話題進行評論，而且也表達出自己在後魯迅時代的精神歸屬。這篇文章在網絡中引起了較大的反響，但在很大程度上卻不是因為魯迅研究方面的原因，而是因為于仲達在文章中明確宣布要在追隨魯迅十年之後尋找新的精神歸屬。

于仲達的這篇文章發表之後，一位基督徒網民「尹非凡」與于仲達在網絡中進行了長時間的思想探討，試圖用基督教的教義和《聖經》的故事來引導于仲達的思想，而于仲達本人此前也已經開始研讀《聖經》。于仲達在《寫作此文的前言》中明確指出：「魯迅先生就是一個啓蒙者、自我反思者和尋求拯救者，只是他沒有尋找到拯救的力量。魯迅那裡，有痛苦的精神維度。再往前走一步，就是信仰的精神維度。站在黑暗中，我拒絕陽光，思想悲觀，找到了寬恕的力量，也是一個希望通過基督教而被救贖的人，但是，由於殘酷現實的刺激卻讓我難以皈依上帝」。

針對網民「老刁民」的質疑，于仲達再次闡述了他的思想變化：「魯迅先生是集中全力勾勒、提煉中國人精神特徵、為中國人提供反思自我『鏡子』的文學家。神學能把這種反思提升更高一種境界，所以，我更看重。魯迅也曾把自己看作是『在轉變中』或『在進代的鏈子上』的歷史的『中間物』，這一語包涵著魯迅對自我與社會的傳統與現實之間的關係的深刻認識。同樣，我也是『在轉變中』或『在進代的鏈子上』的歷史的『中間物』，不同於魯迅的是，我不僅意識到信仰的重要性，更意識到合理生活幸福度日的重

---

〔註110〕于仲達《于仲達訪談錄——魯迅先生見證了我曾走過的十年艱難歲月》，天涯
社區・關天茶舍（http://www.tianya.cn/publicforum）2007-01-21。

要性。」。稍後，于仲達又明確宣布：「我已經基本上解決了精神上的困惑，皈依基督只是一個時間上的問題。實際上，在此前較長的一段時間裏，神一直在隱匿處關愛著我，等我尋求拯救的力量時，神便出現了。」

　　一些網民也相繼加入這場思想討論。網民「秋水123」說：「我希望仲達大哥能繼續在魯迅研究上向深處開掘，並最終將魯迅的精神內化爲自己的心靈情感。如此，大哥方是最終擺脫了魯迅。因爲，尼采說過，真正的思想家是絕對反對偶像崇拜的。尼采和魯迅固然思想深刻，但那畢竟是他們的思想，我們即使再無能，也應該保有我們自己獨立的思想。」

　　于仲達在這次網絡討論之後終於做出了超越魯迅的選擇，在2007年的復活節受洗皈依基督教。應當說，于仲達的思想轉向並非個例，中文網絡中也有一些曾經熱愛並追隨魯迅的網民經過一段時間之後發生了思想變化，明確地宣布要走出魯迅。這種現象是可以理解的，在某種程度上也標誌著網絡中一些熱愛魯迅的網民的思想變化。需要指出的是，于仲達的生命體驗式的魯迅研究在中文網絡中比較突出，而他從2007年之後對魯迅的體驗與研究卻在一定程度上陷入偏執，甚至是誤入迷途。總之，從基督教文化的角度審視魯迅、研究魯迅是無可厚非的，但于仲達在精神上追隨魯迅十年之後卻又感到要在信仰方面超越魯迅，在基督教中尋找靈魂的歸宿和精神家園，這種自我感覺無疑是錯誤的，就像他在勸告一位熱愛魯迅的網民所說的那樣：進入魯迅，但別忘了走出魯迅，在此也奉勸于仲達：進入基督教，但別忘了走出基督教，真誠希望他能迷途知返，再回到魯迅那裡。

　　②網民「老金在線」發表了考證魯迅與中國古籍的系列文章

　　2007年5月21日，網民「老金在線」在天涯社區網站以《魯迅與儒學》〔註111〕爲題發表了《魯迅與〈儒林外史〉》、《魯迅與〈周易〉》兩篇文章，分別鉤稽了魯迅與這兩部名著的關係，在論壇中得到了眾多網民的高度評價。稍後，「老金在線」又陸續發表了《魯迅與〈伺僂集〉》、《魯迅與〈孟子〉》、《魯迅與〈二酉堂叢書〉》、《魯迅與〈流沙墜簡〉》、《魯迅與〈尚書〉》、《魯迅與〈荀子〉》、《魯迅與〈拘幽操〉》、《魯迅與〈法言〉》、《魯迅與〈孔子家語〉》、《魯迅與〈閱微草堂筆記〉》、《魯迅與〈朱子語類〉》、《魯迅與〈花月痕〉》、《魯迅與〈禮記〉》、《魯迅與〈論語〉》等文章，這些文章或長或短，首先摘引出魯

---

〔註111〕「老金在線」《魯迅與儒學》天涯社區・關天茶舍（http://www.tianya.cn/publicforum）2007-05-21。

迅在文章或言論中提到這些古籍的情況，並加以簡短的評說，通過實證研究認爲魯迅有很深的儒學背景。

8月24日，「老金在線」又在天涯社區網站發表了《魯迅讀過的佛學典籍（部分）》〔註112〕，稍後又陸續發表了《魯迅讀過的儒學部古書》、《魯迅讀過的碑刻研究專著（部分）》、《魯迅讀過的甲骨文研究專著》等系列文章，從魯迅的日記、書信及文章中鉤稽出魯迅所讀過的上述種類的古籍，並對這些古籍加以簡短的介紹和點評。

「老金在線」鉤稽魯迅與古籍的關係主要目的是「看看魯迅的知識譜系怎樣構成的」，他的上述文章不僅在一定程度上顯示出他對魯迅著作的熟悉和對魯迅研究的深入，而且也顯示出中文網絡中魯迅研究的新進展。值得一提的是，一些網民也高度關注「老金在線」的這一系列文章，並進行了具有一定學術水平的討論，這對推動網絡中魯迅研究的進一步發展具有重要的意義。

2008年，「老金在線」又在天涯社區網站發表了《魯迅讀過的碑刻研究專著（部分）》〔註113〕一文，從魯迅的日記、書信及文章中鉤稽出魯迅所讀過的碑刻研究專著，並對這些碑刻研究專著加以簡短的介紹和點評。

另外，「老金在線」還發表了《魯迅是現代士大夫》〔註114〕一文，指出：

> 本土傳統，從孔子、子思、孟子、荀子到李贄、到魯迅，是不乏「清議」暨「批判」傳統的。他們從不試圖「文過」。要之，無論傳統抑現代，「清議」暨「批判」，恒是知識分子之特色，一落「文過」言詮，便非知識分子。「清議」暨「批判」，是傳統士大夫也是現代士大夫大義所在。這樣就可以理解，從孔子到魯迅這一譜系中人，就是波普爾所讚譽、莫洛亞所表彰的那個人類譜系中的知識分子。在中國，這樣的知識分子也就是秉承儒學傳統的士大夫……魯迅的深刻就在於，他從未試圖「文過」，因此從未省略過「批判」立場，因此成就爲高張傳統「清議」精神的現代士大夫。──我之所

---

〔註112〕「老金在線」《魯迅讀過的佛學典籍（部分）》天涯社區・閒閒書話（http://www.tianya.cn/publicforum）2007-08-24。

〔註113〕「老金在線」《魯迅讀過的碑刻研究專著（部分）》天涯社區・金石書畫（http://www.tianya.cn/publicforum）2008-8-8。

〔註114〕「老金在線」《魯迅是現代士大夫》天涯社區・閒閒書話（http://www.tianya.cn/publicforum）2008-1-31。

以疼愛魯迅，一源於此。

從上述評論中可以看出，「老金在線」對魯迅的研究已經比較深入，並取得了一些具有較高學術水平的研究成果。

③網民「檳榔」發表了研究魯迅的系列文章

2008 年，「檳榔」先後在天涯社區網站中先後發表了《青年魯迅思想探索的啓示》〔註115〕、《論青年魯迅對時代思潮的批評》〔註116〕、《魯迅與日本自由主義者鶴見祐輔》〔註117〕、《論魯迅對蔣介石政府的批評》〔註118〕、《魯迅與蘇曼殊》〔註119〕、《魯迅與王國維比較論》〔註 120〕等多篇關於魯迅的研究文章，這些文章在形式上不像網絡中常見的那些評論魯迅的帖子，更像是學術刊物上刊登的學術論文（事實上其中的 3 篇文章後來分別在 2009 和 2010 年發表在學術刊物上），不過因爲是首先刊發在網絡中，所以也納入本文的研究範圍。前兩篇了論文主要分析青年魯迅的思想，後 4 篇論文主要分析魯迅與中外名人的關係，不僅史料準確，而且觀點比較客觀，充分顯示了「檳榔」在魯迅研究領域的學術水平。

④網民「方便麵 3 號」在網絡中發表了描寫魯迅與許廣平愛情經過的系列文章《戀愛中的魯迅》

網民「方便麵 3 號」在天涯社區網站陸續發表的《戀愛中的魯迅》〔註121〕系列文章是以魯迅和許廣平的《兩地書》爲素材所寫的一部書稿，書稿的部分內容在 3 月份連載於天涯社區・閒閒書話論壇，得到了眾多網民的好評，並在 9 月份由武漢出版社正式出版。「方便麵 3 號」在《兩地書》中讀出了

---

〔註115〕「檳榔」《青年魯迅思想探索的啓示》，天涯社區・關天茶舍（http://www.tianya.cn/publicforum）2008-7-18。

〔註116〕「檳榔」《論青年魯迅對時代思潮的批評》，天涯社區・關天茶舍（http://www.tianya.cn/publicforum）2008-9-11。

〔註117〕「檳榔」《魯迅與日本自由主義者鶴見祐輔》，天涯社區・關天茶舍（http://www.tianya.cn/publicforum）2008-9-16。

〔註118〕「檳榔」《論魯迅對蔣介石政府的批評》，天涯社區・關天茶舍（http://www.tianya.cn/publicforum）2008-9-23。

〔註119〕「檳榔」《魯迅與蘇曼殊》，天涯社區・關天茶舍（http://www.tianya.cn/publicforum）2008-10-28。

〔註120〕「檳榔」《魯迅與王國維比較論》，天涯社區・關天茶舍（http://www.tianya.cn/publicforum）2008-11-18。

〔註121〕「方便麵 3 號」《戀愛中的魯迅》，天涯社區・閒閒書話（http://www.tianya.cn/publicforum）2009-3-9。

「一個真正的生活的、可愛的，甚至是幽默而幼稚的魯迅」，他在該書的後記中介紹了自己寫作此書的目的：

> 這一次，我試著打碎了魯迅的神像，擦拭魯迅臉上被刻意塗抹的嚴肅。我試著一點點還原魯迅，把他放回 1925 年 3 月……如果我們認真地閱讀《兩地書》，我們會在兩個人的情話裏一件件脫下魯迅的衣服，我們會發現，魯迅不僅吃草，他還食用月亮、孩子氣和相思。

網民「方便麵 3 號」在書中選擇一些「有趣」的情節刻意塑造出了一個「戀愛中的魯迅」的形象，這個「戀愛中的魯迅」雖然不同於那些政治化解讀所塑造的「魯迅」形象，並先後獲得一些網民和媒體的好評，但是作者對於魯迅的形象可以說是解構的過分了，在某種程度上是一種迎合圖書市場的刻意俗化魯迅的行為。

⑤網民「粉色葉子」發表了《很雷，很杯具，這就是「魯迅愛過的人」！》一文

2009 年 11 月 30 日，網民「粉色葉子」在天涯社區・娛樂八卦論壇發表了《很雷，很杯具，這就是「魯迅愛過的人」！》〔註 122〕一文，引發了一場大規模的論爭，該文也成為本年度網民訪問次數最多的討論魯迅話題的文章（訪問：97776 回覆：794）。

網民「粉色葉子」在文章中以文字配人物照片的形式點評了魯迅和周作人、周建人三兄弟的婚戀問題。首先點評的是魯迅和朱安、許廣平的關係。

> 1、朱安
> 上朱安圖，看到這裡，筒子們定會和我一樣恍然大悟吧！我們可憐的魯迅先生太命苦了，這樣的老婆還是供著吧，看不得也吃不得，以免晚上做噩夢！
> 2、許廣平
> 這是魯迅公開承認的愛人，雖然不是名義上的夫妻（不合法呀），現在的稱呼是「同居女友」，不過這可是事實婚姻的，有愛情結晶小 baby 為證！

「粉色葉子」的這些帶有調侃色彩的點評文字引起了一些網民的論爭。

---

〔註 122〕「粉色葉子」《很雷，很杯具，這就是「魯迅愛過的人」！》，天涯社區・娛樂八卦（http://www.tianya.cn/publicforum）2009-11-30。

一些網民爲朱安抱不平，並魯迅有所指責。網民「安在西」說：

> 說實話，魯迅一輩子宣揚新思想新禮教，卻逃不開封建禮教的約束，還害了一個女人一輩子。供養她又怎麼樣呢？内心的煎熬孤寂怨恨是無法估量的。姑且不論他的作品和思想，在純粹的「男人」上，魯迅絕對算不得一個好男人，他和許的愛情也並非像渲染的那麼美好，放低姿態看，不過是一段比較文明的婚外戀而已～。

另外有一些網民爲魯迅辯護。網民薛瓔說：

> 我認爲魯迅已經做得很好了，算是男人中的極品。朱安是他母親硬逼著他娶的，但他不喜歡，也就沒有碰，也就無所謂歉。照樓上某些人的說法，魯迅不碰一個自己不喜歡的人是錯？或者他就該禁欲一輩子？你不可能強迫自己愛上一個你沒有感覺的人。魯迅對朱安算是無情而有義的。

此外還有一些網民談到了時代因素對魯迅婚姻的影響。網民「愛卿你從了朕吧」說：

> 朱安是舊社會的悲劇，也是她自己因爲封建社會規矩的悲劇刺激了魯迅，才有了日後一系列的尖銳深刻作品。如果魯迅當初一開始就是遇見許，魯迅可能就不是現在這個魯迅了。而且，朱安一心孝順魯迅的母親直到逝世，其實朱安是個好女人，只是時代的錯，社會的錯。

回顧這次論爭，可以看出《很雷，很杯具，這就是「魯迅愛過的人」！》這篇關於魯迅和朱安、許廣平的文章之所以能成爲本年度點擊率最高的關於魯迅的文章，是和它發表在天涯社區‧娛樂八卦論壇這樣一個充滿八卦色彩、善於發掘名人隱私的論壇有很大的關係。需要強調的是，《很雷，很杯具，這就是「魯迅愛過的人」！》這篇文章沒有多少水平，僅僅提出了一個關於魯迅「愛過的人」的話題，但是它卻引發了一些熱衷於討論現實社會中「小三」、「剩女」等話題的網民的共鳴，並導致了一場大規模的論戰。從上述網民的言論中可以看出，一些網民爲朱安抱不平，並對魯迅進行了批評，認爲魯迅可以對朱安做出更「親情」一些的行動，另外一些網民則爲魯迅辯護，認爲魯迅在當時的環境下已經做得很好了，還有一些網民則指出，魯迅和朱安都是受害者，這個悲劇是當時的社會環境造成的。但是，網民之間的爭吵很激烈，互相都說服不了對方，甚至在論爭的最後出現了互相謾罵攻擊

的現象。總的來說，雖然一些網民最後能從民國法律的角度來審視魯迅和朱安、許廣平的關係，但是網民的言論還是顯得比較情緒化，往往結合當代社會的現實問題來討論魯迅和朱安、許廣平，還不能客觀理性地把周家的家庭內部關係和當時的社會背景結合起來討論魯迅和朱安、許廣平的關係，這樣就使得這次討論雖然熱烈但是脫離了歷史背景，顯得熱鬧有餘，而意義不大。

⑥網民「浮生何所寄」發表了《魯迅：討人嫌的老烏鴉》一文

網民「浮生何所寄」在天涯社區網站發表的《魯迅：討人嫌的老烏鴉》〔註123〕是一篇紀念魯迅先生的文章，他在文章中把魯迅比作「討人嫌的老烏鴉」。文章在追溯魯迅的一生之後在結尾寫道：

> 老烏鴉死了，它還活著。它刺耳的叫聲，那最可惡的真話，仍
> 然迴盪在有了英雄卻不知珍惜、愛戴的，沒有希望的奴隸之邦。我
> 知道，他會繼續在同胞們的熱鬧聲中寂寞下去，如同他寂寞的生前。
> 憑誰問，他只想回到人間。
>
> 七十三年，忘中猶記，風雨如磐暗故園。

通讀這篇文章，不僅可以看出這位已經閱讀魯迅十多年的網民對魯迅的熟悉和理解的深刻，而且也可以看出他對魯迅的濃厚的感情。魯迅被這個出生於 1985 年的網民比作一個「討人嫌的老烏鴉」，正是這個「討人嫌的老烏鴉」不知疲倦的對著中國人說著「最可惡的真話」，試圖喚醒中國人。應當說，這位網民對魯迅的理解和闡釋是比較深刻的，這篇文章在網絡中的同類文章中也算是出類拔萃的。

另外，網民「行走江湖甲」的《關於魯迅：其生、其死、其時代》〔註124〕和網民「煮酒葉難燒」的《從魯迅到梁實秋的歷史輪迴》〔註125〕這兩篇文章都是本年度中文網絡中出現的比較有分量的長篇文章，因為這兩篇長文連載一直到 2010 年年中，而且文章的大部分內容都是在 2010 年發表的，所以納入 2010 年度的文章之中。從已經發表的部分可以看出，這兩位網民對魯迅及民國的事實比較熟悉，分析也比較客觀，在一定程度上顯示出某些網民對魯

---

〔註123〕「浮生何所寄」《魯迅：討人嫌的老烏鴉》，天涯社區・關天茶舍（http://www.tianya.cn/publicforum）2009-8-5。

〔註124〕「行走江湖甲」《關於魯迅：其生、其死、其時代》，天涯社區・人物研究（http://www.tianya.cn/publicforum）2009-12-14。

〔註125〕「煮酒葉難燒」《從魯迅到梁實秋的歷史輪迴》，天涯社區・天涯雜談（http://www.tianya.cn/publicforum）2009-8-17。

迅的理解與闡釋已經達到一個較高的水平。

（2）關於魯迅作品的評論文章

2007 年度中文網絡中關於魯迅作品的評論文章重要的有范美忠的《〈求乞者〉：存在的廢墟感和本眞性的尋求》、《〈這樣的戰士〉：在無物之陣中失敗的堅強戰士》、《〈野草・題辭〉：言說的困境　生命的證詞》。

范美忠的這幾篇文章繼續採用他此前解讀《野草》的文本細讀方法。范美忠在對《求乞者》〔註126〕進行了文本細讀之後指出：

> 魯迅在寫及求乞者時強烈的煩膩，疑心和憎惡的情緒還有對自身如何求乞的設想很大程度上有他的現實體驗在內。尤其是童年家道中落感受到的世態炎涼以及從日本歸國以後爲了負擔一家人的生計到處奔波，在他厭惡的環境與面目可憎的人共事從事自己不喜歡的工作而飽受屈辱感這種現實意義上的求乞體驗是魯迅生存體驗生命經歷中很重要的一部分，所以魯迅說「一要生存，二要溫飽，三要發展。」魯迅是個很有現實感的人，這是有刻骨銘心的體驗在內的。

范美忠在對《這樣的戰士》〔註127〕進行了文本細讀之後指出：

> 毫無疑問，本文還體現了魯迅沉重的失敗感。無論如何堅決執著地戰鬥，他都將失敗，世界不會因爲他的戰鬥批判而有什麼改觀。聯想到魯迅對黃金時代的不信任，對「失掉的好地獄」的緬懷，我們可以說：魯迅有強烈的失敗感和絕望感。這種失敗感可以說是由他的很多經歷和體驗堆積而成的。

范美忠的這兩篇解讀比較注意結合魯迅的生平經歷中挫折與苦難來分析文本，從而可以更好的理解魯迅在文本中所表達出來的思想感情，這樣的解讀方法是比較正確的，有助於是深入理解魯迅的文本。但是，范美忠用基督教的某些教義來衡量魯迅在這些文本中所表達出來的思想，就顯得有點過度闡釋了。例如，范美忠在對《求乞者》解讀時說：「基督教強調愛，憐憫給予而不是憎惡和冷漠，強調寬恕而不是復仇，處處與魯迅相反，確實是救治魯迅之弊乃至人類之病的藥方。」

---

〔註126〕范美忠《〈求乞者〉：存在的廢墟感和本眞性的尋求》，天涯社區・閑閑書話（http://www.tianya.cn/publicforum）2007-06-15。

〔註127〕范美忠《〈這樣的戰士〉：在無物之陣中失敗的堅強戰士》，天涯社區・閑閑書話（http://www.tianya.cn/publicforum）2007-06-18。

另外，范美忠在對《〈野草·題辭〉》〔註128〕進行了文本細讀之後指出：

> 作者在《題辭》中首先表達了言說的艱難以及對言說的不確信，困惑和猶疑；次則整體上概括自己不追求永恆，不害怕死亡和朽腐的，向死而生的追求生命極致的大歡喜的生命哲學；三則表達《野草》乃生命的痕跡，罪過之書；四則暗示作品的部分內容是表達對地面的憎惡；最後表達的是《野草》乃過去生命的確證，以及希望《野草》速朽從而告別《野草》的渴望，但實際可能有些惋惜，留戀和感傷的心情。

范美忠通過對《題辭》的深入分析，把握到《野草》的多重內涵，從而可以更深入地理解《野草》的文本，應當說，他對《野草·題辭》的上述解讀是比較準確的。

2008 年度中文網絡中關於魯迅作品評論的文章相對很少，此前常發表評論魯迅作品文章的天涯社區網站在本年度也只發表了幾篇水平一般的評論文章。

2009 年度中文網絡中關於魯迅作品評論的文章也相對很少，天涯社區網站只出現了兩篇具有一定水平的分析《祝福》的文章。網民「黑色的藤蘿」撰寫的《親臨魯迅手札之一　讀〈祝福〉》〔註129〕是作者獨自的「魯迅之旅」的第一篇，重點分析了《祝福》的主題和反諷的藝術手法。網民「易森」的《魯迅〈祝福〉：一件河邊的謀殺案件》〔註130〕是一篇舊作的修改稿（筆者印象中該文在網易·魯迅論壇發表過）重點分析了《祝福》的思想和小說採用的倒敘的藝術手法。總的來說，這兩位網民對《祝福》的解讀都具有一定的學術水平。

（3）仿寫魯迅作品的文章

2007 年度中文網絡中出現的仿寫魯迅作品的文章主要有：網民「莫大」的《紀念馬良行君》〔註131〕一文模仿魯迅的《記念劉和珍君》寫中國女足

---

〔註128〕范美忠《〈野草·題辭〉：言說的困境　生命的證詞》，天涯社區·閒閒書話（http://www.tianya.cn/publicforum）2007-06-26。

〔註129〕「黑色的藤蘿」《親臨魯迅手札之一　讀〈祝福〉》，天涯社區·閒閒書話（http://www.tianya.cn/publicforum）2009-12-23。

〔註130〕易森《魯迅〈祝福〉：一件河邊的謀殺案件》，天涯社區·閒閒書話（http://www.tianya.cn/publicforum）2009-3-8。

〔註131〕「莫大」《紀念馬良行君》（http://blog.sina.com.cn/s/blog）。

主教練馬良行下臺的故事；網民「正宗馬甲」的《論上證綜指的倒掉（仿魯迅版）》〔註132〕一文模仿魯迅的《論雷峰塔的倒掉》寫上海證券交易所股市價格暴跌的故事；佚名的《紀念帶頭大哥777》〔註133〕一文模仿魯迅的《記念劉和珍君》寫著名的「股神」帶頭大哥777被警方控制的故事；網民「風雨樓」的《紀念暫住證的誕生及其他》〔註134〕一文模仿魯迅的《記念劉和珍君》寫自己在北京辦理暫住證的故事；佚名的《紀念赤壁（仿魯迅紀念劉和珍君）》〔註135〕一文模仿魯迅的《記念劉和珍君》寫作者玩《赤壁》網絡遊戲的故事；佚名的《紀念深度兩歲有感》〔註136〕一文模仿魯迅的《記念劉和珍君》寫深度論壇已經度過兩歲的故事；佚名的《紀念陳壽福君及珊瑚蟲版QQ（仿魯迅文）》〔註137〕一文模仿魯迅的《記念劉和珍君》寫珊瑚蟲QQ軟件的作者陳壽福因為製作這個軟件而被騰迅公司告上法庭最終被捕一事。

　　2008年度中文網絡中出現的仿寫魯迅作品的文章主要有下文章：網民「梁下君子」的《仿魯迅：紀念三鹿集團》〔註138〕一文模仿魯迅的《記念劉和珍君》寫三鹿毒奶粉事件；佚名的《紀念毒奶粉受害者》〔註139〕一文模仿魯迅的《記念劉和珍君》寫三鹿毒奶粉受害者的故事；網民「澳筆一」的《紀念受害嬰兒》〔註140〕一文模仿魯迅的《記念劉和珍君》寫三鹿毒奶粉受害嬰兒的故事；佚名的《紀念死難同胞（仿魯迅）》〔註141〕一文模仿魯迅的《記念劉和珍君》寫汶川大地震遇難同胞的故事；網民「風林火山」的《紀念中石油君》〔註142〕一文模仿魯迅的《記念劉和珍君》寫中石油股票

---

〔註132〕「正宗馬甲」《論上證綜指的倒掉（仿魯迅版）》2007-4-4（http://www.zhukuai.com/html）2007-4-8。

〔註133〕佚名《紀念帶頭大哥777》（http://cloud.blog.cnstock.com/archives）。

〔註134〕「風雨樓」《紀念暫住證的誕生及其他》（http://www.bokequn.cn）。

〔註135〕佚名《紀念赤壁（仿魯迅紀念劉和珍君）》（http://bbs.sg.wanmei.com）2007年12月16日。

〔註136〕佚名《紀念深度兩歲有感》（http://bbs.deepin.org/archiver）2007年10月22日。

〔註137〕佚名《紀念陳壽福君及珊瑚蟲版QQ（仿魯迅文）》（http://forum.minisoyo.com）2007年10月16日。

〔註138〕「梁下君子」《仿魯迅：紀念三鹿集團》（http://www.club.china.com）2008年9月23日。

〔註139〕佚名《紀念毒奶粉受害者》（http://bbs.chizhouren.com）。

〔註140〕「澳筆一」《紀念受害嬰兒》（http://www.bbs.eduu.com）2008年10月31日。

〔註141〕佚名《紀念死難同胞（仿魯迅）》（http://shbbs.soufun.com）2008年5月26日。

〔註142〕「風林火山」《紀念中石油君》（http://bbs.ifeng.com）。

跌破發行價的故事；佚名的《紀念王石寶強君》〔註143〕一文模仿魯迅的《記念劉和珍君》寫萬科董事長王石和影星王寶強因爲爲汶川大地震捐款較少而被網民痛批的故事；佚名的《紀念陳冠希君》〔註144〕一文模仿魯迅的《記念劉和珍君》寫陳冠西豔照門事件；佚名的《紀念姚明的 08 賽季——模仿魯迅〈紀念劉和珍君〉》〔註145〕一文模仿魯迅的《記念劉和珍君》寫姚明在2008 年賽季不幸受傷的故事。

　　2009 年度中文網絡中出現的仿寫魯迅作品的文章主要有：網民「gukaipng」的《紀念閻崇年君》〔註146〕一文模仿魯迅的《記念劉和珍君》寫閻崇年被讀者掌摑事件；網民「sdxtzfyn」的《紀念陳國軍君》〔註147〕一文模仿魯迅的《記念劉和珍君》寫吉林通鋼集團職工反對改制並打死建龍集團派到通鋼集團擔任總經理的陳國軍的事件。另外，網民「姚文嚼字」在中文網絡中著名的論壇凱迪社區・原創評論（http://club.kdnet.net）中陸續發表了《紀念毒奶粉受害者》（2009-02-22），《仿魯迅：紀念三*鹿*集*團》（2009-03-15），《仿魯迅：紀念傻大木君》（2009-03-15），《仿魯迅：紀念盧武鉉君》（2009-06-02），《新狂人日記　高考版——仿魯迅》（2009-06-04），《紀念成都 9 路公交遇難者》（2009-6-7），《論滑稽護航的倒掉》（2009-06-11）《紀念鄧貴大君》（2009-6-10），《論鄧貴大的死掉》（仿魯迅：論雷峰塔的倒掉）（2009-6-10），《論神童市長的倒掉》（2009-07-01），《仿魯迅：新網絡狂人日記》（2009-08-31）等十多篇模仿魯迅作品的文章，這些文章此前都已經陸續在「姚文嚼字」本人的新浪博客（http://blog.sina.com.cn/yaowenjiaoziyzy）中刊登過，並被一些網民轉載，在中文網絡中產生了一定的影響，這次集中發表，又再次引起網民的關注。（詳見下文分析）

　　（4）攻擊魯迅的文章

　　①網民「作家顧曉軍」攻擊魯迅的系列文章

　　網民「作家顧曉軍」是一位 50 多歲的網絡寫手，同時也是擁有 4 萬多成員的新浪・網絡作家圈圈主，他自稱要扛起「復興中國文學」的大旗，在

〔註143〕佚名《紀念王石寶強君》（http://nbbbs.zol.com）2008 年 6 月 20 日。

〔註144〕佚名《紀念陳冠希君》（http://www.qcjd.com.cn/bbs）2008 年 3 月 2 日。

〔註145〕佚名的《紀念姚明的 08 賽季——模仿魯迅〈紀念劉和珍君〉》（http//bbs.hoopchina. com）2008 年 3 月 1 日。

〔註146〕「gukaipng」《紀念閻崇年君》（http://www.hanminzu.net/bbs）2009 年 11 月 7 日。

〔註147〕「sdxtzfyn」《紀念陳國軍君》（http://www.bbs.meyet.com）2009 年 8 月 13 日。

自己的博客上打出了「高舉中國新文學大旗！打倒魯迅！光耀我偉大中華！」的口號，把 2007 年稱爲「網絡倒魯元年」，在中文網絡中發起了「倒魯運動」，連續在各大中文論壇發表了《魯老爺爺請您允許我打倒您》、《魯迅先生不能代表中國精神》、《請魯迅先生先步下神壇》、《魯迅先生的錯誤》、《〈孔乙己〉之三大敗筆》、《魯迅先生私塾式教化民眾法可以休矣》、《民眾是供我們愛的，而不是供我們去罵的》、《魯迅精神的實質就是反社會》、《魯迅先生不能代表中國精神》、《網絡上挺魯迅的幾種嘴臉》、《2007 網絡倒魯方興未艾》等一系列攻擊魯迅的文章。2007 年 10 月 23 日，「作家顧曉軍」在接受 TOM 論壇‧絕對隱私版版主的專訪時指出：「魯迅先生的寫作態度，肯定是有問題的；只不過是在那個時代，也許就只能是那樣。因爲存在，總有存在的道理的。我如今提出這個問題，不是要糾正魯迅先生的寫作態度，而是要糾正今天那些簡單地傚仿魯迅先生的人的觀念。簡單地說，就是要：與時俱進。今天，以復興中國文學爲己任的作家，不應該學著魯迅先生去『哀其不幸，怒其不爭』，而應該把筆觸伸到老百姓的心裏去」。10 月 25 日，「作家顧曉軍」又在中國新聞網‧文化茶館版主的專訪中強調：「《請魯迅先生步下神壇》，不是眞的『步下』或『打倒』，而是一次思想的、精神的解放的開始！（這）就是：倒魯的，最本質的意義！」〔註 148〕

此外，「作家顧曉軍」攻擊魯迅的言論還有如下幾點：（1）「魯迅先生寫出了：我們的民族，處於病態的社會時期的不幸狀態。一個民族的精神，應當是提取民族原生態精神與長期、非病態的主流精神，供發揚光大。所以說：魯迅先生，不能代表中國精神！」（《魯迅先生不能代表中國精神》）（2）「在黑暗的舊社會、在我們尚未奪取政權之時，我們是需要反社會的同路人及其作品的；即便在奪取政權之初，我們也還是需要反社會的同路人及他們的作品，一起去仇視那個已經被我們推翻了的舊社會。但是，到了一定的時候，我們就不能讓反社會的作品，去薰陶和培養反社會的精神了。所以，魯迅的作品淡出教科書，是再自然不過的必然。」（《魯迅精神的實質就是反社會》）（3）「魯迅先生的錯誤，在於他寫了平民百姓，卻不是爲他們而寫的。那麼，魯迅先生在爲誰而寫作呢？他是爲文化人寫作。所以，多年來，他爲文化人所津津樂道。」（《魯迅先生的錯誤》）

---

〔註 148〕　「作家顧曉軍」《再談魯迅先生及其他》，天涯社區‧來吧‧顧曉軍小說全集（http://laiba.tianya.cn/laiba）。

　　「作家顧曉軍」上述攻擊魯迅的文章在中文網絡中引起了較大的反響，雖然有一些網民為之叫好，但大多數網民都對此表示強烈的憤怒，並撰文批駁這些謬論。網民「葬月渡口」在《魯迅先生不應該走下神臺》一文中針對「作家顧曉軍」以網絡文學復興中國文學的觀點指出：「網絡給我們創造了更加自由的平臺，使我們更可以各抒己見，面對這個機遇，我們要做的不是把魯迅先生請下神壇，而是讓更多的文學人『走上去』」。網民「上蔡有成」在《駁顧曉軍〈魯迅先生不能代表中國精神〉》一文中指出：「魯迅先生總是站在老百姓的立場上，為老百姓著想，指出他們的『冷漠』與『麻木』，讓他們認識到自己缺陷，勇敢地站起來，為自己的生存權，與強權惡霸及其走狗們進行抗爭。這是無可非議的！」〔註149〕

　　總的來說，「作家顧曉軍」所發表的上述攻擊魯迅的文章雖然都毫無道理可言，不值得一駁，但還是在各大中文論壇引起了持續不斷的論爭，這使得此前在中文網絡中小有知名度的「作家顧曉軍」在 2007 年成為中文網絡中的熱點人物之一。可以說，「作家顧曉軍」和 2006 年因為持續不斷地在網絡中發表攻擊魯迅的言論而成名的網民「脂硯齋」的炒作手法幾乎一模一樣，他們都是通過持續不斷地攻擊魯迅來達到成為網絡名人並宣傳自己所創作的小說的目的。雖然，「作家顧曉軍」通過攻擊魯迅在網絡中獲得了較大的關注度，成為中文網絡的熱點人物，但是他的幾卷小說充滿了色情和暴力，基本上都是文字垃圾，毫無文學價值可言。這對於叫囂著要打倒魯迅，扛起中國文學復興大旗的「作家顧曉軍」來說無疑是個巨大的諷刺。

　　②網民「脂硯齋」攻擊魯迅的系列文章

　　網民「脂硯齋」在 2007 年繼續在中文網絡中不斷發表攻擊魯迅的文章，有《魯迅是民族脊樑還是最媚日的漢奸？》、《魯迅為封建集權文化代言的主要特徵》、《魯迅是中國極左思潮的最後一座牌》等十多篇，詳見下文分析。

　　③網民「東南二組」攻擊魯迅的文章《閒來無事聊聊魯迅》

　　2008 年 7 月 10 日，網民「東南二組」開始在天涯社區·關天茶舍陸續發表了《閒來無事聊聊魯迅》〔註150〕一文，引發了大規模的論爭。

　　「東南二組」在文章中指出：

---

〔註149〕上述文章均引自翠微居網站·批判作家顧曉軍專輯（http://read.cuiweiju.com/files/article/html）。

〔註150〕「東南二組」《閒來無事聊聊魯迅》天涯社區·關天茶舍（http://www.tianya.cn/publicforum）2008-07-10。

　　身爲一代新文化主將，平生致力於喚醒國民，以改造國民性爲己任，「懂中國」的「第一等聖人」魯迅。頭頂上有著無數眩目的光環。但我更想知道，在這些光環背後，魯迅是如何給我們展現民族「導師」的一面，而這不得不從魯迅的生平聊起。

　　「東南二組」在評說魯迅生平時，不斷地質疑魯迅生平中的一些事情，指出魯迅在日本偷窺女性洗澡、與羽太信子有染、兄弟失和原因與性有關、與內山完造來往是漢奸等等，以此來否定魯迅的光輝形象。

　　網民「鷺水蒼茫」對「東南二組」的文章進行了批評，他指出：

　　　　魯迅是個複雜的人，個人對其有不同看法，並不奇怪。但是，要寫眞實的魯迅，要全面看事實，看歷史環境，而不是想當然。……總之，樓主的傾向性太明顯了，而正因這樣，恰恰就失去了正義性和公平合理，因此也就失去了全文的價值。

　　針對眾多網民的批評，「東南二組」強調：「文章就是想寫一個眞實的魯迅，但奇怪的是很多人硬不願去找些史料來對比下眞僞。」對此，有不少網民質疑「東南二組」的「還原魯迅」的方式，並揭露其「還原魯迅」的目的。網民「camusld」指出：

　　　　Lz（樓主）要還原魯迅面目，就應深究史料，悉悉歷史，題目「閒來無事聊聊」，魯迅是能抱著一種「閒來無事」、輕浮的心情，隨便「聊聊」的嗎？！……事非經歷不知難！魯迅是人，不是神，也不是聖人。一樣有自己的愛恨情仇，悲歡榮辱。不從當時的情況出發，一味從道聽途說處加以發揮，絕不是正確的歷史觀。

　　在本次論爭中，一些擁護魯迅的網民和一些反對魯迅的網民之間發生了相互攻擊的現象，甚至有的網民爆出了粗口。網民「COCO 研」對此現象做出了分析：

　　　　前面有回覆說，爲什麼維護魯迅的人在質疑魯迅的帖子裏態度都不太友好，個別網民有時是不說理而直接謾罵的，你想過這是爲什麼？我覺得這和質疑魯迅的人自身的水平低下，甚至完全外行是相視的。直接謾罵的人裏也許有懂魯迅的人，但不屑於說話而已。

　　總的來說，網民「東南二組」在《閒來無事聊聊魯迅》一文中打著「還原魯迅」的旗號，對魯迅生平中的許多事件進行了攻擊，但是這些攻擊魯迅

的言論仍然是老調重彈，沒有什麼新意。雖然參加本次論爭的網民比較多，很多在天涯社區‧關天茶舍活動的擁護魯迅的網民（被稱爲「魯粉」），和一貫攻擊魯迅的網民都參與進來，雙方都引用了比較多的歷史材料進行論爭，但是論爭的結果仍然是各持己見，沒能在所爭執的那幾個魯迅生平中的問題上取得共識。不過，從「擁魯派」網民所發表的言論來看，他們對魯迅生平和魯迅作品比較熟悉，不僅對魯迅的瞭解具有一定的水平，而且也在評價魯迅時比較理性客觀。

（5）關於魯迅的論爭文章
①關於北京高中語文課本中魯迅與金庸作品選錄問題的論爭

2007 年 8 月 15 日，北京出版的《競報》以《金庸武俠名著「入侵」中學課本引爭議》的標題報導了北京市新版語文課本撤下魯迅的名著《阿 Q 正傳》，同時把金庸的武俠小說《雪山飛狐》列入泛讀備選篇目的消息。這條新聞不僅在社會引起了強烈的反響，而且也在中文網絡中引發了大規模的論爭，僅網易‧新聞論壇就有 2144 條針對這則新聞的評論。

《競報》在這則報導中也引用了網民的各種觀點，並把這些網民的觀點分爲支持者、反對者和中立者三大類。從分類上來說，網絡中關於此事的評論也大致呈現出這三種觀點，不過，從數量上來說，網民中的支持者和反對者都較多，而中立者則相對較少，這使的關於此事的論爭比較激烈。網易‧新聞論壇在 2007 年 8 月 16 日至 8 月 31 日進行了「你是否喜歡金庸的小說入選語文中學課本」的網絡調查，調查結果顯示，在總共 7489 位參與調查的網民中，有 3580 人選擇了「喜歡」的選項，占總人數的 47%，有 2633 人選擇了「不喜歡」的選項，占 35%，有 938 人選擇了「無所謂」的選項，占總數的 12%，另外，有 338 人選擇了「說不清楚」的選項，占總人數的 4%〔註 151〕。需要指出的是，此前的中學語文教材的確存在選文不當、注重應試教育等各種問題，需要進一步改進，而金庸小說入選中學語文課本泛讀篇目也無不可，這從近半數的網民喜歡金庸小說入選中學語文課本的數字也可以看出，但是，魯迅畢竟是中國現代文學的奠基人和中華民族的「民族魂」，他對中國現代文化的影響是深遠和無可替代的，因此，中學語文課本在進一步改良入選篇目的時候仍然應該在較大數量上選入魯迅的文章作爲

---

〔註 151〕網易‧新聞論壇「你是否喜歡金庸的小說入選語文中學課本」調查（http://
　　　　news.163.com）。

傳播新文化的載體。與時俱進並不是拋棄歷史，撤下魯迅的《阿 Q 正傳》實乃短視之舉。正如網民路近人在《金庸 VS 魯迅：貓比老虎會爬樹》一文中所指出的那樣：「金庸確實擁有最多的青少年讀者，而熱愛魯迅的人，通常都是這個民族的脊樑。更何況，除了時代，除了現狀，還有歷史，更有將來。」〔註 152〕

②關於「脂硯齋」的《網上批判魯迅的帖子精選》一文的論爭

網民「脂硯齋」常在各大中文網站和論壇不斷發表攻擊魯迅的文章，通過不斷挑起較大規模的網絡論爭而在中文網絡中獲得了比較大的知名度。不過在本年度，「脂硯齋」發表的原創的攻擊魯迅的文章較少（他在天涯社區‧關天茶舍發表的三篇攻擊魯迅的文章因為沒有多少水平而被版主刪除），反而是他集中轉載的一組網絡中出現的攻擊魯迅的文章引起了較大規模的論爭。

2008 年 2 月 10 日，「脂硯齋」在天涯社區‧關天茶舍發表了《網上批判魯迅的帖子精選》〔註 153〕，集中轉載了此前網絡中出現的《魯粉和反魯派口水爭論的大意義》（「巴特勒船長」）、《魯迅先生的幾個「污點」》（吳海勇）、《我看〈狂人日記〉》（「四大名捕」）、《「民族魂」的日記裏記的全是錢》（「憨子」）、《魯迅欺騙了整個中國》（「xiejk2003」）、《論魯迅的出現是中國思想界的災難》（郭知熠）、《論「魯迅」的倒掉》（「二十天不出雞」）、《魯迅是靈動而入戲的看客》（「防忽悠諮詢顧問」）、《魯迅先生不能代表中國精神》（顧曉軍）、《魯迅除了中國大陸，他還影響了那個地區那個族群？》（「美女小混混」）、《揭開魯迅棄醫報國的真相》（「特來支持樓主」）、《反思魯迅——為俄國歌劇團作》（汪維成）、《魯迅的殘忍——「製造」祥林嫂式的悲劇》（羅豎一）、《自由主義的胡適和極權主義的魯迅》（「兩棵棗樹」）、《面對魯迅的兩種反應。1、是真的嗎？2、你狠，我比你還狠。》（「防忽悠諮詢顧問」）。5月 6 日，「脂硯齋」又在關天茶舍轉載了網民「hjbanyi」的文章《魯迅被推崇為民族英雄，是二十世紀中國的一個大冤案！》，並轉載了網民徽洲人和網民懷符的批評魯迅的帖子。

上述的這些攻擊魯迅的文章雖然在網絡中出現已久，但是水平比較低，加上作者沒有多少知名度，所以在網絡中沒有多大的影響。「脂硯齋」這次在

---

〔註152〕「路近人在」《金庸 VS 魯迅：貓比老虎會爬樹》（http://news.163.com）。
〔註153〕「脂硯齋」《網上批判魯迅的帖子精選》天涯社區‧關天茶舍（http://www.tianya.cn/publicforum）2008-02-10。

天涯社區‧關天茶舍集中貼出這些舊帖子引發了「擁魯派」網民和「反魯派」網民之間的相互攻擊。

網民「人力招聘」重點分析了脂硯齋不斷攻擊魯迅的目的，他指出：

> 紫硯齋111（按即脂硯齋），所謂的「教授中的教授（叫獸中的叫獸）」，換著馬甲頂自己罵別人，整天沒事意淫魯迅是漢奸，借批魯迅譁眾取寵，意淫一下精神貴族，已經不是一兩回的事情了，想必大家也該熟悉了。他誣陷魯迅的真正目的是要借批魯迅販賣弄自己，展示自己的垃圾文字達到出名的目的。

一些網民也對網絡中反魯迅網民的謬論進行了剖析，網民「dzdd001」在《致反魯書生們的一封信》中指出：

> 我只是想表達一個觀點，即，根據魯迅的文章罵魯迅，總比根據那些不靠譜的野史更有說服力吧。但是，反魯書生們卻嫻熟於狗仔隊的勾當，偷窺、偷拍、杜撰、造謠一些緋聞、花邊舊聞。你們從死人身上都可以惹這麼多是非，不做娛記簡直是娛樂業的一大損失，勸你們趕快改行，這樣來錢更快還可以滿足你們的偷窺欲，真是一舉兩得。

「擁魯派」網民抨擊脂硯齋的大量言論也遭到了反魯迅的網民的回擊，網民「醉酒狂歌」就針對「擁魯派」網民的謾罵表達了憤怒：

> 我實在是很奇怪，你們小魯難道是從監牢裏面放出來的，為何爆粗口的詞彙如此豐富。這就是根據魯迅思想改造後的優等國民性嗎？你們沒有表現出哪怕一點點說理的興趣，你們感興趣的，就是用最卑劣無恥的手段把對方擊倒。當真是上樑不正下樑歪，一代不如一代。

一些網民也對關天茶舍中不斷出現的攻擊魯迅的文章及由此引發的不斷混戰的現象表示了不滿，網民「人力招聘」指出：

> （脂硯齋）這樣的文章卻一而再再而三地在關天發出，嚴重污染關天的生態，只能引起胡亂的謾罵，根本起不到理性交流的效果……本人建議茶舍斑竹嚴懲這種偏執得完全沒有文字理解能力人，限制他再發這種上來就罵人的帖子。

綜觀本次論爭，可以看出聚集在天涯社區網站的「擁魯派」網民和「反魯派」網民彼此之間的論爭常常陷入人身攻擊和互相謾罵之中，這樣的論爭

只會導致兩派之間的矛盾進一步擴大，基本無助於深化對魯迅問題的討論和爭鳴。為了制止這種不良趨勢，不僅「擁魯派」網民最好不要經常參加這些無謂的論爭（即使在參加論爭時也需要注意語言的文明），而且網站的版主也更需要有所作為，為了維護論壇的良好秩序，要果斷地刪除那些層出不窮、此起彼伏的基本上毫無道理可言的攻擊魯迅的文章，這樣就會在很大程度上遏制住論壇中出現的利用攻擊魯迅來進行炒作的不良現象。

③關於中學語文教材調整魯迅文章篇目的論爭

2009 年 8 月，人民教育出版社新修訂的高中語文課本去掉了《藥》、《為了忘卻的記念》和《阿 Q 正傳》等 3 篇魯迅文章，僅保留了《記念劉和珍君》、《祝福》和《拿來主義》等 3 篇魯迅文章，此事經媒體曝光後，在社會上引起了強烈的反響，眾多網民也在網絡中為此事進行了大規模的論爭，因為相關文章比較多，本文只好選擇天涯社區網站出現的幾篇有代表性的文章進行介紹。

一些網民反對刪減魯迅文章，網民「奉旨修史」在《看魯小札：教科書中「魯迅」》〔註154〕一文中說：

> 選魯迅的作品，不是因為他是所謂的「三家」，而是因為他的作品本身。他的作品既代表了運用語言的嫻熟的藝術，也飽蘸著強烈的情熱（無論愛憎），還滲透著他對於歷史與現實的深刻觀察，以及批判的現代精神。對於現在的少年一代來說，或許魯迅也有些遙遠而隔膜了，但是他依然是他們的高空之書，是培養他們的強大的胃、強大的心的正途。

一些網民贊成刪減魯迅文章的觀點，網民「水彼岸」在《為什麼我們不能在中小學教材中減少魯迅先生的作品？！》〔註155〕一文中指出：

> 人的思想是慢慢成熟和發展的，完全不考慮中小學生的理解能力，就把一些他們根本理解不了、體會不了的東西灌輸給他們，我不說居心叵測，是不是也可以說是在拔苗助長？

一些網民對刪減魯迅文章的現象進行了較為深入的分析，網民「西辭唱

---

〔註154〕 「奉旨修史」《看魯小札：教科書中「魯迅」》天涯社區・閒閒書話（http://www.tianya.cn/publicforum）2009-8-17。

〔註155〕 「水彼岸」《為什麼我們不能在中小學教材中減少魯迅先生的作品？！》天涯社區・關天茶舍（http://www.tianya.cn/publicforum）2009-10-12。

詩」在《語文首先是語文並及魯迅文章的事》〔註156〕一文中指出：

> 事實上，我們只要調整自己的「語文觀」，把語文還原爲語文，
> ——玫瑰就是玫瑰——我們從文學的美來看問題，那麼，我認爲把
> 魯迅請出教材的做法絕對是嚴重的倒退，如果這眞成了現實，那至
> 少說明我們的編教材的教育家們是多麼的不合格，因爲他竟然能夠
> 忽略魯迅的文學的巨大的美的力量。但是，我同時也認爲，因爲如
> 此，那麼在小學和初中階段倒不一定需要選入魯迅的文章。

網民「兩江書生」也在《魯迅淡出教材背後的國民文化精神缺失》〔註157〕
一文中指出：

> 對教育改革來說，魯迅的作品在教材裏多幾篇少幾篇不是最關
> 鍵的，但是如何理解魯迅、學習魯迅，理解魯迅背後的中國和中國
> 文化傳統是非常重要的，一味迎合學生的文化消費觀念，並不能對
> 課程改革、教材改革有所益處。

可以說，關於中學語文課本中魯迅作品選錄的問題一直是一個熱點話
題，2009 年人教版高中語文課本再次刪減魯迅作品又再次引發了廣泛的爭
議。從上述網民對此事的評論來說，雖然觀點不同，但都可謂見仁見智：一
些網民能從語文教育的目的出發理性的看待魯迅作品選錄問題，一些網民還
認識到刪減魯迅作品背後的深層次的問題，這都顯示出一些網民對此事理解
的深刻。總之，多數網民都認爲中小學語文課本應當選錄一些能被中小學生
閱讀和理解的魯迅的作品，教師在教學時應當注重作品的文學性，適當淡化
其思想教育的色彩。

④關於《當代魯迅韓寒：我是個鄉下人》一文的論爭

2009 年 6 月，香港鳳凰衛視評論員梁文道在國內的一次演講中高度評價
著名的 80 後作家韓寒：「再寫幾年他就是另一個魯迅，他只是少些魯迅身上
的深沉和悲劇感。」〔註158〕梁文道關於韓寒可能是「下一個魯迅」的言論在
中文網絡中產生了強烈的反響。因爲這一言論在眾多的中文論壇中都引起了

---

〔註156〕「西辭唱詩」《語文首先是語文並及魯迅文章的事》天涯社區‧閒閒書話
（http://www.tianya.cn/publicforum）2009-8-18。

〔註157〕「兩江書生」《魯迅淡出教材背後的國民文化精神缺失》天涯社區‧天涯時空
（http://www.tianya.cn/publicforum）2009-8-23。

〔註158〕王晟《梁文道：韓寒是下一個魯迅，金庸爲何加入作協？》（http://www.sina.
com.cn）2009 年 06 月 24 日。

網民的熱烈討論，觀點大致差不多，所以本文選擇天涯社區網站網民的討論進行分析。

　　網民周筱贇的《當代魯迅韓寒：我是個鄉下人》〔註159〕是天涯社區網站中出現的一篇比較有影響的談論韓寒與魯迅話題的文章。周筱贇指出：

> 我簡直想說——「韓寒就是當代魯迅」。不過，想必韓寒是不願意接受這樣的高帽的，而且，韓寒是不是當代魯迅，也是一個需要時間來證明的命題。

> 然而，從對青年人的影響這點來說，我覺得韓寒的作用，和當年魯迅的作用，確實庶幾近之。當年熱愛魯迅作品的都是青年，通過閱讀書籍獲得魯迅的思想，而韓寒作品的讀者，多是 80 後、90後的年青一代，他們更多的是網絡閱讀，甚至有些人從來沒有書面閱讀（教科書除外），如果 80 後作家中沒有出現韓寒，不知道又有多少人受網絡憤青聒噪的吸引，成為憤青的後備軍了。

　　這篇文章吸引了一些網民參與討論韓寒是否是魯迅的話題。一部分網民認為韓寒比不上魯迅。網民「老貓笨笨_2008」指出：

> 將韓寒和魯迅比，還是有點差距的。言論上，韓寒不夠魯迅犀利，見地上，韓寒不夠魯迅深刻，文字功底上，韓寒不夠魯迅深厚。
> 樓主將韓寒跟魯迅比，不是在讚揚韓寒，而是在寒磣韓寒！

　　網民「zhengstar」對韓寒進行了批評，他指出：

> 如果 HH（韓寒）敢像魯迅那樣敢寫出《記念劉和珍君》這類真正的文章，那我佩服……最近竟然不斷的拿魯迅來開刀，想利用一個死去的人上位，真是一種大無恥。

　　另外還有一些網民為韓寒辯護。網民「haooyting」說：

> 把他比做魯迅或許還談不上，但他這種不做作不諂不媚的做風，難道不正是我們所需要的嗎？這個社會髒東西太多。或許有的人會覺得我們過於崇拜他但你們不知道的是在我們這些八零後還在迷惘彷徨的時候韓寒已經給我做出了表率，或許我們還不會獨立思考，但我們在學著獨立思考。

　　需要指出的是，韓寒本人並不喜歡魯迅。天涯社區網站在 2009 年 7 月 1

〔註159〕周筱贇《當代魯迅韓寒：我是個鄉下人》天涯社區‧天涯雜談（http://www.tianya.cn/publicforum）2009-11-17。

至 8 日徵集了眾多網民的問題並請韓寒回答，韓寒在回答第 13 個問題時否定了魯迅。另外，韓寒在回答記者提問時也作了類似的回答：

> 中國新聞週刊：你以反叛著稱，還被很多人寄希望成爲當代魯迅，你覺得成爲魯迅的現代複刻版有意義嗎？

> 韓寒：感謝他們的厚愛。但是我個人並不很喜歡魯迅。〔註160〕

　　從上述網民關於韓寒是「下一個魯迅」的爭論來看，韓寒作爲一個對當代青年有著較大影響力的 80 後作家一直是媒體的寵兒（不僅 2009 年 10 月 30 日出版的《南都週刊》在「封面人物」上稱他爲「公民韓寒」，而且 11 月 2 日出版的美國《時代週刊》以兩個整版的篇幅讚揚他爲「中國文學的壞小子」），但是，毋庸諱言，以「新概念作文」競賽起家並有著眾多小說銷量的韓寒在文學成就上還不足以和魯迅相提並論，梁文道等一些人之所以把韓寒說成「下一個魯迅」主要還是因爲韓寒通過他的博客所發表的一些尖銳諷刺社會現實問題的言論。

　　韓寒擁有眾多的粉絲，他的博客也成爲中文網絡中點擊率最高的幾個博客之一。韓寒經常通過他的博客對一些社會上的熱點問題發表意見，並經常產生較大的影響，最爲著名的一次就是他在博客中轉載了上海「釣魚執法」受害者的文章，在網絡中產生了巨大的影響，導致上海市有關政府部門在輿論壓力下糾正了「釣魚執法」的錯誤。嚴格來說，這並不是韓寒文章的力量，而應當說是網民特別是網民中韓寒粉絲的力量，才在網絡中和媒體上對上海有關政府部門造成巨大的輿論壓力，韓寒的文章只是「釣魚執法」事件的一個導火索。當一些人拿韓寒在博客中發表的言論來和魯迅雜文相提並論時，僅僅注意到兩者都產生了較大的社會影響，沒有注意到韓寒批判社會現實問題的言論在深度和廣度上還距離魯迅很遠，甚至也沒有注意到韓寒對魯迅不感興趣。因此，把韓寒稱爲「下一個魯迅」只能說是某些人士和媒體聯手的一個炒作，並不是一個嚴謹、客觀的言論。

　　⑤關於《魯迅的 1957 年》一文的論爭

　　2009 年 8 月，天涯社區·學術中國論壇針對社會上和網絡中熱議魯迅的現象而發起了題爲「誰動了魯迅的屁股」的徵文，但是參加徵文活動的網民不多。在二十多篇徵文中只有發起這次徵文活動的學術中國論壇的版主「關

---

〔註160〕孫冉《韓寒：關注社會，是一個作者生來必須的職責》，《中國新聞週刊》2010 年 1 月 4 日。

不羽」撰寫的《魯迅的 1957 年》〔註161〕一文引起了較大的論爭。

　　8 月 25 日，「關不羽」在天涯社區·學術中國論壇和閒閒書話論壇先後發表了《魯迅的 1957 年》一文，他指出：

> 從生物學上講，「魯迅的 1957」只能是一種假設……魯迅走上神壇，或許不是他的初衷，但是不容迴避的是，這無疑是時代風氣急轉直下的表徵！要靠一個「假設」來切割「心意相通」的毛與魯，似有掩耳盜鈴之嫌。

　　網民黃小孺隨後在《也談「魯迅的 1957」──一些資料與兩句建議》一文中對「關不羽」的文章進行了批評，他在詳細引用了眾多學者、作家關於「毛、羅對話」的相關文章之後指出：

> 其文章通篇主旨就是為了證明左翼文化人「真沒多少風骨」。然而，「毛羅對話」卻是真的存在，關不羽所有含沙射影的嘲諷都落了空。這對於大概非「左翼文化人」的關老師本人倒是一個嘲諷────忙活半天，原來自己在意淫。

　　針對眾多網民的批評，「關不羽」又寫了一篇題為《小一號的魯迅》的文章，批評那些「像魯迅、學魯迅、捧魯迅者」：

> 「小一號的魯迅」到底該在哪一個等級呢？託庇於「神壇上的魯迅」，沾些「第一等高尚」的靈光，遂使「第二等的高尚」也光鮮了。「旗子」舉得越高，彷彿給「第一等的高尚」添了更多的光彩，但是這和魯迅無關。無非是「小一號的魯迅」標榜「繼承」的姿態更好看些，提高了自己的等級……

　　黃小孺也在《歷史與邏輯──三論「魯迅的 1957 年」》〔註162〕一文中再次對「關不羽」的言論進行了批評，他指出：

> 關老師在文章的最後說：「歸根結底，中國現代文化精英群體素來熱衷於反思歷史，卻對自身的歷史事實、歷史責任缺乏反思」，對於自身的歷史進行反思我是十分贊同的，但我同時認為反思歷史不能無視歷史，而關老師恰恰犯了一個無視歷史的錯誤。

　　回顧這次論爭，可以看出網民「關不羽」試圖把 1957 年的「毛、羅對

---

〔註161〕「關不羽」《魯迅的 1957 年》天涯社區·閒閒書話（http://www.tianya.cn/publicforum）2009-08-25。

〔註162〕黃小孺《歷史與邏輯──三論「魯迅的 1957 年」》天涯社區·關天茶舍（http://www.tianya.cn/publicforum）2009-8-28。

話」說成是知識分子的一個「假設」或「意淫」，從而來批判「神化」魯迅的行為，而網民黃小孺在論爭中引用了黃宗英等有關人士提供的大量資料是在證明1957年「毛、羅對話」的真實性，依此來否定關不羽的1957年的「毛、羅對話」是「假設」的說法。雖然「關不羽」引用「毛、羅對話」來批判「神化」魯迅的行為，其目的是對的，但是他在論述中把「毛、羅對話」作為一個「假設」，在論據方面就出現了錯誤，而黃小孺重點在論證 1957年的「毛、羅對話」是真實的，從而間接地否定了關不羽的觀點。

### 3、小　結

#### （1）關於魯迅的網站、論壇和專欄分析

①官方機構主辦的關於魯迅的網站普遍存在一些問題。從 2007 年到2009 年，中文網絡中機構主辦的網站如北京魯迅博物館網站、紹興魯迅紀念館網站、南京魯迅紀念館網站、評讀魯迅網等，在內容建設方面總的來說比較緩慢，一些網站的欄目內容甚至在二年之後還是網站剛開通時的內容，另外，網站的互動性都不太理想，只是各個單位展示自己的一個窗口或公告牌，網站與網民的互動幾乎沒有，這不能不說是一個很大的遺憾。而魯迅家人以非營利性機構上海魯迅文化發展中心的名義創辦的魯迅網，雖然在內容建設方面，以及與網民的互動方面都做得比官辦機構網站要好一些，而且在網站網頁設計風格方面也不像官辦機構網站那樣比較嚴肅，注意貼近 80 後乃至 90 後網民，但是這個網站的內容不單純是關於魯迅的，還涉及到演藝事業等商業化的內容，因此，需要警惕商業化對魯迅傳播工作的干擾。而個人製作的關於魯迅的網站大都是一些個人的博客，在中文網絡中影響很小。

②大多數關於魯迅的網絡論壇依然比較冷清。從 2007 年到 2009 年，中文網絡中關於魯迅的論壇如新浪‧讀點魯迅論壇、評讀魯迅網‧魯迅研究論壇、中國左翼文學網‧魯迅論壇、百度‧魯迅吧等在總體上依然比較冷清，訪問者較少，原創的具有一定水平的關於魯迅的文章也很少。不過，百度‧魯迅吧中的網民雖然發生了較大規模的論爭，但是網民之間的意氣之爭，權力之爭，並不是關於魯迅問題的論爭。

③關於魯迅的專欄比較少。從 2007 年到 2009 年，中文網絡中關於魯迅的專欄比較少，影響較大的有新浪讀點‧魯迅論壇製作的「我們不需要魯迅了嗎」專輯。這個專輯敏銳的提出了「我們不需要魯迅了嗎」的問題，網民通過對這個話題的討論，大多數還是能認識到魯迅的當代價值，能認識到當

代社會還需要魯迅。

（2）關於魯迅的網民文章分析

①從 2007 年到 2009 年，可以看出網民的文章在質量和數量方面都有一個明顯的進步。網民的文章經過 2007 和 2008 年的發展之後，到 2009 年度，迎來了一個新的發展階段。從質的方面來說，2009 年度的中文網絡中不僅出現了多次具有較高水平的關於魯迅的論爭，而且出現了多篇關於魯迅的有分量的長篇文章，這些都在一定程度上顯示出網民對魯迅的理解和闡釋有了明顯的進步。從量的方面來說，2009 年度有多篇關於魯迅的文章的點擊率都在一萬之上，點擊率在三到五萬的也有好幾篇，甚至有文章的點擊率近十萬；2009 年度有多篇關於魯迅的文章的回覆跟帖的數量在一百多個，個別的文章回覆跟帖超過 1600 條。上述數據充分說明 2009 年度關於魯迅的文章引起了網民的較大反響。值得一提的是，這些在 2009 年度新貢獻出有分量的關於魯迅文章的網民大多都是青年，有幾位的年齡還只有 20 多歲，相信他們在未來也會貢獻出更多的更有水平的研讀魯迅的文章，展示出 80 後、90 後青年對魯迅理解和闡釋的水平。

②網民因為出現了分化所以導致了幾次較大規模的論爭，對魯迅的網絡傳播工作造成了一定的不良影響。從 2007 年到 2009 年，中文網絡中一個值得注意的現象就是，不僅一些「擁魯派」的網民和「反魯派」的網民互相掐架、攻擊，而且一些「擁魯派」的網民之間也開始互相攻擊，這不僅對關於魯迅話題的論爭毫無意義，而且也對這些網民常常聚集的論壇和網站造成了很大的傷害，最明顯的例子就是百度‧魯迅吧的網民的分裂不僅造成了一些網民的離開，而且也使得魯迅吧長達數月無法開展正常的討論。客觀地說，不僅「擁魯派」網民和「反魯派」網民之間存在觀點上的差異是很正常的，就是「擁魯派」網民之間存在觀點的差異也是正常的，但是論爭的雙方如果不能理性客觀地討論問題，反而常常彼此攻擊就會使討論變成一場掐架。希望彼此有文字恩怨的各位網民能在魯迅的精神旗幟下告別過去放眼未來，共同促進中文網絡中關於魯迅的討論朝著健康的方向發展。

③中文網絡中關於魯迅的論爭中依然存在粗鄙化的現象。網民「脂硯齋」專門輯錄了一些網民謾罵他的文字以《國魂魯迅教出一群流氓粉絲？魯迅粉絲髒話暴光‧連載一》〔註163〕為題發表在天涯社區‧關天茶舍，文中所輯錄

---

〔註163〕「脂硯齋」《國魂魯迅教出一群流氓粉絲？魯迅粉絲髒話暴光‧連載一》天涯

的罵人的文字不僅有損這些熱愛的魯迅網民的形象，而且也無疑地有損於魯迅的光輝形象。另外，「脂硯齋」在文章中也發出了疑問：「我寫了幾個批判魯迅的帖子，這本來是十分正常的思想學術討論，但卻遭到百分之九十以上魯迅粉絲的侮辱漫罵，罵戰文字不堪入目。雖然我不認爲魯迅是國魂，但他絕對是個具有愛國心的正派作家。爲什麼他的門派子弟拿不出反駁的道德力量，相反只會搞文化法西斯的砸磚表演？」在此，也希望熱愛魯迅的網民能認眞地思考一下「脂硯齋」的疑問。的確，「脂硯齋」和「作家顧曉軍」爲了炒作自己不知疲倦地不停地在網絡中發表攻擊魯迅的文章，這種言行必須大力批判，但是，在批判之時也要注意所使用的語言，要學習魯迅的論辯技巧，這樣才會徹底的把他們批駁的體無完膚。使用謾罵的文字雖然很直接很解氣，也符合網絡討論比較簡潔的特點，但是這樣做也有缺點，不僅會讓他們覺得魯迅的粉絲不能用事實反駁他們的謬論，而且也會授人以柄。總之，希望各位魯迅的粉絲在論爭之時，不僅要用確鑿的歷史事實駁斥「脂硯齋」們那些譁眾取寵的謬論，讓他們敗下陣去，不敢再亂發那些謬論，而且也要讓他們抓不到反批評的把柄。

④中文網絡中仿寫魯迅作品的文章具有一定的價值。中文網絡中出現的一些仿寫魯迅作品的文章，這些文章有的是爲了諷刺社會弊端而仿寫的，有的是爲了搞笑而仿寫的，從 2007 年到 2009 年的發表狀況來看，爲了諷刺社會弊端而仿寫的文章越來越多。總的來說，爲揭露弊端而仿寫的文章大都是通過仿寫《記念劉和珍君》、《論雷峰塔的倒掉》這兩篇文章，大量借用魯迅的原文，用魯迅風格的語言來批評社會弊端，不僅取得了一定的社會意義，而且用魯迅的語言批評當代社會中的弊端也取得了一種特殊的諷刺從效果，顯示魯迅文章的生命力；爲了搞笑而仿寫的文章大多借用魯迅的文章，製造一種搞笑的效果，社會意義不大。

總的來說，在各種思潮和消費文化的猛烈衝擊下，魯迅的網絡傳播工作雖然經歷了不少的曲折，但依然在前進、在發展，依然有著頑強的生命力。

## 四、魯迅在當代中文網絡中傳播與接受狀況的回顧與前瞻

回顧從 2000 年到 2009 年期間魯迅在中文網絡中傳播與接受的狀況，可以看出呈現出如下特點：

---

社區・關天茶舍（http://www.tianya.cn/publicforum）2007-11-15。

　　1、網民對魯迅在中文網絡中的傳播做出了重要的貢獻，「網絡魯迅」也因此帶有一定的大眾文化的色彩。雖然在中文網絡中傳播魯迅的也包含著官辦機構設立的關於魯迅的網站，以及網絡公司設立的關於魯迅的論壇和製作的關於魯迅的專輯和專欄，但是普通網民首先利用網絡這一最新的傳播媒介開創了魯迅的網絡傳播工作，在某種程度上可以說，網民不僅開創了魯迅的網絡傳播工作，而且也有力的推動了魯迅的網絡傳播工作：他們把魯迅引入了中文網絡，創建了一批介紹魯迅的網站、論壇和專欄，撰寫了大量的評論魯迅的文章，使魯迅在互聯網這一最新的媒體中也具有一席之地。相對來說，關於魯迅的機構網站雖然在網絡中發揮了一定的影響力，但是它們更多的是在展示魯迅，單向的介紹魯迅，而網民關於魯迅的評論和論爭特別是方舟子、「檳榔」等網民受魯迅的影響從事的批判社會弊端的工作，相對來說對魯迅的傳播與接受是更有效更深入的。另外，從中文網絡的發展歷史來看，魯迅在網絡中的影響是有一個逐漸擴大的過程。在 2000 年到 2001 年期間，雖然中文網絡中出現了一批關於魯迅的網站和論壇，並出現了一些熱愛魯迅的網民，但是不僅關於魯迅的網站和網民在數量上還顯得比較少，而且具有一定水平的關於魯迅的文章和較大規模的網絡論爭也相對來說比較少，因此魯迅在中文網絡中的影響還比較小。隨著中文網絡的飛速發展，中國的網民越來越多，在網絡中討論關於魯迅話題的網民也越來越多，具有一定水平的關於魯迅的評論文章和較大規模的網絡論爭也越來越多，特別是魯迅作品在中學語文教材中選錄的問題等一些關於魯迅的論爭常常成爲中文網絡中的熱點話題。因此，可以說網民實際上在魯迅的網絡傳播工作中發揮著主要的作用，他們在網絡中對魯迅的傳播與接受可以說是「網絡魯迅」的主體。隨著網民對關於魯迅的話題的討論越來越多，魯迅在中文網絡中的影響也越來越大，並逐漸形成了中文網絡中獨特的「網絡魯迅」現象。約翰·費斯克（John Fiske）指出：

　　　　大眾文化是大眾在文化工業的產品與日常生活的交界面上創造出來的。大眾文化是大眾創造的，而不是強加在大眾身上的；它產生於內部或底層，而不是來自上方。大眾文化乃是一門藝術，它權且應付著體制所提供的東西。〔註164〕

〔註164〕約翰·費斯克《理解大眾文化》王曉珏、宋偉傑譯，北京：中央編譯出版社，2001 年 9 月出版，第 31 頁。

從這個角度來說,「網絡魯迅」在主體上是一種由普通網民自發地利用網絡媒介創造出來的文化,它是從網民的內部形成而非官方機構由上而下強加給網民的一種文化,因此也帶有一定的大眾文化的色彩。

2、魯迅的網絡傳播雖然經歷了一些曲折,並存在著一些問題,但是有著良好的發展前景。回顧魯迅在中文網絡中傳播與發展的過程,可以看出魯迅在中文網絡中的傳播呈現出一定的階段性:從 2000 年到 2001 年,是魯迅在中文網絡中傳播的興起階段,具體標誌就是在 2000 年,中文網絡中出現了一批關於魯迅的個人網站和專欄,在 2001 年,中文網絡中出現了一批紀念魯迅誕辰 120 週年的專輯,並出現了幾次關於魯迅的較大規模的網絡論爭,這些都表明中文網絡已經開始在一定規模的程度上傳播魯迅了;從 2002 年到 2006 年,是魯迅在中文網絡中傳播的發展階段,具體標誌就是中文網絡中出現了一批熱愛魯迅的網民,他們在網絡中發表了眾多的關於魯迅的文章,其中的一些網民對魯迅的認知和闡釋已經具有一定的水平,另外,中文網絡中還出現了一批關於魯迅的專欄,並出現了多次較大規模的關於魯迅的網絡論爭;從 2007 年到 2009 年,是魯迅在中文網絡中傳播的分化階段,具體標誌就是一些熱愛魯迅的網民以及一些關於魯迅的網站和論壇發生了分化,一部分網民逐漸遠離魯迅,一部分網民之間發生了分裂和衝突。

另外,魯迅的網絡傳播工作雖然取得了一些成績但也存在一些問題。例如,中文網絡中現有的一些關於魯迅的網站不僅在內容建設方面還需要進一步加強,而且在互動性方面更應當加強,這樣才能更好的發揮網絡的優勢,為網民提供更多的交流平臺;中文網絡中關於魯迅的論壇大多都比較冷清,訪客較少,這就需要版主多策劃一些網民感興趣的話題吸引網民,並用客觀理性的分析來引導網民討論魯迅的話題;中文網絡中關於魯迅的論爭雖然比較多,但是討論的質量大多不高,甚至有一些論爭還會陷入毫無意義的互相攻擊之中,這就需要網民在討論魯迅的話題時能保持冷靜的頭腦,畢竟謾罵雖然解氣,但是對於傳播魯迅而言是毫無價值的,甚至是有負面影響的;網民關於魯迅的評論文章雖然有一些具有較高的水平,但是大多數的文章水平不高,對魯迅的理解顯得比較片面比較膚淺,這就需要網民更多的閱讀魯迅作品和相關研究文章,打好關於魯迅的相關知識的基礎,這樣才能比較準確客觀的評價魯迅、理解魯迅。

總的來說,雖然魯迅的網絡傳播經歷了一個曲折的過程,但是總體趨勢

是在不斷發展的，相信經過分化之後，魯迅的網絡傳播會迎來一個新的發展階段。隨著中文網絡的普及，和網民素質的進一步提高，中文網絡在整體上會迎來一個新的發展階段，魯迅的網絡傳播工作也必然會得到進一步的發展：雖然有一些網民如仲達等要走出魯迅，但是一些 50 後和 60 後的網民經歷過社會的磨練之後逐漸認識到魯迅的價值和魅力，認爲在當代社會出現很多弊端的背景下應當重新提倡魯迅，此外，一些 80 後和 90 後的網民在閱讀魯迅作品的過程中對魯迅產生了興趣，成爲魯迅的粉絲，這些 50 後老人和 80 後新人對魯迅的閱讀與闡釋必將推動魯迅的網絡傳播工作邁上一個新的臺階。

　　3、魯迅的網絡傳播受到了政府制定的互聯網管理政策的較大影響。隨著中文網絡的飛速發展，網絡產生的影響也越來越大，政府爲了維護社會的安全穩定開始介入中文網絡的管理。國務院在 2000 年 9 月 25 日正式頒布並施行《互聯網信息服務管理辦法》，後來又在 2001 年 12 月 25 日正式頒布了《互聯網出版管理暫行規定》（2002 年 8 月 1 日正式施行），這些管理互聯網的政策法規對正在飛速發展的中文網絡產生了重要的影響。《互聯網信息服務管理辦法》第四條規定：經營性網站需要取得互聯網信息服務實行許可證，非經營性網站需要實行備案制度，「未取得許可或者未履行備案手續的，不得從事互聯網信息服務」〔註 165〕。這一條規定使許多網站特別是個人網站無法取得合法的身份；另外，中文網絡不得製作、複製、發布、傳播這兩個法規所禁止的內容，這一條規定使的許多網站開始執行內容審查制度並大規模地刪除這兩個政策法規所禁止的內容。在這樣的背景下，在 2000 年前後湧現的一批關於魯迅的個人網站陸續在 2002 年關閉，另外，因爲網絡論壇都必須執行較爲嚴格的網絡內容審查制度，網民在論壇中發表關於魯迅的文章受到很大的限制，從而使得一些關於魯迅的論壇受到了重創。而網民撰寫的關於魯迅的文章常常涉及到現實問題，或者用魯迅的文章影射社會現實，或者用仿寫魯迅作品的文章來直接批評現實社會中的弊端，這些文章大都屬於《互聯網信息服務管理辦法》所管控的內容的範圍之內，因此，網民關於魯迅的文章特別是涉及到現實問題的關於魯迅的文章常常會被限制在網絡中發表。總的來說，現在施行的互聯網管理政策在較大程度上妨礙了魯迅的網絡傳播。

---

〔註 165〕《互聯網信息服務管理辦法》，中央政府門戶網站（http://www.gov.cn/zwgk）。

# 第二章　當代中文網絡中關於魯迅的網站個案研究

## 一、評讀魯迅網個案研究

　　評讀魯迅網幾乎是中文網絡中唯一一個從建站以來一直延續到當前的關於魯迅的網站，在一定程度上也可以說評讀魯迅網見證了魯迅在中文網絡中傳播的歷史，因而它的發展歷程在中文網絡中先後出現的一些關於魯迅的網站中具有一定的代表性。評讀魯迅網最早的名稱是熱愛魯迅網（初期的網址是 http://www.Luxun99.yeah.net；另一網址為：評讀魯迅網 http://www.Luxun99.home.chinaren.com），由網民「lunxun」（另一網名為「論迅」）在 2000 年 3 月建立。「Lunxun」是因為不滿王朔抨擊魯迅而建立該站的，網站的醒目位置張貼著建站的目的：「近來一部分人，懷著不可告人的目的，明裏暗裏地貶謫魯迅先生和他的文章，作為熱血青年，奮然而起，為捍衛民族之魂而努力，藉以弘揚魯迅精神。」

　　該站所設欄目有：

　①「詳細年表」：收錄了魯迅的生平年表。

　②「照片懷念」：收錄了一百多張魯迅不同時期的照片。

　③「魯迅作品精彩片段」：收集了一些魯迅批判社會弊端的文章片段，側重體現魯迅文章對當代社會的意義。

　④「著作精選」：收錄了一些站長針對現代的時弊而精選的魯迅作品，在作品後面還附有包括了站長的評論。

　⑤「評論文章」：收錄了三十多篇關於魯迅的評論文章，大多都是近期發

表的。

⑥「同類網站」：收錄了一些關於魯迅的網站的鏈接。

⑦「魯迅全集」：收錄了魯迅先生的大部分作品，包括小說、雜文等。

⑧「魯迅論壇」：網址 http://club.xilu.com/eluxun，是利用西陸社區網站提供的免費個人論壇空間開設的論壇，供網民討論魯迅。

⑨「其他作品」：收錄其他作者的一些針砭時弊的精彩作品。

從總體上來說，初期的評讀魯迅網在中文網絡中的同類網站中具有一定的特色，就是「以評論導讀來普及魯迅精神為主」，站長本人在一些魯迅的文章之後都附有的點評，這對於加強網民之間的交流與互動有較大的促進作用，這種方法無疑應值得大加讚賞。不過，因為該站處於初創期，所以還存在一些問題：雖然設立了不少的欄目，但是在內容方面還不夠豐富，有待進一步充實；需要注意情緒化的語言，站長要保持清醒的頭腦，要用理性的態度看待「攻擊」魯迅的言論與現象。

隨著網絡泡沫的破裂，網絡公司普遍在 2002 年之後不再提供免費的網站空間，加上新聞出版署頒布的《互聯網出版管理規定》在 2002 年 8 月 1 日正式施行，評讀魯迅網的生存空間受到了很大的衝擊，好在評讀魯迅網得到了兩位熱愛魯迅的網民的經費贊助之後，購買了網絡域名，從而堅持下來，網址也變為：http://www.eluxun.cn。據筆者觀察，評讀魯迅網在獲得獨立域名之後的幾年時間中，內容變化不大，更新內容比較慢，論壇的訪問者也比較少。

評讀魯迅網在比較冷清的情況下頑強堅持了幾年之後，又在 2008 年得到了廣東茂名市魯迅研究學會的資助，成為該會的網站，從而獲得了較為穩定的發展空間，網站的內容建設也有了明顯的變化，現在設立的欄目有：

①「魯迅作品」，收錄了新版的《魯迅全集》，雖然還缺少一些魯迅的文集，不過已經是中文網絡中比較全的魯迅作品集了。

②「魯迅照片」，包括魯迅青年、中年、老年時期的大部分現存的照片，此外還有部分關於魯迅故居、魯迅遺跡的照片，和部分魯迅詩稿、文稿的圖片等。

③「研究史料」，包括魯迅研究資料索引，魯迅生活與作品年表（據許壽裳的魯迅年表整理），國立圖書館現有魯迅研究資料（收錄了廣東圖書館所藏的大約 1000 本與魯迅有關的研究圖書的目錄）等。

④「戲劇魯迅」，收錄了張廣天創作的音樂劇《魯迅先生》的劇本。

⑤「魯迅傳記」，收錄了王曉明的《魯迅傳》一書。

⑥「魯迅論壇」，網址 http://club.xilu.com/eluxun。這是網站設立在西陸網站中的論壇（西陸網站一直免費提供個人論壇），雖然人氣一直都比較冷清，網民原創的文章也比較少，但是從 2000 年一直堅持到現在，是中文網絡中一直堅持下來的較少的幾個關於魯迅的論壇之一。

⑦「魯迅生平」，簡單介紹魯迅的生平。

⑧「魯迅旅遊」，介紹北京魯迅博物館、上海魯迅紀念館、廣州魯迅紀念館等一些有關魯迅的景點的網址。

⑨「魯迅研究學會」，介紹了廣東茂名市魯迅研究學會的概況。

⑩「Englisn」，收錄了楊憲益、戴乃迭翻譯的《魯迅作品選》的英文版，這對於通過網絡向外國讀者介紹魯迅具有重要的意義。

從上述欄目可以看出，改版之後的評讀魯迅網雖然欄目名稱有了變化，但是其中的一些欄目仍然是此前欄目的延續，不過內容更充實、更豐富了。網站最大的變化就是刪掉了收錄網民針砭時弊文章的「其他作品」欄目，這可能與網站考慮自身安全有關（為了避免被關閉網站，一些文章需要按照互聯網管理的相關政策刪掉），此外，這次網站改版還刪掉了版主在一些文章後面的點評，這可能與網站改成茂名市魯迅研究學會的網站不再是個人網站有關。

總的來說，評讀魯迅網在中文網絡中關於魯迅的同類網站中具有標本意義，是中文網絡中唯一一個從 2000 年堅持到現在的魯迅網站，從它的曲折發展歷程可以看出中文網絡中同類網站變化過程。評讀魯迅網在早期是個人網站，帶有站長個人的鮮明色彩，網站定位是「以評論導讀來普及魯迅精神為主」，經過幾年的發展，最後成為廣東茂名市魯迅研究會的網站，雖然網站還是由「Lunxun」負責維護，但是網站的風格有了明顯的改變，淡化了站長的個人色彩，從個人網站變成了一個機構網站，另外，網站的內容建設也有明顯的進步，不僅魯迅的作品收錄的更多了，而且關於魯迅的資料也更豐富了，成為網絡中傳播魯迅的一個重要的網站。

借用大眾文化理論來分析評讀魯迅網的發展歷史，可以看出在其發展背後的權力關係的蹤跡。約翰·費斯克指出：

　　大眾文化屬於被支配者與弱勢者的文化，因而始終帶有權力關
　係的蹤跡，以及宰制力量與臣服力量的印痕，而這些力量對我們的

社會體制和社會體驗是舉足輕重的。同樣，它也顯露了對這些力量進行抵抗或逃避的蹤跡：大眾文化自相矛盾。〔註1〕

網民「Lunxun」作為一個普通的魯迅愛好者（據筆者對「Lunxun」的訪談，得知他是廣東的一個製鞋廠的普通工人），不僅相對於著名作家王朔來說是「弱勢者」，而且在報刊、廣播、電視等傳統媒體上也是「弱勢者」，因而他很少有可能獲得在上述傳統媒體上反擊著名作家王朔對魯迅的非議的機會的。但是中文互聯網的興起使他很容易地獲得了利用這一開放性的新媒體獲得話語權的機會。從大眾文化理論的角度來說，「Lunxun」創建評讀魯迅網不僅獲得了話語權在一定程度上實現了他反擊王朔非議魯迅的目的，而且也實現了在網絡中傳播魯迅，弘揚魯迅精神的目的，因而也可以說是文化「弱勢者」對社會上處於強勢的霸權文化的一種「反抗」。

另外，評讀魯迅網在發展過程中遇到的最大的困難是經濟的壓力，即網站要每年交給網絡公司 1500 元的網絡空間租借費用，雖然網站獲得了兩位熱心網友無償資助的兩年的租借費用，但是終非長久之計，最後選擇與廣東茂名魯迅研究會合作以獲得穩定的經費來維持網站的運轉。從大眾文化理論的角度來說，評讀魯迅網從個人網站變成了一個機構網站，實際上是一種文化意義上的「收編」。約翰·費斯克在談到資本主義文化的「收編」現象時指出：

「收編」剝奪了被支配群體所生產的任何一種對抗式語言：它褫奪了他們表達對抗的工具，並最終褫奪了被支配群體的對抗本身。「收編」也可以被理解成一種遏制的方式——持異議者被允許且被控制的一種姿態。它擔當的是安全閥的作用，因而強化了宰制性的社會秩序，其方式是，它容許持異議者與抗議者有一定的自由，這自由足以讓他們相對而言感到滿意，卻又不足以威脅到他們所抗議的體制本身的穩定性，所以它有能力對付那些對抗性的力量。〔註2〕

廣東茂名市魯迅研究會雖然是一個學術社團，但是也帶有一些半官方的色彩，它通過對評讀魯迅網的經費投入獲得了網站的主辦權，用資本的方式實現了對評讀魯迅網這一個人網站的「收編」。被「收編」之後的評讀魯迅網

---

〔註1〕約翰·費斯克《理解大眾文化》王曉珏、宋偉傑譯，第9頁。
〔註2〕約翰·費斯克《理解大眾文化》王曉珏、宋偉傑譯，第23～24頁。

成為廣東茂名市魯迅研究會的官方網站，雖然還是一個定位於在網絡中傳播魯迅的網站，但是網站的風格已經發生了變化：刪掉了收錄網民針砭時弊文章的「其他作品」欄目，從而在一定程度上淡化網站的諷刺時政的色彩，把網站中涉及時政及社會弊端的文章控制在國家頒布的相關網絡管理條例許可的範圍之內，以保證網站不會因政治問題而被有關機構關閉；刪除了網站站長在一些文章後面的點評，從而淡化網站的個人色彩，突出網站是一個半官方的機構網站的色彩。雖然網民「Lunxun」還是這一網站的站長，擁有一些站長管理網站的權力，但是這個網站的定位已經從個人網站變成了機構網站，現在承擔著該機構所賦予的在網絡中傳播魯迅的任務，所以，「Lunxun」作為站長所可以行使的權力無疑來自廣東茂名市魯迅研究會所賦予他的權力範圍之內，他需要按照廣東茂名市魯迅研究會的要求來管理這一網站，因此在某種程度上也可以說，廣東茂名市魯迅研究會對評讀魯迅網的「收編」也是對該網站此前定位和色彩的一種「遏制」。

## 二、小　結

　　回顧中文網絡中關於魯迅的網站的發展歷史，可以看出，這些網站分為三類：網民自發創建的個人網站（大多在 2000 年前後建立）；一些與魯迅有關的官辦機構建立的機構網站（大多 2006 年前後建立）；非盈利民間組織建立的網站（如魯迅家人創建的魯迅網）。網民自發創建的個人網站雖然大都在 2002 年倒閉，但是對於推動魯迅在中文網絡中的傳播起到了開創意義；官辦機構建立的機構網站沒能發揮出機構的資源優勢，在網站的內容建設方面特別是互動方面還有待進一步提高；非盈利民間組織建立的網站雖然是一個機構網站，但是又是一個民辦機構的網站，相對來說，比官辦的機構網站顯得更有活力，比個人網站更有發展的保障。因此，推動魯迅的網絡傳播工作，不僅要大力推進官方機構主辦的魯迅網站的內容建設，而且也需要大力發展民間組織建立的魯迅網站，並鼓勵網民建設個人網站。

# 第三章　當代中文網絡中關於魯迅的論壇、虛擬社區個案研究

## 一、網易・魯迅論壇個案研究

　　網易・魯迅論壇（http://www.163.com/forum）由網易公司文化頻道的主管「咆哮」創建於 1998 年，論壇上方的文字滾動條表明了論壇建立宗旨是「給所有喜歡或不喜歡先生的人一個說話的場所——因為，即使是在 21 世紀的今天，先生也是不可迴避的。」早期的魯迅論壇吸引了中文網絡中一些喜歡魯迅的網民，這些網民在論壇中討論關於魯迅的話題，交流閱讀魯迅作品的心得，抨擊社會上的不良現象。魯迅論壇在這一時期的發展比較迅速，加上網易公司是三大中文門戶網站之一，訪問者比較多，所以魯迅論壇很快就成為中文網絡中較為著名的論壇之一，並在中文網絡中產生了一定的影響。

　　網民「謫仙人」在 2000 年和「咆哮」共同擔任魯迅論壇的版主，他們採用無為而治的態度管理論壇，這一時期也是魯迅論壇比較自由的時期。2002 年度，因為「謫仙人」無法忍受網易公司網管刪貼的管理政策而辭職。網易公司任命的新版主易森上任後，魯迅論壇的風格有所變化。易森在 2002 年 9 月 6 日頒布了「魯迅論壇規則」，他在規則的第一條中對版主刪帖的行為進行了解釋：刪帖是因為「一種看不見的合理性。這個社會需要合理，魯迅先生聽到這話也是不會反對的。」易森同時對魯迅論壇的定位進行了變動，希望論壇發表如下類型的帖子：

　　（1）文化立場：理智的，偏激的，或者漠視的，都是可以接受的，
　　　　　後現代主義的文化需要抨擊的東西更多。

（2）有關魯迅：還是那句話，我們需要一個眞實的魯迅。

（3）學術隨筆：國學，語言學，等等。先生寫過的，我們繼續。

（4）網民原創：網民自己的文字，有關無關魯迅即可。

（5）五四精神：五四精神是時代的必然，魯迅先生和五四精神代表
著自由、民主和追求個性解放等諸多含義，魯迅論壇希望能爲
五四精神的回歸和在歷史的發展中有更多新的內容的融合做
出自己的一點貢獻。

（6）至於政治：本論壇歡迎文學的、文化的、學術的等各類文章，
政治或者時事，請尊重國情。雜文的東西，請有理有據，不要
轉帖抨擊什麼，如果你有看法，請說出你自己身邊的眞實的一
切，不要猜想或者假想，這裡畢竟不是政治論壇。〔註1〕

易森最後還特別指出了灌水帖、人身攻擊帖、無視國情的帖子等幾種類
型的帖子必須要刪除，他特別強調「無視國情」的帖子，就是「不要把一些
東西想當然，並且不負責任地發言。」刪除灌水貼和人身攻擊帖可以理解，
刪除「無視國情」的帖子卻在很大程度上影響到魯迅論壇的言論風格。

易森的上述對魯迅論壇的定位，特別是對政治和國情問題的強調，引起
了魯迅論壇眾多網民的不滿，促使一批魯迅論壇的老網民集體撤離，或選擇
「潛水」，不再在魯迅論壇發帖。這些老網民的撤離使魯迅論壇的文章質量明
顯下降。

2004年10月，網易‧魯迅論壇再次更換了版主。新版主「桃木劍」等
人上任後，魯迅論壇又有了一些變化，設立了「解構」、「言論」、「雄辯」、「嬉
笑」、「怒罵」、「關注」、「爭鳴」和「管窺」等8個欄目。在魯迅論壇討論區
的上方有一個文字滾動條：「歡迎光臨魯迅論壇！這裡是一個瞭解魯迅，接
近魯迅的地方。論壇以魯迅研究爲主，兼顧對社會現實的批判與思考。它自
由，理性，充滿思辨的色彩」，這幾句話也指出了論壇的新的定位。可以說，
該論壇經過多次大的變動、改版，論壇定位也從以討論魯迅爲主轉變爲以討
論時政、關注社會現實問題爲主的論壇。正如網民姜洋在《我所理解的魯迅
論壇》一文中所指出那樣：

看來在魯迅論壇眞不好混，談政治怕上綱上線，搞學術不能長

〔註1〕 易森《魯迅論壇規則》，網易‧魯迅論壇（http://www.163.com/forum.Luxun）
2002年9月06日。

篇大論，發洩不滿弄不好變成了漫罵，搞魯迅研究又成了廢物。那麼該怎麼辦？其實在我看來，很簡單。到了魯迅論壇，只要你帶著良知和人性，並把你的良知和人性展露出來，就足夠了。〔註2〕

　　魯迅論壇的大多數網民都是帶著良知和人性面對魯迅、關注現實。最明顯的例子就是網易‧魯迅論壇在 2004 年曾發生過「貧困縣裏的富方丈」事件。網民「changgongyong」在 2004 年 7 月 18 日在魯迅論壇發表了《貧困縣裏的富「方丈」──記陝西合陽縣委書記張 XX 墮落斂財手段種種》一文，揭發國家級貧困縣合陽縣的縣委書記張 XX 貪污腐敗的種種劣跡，引起了魯迅論壇網民的極大憤怒，網民群起響應，紛紛撰文聲討張興邦，並和一些自稱是合陽縣的群眾的、維護張 XX 的人在論壇中展開激烈的辯論。據網民「changgongyong」介紹，魯迅論壇聲討貪官張 XX 的行動在網上與網下都產生了重大的影響，不僅引起了境外媒體的關注，而且被多家境外網站報導。這個事件也因此引起了時任省委書記的關注，在省委書記的過問下，張 XX 最終被停職、調離。

　　網易‧魯迅論壇發動的這次聲討貪官的活動取得了勝利，這固然與網絡輿論監督的影響力有關，但也在某種程度上體現出魯迅論壇網民對魯迅精神的繼承與發揚。雖然魯迅論壇也付出了時任版主「桃木劍」被網易公司封鎖 ID 的重大的代價，不過，從總體上來說，這場反貪污腐敗的鬥爭最終取得了勝利還是比較令人欣慰的。

　　2005 年 9 月 20 日，網易公司借改版之機宣布撤銷網易‧魯迅論壇，這引起了魯迅論壇網民的極大憤怒。網易公司聲明關閉魯迅論壇的理由如下：

　　　　魯迅論壇撤版主要原因：（1）合併以後版面理念與其他頻道論壇等重複。（2）版面原創風氣不濃，轉貼風氣重。（3）版面貼，學術性缺乏，純憤青的發洩大於理性思辯。

　　時任版主「完顏子華」對此進行了反駁，他指出：

　　　　當初桃木學術了一回，結果被封殺了。何況魯迅用今天的標準看，本就非常接近憤青，學習魯迅，有什麼錯？張廳與沈壇有多少學術的東西？──除了轉帖。畢竟上網的都不是什麼專家，強求別人都學術起來，就是網易文化的待客之道嗎？

---

〔註2〕 姜洋《我所理解的魯迅論壇》網易‧魯迅論壇（http://www.163.com/forum.Luxun）2004 年 9 月 18 日。

「此後如出事，全部責任由各頻道編輯承擔」，看來看去，這是一句實話。不如乾脆給悶雷或者我發些工資，讓我們做這個編輯，我們好歹比較膽子大，不怕擔責任。既然要辦魯迅論壇，就要有魯迅的真的猛士的精神！說不好聽，現在這模樣，就有些像讓我們魯壇做＊＊，然後你們立一個大大的牌坊。

面對網民的反駁，網易公司的網管沙揚作了如下的解釋：

（1）合併後，也有其他壇存在類似問題，但均不如魯迅論壇突出。迅壇的版面理念是跟調整後的新聞頻道論壇、評論頻道論壇兩大版塊重複。（2）迅壇的轉貼風氣重……（3）迅壇目前，原創貼的大部分，缺乏有力度的、理性的思辯，整體風氣偏發洩，偏極端。不諱言的說，這容易惹事。

沙揚最後指出，「之前文化論壇偏居一隅，只要不是驚動某高層，也算天高皇帝遠，但合併後，就不再是天高皇帝遠了。而且制度已經明文出臺，此後如出事，全部責任由各頻道編輯承擔」。不過，「編輯怕丟飯碗也是實情之一，但不是什麼可恥的事，而且，一旦某壇某人出問題，整個該壇可能會被關閉，該壇其他網民會因此受累失去精神家園，甚至整個文化論壇，都會受其影響。」另外，「文化論壇的網管編輯，從來都是技術部的孫子，這是客觀條件所決定的。經費有限，技術部力量不夠，而文化版塊無法給網易帶來巨大收益，能給網易帶來巨大收益的，是郵箱、遊戲，以及增值服務等等，他們可以不是孫子，你文化可以嗎？你反映網民意見，強烈反映，你發脾氣，你認為再簡單的問題，人家不予理睬，你拿刀砍人家去？人家一眼瞥過去，你文化這麼多年，實際都是網易在養著，賺錢不多，惹事不少，你懂不懂？」〔註3〕

綜觀沙揚和網民關於關閉魯迅論壇的爭論，可以看出，魯迅論壇在中文網絡中已經產生了重要的影響，並已經「驚動某高層」，而網易公司為了自身的安全和商業利益，根本無法容忍容易惹事且不賺錢的魯迅論壇的存在。從表面上來看，也可以說是政治和經濟兩方面的因素決定了魯迅論壇被關閉的命運。但是從網易公司保留人氣日漸稀少的網易‧張迷客廳和網易‧沈從文論壇的選擇可以看出，最終還是政治因素導致魯迅論壇被關閉。

〔註3〕以上文字引自網易‧魯迅論壇（http://www.163.com/forum.Luxun）2005 年 9 月23 日。

　　魯迅論壇被網易公司撤銷不僅使一些關注魯迅的網民失去了一個具有標誌性的重要論壇，而且也使正處於發展階段的魯迅的網絡傳播工作遭到重創。這個事件同時也爲中文網絡中的其他的同類網站敲響了警鐘。

　　2006 年 1 月 13 日，在網民「銀狐」的努力下，網易・魯迅論壇以博客的形式在網易公司的博客中重新開張，「桃木劍」、姜洋、康康等一些網易・魯迅論壇的老網民又重新聚集在一起，魯迅論壇 QQ 群號是：5674120，口號是：「眞理越辯越明，儘管這個世上沒有絕對的眞理」，目前加入的網民共有 93 人，訪問總量是 29043。（以上數字截至到 2007 年 5 月 13 日）

　　網易・魯迅論壇原來有 8 個欄目，因爲網易公司現在的博客只能設置 6 個欄目，所以又對欄目做了調整：增加「詩文」欄目，收集優美詩歌和散文；把原來的「解構」、「言論」、「雄辯」三個欄目合併爲「言論」欄目；把原來的「嬉笑」、「怒罵」欄目歸併到「另類」欄目；把原來的「關注」欄目併入「反思」欄目；保留「爭鳴」和「管窺」兩個欄目。但是網易・魯迅論壇博客從 2007 年到 2009 年的發展一直不太明顯，從博客的現狀來看，雖然大體上延續了原來魯迅論壇的風格，而且在這個博客發言網民也大多都是原來網易・魯迅論壇的網民，但是在人氣上顯得較爲冷清，不僅人訪問者較少，而且互動的話題也很少，這可能是因爲經歷過被關閉的重創，一時還難以恢復元氣，另外，也與魯迅論壇博客不再像以前的魯迅論壇那樣出現在網易公司網頁的比較突出的位置有關，魯迅論壇博客只是網易公司網站中眾多的博客之一，不知道這個博客地址的網民很難會發現這個博客。

　　網易・魯迅論壇的曲折發展歷史具有一定的典型性，在一定程度上反映出中文網絡論壇的發展歷史。

　　回顧網易・魯迅論壇的發展歷史，可以看出聚集在該論壇的喜愛魯迅的網民雖然在弘揚魯迅精神，但是他們對魯迅的理解和闡釋在整體上有些片面化，不夠深入和全面，在突出魯迅批判精神的同時還在很大程度上忽視了魯迅的思想的複雜性，這種現象的出現不僅和這些網民的年齡較小有關，也和他們對魯迅的瞭解程度較低有關。中文網絡雖然爲這些喜愛魯迅的網民提供了一個比較容易發表自己意見和文章的平臺，但是他們顯然在關於魯迅的知識儲備方面還不夠充分，還無法充分利用網絡平臺較爲全面、準確地弘揚魯迅精神。雖然這些網民對於魯迅的理解水平還亟待提高，但是他們在網絡中

抒發出來的對魯迅的喜愛之情和對魯迅精神的弘揚都還是值得肯定和讚揚的。

　　另外，從網易·魯迅論壇的發展歷史也可以看出，政府制定的互聯網管理政策在很大程度上影響到論壇的發展，最明顯的例子就是，魯迅在民國發表的一些文章因爲涉及到現在政府有關部門制定的所謂的「敏感詞」，會被網站的「敏感詞」自動過濾系統屏蔽，從而無法在論壇中張貼出來。而網民在談論魯迅時，常常會涉及到現實社會中的一些弊端，乃至政府的腐敗問題，這些在某種程度上也算是弘揚魯迅精神的文章通常都會被網管、版主等論壇管理人員按照現行的互聯網管理政策刪除，有的甚至被網絡過濾系統自動屏蔽，無法在論壇中發表出來，這種管理互聯網的政策不僅對於魯迅論壇而且對於所有的中文網絡論壇來說都是需要改進的。

## 二、網易·魯迅論壇發表的文章的量化研究

### 1、網易·魯迅論壇是中文互聯網中的「魯迅迷」虛擬社區

　　霍華德·瑞恩高德在《虛擬社區》一書中對虛擬社區作了如下的描述：「虛擬社區是一種社會性的集結，當一定數目的人在網路上從事公眾討論，經過一段時間，彼此擁有足夠的情感之後，便建立起人際關係的網絡。」〔註4〕網易·魯迅論壇（http://www.163.com/forum）是中文網絡中存在時間比較長，影響比較大的一個關於魯迅的網絡論壇，經常在這個論壇活動的網民互動較多，按照瑞恩高德對虛擬社區的描述，筆者認爲網易·魯迅論壇已經形成了一個「魯迅迷」的虛擬社區，通過對它的研究在某種程度上可以瞭解中文網絡中關於魯迅的論壇特別是「魯迅迷」聚集的虛擬社區的狀況，因此本文選取這個論壇作爲研究的對象

### （1）參與觀察過程

　　筆者在 2000 年年末就已經關注到網易·魯迅論壇，後來在 2001 年 3～4 月因爲編輯圖書，對該論壇進行了較爲細緻的觀察，並以該論壇爲研究對象撰寫了 3 篇介紹、研究網絡中的魯迅的文章。此後，筆者雖然不經常訪問該論壇，但因爲要撰寫網絡中關於魯迅動態的年度綜述，所以仍然每隔一段時間登陸該論壇去閱讀網民的文章。在 2003 年確定研究網絡中的「魯迅迷」虛擬社區的課題之後，筆者開始作爲一個「潛伏者」認眞地觀察該論壇，注

〔註4〕轉引自吳筱玫《網路傳播概論》，第 161 頁。

意網民在論壇中的互動以及由此形成的亞文化。在較爲細緻的觀察該論壇之後，在 2004 年 11 月在該論壇張貼問卷，請「魯迅迷」參與答卷，經過兩週的時間，共收回了 18 份有效答卷，在閱讀這些答卷之後，筆者再就答卷中的問題和網民繼續聯繫，直到感到對答卷中的問題已經瞭解得比較詳細爲止。

### （2）觀察結果

通過對本論壇網民的 ID 名、昵稱和簽名檔的觀察，可以看出有少數的幾位網民使用了與魯迅有關的文字作爲 ID 名、昵稱和簽名檔，藉此表達對魯迅的喜愛與認同，例如一位叫「孤獨者」的網民就是用魯迅小說《孤獨者》作爲 ID 名，一位 ID 名叫「江濤濤」的網民的簽名檔是「魯迅飯不能白吃，誰罵魯迅我罵誰」，這是網民對所迷作家「重制」的表現，也是表示對所迷作家認同的一種方式。

通過對網民在本論壇討論情形的觀察，可以看出本論壇主要有如下幾類文章：關於魯迅的文章，這類文章不太多，而且其中轉貼的文章較多；關於時事政治類的文章，這類文章較多，一般來說，每當社會上發生一些重大事件時，網民都會密切關注並在論壇中討論；關於歷史文化類的文章；網民之間聯繫的文章；一些與論壇主題無關的文章，如廣告、小說、詩歌等。

另外，通過對本論壇的觀察，可以看出本論壇關於版聚活動的文章很少，甚至幾乎沒有，從中也可以看出網民之間的互動主要以線上聯繫爲主。

## 2、網易・魯迅論壇抽樣研究結果與分析——以在 2004 年 11 月發表的帖子爲例

### （1）魯迅論壇討論區資料概況

本研究將收集樣本的時間限制在 2004 年 11 月 1 日至 30 日，鑒於有一些討論主題的時間跨越幾個月，本研究作了如下區分：如果一個討論主題的多數文章在 11 月 1 日至 30 日，則列入研究範圍；如果一個討論主題的多數文章不在這一時間段之內，則不列入研究範圍。

①文章概況

I 文章分類統計結果

本文按照文章／主題有效性、文章回應類型、文章內容性質等三方面對文章進行分類統計。

1. 文章／主題有效性：（1）有效文章：與社群討論主旨相符合者，（2）有效主題：如同一標題下之文章多爲有效文章，則此主題爲有效主題；若標題下全爲無效文章，則列爲無效主題。

2. 文章回應類型：（1）獨白文章：未引起響應之文章；（2）主題文章：有後續響應之文章，爲討論串之首篇文章；（3）回應文章：回應他人之文章。

3. 文章內容性質：將所收錄的文章按照內容性質分類，若一篇文章包括兩種以上的內容性質，可以分爲多種編碼﹝註5﹞。（筆者按：本研究因爲研究對象中的內容太多，只使用一種編碼，概括其主要意思）

經過初步統計，網易・魯迅論壇在 11 月 1 日至 30 日共有 363 篇主帖文章，其中主題文章 312 篇，有效主題數 305 篇，有效文章 2244 篇，獨白文章 51 篇，回應文章 1939 篇。圖示如下：

**表 1：網易・魯迅論壇發表文章概況之一**

| 類別 | 原始文章數 | 主題文章數 | 有效主題數 | 有效主帖 | 有效文章數 | 總發言ID數 | 收錄天數 | 平均每日發言人數 | 平均每日發表文章數 |
|------|-----------|-----------|-----------|---------|-----------|-----------|---------|----------------|----------------|
| 數量 | 2302 | 312 | 305 | 302 | 2244 | 229 | 30 | 7.6 | 76.7 |

通過上表可以看出，2004 年 11 月，魯迅論壇一共有有效主題 305 個，占全部主題文章數的 97.8%，這個數字表明魯迅論壇的每個主貼文章之後平均都有 6.4 篇有效文章回應；與論壇主旨相符合的有效主帖有 302 個，占主帖總數的 83.2%，有效文章數爲 2244 篇，占全部文章數 2302 篇的 97.5%，這也充分表明魯迅論壇本月所討論的話題主要集中在和論壇主旨相符合的範圍內。

如果排除跨月的主帖和回帖，那麼 11 月的魯迅論壇共有 352 個主題帖，1610 個回帖，帖子總數 1962 個。圖示如下：

---

﹝註5﹞ 黃皓傑《因特網上 MP3 次文化之形塑：虛擬社群的觀點》，載「線上網路社會研究中心・線上出版」（http://teens.theweb.org.tw/iscenter/publish）。

## 表2：網易・魯迅論壇發表文章概況之二

| 類別 | 原始文章數 | 主題文章數 | 有效主題數 | 有效主帖 | 有效文章數 | 總發言ID數 | 收錄天數 | 平均每日發言人數 | 平均每日發表文章數 |
|------|-----------|-----------|-----------|---------|-----------|-----------|---------|----------------|------------------|
| 數量 | 1962 | 301 | 294 | 301 | 1911 | 224 | 30 | 7.5 | 65.4 |

　　從這個表格看以看出，2004年11月，魯迅論壇一共有有效主題294個，占全部主題文章數的97.7%，這表明魯迅論壇的每篇主貼文章之後平均都有4.6篇有效文章進行回應；與論壇主旨相符合的有效主帖有301個，占主帖總數的85.5%，有效文章數為1911篇，占全部文章數1962篇的97.4%，這也充分表明魯迅論壇本月所討論的話題主要集中在和論壇主旨相符合的範圍內。

　　對比上述兩個表格，可以看出兩個統計的結果在大體上比較接近，除了與論壇主旨相符合的有效主帖數有所增加，主帖後面的平均回帖數有所下降外，其餘的統計結果都非常接近。

　　為了從時間分布的角度瞭解魯迅論壇在11月份的發表文章的情況，本研究還詳細統計了每天的發言數量。

　　魯迅論壇在2004年11月份每天發表的文章圖示如下：

## 表3：網易・魯迅論壇在2004年11月發表文章的概況

| 日　　期 | 主　貼 | 回　帖 | | 備　　註 |
|---------|-------|-------|---|---------|
| 11月1日 | 9 | 26 | 35 | |
| 11月2日 | 16 | 77 | 93 | |
| 11月3日 | 15 | 33 | 48 | 有1個跨月的主貼，有5個回帖。 |
| 11月4日 | 15 | 114 | 129 | 有2個跨月的主貼，分別有34、16個回帖。 |
| 11月5日 | 12 | 56 | 68 | |
| 11月6日 | 13 | 45 | 58 | 週六 |
| 11月7日 | 13 | 125 | 138 | 週日；其中有1個跨月的主貼，共有92個回帖。 |
| 11月8日 | 5 | 17 | 22 | |
| 11月9日 | 6 | 21 | 27 | |

| 11 月 10 日 | 7 | 115 | 122 | 有 1 個主貼是跨月的，共有 67 個回帖。 |
|---|---|---|---|---|
| 11 月 11 日 | 10 | 32 | 42 | |
| 11 月 12 日 | 19 | 118 | 137 | 有 1 個跨月的主貼，共有 6 個回帖。 |
| 11 月 13 日 | 13 | 70 | 83 | 週六 |
| 11 月 14 日 | 7 | 52 | 59 | 週日 |
| 11 月 15 日 | 8 | 52 | 60 | |
| 11 月 16 日 | 12 | 44 | 56 | |
| 11 月 17 日 | 5 | 23 | 29 | |
| 11 月 18 日 | 10 | 65 | 75 | |
| 11 月 19 日 | 12 | 32 | 44 | 週六 |
| 11 月 20 日 | 8 | 64 | 72 | 週日 |
| 11 月 21 日 | 16 | 55 | 73 | |
| 11 月 22 日 | 9 | 45 | 54 | |
| 11 月 23 日 | 12 | 58 | 70 | |
| 11 月 24 日 | 21 | 130 | 151 | 有 1 個跨月的主貼，共有 25 個回帖。 |
| 11 月 25 日 | 10 | 57 | 67 | |
| 11 月 26 日 | 13 | 99 | 112 | 週六；有 1 個跨月的主貼，共有 18 個回帖。 |
| 11 月 27 日 | 16 | 81 | 97 | 週日；有 1 個跨月的主貼，共有 9 個回帖。 |
| 11 月 28 日 | 21 | 61 | 82 | |
| 11 月 29 日 | 15 | 90 | 105 | 有 1 個跨月的主貼，共有 25 個回帖。 |
| 11 月 30 日 | 15 | 72 | 87 | 有 1 個跨月的主貼，共有 32 個回帖。 |
| 合　計 | 363（含 11 個跨月的主帖） | 1939（含 329 個跨月的回帖） | 2302（含跨月的主帖、回帖共 340 個） | 跨月的主貼共計 11 個，跨月的回帖共計 329 個 |

　　從上表可以看出，魯迅論壇每天發表文章的數量不太平均，從主帖的數量來說，最少的一天只有 5 個主帖文章，而最多的一天有 21 個主帖文章，從回帖數量來說，最少的一天只有 22 個回帖，而最多的一天有 151 個回帖，如

果排除跨月的回帖，那麼最多的一天仍然有 131 個回帖。另外，從上表也可以看出「魯迅論壇」在週末的發帖數量與平時相比併沒有明顯的增加。

總的來說，魯迅論壇平均每天有 7.6 個 ID（即網名）發表文章，平均每天發表 76.7 篇文章；如果排除跨月的主帖和回帖，那麼平均每天有 7.5 個 ID 發表文章，平均每天發表 65.4 篇文章。兩相比較，可以看出每天發言的 ID 數基本一致，只是平均發表的文章數有明顯的下降，這主要是因為這些跨月帖子的回帖都是許多天的，並不都是在一天發表的，所以數量比較大。

II　文章響應類型

經過初步統計，2004 年 11 月魯迅論壇共發表了 2302 篇文章，其中獨白文章 51 篇，主題文章 312 篇，回應文章 1939 篇，圖示如下：

**表 4：網易‧魯迅論壇發表文章類型之一**

| 文章類型 | 獨白文章 | 主題文章 | 回應文章 |
|---|---|---|---|
| 數量 | 51 | 312 | 1939 |
| 占總文章數的比例 | 2.22% | 13.55% | 84.23% |

如果排除跨月的主帖與回帖，那麼 2004 年 11 月的魯迅論壇共發表 1962 篇文章，其中獨白文章 51 篇，主題文章 301 篇，回應文章 1610 篇，圖示如下：

**表 5：網易‧魯迅論壇發表文章類型之二**

| 文章類型 | 獨白文章 | 主題文章 | 回應文章 |
|---|---|---|---|
| 數量 | 51 | 301 | 1610 |
| 占總文章數的比例 | 2.6% | 15.34% | 82.06% |

從上述統計數字可以看出，魯迅論壇的回應文章最多，佔了全部文章總數的 82.06%，主題文章次之，占全部文章總數的 15.34%，獨白文章最少，僅占全部文章總數的 2.6%，這充分說明魯迅論壇的回應、討論的文章非常多，互動較多，平均每個主題文章都有 4.6 篇文章回應。

III　文章內容性質

在對魯迅論壇進行觀察之後，可以把在魯迅論壇發表的文章分為：「談論魯迅的文章」、「談論政治、時事的文章」、「談論思想、哲學的文章」、「談論

歷史、文化的文章」、「網民之間聯繫的文章」、「其他」等六大類。經過初步統計，魯迅論壇在 2004 年 11 月份共計有 2302 篇文章，其中主貼有 363 個，回帖有 1939 個；如果排除跨月的主帖和回帖，那麼還有 1962 篇文章，其中主帖 351 個，回帖 1610 個。這些文章按照主題性質進行分類，圖示如下：

**表 6：網易・魯迅論壇發表文章類型之三**

| 文章主題性質 | 數　量 | 占全部文章數的比例 | 備　註 | 數　量 | 比例 |
|---|---|---|---|---|---|
| 談論魯迅的文章 | 24 個主貼，109 個回帖 | 5.78% | 含 3 個跨月的主帖，分別有 5、18、9 個回帖。 | 21 個主貼，77 個回帖 | 4.95% |
| 談論政治、時事的文章 | 106 個主貼，561 個回帖 | 28.98% | 含 1 個跨月的主帖，32 個回帖。 | 105 個主貼，529 個回帖 | 32.3% |
| 談論思想、哲學的文章 | 37 個主貼，293 個回帖 | 14.34% | 含 5 個跨月的主帖，分別有 34、16、67、6、25 個回帖。 | 32 個主貼，145 個回帖 | 9.02% |
| 談論歷史、文化的文章 | 64 個主貼，329 個回帖 | 17.07% | | | 20.03% |
| 網民之間聯繫的文章 | 23 個主貼，101 回帖 | 5.39% | 含 1 個跨月的主帖，25 個回帖。 | 22 個主貼，76 個回帖 | 4.99% |
| 其他 | 109 個主貼，536 個回帖 | 28.02% | 含 1 個跨月的主帖，92 個回帖。 | 108 個主貼，444 個回帖 | 28.14% |
| 合計 | 363 個主貼，1939 個回帖 | | 11 個跨月的主貼，329 個回帖。 | 352 個主貼，1610 個回帖。 | |
| 轉貼的關於魯迅的文章 | 20 個主貼 | | | | |
| 轉貼的其他類文章 | 114 個主貼 | | | | |

從上表可以看出，魯迅論壇中「談論魯迅的文章」並不多，僅占全部文章的 5.78%，如果排除跨月的主帖、回帖，談論魯迅的文章則僅占 4.95%；而「談論時事、政治的文章」在各類文章中的數量最多，占全部文章總數的 28.98%，如果排除跨月的主帖、回帖，「談論時事、政治的文章」所佔的比例達到 32.3%，約占全部文章的 1/3，這充分表明魯迅論壇比較重視時事、政治問題。此外，「談論思想、哲學的文章」和「談論歷史、文化的文章」分

別占全部文章總數的 14.34%和 17.07%，兩者相加約占全部文章的 1/3；如果排除跨月的主帖、回帖，這兩類文章所佔的比例分別為 9.02%和 20.03%，仍然接近全部文章的 1/3，這也表明魯迅論壇中談論學術的文章所佔的比例比較高。需要指出的是，魯迅論壇中無法歸入上述幾類中的文章被統一放在「其他」類，這類的文章數量也較多，所佔全部文章總數的比例高達 28%，不過這類文章比較雜，包含了各種廣告、網民的文學創作、轉貼的一些新聞、網民的科學研究文章等，總的來說是一些提供信息類的文章。另外，這個統計也顯示魯迅論壇網民之間的聯繫不太多，只占全部文章的 5.39%，如果排除跨月的主帖、回帖，則只占全部文章的 4.99%。

IV　各類型成員發表文章內容性質

本文把在一個月之內發言或發表文章在 15 篇以上的稱為「高度參與者」，把發表文章在 5～15 篇之間的稱為「中度參與者」，把發表文章數在 5 篇以下的稱為「低度參與者」。經過初步統計，魯迅論壇在 2004 年 11 月 1 日～30 日共有 229 個 ID 發表文章，其中有 28 個 ID 是「高度參與者」，有 33 個 ID 是「中度參與者」，有 168 個 ID 是「低度參與者」。具體分析這三類參與者發表文章的種類，可以看出「談論魯迅的文章」類有 5 個 ID 是「高度參與者」，有 3 個 ID 是「中度參與者」，有 7 個 ID 是「低度參與者」；「談論政治、時事的文章」類有 20 個 ID 是「高度參與者」，有 14 個 ID 是「中度參與者」，有 20 個 ID 是「低度參與者」；「談論思想、哲學的文章」類有 7 個 ID 是「高度參與者」，有 8 個 ID 是「中度參與者」，有 4 個 ID 是「低度參與者」；「談論歷史、文化的文章」類有 15 個 ID 是「高度參與者」，有 6 個 ID 是「中度參與者」，有 10 個 ID 是「低度參與者」；「網民之間聯繫的文章」類有 12 個 ID 是「高度參與者」，有 2 個 ID 是「中度參與者」，有 5 個 ID 是「低度參與者」；「其他」類有 20 個 ID 是「高度參與者」，有 7 個 ID 是「中度參與者」，有 22 個 ID 是「低度參與者」。圖示如下：

**表 7：網易・魯迅論壇各類成員發表文章類型概況**

| 類　　別 | 高度參與者(發言 15 次以上) | 比例 | 中度參與者（發言次數在 5～15 次之間） | 比例 | 低度參與者（發言次數低於 5 次） | 比例 |
|---|---|---|---|---|---|---|
| 談論魯迅的文章 | 5 | 6.33% | 3 | 7.5% | 7 | 10.29% |

| 談論政治、時事的文章 | 20 | 25.32% | 14 | 35% | 20 | 29.42% |
|---|---|---|---|---|---|---|
| 談論思想、哲學的文章 | 7 | 9.72% | 8 | 20% | 4 | 5.88% |
| 談論歷史、文化的文章 | 15 | 18.98% | 6 | 15% | 10 | 14.71% |
| 網民之間聯繫的文章 | 12 | 15.19% | 2 | 5% | 5 | 7.35% |
| 其他 | 20 | 25.32% | 7 | 17.5% | 22 | 32.35% |
| 合計 | 79 | | 40 | | 68 | |

從上表可以看出，「高度參與者」發表文章最多的是「談論政治、時事的文章」和「其他」類文章，「中度參與者」發表文章最多的是「談論政治、時事的文章」，「低度參與者」發表文章最多的是「其他」類文章，其次是「談論政治、時事的文章」，總的來說，魯迅論壇中的「談論政治、時事的文章」和「其他」類的文章排在第一和第二位，因為「其他」類的文章包括的內容比較廣泛、蕪雜，所以，也可以說，魯迅論壇的「談論政治、時事的文章」佔有主要地位，在一定程度上顯示出魯迅論壇是一個談論時事、政治為主的論壇。另外，「談論思想、哲學的文章」和「談論歷史、文化的文章」，雖然所佔比例不太突出，但是兩者相加之後也占魯迅論壇發表文章 ID 總數的較大比例，這也從一個側面反映出在魯迅論壇中關於學術的文章也佔有較大的比例。需要指出的是，相對而言，無論是「高度參與者」，還是「中度參與者」和「低度參與者」，「談論魯迅的文章」在數量上都不多，在一定程度上少於其他類文章，這也從一個方面表明，魯迅論壇中「談論魯迅的文章」在數量上比較少，不僅遠遠低於「談論政治、時事的文章」，而且也低於「其他」類文章和「談論歷史、文化的文章」。

另外，這個表格也顯示出，「高度參與者」發表的「網民之間聯繫的文章」比較多，這在一定程度上顯示出「高度參與者」在「魯迅論壇」上比較活躍。

②論壇成員溝通情況

本文通過對在魯迅論壇活動的網民的言辭行動分析和角色類型劃分來分析魯迅論壇成員的溝通情況。黃皓傑指出：

言詞行動分析關心的是人們在「言詞中做了什麼」，根據 Searle 的說法，某些言詞的意義是在做一個「行動」，或是展現某種關係

（Searle，轉引自陳弘儒）。同時一個完整的言詞行動需包含命題要素（Propostitional componet）及意思要素（Illocutionart componet）……Searle 同時也將 Austin 所提出的五種實踐言行（Performatives）重做區分，以判別意思行動的內涵，使其具備基礎原則，其類別如下：（1）Representative／Assertives（再現／斷言），發言者斷言、擔保其命題內容爲眞；（2）Directives（指示），發言者希望聽者去進行某種行動，或期望其未來達到某種狀態；（3）Commissive（承諾），發言者承諾、擔保外來的行動，並出於其企圖；（4）Expressives（表達），發言者表達其心理狀態，特別是感情方面；（5）Declarations（宣稱），發言者創造一個命題，並直接改變了某事。〔註6〕

楊堤雅按照虛擬社區中的成員在參與程度、互動程度、言辭語氣、文章類型等方面的不同，將成員分爲「成員領袖」、「意見呼應者」、「自我揭露者」、「經驗意見分享者」、「信息詢問者」、「瀏覽者」、「產品推廣者」、「干擾者」等八種類型：

（1）「成員領袖」：受到成員的敬重與信賴，互動與參與程度高，對虛擬社區有很大的貢獻；（2）「意見呼應者」：常對其他成員的意見或經驗表示認同與追隨，期望能加強自己在社區內的社會關係；（3）「自我揭露者」：將虛擬社區當作心靈寄託的地方，常發表情緒性的文章；（4）「經驗意見分享者」：熱心提供自己的意見，或分享個人經驗，期望對他人有所幫助；（5）「信息詢問者」：將虛擬社區視爲詢問問題或尋找產品信息的場所，只在遇到問題或有購物的需求時才光臨社區，在社區內的參與程度偏低；（6）「瀏覽者」：在社區裏被動地搜尋信息，屬於沉默的一群，但有成爲其他角色的潛力；（7）「產品推廣者」：在社區裏進行產品的買賣或推廣，可能是公司的銷售人員，也可能是售賣二手商品者；（8）「干擾者」：在社區裏詢問或發表與討論主題無關的文章，而造成其他成員閱讀上的困擾。單一成員可能兼具兩種以上的角色，也可能依時間的改變轉換角色類型〔註7〕。

---

〔註6〕黃皓傑《因特網上 MP3 次文化之形塑：虛擬社群的觀點》，載「線上網路社會研究中心・線上出版」，http://teens.theweb.org.tw/iscenter/publish。

〔註7〕楊堤雅《網際網絡虛擬社群成員之角色與溝通互動之探討》，轉引自李靜宜、郭宣靆《虛擬社區與虛擬文化》，載南華大學社會學研究所《E-Soc Journal》

　　本文擬選取魯迅論壇的兩個討論主題進行分析，以瞭解魯迅論壇網民之間的溝通情況，具體選擇標準是有「高度參與者」參加的而且回帖最多的討論主題，另外，爲了更準確的研究論壇網民之間的溝通情況，本研究選擇的討論主題限制在 2004 年 11 月在魯迅論壇發表，而且在本研究進行期間不是跨月的討論主題。魯迅論壇共有 28 位 ID 是「高度參與者」，經過初步統計，選取了 11 月 20 日的《假如臺海戰爭爆發》（有 39 個回帖）和 11 月 21 日的《假如中國有了眾議院》（有 41 個回帖）兩個討論主題作爲研究對象。

　　爲了區分各位發言 ID，本研究以「A」字母代表魯迅論壇，以 A1、A2 代表討論主題一、二，以「H」、「M」、「L」字母分別代表「高度參與者」、「中度參與者」和「低度參與者」，按照發言的先後順序以阿拉伯數字標號 ID，以代表不同的 ID。

　　I 討論串 A1 概況：

　　經過初步統計，魯迅論壇在 2004 年 11 月 20 日發表的《假如臺海戰爭爆發》一文共有 39 個回帖，參加討論的共有 10 個 ID，其中有 8 個 ID 是魯迅論壇本月的「高度參與者」，有 1 個 ID 是魯迅論壇本月的「中度參與者」，有 1 個 ID 是魯迅論壇本月的「低度參與者」。在發言者當中，發言次數最多的 ID 是主貼的作者，共發言 17 次，發言次數僅有 1 次的 ID 有 4 個。圖示如下：

**表 8：網易・魯迅論壇討論串 A1 中的 ID 發表文章概況**

| 編號 | A1 H1 | A1 H2 | A1 H3 | A1 H4 | A1 H5 | A1 H6 | A1 H7 | A1 M8 | A1 L9 | A1 H10 | 合計 |
|------|-------|-------|-------|-------|-------|-------|-------|-------|-------|--------|------|
| 發言次數 | 17 | 2 | 8 | 1 | 5 | 2 | 1 | 2 | 1 | 1 | 40 |

　　i 討論串 A1 對話分析：

　　本討論的主題是「假如臺海爆發戰爭」，這是一個關於時事類的話題，也是當時的社會熱點問題，發言者集中在 A1H1、A1H3 和 AIH5 這三個 ID，他們的發言次數 30 次，占全部發言總數的 75%。A1H1 首先提出「假如臺海爆發戰爭」的話題，認爲戰爭是遲早要爆發的，但烈度的分寸把握是個很考究的問題；A1H2 覺得戰爭打不起來，頂多就是兩邊打打炮什麼的，然後就

會是談判；A1H3 認爲 A1H1 的思想感情混亂，有待整理，戰與不戰，民眾沒有發言權；A1H1 指出 A1H3 的立場是支持臺獨；A1H1 接著指出 A1H2 是個善良人，但很迂腐；A1H4 認爲臺灣戰爭肯定要打，就算領導人不喜歡統一，也喜歡大一統；A1H2 認爲戰爭肯定打不起來，大陸首先就不會大打；A1H3 要求 A1H1 不要太把自己當回事，非要暴露嗜血的偏執暴戾症；A1H5 在發言中只是引用了「你眞的認爲臺民眾影響到你的利益了嗎？」A1H3 讚揚 A1H5 好眼力；A1H5 批評 A1H1 從小接受的二尾子教育，從小就學作二尾子；A1H1 強調「親美、民主」也不能支持臺獨，支持臺獨就是支持反政府武裝，就是支持戰爭；A1H1 接著指出不管誰輸誰贏，炫耀武力就必然會導致戰爭，我們將不討論戰爭是否開始而只討論戰爭怎樣結束；A1H1 指出無知的中國人竟然認爲臺灣人值得同情；A1H3 認爲 A1H1 窮瘋了，窮得想殺人了；A1H5 指出憑什麼非得這邊統一那邊，那邊統一這邊就不行了？A1H1 反問自己爲大家而發瘋，難道有什麼不好嗎？喚起中國人認清自我，難道有罪過嗎？A1H1 向 A1H5 解釋不是非得這邊統一那邊，那邊統一這邊，而是不要自立門戶，一旦分裂，一旦得到國際承認，想統一都難了；A1H5 諷刺 A1H1 弄得像爲民請命，像個烈士似的，其實就是一個中統特務；A1H3 告訴 A1H1 是窮瘋了，先拍拍自己的腦袋吧，聽聽有沒有水響，先瞅瞅自己的嘴巴，看看是否還會將（講）人話；A1H1 向 A1H5 解釋自己爲什麼要爲民請命，自己只是抒發自我的眞言，別老是認爲不是這邊的僕人就是那邊的特務；A1H1 指出這個論壇不是新聞論壇，非要裝正神，請您去政協，別在論壇裏發傻；A1H5 指出 A1H1 估計在 25 歲以下，未婚青年。思維缺乏邏輯，以感情思維爲主；A1H6 在發言中引用了一個故事，指出百姓生命比臺灣省重要千百倍，反對戰爭；A1H3 質問 A1H1，窮瘋了就有權蠻橫無理了，就一點刺激都受不了了？A1H1 指出網絡文章有網絡文章的特色，一臉正經，最好到人民日報，像你們兩個壇風不好的人，最好離開；A1H3 告訴 A1H1 窮瘋了也不要昏頭昏腦，認爲網易是你家開的；A1H1 首先向 A1H3 道歉，並強調自己無心的隨口一句總比 A1H3 處心積慮的報復要正常；A1H1 強調自己的任何一個趨向只代表自己本人，自己的確想讓 A1H3 離開；A1H3 向 A1H5 說合作愉快；A1H1 指出，在中國不做事的人總是騎在做事的人的頭上，在這裡，灌水的，每貼不到 50 個字的人總是挑（嘲）笑著法（發）帖勤奮的人；A1H7 認爲 A1H1 是典型的被政府蒙的人，國家就需要這樣的人；A1H1

強調自己一不拿俸祿，二不拿工資，自己的唯一的主人是觀世音菩薩；A1M8
先是發了一個沒有內容的帖子，然後指出，獨立未必，統一也未必，關於臺
灣問題還是拖著的好。臺灣在大陸的民主化進程中還未完成其使命；A1H1
認為民主會來的，在等待民主的過程中，中國人還有很多苦需要受；A1H6
提出了一個問題，如果談到統一時，中華民國要求恢復 11，418，174 平方
公里的領土，到時候怎麼辦？A1L9 指出李登輝就是親日反中國人的；A1H10
認為臺海戰爭不會驟然爆發，不獨不統符合中、美、臺三方最大利益，也符
合周邊國家的最大利益；A1H1 強調臺海之爭表面上是軍隊戰爭，實質上是
經濟大戰，這才是真目的，各位看官，別被表面現象所蒙蔽。

　　ii 討論串 A1 角色分析：

　　本討論主題實際上共有 10 個 ID 參與發言，共有 40 篇文章；其中 A1H1
發言 17 次，A1H3 發言 8 次，A1H5 發言 5 次，A1H2、A1H6 和 A1M8 發言 2
次，其餘的 ID 發言都只有 1 次。

　　A1H1：是本討論話題的提出者，扮演了「經驗意見分享者」的角色，共
有 17 次發言，分別是：認為戰爭是遲早要爆發的；指出 A1H3 的立場是支持
臺獨；指出 A1H2 是個善良人，但很迂腐；強調支持臺獨就是支持戰爭；指出
炫耀武力就必然會導致戰爭；指出無知的中國人竟然認為臺灣人值得同情；
反問對手「喚起中國人認清自我，難道有罪過嗎？」向 A1H5 解釋「一旦分裂，
一旦得到國際承認，想統一都難了」；向 A1H5 解釋自己只是抒發自我的真言；
指出這個論壇不是新聞論壇；指出網絡文章有網絡文章的特色；首先向 A1H3
道歉，並強調自己無心的隨口一句總比 A1H3 處心積慮的報復要正常；強調自
己的任何一個趨向只代表自己本人，自己的確想讓 A1H3 離開；指出在中國不
做事的人總是騎在做事的人的頭上；強調自己的唯一的主人是觀世音菩薩；
認為民主會來的；強調臺海之爭表面上是軍隊戰爭，實質上是經濟大戰，這
才是真目的，各位看官，別被表面現象所蒙蔽。其言辭類別分別是
Representative／Assertives（再現／斷言）、Representative／Assertives（再現／
斷言）、Declarations（宣稱）、Representative／Assertives（再現／斷言）、
Representative／Assertives（再現／斷言）、Expressives（表達）、Expressives（表
達）、Directives（指示）、Directives（指示）、Directives（指示）、Directives（指
示）、Expressives（表達）、Expressives（表達）、Declarations（宣稱）、Representative
／Assertives（再現／斷言）、Representative／Assertives（再現／斷言）、Directives

（指示）。

A1H2：是「成員領袖」，也是版主之一，有 2 次發言，分別是：認爲戰爭打不起來；指出戰爭肯定打不起來。其言辭類別均是 Representative／Assertives（再現／斷言）。

A1H3：是「經驗意見分享者」，有 8 次發言，分別是：認爲 A1H1 的思想感情混亂；要求 A1H1 不要太把自己當回事；讚揚 A1H5 好眼力；認爲 A1H1 窮瘋了；告訴 A1H1「先拍拍自己的腦袋吧，聽聽有沒有水響」；質問 A1H1，「窮瘋了就有權蠻橫無理了，就一點刺激都受不了了？」告訴 A1H1「窮瘋了也不要昏頭昏腦」；向 A1H5 說「合作愉快」。其言辭類別分別是：Representative／Assertives（再現／斷言）、Directives（指示）、Expressives（表達）、Declarations（宣稱）、Directives（指示）、Expressives（表達）、Directives（指示）、Expressives（表達）。

A1H4：是「意見呼應者」，有 1 次發言，認爲臺灣戰爭肯定要打。其言辭類別是 Representative／Assertives（再現／斷言）。

A1H5：是「干擾者」，有 5 次發言，分別是：在發言中只是引用了「你眞的認爲臺民眾影響到你的利益了嗎？」批評 A1H1 從小接受的二尾子教育，從小就學作二尾子；指出「憑什麼非得這邊統一那邊，那邊統一這邊就不行了？」諷刺 A1H1 其實就是一個中統特務；指出 A1H1 估計在 25 歲以下，未婚青年。思維缺乏邏輯，以感情思維爲主。其言辭類別分別是：Expressives（表達）、Expressives（表達）、Directives（指示）、Representative／Assertives（再現／斷言）、Representative／Assertives（再現／斷言）。

A1H6：是「經驗意見分享者」，有 2 次發言，分別是：指出百姓生命比臺灣省重要千百倍，反對戰爭；提出了一個問題，「如果談到統一時，中華民國要求恢復 11，418，174 平方公里的領土，到時候怎麼辦？」其言辭類別是：Directives（指示）、Declarations（宣稱）。

A1H7：是「經驗意見分享者」，有 1 次發言，認爲 A1H1 是典型的被政府蒙的人。其言辭類別是 Representative／Assertives（再現／斷言）。

A1M8：是「經驗意見分享者」，有 2 次發言，分別是：第一次發言是一個沒有內容的帖子，第二次發言指出「獨立未必，統一也未必，關於臺灣問題還是拖著的好」。其言辭類別是 Expressives（表達）、Representative／Assertives（再現／斷言）。

　　A1L9：是「意見呼應者」，有 1 次發言，指出李登輝就是親日反中國人。其言辭類別是 Representative／Assertives（再現／斷言）。

　　A1H10：是「經驗意見分享者」，有 1 次發言，指出不獨不統符合中、美、臺三方最大利益，也符合周邊國家的最大利益。其言辭類別是 Representative／Assertives（再現／斷言）。

　　經過初步統計，在本討論主題中，共有 16 個 Representative／Assertives（再現／斷言）類發言，10 個 Directives（指示）類發言，10 個 Expressives（表達）類發言，4 個 Declarations（宣稱）類發言，Commissive（承諾）類發言則沒有。圖示如下：

表 9：網易・魯迅論壇討論串 A1 中的 ID 發言類型概況

| 編號 | Representative／Assertives（再現／斷言） | Directives（指示） | Commissive（承諾） | Expressives（表達） | Declarations（宣稱） |
|---|---|---|---|---|---|
| A1H1 | 6 | 5 | | 4 | 2 |
| A1H2 | 2 | | | | |
| A1H3 | 1 | 3 | | 3 | 1 |
| A1H4 | 1 | | | | |
| A1H5 | 2 | 1 | | 2 | |
| A1H6 | | 1 | | | 1 |
| A1H7 | 1 | | | | |
| A1M8 | 1 | | | 1 | |
| A1L9 | 1 | | | | |
| A1H10 | 1 | | | | |
| 合計 | 16 | 10 | 0 | 10 | 4 |

　　從上表可以看出，本討論主題的 Representative／Assertives（再現／斷言）類發言比較多，共有 16 個，占到全部發言的 40%，在 10 個發言的 ID 中也有 9 個 ID 使用了這種類型的發言方式，這表明參加本討論主題的 ID 較多的使用 Representative／Assertives（再現／斷言）類文章進行論爭，這一方面是因為這類文章能直接、有力地體現論者的觀點和立場，亞金斯與布瑞雪（Adkins & Brashers）指出，電腦中介溝通時，語言的強度對彼此的形象有很大的影響，參與者若採用強勢語言（語氣肯定，用字絕對），會讓人感覺更值得信賴，更

具有吸引力與說服力；若參與者採用弱勢語言（語氣猶疑，用字和緩），則讓人有較高的不確定感〔註8〕。另一方面可能是因爲受到網絡論爭的限制，不方便使用長篇大論的文章進行論戰，論者必須在較短的文章中充分表達出自己的觀點，因此也傾向於使用這類文章進行發言。

II 討論串 A2 概況：

經過初步統計，魯迅論壇在 11 月 21 日發表的《假如中國有了眾議院》一文，共有 41 個回帖，參加討論的共有 12 個 ID，其中有 10 個 ID 是魯迅論壇本月的「高度參與者」，有 1 個 ID 是魯迅論壇本月的「中度參與者」，有 1 個 ID 是魯迅論壇本月的「低度參與者」。在發言者當中，發言次數最多的 ID 也是主貼的作者，一共發言 10 次，發言次數僅有 1 次的 ID 有 6 個。另外，通過觀察，可以看出 A2H1 和 A2H9 實際上是一個 ID（他們的簽名檔完全一樣），所以，主帖作者的發言次數一共有 17 次。圖示如下：

**表 10：網易‧魯迅論壇討論串 A2 中的 ID 發表文章概況**

| ID 編號 | A2 H1 | A2 H2 | A2 H3 | A2 H4 | A2 H5 | A2 H6 | A2 H7 | A2 M8 | A 2H9 | A 2L10 | A 2H11 | A2 H12 | 合計 |
|---|---|---|---|---|---|---|---|---|---|---|---|---|---|
| 發言次數 | 10 | 1 | 6 | 5 | 5 | 1 | 3 | 1 | 7 | 1 | 1 | 1 | 42 |

i 討論串 A2 對話分析：

本討論的主題是「假如中國有了眾議院」，這是一個關於政治類的話題，也是網民比較關注的中國的民主體制問題之一，發言者集中在 A2H1（A2H9）、A2H3、A2H4 和 A2H5 這 4 個 ID，他們的發言次數一共有 33 次，占全部發言次數的 78.57%。A2H1 首先提出民主不是萬能的，在當前的中國如果強制實行民主只能會發生血淋淋的戰鬥；A2H2 認爲中國比美國更民主；A2H1 強調他的本意是中國是個很尷尬的國家，無論專制與民主都搞不好；A2H3 指出國家的問題不需要 A2H1 操心，軍隊和警察不是吃閒飯的；A2H4 認爲假如中國有了眾議院，那也只會是木偶和舉手工具；A2H5 贊同 A2H4 的假設，指出民主的前提是軍隊要國家化，保持政治中立；A2H4 同意 A2H5 的觀點，強調軍隊必須去黨派化；A2H6 指出美、韓、臺的議員在會上公開的嚷罵，而中國政治背後陰辣屬害；A2H1 對前幾位 ID 做出回應，

〔註8〕 轉引自吳筱玫《網路傳播概論》，第 93 頁。

他表示既然是眾議院，那麼軍隊和警察就派不上用場，任何政黨都是遲早要分裂的，軍隊去黨派化是很困難的；A2H5 指出 A1H1 雖然有不少見解卓越，但還有幾處有問題；A2H1 表示自己的觀點是市井裏的小道理，而 A2H5 的觀點是教科書式的大道理；A2H5 把話題轉回主帖，指出民主不僅根本就不可怕，而且還很可愛；A2H7 指出 A2H1 的錯誤在於用市井小道理去理解民主的大道理；A2H1 對 A2H5 表示感謝，並指出民主是中產階級的遊戲，斷然不能拿來決定人生大事；對於 A2H7 的觀點，A2H1 反問大道理難道就是饒舌嗎？並提醒 A2H7 今後說話千萬別留這麼大的破綻；A2H7 認爲布什搞專制會以叛國罪入獄；A2H1 最後表示開始灌水，想結束本次爭論；A2M8 發言要爲本次論爭畫上一個句號；A2H3 認爲議員也不能用暴力，如果採用了就是違法的統治者；A2H1 指出議員有司法豁免權；A2H5 強調議員有司法豁免權並不等於議員有爲非作歹的護身符；A2H9（A2H1）認爲民主是個可愛的東西，但也只能發揮有限的作用；A2H5 指出 A2H9（A2H1）對民主害處的憂慮可以放下，當前急需解決的問題是民眾權利的薄弱問題；A2H4 強調眞正的民主是靠打出來的；A2H9（A2H1）指出武裝暴動是暴不出民主的，要建立中國的民主必須掌握火候；A2L10 提醒 A1H9（A2H1）不需要擔心民主會帶來混亂，指出民主是通過法律和軍隊實施強硬措施的；A2H4 同意 A2L10 的觀點；稍後，A2H4 還提供了「暴動之歌」的鏈接；A2H11 指出說民主，寫民主，果然未必出現民主，但是不說不寫不宣傳，就會不知道民主爲何物；A2H3 指出世界上的多數國家實行多黨民主，世界也沒有亂套；A2H9（A1H1）強調西方的民主到了中國就是武林大會；接著，A2H9（A2H1）表示自己沒有指責過民主，只是說中國是個天生喜歡亂的國家；A2H12 認爲 A2H9（A2H1）的觀點簡單、深刻；A2H9（A2H1）也表示 A2H12 的評價也很深刻；A2H3 強調，亂是由公共意志決定的，只要眾人喜歡就成；針對 A2H9（A2H1）的西方民主到了中國就變樣的觀點，A2H3 指出民主作爲平等權力體系，也是一種公共願望，有了願望就實現，是先後再改進革新；A2H9（A2H1）認爲中國畏懼民主是因爲害怕權力沒有了，民主也沒來；A2H7 針對 A2H9（A1H1）的觀點提出既然如此，又何必假如不停呢？不如直接說統統去死；A2H9（A2H1）強調要死的藝術、死得乾淨；A2H3 表示一個系統的完蛋有內亂外侵兩種可能，西方民主基本不存在這個問題。

    ii 討論串 A2 角色分析：

　　本討論主題實際上共有 11 個 ID（有 2 個 ID 實爲同一個）參與發言，共有 42 篇文章；其中 A2H1（A2H9）發言 17 次，A2H3 發言 6 次，A2H4 和 A2H5 各發言次，A2H7 發言 3 次，其餘的 ID 發言都只有 1 次。

　　A2H1（A2H9）：是「經驗意見分享者」，提出了引發本次討論的問題，有 10 次發言，分別是：在當前的中國如果強制實行民主只能會發生血淋淋的戰鬥；強調他的本意是中國無論專制與民主都搞不好；既然是眾議院，那麼軍隊和警察就派不上用場；認爲任何政黨都是遲早要分裂的；指出軍隊去黨派化是很困難的；表示自己的觀點是市井裏的小道理；對 AH5 表示感謝；提醒 AH7 今後說話千萬別留這麼大的破綻；表示要結束論爭；指出議員有司法豁免權。其言辭類別分別是：Representative／Assertives（再現／斷言）、Directives（指示）、Representative／Assertives（再現／斷言）、Representative／Assertives（再現／斷言）、Directives（指示）、Declarations（宣稱）、Expressives（表達）、Directives（指示）、Declarations（宣稱）、Representative／Assertives（再現／斷言）。

　　A2H9：是 A2H1 的另一個 ID，有 7 次發言，分別是：認爲民主只能發揮有限的作用；指出要建立中國的民主必須掌握火候；強調西方的民主到了中國就是武林大會；指出中國是個天生喜歡亂的國家；表示 A2H12 的評價也很深刻；認爲中國畏懼民主是因爲害怕權力沒有了，民主也沒來；強調要死的藝術、死得乾淨。其言辭類別分別是：Representative／Assertives（再現／斷言）、Directives（指示）、Declarations（宣稱）、Representative／Assertives（再現／斷言）、Expressives（表達）、Representative／Assertives（再現／斷言）、Expressives（表達）。

　　A2H2：是「經驗意見分享者」，有 1 次發言，指出中國比美國更民主，其言辭類別是 Representative／Assertives（再現／斷言）。

　　A2H3：是「經驗意見分享者」，有 6 次發言，分別是：指出國家的問題不需要 A2H1 操心；認爲議員也不能用暴力；指出世界上的多數國家實行多黨民主也沒有亂套；強調亂是由公共意志決定的；指出民主作爲平等權力體系也是一種公共願望；表示一個系統的完結有內亂、外侵兩種可能，西方民主基本不存在這個問題。其言辭類別分別是：Directives（指示）、Representative／Assertives（再現／斷言）、Declarations（宣稱）、Representative／Assertives（再現／斷言）、Representative／Assertives（再現／斷言）和 Representative

／Assertives（再現／斷言）。

A2H4：是「經驗意見分享者」，有 5 次發言，分別是：認為假如中國有了眾議院，那也只會是木偶和舉手工具；同意 A2H5 的觀點，強調軍隊必須去黨派化；強調眞正的民主是靠打出來的；同意 A2L10 的觀點；提供了「暴動之歌」的鏈接。其言辭類別分別是：Representative／Assertives（再現／斷言）、Expressives（表達）、Representative／Assertives（再現／斷言）、Expressives（表達）、Directives（指示）。

A2H5：是「經驗意見分享者」，有 5 次發言，分別是：贊同 A2H4 的假設；指出 A2H1 的觀點有幾處有問題；指出民主不僅根本就不可怕而且還很可愛；指出 A2H9（A2H1）對民主害處的憂慮可以放下；強調議員有司法豁免權並不等於議員有爲非作歹的護身符。其言辭類別分別是：Expressives（表達）、Declarations（宣稱）、Representative／Assertives（再現／斷言）、Directives（指示）、Representative／Assertives（再現／斷言）。

A2H6：是「經驗意見分享者」，有 1 次發言，認爲中國政治的特點是背後陰辣厲害。其言辭類別是 Representative／Assertives（再現／斷言）。

A2H7：是「經驗意見分享者」，有 3 次發言，分別是：指出 A2H1 的錯誤在於用市井小道理去理解民主的大道理；認爲布什搞專制會以叛國罪入獄；指出 A2H9（A2H1）既然如此又何必假如不停呢？不如直接說統統去死。其言辭類別是 Declarations（宣稱）、Representative／Assertives（再現／斷言）和 Directives（指示）。

A2M8：是「干擾者」，有 1 次發言，發言要爲本次論爭畫上一個句號，其言辭類別是 Declarations（宣稱）。

A2L10：是「經驗意見分享者」，有 1 次發言，提醒 A2H9（A2H1）不需要擔心民主會帶來混亂，指出民主是通過法律和軍隊實施強硬措施的。其言辭類別是 Directives（指示）。

A2H11：是「經驗意見分享者」，有 1 次發言，指出說民主、寫民主雖然未必出現民主，但是不說不寫不宣傳，就會不知道民主爲何物。其言辭類別是 Representative／Assertives（再現／斷言）。

A2H12：是「經驗意見分享者」，有 1 次發言，認爲 A2H9（A2H1）的「中國是個天生喜歡亂的國家」的觀點雖然簡單，但是深刻。其言辭類別是 Expressives（表達）。

　　經過初步統計，在本討論主題中，共有 19 個 Representative／Assertives（再現／斷言）類發言，有 9 個 Directives（指示）類發言，有 7 個 Expressives（表達）類發言，有 7 個 Declarations（宣稱）類發言，Commissive（承諾）類發言則沒有。圖示如下：

表 11：網易・魯迅論壇討論串 A2 中的 ID 發言類型概況

| 編號 | Representative／Assertives（再現／斷言） | Directives（指示） | Commissive（承諾） | Expressives（表達） | Declarations（宣稱） |
|---|---|---|---|---|---|
| A2H1 | 4 | 3 | | 1 | 2 |
| A2H2 | 1 | | | | |
| A2H3 | 4 | 1 | | | 1 |
| A2H4 | 2 | 1 | | 2 | |
| A2H5 | 2 | 1 | | 1 | 1 |
| A2H6 | 1 | | | | |
| A2H7 | 1 | 1 | | | 1 |
| A2M8 | | | | | 1 |
| A2H9 | 3 | 1 | | 2 | 1 |
| A2L10 | | 1 | | | |
| A2H11 | 1 | | | | |
| A2H12 | | | | 1 | |
| 合計 | 19 | 9 | 0 | 7 | 7 |

　　從上表可以看出，本討論主題的 Representative／Assertives（再現／斷言）類發言比較多，共有 19 個，幾乎占到了全部發言的一半，在 12 個發言的 ID 中也有 9 個 ID 使用了這種類型的發言方式，這也從一個方面表明參加本討論主題的 ID 較多的使用 Representative／Assertives（再現／斷言）類文章進行論爭，具體原因類似於討論串 1 的分析結果。

### 3、小　結

　　（1）網絡「魯迅迷」亞文化的內涵：感時憂國的精神。在當代中國的現實語境下，一些普通民眾很難通過報刊、廣播電臺、電視臺等公共媒體發表自己對魯迅的觀點與看法，網絡的興起為這些被一些學者稱為「沉默的大多數」的弱勢群體提供了一個相對來說比較容易的發表自己觀點並交流彼此看

法的機會，於是，一些敬仰魯迅的網民便利用網易公司提供的「魯迅論壇」討論關於魯迅的話題和關於時事、政治的話題，經過一定時間的互動之後，網民之間也逐漸形成了一定的關係，有的甚至成了知心的朋友（參見下文關於魯迅論壇的訪談結果），這樣便形成了網絡「魯迅迷」的虛擬社區。

通過對魯迅論壇的觀察，可以看出經過多年的發展，論壇的定位沒有多大的變化，但是論壇的內容有所變化：魯迅論壇建立之初的目的是「給所有喜歡或不喜歡先生的人一個說話的場所——因爲，即使是在 21 世紀的今天，先生也是不可迴避的」；而現在的魯迅論壇的風格正如論壇討論區上方的滾動文字條所表明的那樣，「這裡是一個瞭解魯迅，接近魯迅的地方。論壇以魯迅研究爲主，兼顧對社會現實的批判與思考。它自由，理性，充滿思辨的色彩」。通過對論壇在 2004 年 11 月份發表的文章進行統計分析，也可以看出「談論政治、時事的文章」在現在的魯迅論壇中佔有主要地位，這在一定程度上顯示出現在的魯迅論壇是一個談論時事、政治爲主的論壇。

在抽樣分析了網易·魯迅論壇在 2004 年 11 月的發帖情況和網民互動情況之後，本研究從上述的研究結果中發現，在此論壇活動的網民不僅比較認同魯迅，而且比較關注社會現實問題，喜歡對一些時政問題發表自己的看法。從整體上來說，這些網民都在較大的程度上受到了魯迅精神的影響，比較富有憂國憂民的精神。需要指出的是，網民也經常發表一些談論學術問題的文章，比較關注一些有關思想、哲學類和歷史、文化類的話題，這也在一定程度上受到了魯迅學術成就的影響，但是相對來說，論壇的主流仍然是討論時事政治問題的文章，所以本研究也因此把「網絡魯迅迷」虛擬社區的亞文化的內涵概括爲感時憂國的精神。

（2）網絡「魯迅迷」的互動情況比較複雜。通過抽樣分析魯迅論壇在 2004 年 11 月所發表的文章，可以看出，網民本月所討論的話題主要集中在和論壇主旨相符合的範圍內；網民所發表的文章以回應類文章爲主；網民發表文章的數量與發表的時間之間相對來說沒有明顯的規律；網民發表的文章以「談論政治、時事的文章」爲主；網民談論魯迅的話題在數量上相對來說比較少；「高度參與者」在魯迅論壇上比較活躍；參加討論的 ID 較多的使用 Representative / Assertives（再現／斷言）類語言進行論爭。

在網絡「魯迅迷」虛擬社區中有「高度參與者」、「中度參與者」、「低度參與者」三種角色模式：「高度參與者」和「中度參與者」發表文章最多的都

是「談論政治、時事的文章」;「低度參與者」發表文章最多的是「其他」類
文章,其次是「談論政治、時事的文章」。鑒於現在的魯迅論壇是一個以談論
時事、政治為主的論壇,相對來說,「低度參與者」在發表文章方面對論壇的
貢獻較小。

　　楊堤雅根據虛擬社區中的成員在參與程度、互動程度、言辭語氣、文章
類型等方面的不同,將成員分為八種類型。對照楊堤雅的劃分標準,通過對
魯迅論壇在 2004 年 11 月的兩個回應文章最多的討論串的分析,本研究發現網
絡「魯迅迷」虛擬社區中有「成員領袖」、「意見呼應者」、「經驗意見分享者」
和「干擾者」等四種類型的成員,這幾類成員對虛擬社區的貢獻與認同也有
所不同,具體分析如下:

　　I「成員領袖」:受到成員的敬重與信賴,互動與參與程度高,對虛擬社區
有很大的貢獻;例如,討論串 A1 中的 A1H2 是本論壇的版主,也是本論壇的
「成員領袖」,得到多數網民的支持與尊重,但是,在本次論爭中,他的觀點
卻遭到了 A1H1 的否定:「是個善良人,但很迂腐」。

　　II「意見呼應者」:常對其他成員的意見或經驗表示認同與追隨,期望能
加強自己在社區內的社會關係;例如,討論串 A1 中的 A1H4 就是「意見呼應
者」,他贊同 A1H1 的觀點,認為臺灣戰爭肯定要打。

　　III「經驗意見分享者」:熱心提供自己的意見,或分享個人經驗,期望對
他人有所幫助;例如,討論串 A1 中的 A1H10 就是「經驗意見分享者」,他希
望論爭雙方不要糾纏於「戰」與「不戰」的觀點,指出「不獨不統符合中、
美、臺三方最大利益,也符合周邊國家的最大利益」。

　　IV「干擾者」:在社區裏詢問或發表與討論主題無關的文章,而造成其他
成員閱讀上的困擾。例如,討論串 A2 中的 A2M8 就是「干擾者」,他在發言
中表示要為本次論爭畫上一個句號,干擾論爭的進行。

　　從上述分析結果可以看出,「經驗意見分享者」對本虛擬社區的貢獻比較
大,通過積極的參與討論的方式貢獻自己的智慧,與網民分享自己的觀點,
從而促進網民之間的思想交流,並在一定程度上促進了網民對本社區的參與
和認同。而「干擾者」對社區的貢獻最小,通過發表一些與討論無關的文章
來干擾網民之間的正常討論,在一定程度上妨礙了網民對本社區的參與和認
同。另外,從上述研究結果也可以看出,網民之間在言論上是平等的,在觀
點不一致的情況下,一些網民也可能批評「成員領袖」,而非認同「成員領袖」

的觀點。

（3）網民發表文章具有一定的策略。魯迅論壇建立的目的是「給所有喜歡或不喜歡先生的人一個說話的場所」，現在的風格是「以魯迅研究爲主，兼顧對社會現實的批判與思考」，但是在當代中國的語境下，雖然一些關於魯迅的言論可以在本論壇較爲自由的發表，但是一些關於時事、政治的言論卻無法在本論壇較爲自由的發表。目前所有的中文網站和 BBS 都建立了自動過濾系統，如果文章中含有一些所謂的「敏感」、「不雅」或廣告性的語言將會被網絡系統拒絕甚至刪除，從而不可能在論壇中發表出來。例如，網易公司的自動過濾系統在遇到一些詞語時會提示「您提交的文章中含有不文明用語，或者廣告文字，敏感字眼。爲了我們的論壇能有個安靜的環境，請重新發表！」鑒於現在的魯迅論壇是一個討論時事、政治爲主的論壇，而在此活動的網民又多少都受到魯迅精神的影響，喜歡對現實問題發表意見，批判社會上的一些醜惡現象，所以，一些網民爲了追求能在論壇中較爲自由的討論一些時事、政治話題，或許也是受到了魯迅當年在發表文章時採取的「鑽網術」的啓發，就運用自己的智慧採用游擊戰術突破網絡過濾系統。

雖然網民憑藉一些技巧可以突破中文網絡的過濾系統，但是，網絡公司還有專門的網管負責審查發表在論壇中的文章，此外，還有網絡警察的監管，所以，一些帶有敏感、不雅、廣告詞匯的文章雖然可以在論壇中發表出來，但是常常會在發表後不久就被網管刪除。在這種情況下，網民也只好採取車輪戰術，把文章改換一個題目再次或多次發表出來，希望最終能避開網管的監視，但是在大多數的情況下，一些違禁的文章早晚都會被版主和網管刪除，只有少數的一些文章會成功地躲過各種監管。

值得一提的是，雖然論壇的網民中還可以大致劃分爲資深網民和新來的網民這兩個不同的階層，前者一般都是後者的求助對象，但是資深網民的經驗和知識卻是共享的。例如，當一些網民遇到在本論壇發表不了帖子的問題時，論壇中的一些資深網民一般都會很熱情的提供幫助，向他們介紹自己突破封鎖的技巧，協助他們成功地發表文章。有的資深網民還把一些「敏感」詞匯收集起來與網民共享，建議一些不熟悉「敏感」詞匯的新來的網民在發表文章之前自己先檢查一遍，對一些「敏感」詞語進行技術處理，從而可以在論壇上順利的發表文章。另外，一些資深網民還在論壇中交流突破封鎖的技巧，相關的文章被版主收集起來，歸納成「論壇發帖注意事項」置放在討

論區的上方，供廣大網民，特別是新來的網民參閱、學習。總之，本論壇的網民通過經驗分享的方式已經在一定程度上突破了中文網絡的過濾機制，從而使得本論壇對一些時事政治問題的討論比較的自由，由此也逐漸形成了本論壇的次文化。

（4）魯迅論壇面臨著生存的危機。網絡「魯迅迷」虛擬社區的出現在一定程度上顯示出了魯迅在當代中國的生命力，聚集在魯迅論壇的大多數網民都在一定程度上受到了魯迅精神的影響，在魯迅研究越來越走向邊緣化、學院化的背景下，富有民間色彩的網絡魯迅評論的興起無疑會對魯迅的傳播產生一定的影響，也可能會在不遠的將來對日漸冷落的魯迅研究起到一定的刺激作用。正如一位網民所說的那樣「與其寫魯迅，不如像魯迅那樣寫」（參見下文中的訪談結果），於是魯迅論壇逐漸從一個討論魯迅的論壇變成爲一個以討論時事、政治爲主的論壇。但是，現在的中文網絡並不是一個完全自由的虛擬空間，在這種情況下，網民和中文網絡過濾機制就不可避免的發生了衝突：網民不斷地運用游擊戰術尋找網絡過濾機制的漏洞，而有關方面也不斷地加強對中文網絡的管理。例如，在 2004 年 8 月，論壇的版主桃木劍突然被網絡公司關閉了 ID 並被刪除了發表在論壇中的全部的文章（相當於宣判了他在虛擬世界中的死刑）。在這樣的背景下，已經逐步變成爲一個以討論時事、政治論壇爲主的魯迅論壇如何在現有的網絡管理政策許可的範圍內生存與發展將是一個必須面對的問題，魯迅論壇也因此將面臨著嚴峻的生存挑戰。事實上，在本文對網易・魯迅論壇抽樣研究完成不久，魯迅論壇就被網易公司借改版之機關閉。

## 三、網易・魯迅論壇網民的民族志研究

筆者從 2001 年 3 月以來，一直密切關注中文網絡中關於魯迅的評論動態，並和一些版主、網民建立了聯繫，也和一些網民見面訪談。從 2003 年開始有意識的選擇網易・魯迅論壇作爲深入觀察、研究的對象，一直較爲密切的觀察該論壇的發展變化。

爲了配合參與觀察方法的使用，本研究還選擇了一些「魯迅迷」進行問卷調查與深入訪談。在設計深入訪談的大綱時參考了南希・凱・貝姆和邵琮淳等國內外研究者的深入訪談大綱，吸收其精華，並結合「魯迅迷」研究的實際作了相應的調整。鑒於這些「魯迅迷」的居住地非常分散，本研究採用

在網易‧魯迅論壇張貼深入訪談大綱的方式徵集「魯迅迷」來參與回答筆者的問卷，在收到一些「魯迅迷」寄回的答卷之後，筆者會視答卷中出現的一些情況再就答卷中的問題以及筆者進一步想瞭解的問題通過電子郵件和這些「魯迅迷」繼續聯繫，直到筆者認爲已經大致瞭解清楚自己的問題爲止。

### 1、「網易‧魯迅論壇」網民的訪談結果

筆者在 2004 年的 11 月 22 日在網易‧魯迅論壇張貼了《互聯網上的「魯迅迷」虛擬社區研究》問卷，徵求版主的意見並徵集參與調查的網民，另外還通過在網上留言的方式邀請一些網民參與調查，經過版主的大力支持和一些網民的熱情幫助，筆者共徵集到 20 份答卷，參與答卷的網民不僅有在魯迅論壇比較活躍的多位版主，而且也有幾位很少發言甚至幾乎不發言的潛水者；不僅有在魯迅論壇活動過四、五年的資深網民，而且也有近期才加入魯迅論壇的新網民；不僅有長期一直在魯迅論壇活動的網民，而且也有曾經在魯迅論壇活動，一度離開，現在又回來的網民；不僅有「魯迅迷」，而且也有只承認自己喜歡魯迅但是否認自己是「魯迅迷」的網民，因此，本次調查比較有代表性，參與本次調查的網民可以較爲全面地代表了在魯迅論壇活動的幾類網民。

①網民的人口學特徵呈現出多元化。

參與答卷的 20 位網民中，男性有 16 人，女性有 4 人，這也從一個方面反映出男性在魯迅論壇活動的網民中佔有絕大多數；年齡段在 20～30 歲的有 6 人，在 30～40 歲年齡段的有 10 人，在 40～50 歲年齡段的有 2 人，在 50～60 歲年齡段的有 2 人，從中可以看出在魯迅論壇活動的網民年齡相對來說較大，甚至有 2 位答卷的網民的年齡在 50～60 歲年齡段；教育程度爲大專畢業的有 7 人，本科畢業的有 10 人，碩士畢業的有 2 人，博士畢業的有 1 人，從中可以看出在「魯迅論壇」活動的網民的教育程度普遍較高；職業爲教師的有 5 人（其中中學教師 2 人，大學教師 3 人），職業爲商人的有 2 人，職業爲銀行職員的有 1 人（兼女士內衣店主），職業爲醫務工作者的爲 2 人（其中一人是醫師兼經理），職業爲電子製造業的有 3 人，職業爲工程技術的 1 人，職業爲編輯的 1 人，職業爲廣告的 1 人，無職業或自由職業者有 4 人（含自由撰稿者 2 人），從中可以看出在「魯迅論壇」活動的網民的職業比較多元；網齡爲 1～2 年（含 2 年，下同）的 2 人，2～3 年的 6 人，3～4 年的 4 人，4～5 年的 5 人，5～6 年以上的有 1 人，6～7 年的 1 人，另有自稱網齡「很久很

久」，無法確認的 1 人，從中可以看出在「魯迅論壇」活動的網民的網齡相對來說普遍較長。

②網民對論壇的涉入度相對較高。

關於知道網易・魯迅論壇的時間，在 2000 年及此前就已經知道魯迅論壇的有 5 人（一位網民自稱知道魯迅論壇已經有 6 年了，這應當是在 1998 年魯迅論壇創建的時候就知道了），在 2001 年知道魯迅論壇的有 3 人，在 2002 年知道魯迅論壇的有 4 人，在 2003 年知道魯迅論壇的有 3 人，在 2004 年知道魯迅論壇的有 3 人，另外有兩位網民一位稱在「第一次剛剛上網時」就知道魯迅論壇（10 號答卷），一位稱在「學會上網就來此」（11 號答卷），經過查詢這兩位網民的註冊資料，可以確認 10 號答卷網民的註冊時間在 2001 年，11 號網民的註冊時間在 2002 年，從中可以看出在魯迅論壇活動的網民對魯迅論壇的瞭解時間有長有短，既有在魯迅論壇活動 4～5 年的資深網民也有新近加入魯迅論壇的網民。

關於訪問魯迅論壇的頻率，從訪談結果可以看出，在魯迅論壇活動的網民訪問魯迅論壇的頻率從整體上來說還是較爲頻繁的，有九位網民用「只要上了網就來一下魯壇」或相似的語言表達訪問魯迅論壇的次數，例如，一位網民表示：「不可一日無此壇」（3 號答卷）；一位網民表示：「有一陣子魯迅論壇就是上網的目的，現在的瀏覽則已成一種習慣」（18 號答卷）；一位網民表示：「差不多只上魯迅論壇，瀏覽已成一種習慣」（19 號答卷）；有三位網民表示「忙的時候不大來，不忙的時候經常來」（20 號答卷）；有三位網民表示每隔 2～3 天訪問一次（8 號答卷）。但是也有少數網民訪問魯迅論壇的頻率較低，例如，有一位網民表示「登陸頻率不均勻」（10 號答卷）；有一位網民表示「多久沒有定數」（12 號答卷）。此外，還有一位網民表示從 2000 年開始就在魯迅論壇活動，已經「三年有餘」（13 號答卷），但沒有明確指出訪問頻率；有一位網民表示「20 天左右」訪問一次（15 號答卷）；有一位網民表示最近才知道「魯迅論壇」（17 號答卷）。從訪談結果也可以發現網民訪問本論壇的頻率也有一個變化過程，例如，有的網民表示「多久沒有定數，最近每天都來」（12 號答卷）；有的網民表示「有時很頻繁，有時偶而來看一下，但一直都關注著」（14 號答卷）。

關於是否離開過魯迅論壇的問題，有十一位網民表示經常訪問魯迅論壇，沒有離開過，有九位網民因各種原因曾經一度離開過魯迅論壇。從訪談

結果可以看出網民離開魯迅論壇的原因主要有如下幾類：①時間方面的原因，例如，有四位網民是因為工作的原因或時間緊張而短期離開過，有二位網民是因為一段時間沒有上網而短期離開過，有一位網民是因病而離開過一段時間。②論壇變動方面的原因，例如，有一位表示選擇離開是因為「熟悉的朋友集體撤離」，有一位網民表示之所以離開是因為「網管刪貼太隨意」。另外，還有幾位沒有離開過魯迅論壇的網民表示如下的原因也會導致他們離開魯迅論壇：「如果離開，可能是因為該論壇已經變得沒有魯迅味了」（1 號答卷）；「如果離開，就是因為這罐子沒有原來的味道了」（7 號答卷）；「如果離開，大概會是因為這裡的話題變得沒有意思」（17 號答卷）；「如果離開，定是言論不再自由」（6 號答卷）。從上述訪談結果可以看出在魯迅論壇活動的一些網民對魯迅論壇的關注程度和涉入程度普遍較高，即使在因為某種原因而短暫離開一段時間後還會回來。另外，有幾位網民表示即使離開也會牽掛本論壇：例如，有的網民表示「離家不便－魂牽夢縈」（3 號答卷），從中也可以看出一些在魯迅論壇活動的網民對本論壇的認同度非常高。

關於為何不在魯迅論壇發言的問題，有十位網民表示自己不是論壇的潛水員，其餘的十位網民表示自己是潛水員或者一度是潛水員。在談到自己不發言的原因，有二位網民表示「潛水與時間、心態和對一些問題的疑惑有關」（18 號答卷、19 號答卷）；有三位網民表示是因為時間太忙的關係（5 號答卷、14 號答卷、16 號答卷）；有二位網民表示是因為還沒有考慮清楚（17 號答卷、20 號答卷）；有二位網民表示是因為「插不上話」（8 號答卷）、「說多了怕露怯」（15 號答卷）；還有一位網民表示「現在潛水只是不想離開」（13 號答卷）。從上述訪談結果可以看出，在魯迅論壇潛水的網民選擇潛水的原因較為多樣，除了與時間、心態及對一些問題的疑惑有關，還與論壇的變動有關，例如 13 號答卷網民和一些熟悉的網民在 2002 年因故集體撤離魯迅論壇，現在經常回來，但是不發言。筆者熟悉的一位資深網民也因為不滿網管的過於嚴格的管理而選擇了潛水，但是仍然不願意離開論壇。

關於在魯迅論壇使用幾個 ID 的問題，有十四位網民表示只有一個（含一位表示目前只使用一個 ID 的網民）；有五位網民表示有二個 ID，其中有四位網民表示雖然有二個 ID 但是基本上在魯迅論壇只使用一個，另外一位網民表示因為「在研究生畢業後，工作環境和網絡環境產生了一些變化，和我過去在網上的活動方式有比較大的差距，不能保持 ID 的連續性和一致性，

所以我使用了第二個 ID，並且採取了完全不同的風格」（9 號答卷）；有一位網民表示有多個 ID。從上述訪談結果可以看出，在魯迅論壇活動的網民大多數都使用一個 ID，這也從一個方面反映出在魯迅論壇活動的網民的 ID 相對其他論壇來說比較穩定，變化較小，可以比較容易的辨認；不過，參與答卷的一位擔任版主的網民也表示使用多個 ID，主要是因爲「安全」和「中立」的原因（2 號答卷），這位網民曾經因爲在論壇中發表了一些談論民主問題的文章而被網管封殺了 ID，所以他爲了保護自身的安全就註冊了多個 ID。

③網民之間的互動較多。

關於是否參加過魯迅論壇的版聚，有十九位網民表示沒有參加過，因此無從談起有何收穫，其中有二位網民表示很嚮往參加版聚，但也有一位網民對舉行版聚活動持反對態度，認爲「本論壇是個自由的地方，每個人都是獨立的，反對幫派、山頭。如果說有『聚』，那麼我們每天都會在論壇的版上聚」（12 號答卷）。有一位網民表示他和另一位網民在廣州見過面，但也只限於兩人，稱不上是版聚，不過這次見面對他來說是「收穫一個具體的朋友」（19 號答卷）。值得注意的是，有一位網民表示自己「比較低調」（8 號答卷），言下之意就是不太愛參加此類活動，而另外一位網民則表示有過版聊，收穫是「交流觀點」。從上述訪談結果可以看出，「魯迅論壇」網民之間的版聚活動較少。

關於是否參加過本論壇的論爭，有四位網民表示沒有參加過（這四位網民有三人爲女性，其中一位網民是剛剛訪問魯迅論壇，一位只訪問過幾次魯迅論壇，一位是本論壇的潛水者，總之都是論壇的「低度參與者」）；有十六位網民表示參與過魯迅論壇的論爭。在表示參與過魯迅論壇的論爭的網民中有六位網民明確表示參加過幾次論爭，有六位網民表示參加很多次的論爭：例如，一位網民表示「參加的大概是最多了。記不清多少次了」（2 號答卷）；一位網民表示「幾乎參加了這三年幾乎所有論爭」（7 號答卷）；一位網民表示「經常參加，見啥爭啥」（10 號答卷）；有二位網民表示「參加過，很多次」（12 號答卷、20 號答卷）；一位網民表示「打了不少嘴架，記不清幾次」（13 號答卷）。從中可以看出在魯迅論壇活動的網民中有較多的網民參與過論爭，這也從一個方面反映出魯迅論壇的論爭較多。關於從論爭中獲得最大的收穫的問題，在參與過論爭的十六位網民中除了有一位網民表示「沒收穫」（19 號答卷），有一位網民沒有明確回答這個問題外（9 號答卷），其餘的十

四位網民都表示有收穫。例如，有四位網民表示通過論爭鍛鍊了自己的思維能力（7 號答卷、14 號答卷、16 號答卷、20 號答卷）；有三位網民表示通過論爭結交了不少的朋友（10 號答卷、11 號答卷、13 號答卷）；有二位網民表示通過論爭開闊了視野（12 號答卷、18 號答卷）；有二位網民表示通過論爭發現還需要提高自身學術水平（3 號答卷、4 號答卷）；有一位是某高校現代文學教師的網民表示通過論爭對網上的討論有了新的認識：「改變了向來瞧不起網上論爭的看法」（5 號答卷）；有一位網民表示通過論爭改變了性格：「漸漸變得冷靜和寬容」（2 號答卷）。值得一提的是，一位沒有參與過論爭的網民表示通過參觀別的網民之間的論爭也有「學會了冷靜和寬容」的收穫（1 號答卷）。另外，有一位網民對論壇中的討論環境的現狀表示不滿：「如果有＊＊政府幫忙，歪理派也可能佔據壇面上風」（6 號答卷）。從上述訪談結果可以看出，參加過魯迅論壇論爭的網民多數人通過論爭在知識方面、思維能力方面都有了不同程度的收穫，一些網民在性格方面也有所變化，這也從一個方面反映出魯迅論壇網民之間的論爭多數還是有價值有意義的。

關於和論壇中的哪些網民熟悉的問題，有四位網民表示在魯迅論壇中沒有熟悉的網民（含一位最近才開始訪問魯迅論壇的網民）（4 號答卷、14 號答卷、15 號答卷、17 號答卷）；有一位網民認為這是隱私，沒有回答（8 號答卷）；有一位網民表示「因為近來忙沒有怎麼聯繫論友」（16 號答卷）；有一位網民表示只有一個熟悉的朋友（1 號答卷）；有十三位網民表示在魯迅論壇有很多熟悉的網民。從上述統計結果可以看出，在魯迅論壇活動的網民有多數人已經在本論壇中結識了熟悉的網民。關於和熟悉的網民在線上是否會打招呼、聊天的問題，有四位網民表示會打招呼或偶而打招呼（1 號答卷、2 號答卷、6 號答卷、13 號答卷）；有七位網民表示不會打招呼；有三位網民表示曾經和熟悉的網民在網上聊過天（1 號答卷、2 號答卷、7 號答卷）；有七位網民表示和熟悉的網民在線下聯繫過，並可能或已經成為現實中的朋友，（1 號答卷、2 號答卷、3 號答卷、10 號答卷、12 號答卷、13 號答卷、19 號答卷），其中有一位網民還表示「（在）線下很多成為生活中非常重要的朋友，無論天南與海北」（13 號答卷），另外還有一位網民在魯迅論壇上結交到了相知的朋友，表示「與桃木劍相知」（3 號答卷）。有八位網民表示在線下沒有聯繫，但是其中一位網民表示「雖沒有線下聯繫，卻感覺有那麼幾個真實的朋友」（18 號答卷）。從上述訪談結果可以看出，在魯迅論壇活動的網

民中有的網民和熟悉的網民之間不僅有線上的聯繫而且也把線上的關係帶進現實生活之中，成爲現實社會中的朋友；有的和熟悉的網民之間的聯繫僅限於線上，但是有一位沒有在線下和熟悉網民聯繫過的網民也表示有「幾個眞實的朋友」。需要指出的是，有二位網民表示自己很熟悉一些網民，但無法確認這些網民是否也熟悉自己，例如，一位網民表示「對常在壇裏混的都挺熟，幾位版主最熟，但別人對偶（我）就不知道了」（6 號答卷）；一位網民表示「自認爲和諧仙人（倏遲），孤獨者（leig5），姜洋（姜洋的道），范美忠，李老二，淚眼看人，看不見我，曉風殘月等人比較熟悉，或者說我比較熟悉他們的名字和文章，但是他們可能並不對我感到熟悉」（9 號答卷）。這也從一個方面反映出網民之間的熟悉程度存在著不對等的現象，在通常的情況下，多數的網民表示熟悉在論壇中較爲活躍的網民。

關於在參加過本論壇的討論、版聚，與網民互動交流之後，是否會增加對魯迅的喜愛、會更加認同自己是「魯迅迷」的問題，有一些網民做出了否定或不肯定的回答，例如，有三位網民表示沒有什麼影響：其中有一位網民指出自己「對魯迅的看法，只會由於自己閱歷的增長和思考的深入而有所變化」（17 號答卷）；有一位網民指出「說實在的，這些討論和互動交流什麼的對我的關於魯迅的看法沒有什麼影響」（20 號答卷）。有二位網民認爲網上討論的水平不高，因此對網民之間的交流會增加對魯迅的喜愛持質疑態度：其中一位網民指出「『魯迅迷』（且這樣說）之所以成爲『魯迅迷』，應當是基於他自己對於魯迅的理解，以及對魯迅之思想於當今社會中的作用的認識。如果因爲趕潮流，或者因爲喜愛魯迅能交到很多朋友、有意思，而喜愛魯迅本人，那是假迷，不是眞迷。而如果認爲討論、交流之類的活動能增添人們對魯迅的理解進而更加喜愛魯迅，顯然，這取決於討論的水平和深刻程度、說服力。這就涉及到一個對交流的評估的環節，並不是所有的交流都能做到這一點」（2 號答卷）；另一位網民則表示「有待後觀！」（13 號答卷）其餘的網民都對這個問題做出了肯定的回答，例如，一位網民表示「互動活動應該會促進大家對魯迅言論的理解和領悟」（1 號答卷）；一位網民表示「我覺得參加的話，大家一起交流，會給我很多啓發，彌補不足」（4 號答卷）；一位網民表示「和網民的交流，開拓了眼界，豐富了知識，深入了對魯迅的認識！」（11 號答卷）另外還有一位網民提到了自己在魯迅論壇上結識的朋友：「LEIG5 兄臨走時一句眞誠的『感謝魯迅使你我相識』，就足以增加認同感」

（18 號答卷）。此外還有四位網民沒有回答這個問題（其中有一位網民沒有直接回答）。從上述訪談結果可以看出，在參加答卷的網民中，有半數的人認為通過在論壇的討論可以增加對魯迅的喜愛，其中的一些網民還指出通過討論可以豐富關於魯迅的知識，另外還有網民通過論爭建立了友誼；此外也有五位網民對此持否定或質疑的態度，值得注意的是，一些網民指出人們是否會增加對魯迅的理解與喜愛取決於網上討論的質量，言下之意就是只有高水平的討論才會增加對魯迅的理解。

④網民對論壇的評價較好。

關於魯迅論壇帶給網民的感覺的問題，除了一位網民沒有回答，一位網民沒有正面回答之外（2 號答卷），其餘的網民大多給予高度評價。有四位網民認為魯迅論壇比較自由：例如，一位網民表示「覺得總算有一個相對自由的空間」（4 號答卷）；一位網民表示「好貼不會被刪，真中國少有的寶壇」（6 號答卷）；一位網民表示「自由平等，清規戒律少」（7 號答卷），一位網民表示「是個比較言論自由思想進步的論壇，對發揚魯迅精神大有幫助」（16 號答卷）；一位網民表示「『網易·魯迅論壇』是個寬容而又有自己特色的論壇，……海納百川，有容乃大」（12 號答卷）。有五位網民認為魯迅論壇比較關注現實，敢於講真話：例如，一位網民認為論壇「比較激進」（8 號答卷）；一位網民表示「最近的感覺是，有點魯迅精神，說真話，敢爭論，比較務實」（10 號答卷）；一位網民認為「關心國事，追求真理，是這裡最大的特點」（11 號答卷）；一位網民指出論壇「有強烈的社會關懷色彩，網民大多是有正義感，責任感的朋友」（14 號答卷）；一位網民認為論壇的風格是「熱血」（18 號答卷）。有三位網民表示魯迅論壇給他們帶來了驚喜：例如，一位網民表示「一個字——爽！」（1 號答卷）一位網民表示「相見恨晚」（3 號答卷）；一位網民表示「有一些驚喜。沒想到還有這麼多人關注魯迅」（17 號答卷）。有二位網民對魯迅論壇的評價是一般：例如，有的網民表示「有一個地方可以談自己感興趣的話題，而且還有別人聽。或者反過來別人談，我可以聽」（9 號答卷）；有的網民表示「還行」（5 號答卷）。此外還有三位網民對魯迅論壇評價不高：例如，一位網民表現出他對現實的迷茫：「崇拜的是一個時代的精神，然而現時的精神在哪裏？」（13 號答卷）一位網民表示對魯迅論壇現狀不滿：「感覺很雜，什麼樣的人都有」（20 號答卷）；一位網民對魯迅論壇中出現的一些攻擊、誣衊魯迅的文章的強烈不滿：指出「污蔑魯

迅（迅）是主要特點」（19 號答卷）。從上述訪談結果可以看出，在魯迅論壇活動的大多數的網民認爲魯迅論壇比較自由、比較關注現實，這在某種程度上顯示出他們對魯迅論壇的認同度較高，但也有少數幾位網民對魯迅論壇的現狀表示不滿，認同度較低。

關於魯迅論壇是否有變化的問題，有二位網民表示不清楚，其中有一位網民是因爲最近才開始訪問魯迅論壇（15 號答卷），另一位是剛剛知道魯迅論壇（17 號答卷）；有二位網民表示沒感到變化：其中一位表示「來這裡不久，沒感到變化」（4 號答卷），另一位表示「一直比較穩定，自由沒變」（6號答卷）；其餘的十六位網民都表示魯迅論壇有變化。其中有五位網民提到了魯迅論壇的版頭發生了變化以及版主的更換；其餘的網民提到了論壇內容或風格方面的變化：有五位網民提到魯迅論壇現在比較關注現實社會，例如，一位網民指出「最大的變化是談論的話題不斷拓展，從最開始的比較集（中）於魯迅，到現在的社會生活，文化領域等各個方面」（7 號答卷）；一位網民認爲「最大的變化，從學術性的探討，到理論越來越貼近現實」（11號答卷）；一位網民認爲「探討的問題越來越廣泛，也越來越深入」（14 號答卷）；一位網民指出「更關注時政」（18 號答卷）；一位網民認爲「以前談魯迅多一點，好像現在魯迅沒有什麼談的了，關注時事多一點現在」（20 號答卷）。有一位網民提到魯迅論壇在資料方面有了進步：「增加了一些資料性的東西」（5 號答卷）。有二位網民認爲魯迅論壇比以前更自由了：例如，一位網民指出「變化就是越來越激進」（8 號答卷）；一位網民指出「變得活躍了。如果不是自己的帖子在另外一個論壇裏遭到毀滅性刪除，現在那些帖子，就能到魯迅論壇來，大快朵頤了」（10 號答卷）。有三位網民對魯迅論壇的變化提出了批評：例如，一位網民指出「最大的變化就是文章水平急劇下降。不忍卒讀。有眞才實學，有精神風骨，有科學精神的少了，胡編亂造，信口胡言，妖言惑眾，人云亦云的多了」（9 號答卷）；一位網民認爲論壇現在「退步」了（19 號答卷）；一位網民指出「變得陌生了，已經不是眞正的參與者了。不過事物的靜態是暫時的，變化是永恆的，以不變的心迎接常變的事物就會不適應。或許是銅（筒）子們，包括我，變了！」（13 號答卷）從上述訪談結果可以看出，在魯迅論壇活動的大多數網民認爲魯迅論壇有變化，其中有七位網民認爲魯迅論壇的變化是正面的、積極的，有三位網民認爲魯迅論壇的變化是負面的，值得注意的是，這三位網民都是在魯迅論壇活動多年

的資深網民，經歷過魯迅論壇的最好的發展時期，所以才認爲現在的魯迅論壇變得不如以前了。

關於對魯迅論壇是否有一種歸屬感的問題，有九位網民表示沒有歸屬感，其中有二位網民甚至強調不要歸屬感，例如，一位網民表示「不要這個歸屬感，而是應該使我們更獨立一些」（2 號答卷）；一位網民表示「歸屬談不上，魯迅論壇不鼓勵有什麼歸屬感，這是個自由的地方」（12 號答卷）。有一位網民表示「在這個世界上，似乎很難找到歸屬感」（5 號答卷）。其餘的十一位網民都大致表示了肯定的態度。例如，一位網民認爲論壇是「港灣俱樂部」（3 號答卷）；一位網民表示「當偶（我）在其他論壇都被刪號，只有這塊根據地啦，這還說什麼」（6 號答卷）；一位網民表示「不過確實有一種歸屬感，如果有時間我會經常來」（20 號答卷）。值得注意的是，有幾位網民表示對魯迅論壇的歸屬感有一個變化過程，隨著時間的變化，歸屬感越來越少，例如，一位網民表示「應該說，初到魯迅論壇，是有某種歸屬感的。可能也和當時的特殊環境有關。但是現在就很少有了」（9 號答卷）；一位網民表示「曾經有。曾經象（像）一家人！或許是年齡性別愛好的差異，應該歸屬感是詮釋是不同的」（13 號答卷）。關於是否在魯迅論壇感到溫暖的問題，有五位網民表示在魯迅論壇感到了溫暖：例如，一位網民表示「會感到溫暖，來這裡的人大多數很眞誠，很有學問，熱心」（4 號答卷）；一位網民表示「這裡有很多朋友和感興趣的話題，所以感覺很溫暖」（7 號答卷）；一位網民表示「目前有溫暖的感覺」（10 號答卷）；一位網民表示「有朋友和同路人的地方自然會感到些溫暖」（18 號答卷）。需要指出的是，感到溫暖的網民更多的強調在魯迅論壇中有朋友或同路人，這也表明魯迅論壇在一定程度上爲散居在全國各地的廣大「魯迅迷」提供了一個交流的平臺。另外，有四位網民表示沒有在魯迅論壇感到溫暖：例如，一位網民表示「至於溫暖，好像沒有感到，這裡一直就是一個唇槍舌劍的地方」（9 號答卷）；一位網民表示「我在魯迅論壇感受的不是溫暖，而是『冷』」（12 號答卷）；一位網民表示「不」（19 號答卷）；一位網民表示「溫暖？談不上吧」（20 號答卷），從上述訪談結果可以看出，那些表示沒有在魯迅論壇感到溫暖的網民較多的強調魯迅論壇的論爭比較激烈。其餘的網民沒有明確回答這個問題。

關於在魯迅論壇獲得的最大收穫，有四位網民認爲是自己思維能力的提高，例如，一位網民認爲最大的收穫是「思索和啓發」（1 號答卷）；一位網民

認爲最大的收穫是「網民之間的交鋒、腦力振盪」（2 號答卷）；一位網民認爲最大的收穫是「啓蒙，不盲從」（4 號答卷）；一位網民認爲最大的收穫是「思考能力有點增加」（20 號答卷）。有三位網民提到可以瞭解網民的心態和對魯迅的看法，例如，一位網民認爲最大的收穫是「可以瞭解一些人們對魯迅的看法」（5 號答卷）；一位網民認爲最大的收穫是「瞭解了當代部分網民的情緒心態」（14 號答卷）；一位網民認爲最大的收穫是「看到了一個新興群體——網民——對魯迅的看法，至少是部分看法」（17 號答卷）。有六位網民提到在魯迅論壇收穫了知識，例如，一位網民認爲最大的收穫是「多見少怪勝讀十年書」（3 號答卷）；一位網民認爲最大的收穫是「一些歷史和哲學知識」（7 號答卷）；一位網民認爲最大的收穫是「知道很多事情，比如西部山區有多困難等等」（8 號答卷）；一位網民認爲最大的收穫是「收集信息，鍛鍊語言能力」（10 號答卷）；一位網民認爲最大的收穫是「可以得到很多別處無法取得的思想和知識，是不可代替的」（16 號答卷）；一位網民認爲最大的收穫是「早期看到讀到了許多有眞知灼見的文章。現在雖然少了，但是偶而也可一見」（9 號答卷）。有四位網民提到最大的收穫是增加了自己對世界的認識，例如，一位網民認爲最大的收穫是「從書齋中走向求證現實的是非」（11 號答卷）；一位網民認爲最大的收穫是「對我們這個世界有了更深入的認識」（12 號答卷）；一位網民認爲最大的收穫是「引導我去瞭解西方何以強盛」（18 號答卷）；一位網民認爲最大的收穫是「逆反美國」（19 號答卷）。此外有三位網民的最大的收穫有點特別，例如，一位網民表示最大的收穫是發現「在本國惡鬼地獄竟然還有一群天使」（6 號答卷），這充分表現出他對魯迅論壇網民的高度認同與評價；一位網民表示最大的收穫是「成就了故事，喜歡編故事的人」（13 號答卷），因爲這位網民曾經以魯迅和朱安爲人物創作了一篇虛構的愛情故事並在論壇中獲得良好的反響；一位網民表示最大的收穫是感到本論壇「挺好玩兒的」（15 號答卷），因爲這位網民是對本論壇的熱鬧的論爭表現出一定的興趣。從上述訪談結果可以看出，有的網民表示通過網上論爭提高了自己的思考問題的能力，有的網民表示通過魯迅論壇瞭解到多方面的知識，總之，參與答卷的網民都認爲自己在魯迅論壇有了不同程度的收穫。

　　關於網管或版主對論壇的管理（例如更換版主、發起徵文、刪貼、封 ID 等）是否會影響到自己對論壇及魯迅本人的喜愛的問題，有十位網民表示或多或少的會有些影響，其中有六位網民明確表示這不會影響到自己對魯迅的

喜愛：例如，有一位網民指出「論壇的任何事情都會影響我對這（個）論壇的感受」（7 號答卷）；有一位網民指出「現代社會，管理水平是最重要的考察指標之一，如果管理水平太差，論壇有名無實，我會用腳投票，我認爲在謫仙人不擔任斑竹（版主）之後，論壇水平江河日下」（7 號答卷）。另外有二位擔任版主的網民對版主管理論壇的行爲做出了解釋，例如，一位版主指出「迅壇之所以可愛，並不是因爲『迅壇』這個架子如何地值得愛，要是沒有一群熱血的有水平的網民，他根本無法令人喜愛！網管或版主對論壇的管理也當從發展與保護網民、保障網民們平等的發言權利的角度出發。凡違背此角度的，自然會影響網民們的情緒」（2 號答卷）；一位版主指出「斑竹（版主）和網管有刪貼的權利，這樣有利於保證論壇的正常運轉，斑竹（版主）沒有封 ID、IP 的權限，網管有」（12 號答卷）。有九位網民表示版主對論壇的管理活動不會影響自己，但其中有一位網民還特別對版主的刪帖行爲表示了不同的看法：「不過希望斑竹（版主）不要刪貼。論壇只是發表言論的地方，沒必要因爲自己不喜歡就將別人的帖子刪掉。若有人發表了荒謬的言論，有損的是發貼人，而不是論壇」（5 號答卷）。有二位網民對版主的刪帖行爲表示理解，例如，一位網民指出「斑竹（版主）的作爲，是爲了魯迅論壇的更好發展，不會影響對魯迅和論壇的喜（愛）」（11 號答卷）；一位網民指出「因爲論壇的管理有受制於有關部門的『關照』，有時的決定也是迫不得已的，也是受害者」（14 號答卷）。有一位網民表示因爲「論壇是個載體，它所能承載的只是一種形式，而喜愛或者崇拜不是一個形式」（13 號答卷），所以網管或版主對論壇的管理不會影響自己對魯迅的喜愛。有一位網民表示「可能還沒有影響到我的緣故」（20 號答卷），言下之意就是，如果網管或版主對論壇的管理影響到他，就會影響自己對魯迅的喜愛。有一位網民表示「跟我沒關係」（15 號答卷）。此外還有一位網民沒有回答這個問題。從上述訪談結果可以看出，參與答卷的網民中認爲網管或版主對論壇的管理（例如更換版主、發起徵文、刪貼、封 ID 等）會影響到自己和不會影響到自己的幾乎都各占一半，不過許多參與答卷的網民都表示這些活動不會影響到自己對魯迅本人的喜愛。值得注意的是，有二位擔任版主的網民在答卷中對管理論壇的行爲進行了解釋，另外，有二位網民對版主的管理活動表示理解。這也從一個方面反映出國家對網絡論壇的管理政策、網絡公司的論壇管理者、版主和網民之間的複雜的權力關係。版主需要協調好國家管理網絡論壇的政策及

網絡公司的論壇管理者和廣大網民之間的權力關係，在國家政策和網絡公司允許的範圍內盡可能的爭取並保障廣大網民的發言自由與權利，同時也要確保論壇不會因爲觸及國家及網絡公司的政策禁區而被封閉。

⑤**網民對魯迅的認識與評價在總體上較爲理性。**

關於您認爲一般社會大眾對魯迅的印象的問題，有五位網民直接提到了魯迅「會罵人」，例如，一位網民指出大眾認爲魯迅「罵人無敵」（3 號答卷）；一位網民指出大眾認爲魯迅「愛罵人」（7 號答卷）；一位網民指出大眾認爲魯迅「很會罵人」（12 號答卷）；一位網民指出大眾認爲魯迅「會罵人」（14 號答卷）；一位網民指出大眾認爲魯迅「好罵人」（20 號答卷）。有三位網民提到魯迅「橫眉冷對」：例如，一位網民指出大眾評價魯迅「橫眉冷對（，）雞蛋裏挑骨頭（，）不近人情」（1 號答卷）；一位網民指出大眾評價魯迅「橫眉冷對（、）孤獨（、）鬥士（、）尖刻」（4 號答卷）；一位網民指出大眾評價魯迅「橫眉冷對，愛罵人，文采差，思想好，不近人情，生活困苦」（7 號答卷）。有四位網民提到魯迅的形象就是中小學教科書所塑造的那種形象，例如，一位網民指出「一般社會大眾對魯迅的看法和印象通常是教科書上告訴他們的那些東西，文學大師呀，敢說敢挑戰呀」（10 號答卷）；一位網民指出大眾評價魯迅是「教科書的鐵面孔」（13 號答卷）；一位網民指出大眾「可能對他有點逆反心理。因爲中小學課本選了很多魯迅作品，這些作品本來是中國文學和思想的瑰寶，卻被應試教育扭曲成了一堆枯燥的文字」（17 號答卷）；一位網民指出「中學教科書中的晦澀難懂和 80、90 年代所謂的巨匠回歸引起的偏執印象」（18 號答卷），這些訪談結果也從一個方面反映出網民對教科書中關於魯迅的解讀產生牴觸心理。有二位網民認爲大眾對魯迅的評價比較高。例如，一位網民指出大眾認爲魯迅是「眞正的知識分子，言辭太尖銳」（6 號答卷）；一位網民指出大眾認爲「魯迅是一種鬥爭精神和象徵」（8 號答卷）。有六位網民對大眾關於魯迅的認識評價不高，例如，一位網民指出大眾中的「一些人非常喜歡，一些人卻很反感」（5 號答卷）；一位網民指出大眾對魯迅的評價比較「極端。要不就捧，要不就罵。無知」（15 號答卷）；一位網民指出「一般的大眾，多是仰視名聲而已」（11 號答卷）；一位網民指出「一般社會大眾對魯迅沒看法也沒印象」（9 號答卷）；一位網民指出大眾「認爲過時，代表前社會意識」（16 號答卷）；一位網民指出大眾認爲「無所師從。眾誤難變」（19 號答卷）；另外有一位網民表示自己也是大眾，他對魯迅的評價是：「他是一

把鍥而不捨、不斷盡自己的能力在開掘的刀，對中國是有益的」（2 號答卷）。從上述訪談結果可以看出，參與答卷的絕大多數網民都認為社會大眾對魯迅的印象不太好，主要原因可能是受到教科書等因素的影響。

關於社會上對魯迅的負面評價是否會影響網民對魯迅的喜愛的問題，參與答卷的二十位網民均表示社會上對魯迅的負面評價並不會影響自己對魯迅的喜愛。例如，有一位網民強調自己「對他的感覺是欣賞，欣賞需建立在理解的層次上，這與喜愛似乎略有不同，因為喜愛可以有各種原因，譬如人品、譬如性格、譬如經歷、身份等等」（2 號答卷）；有二位網民表示「人無完人」（8 號答卷）、「人都有缺點，魯迅也有短處」（10 號答卷）。有二位網民表示關於魯迅的負面評價會引起自己的思索，例如，一位網民指出「一些學者和文學評論家對魯迅的批評會引起我的思索，但不會動搖我對他的喜愛」（14 號答卷）；一位網民指出「那更能讓我理解魯迅是個人，不是神！」（11 號答卷）有一位網民表示自己還要據理反駁這些關於魯迅的負面評價（16 號答卷）。從上述訪談結果可以看出，參與答卷的網民都表示社會上關於魯迅的負面評價不會影響自己對魯迅的喜愛，甚至有網民還要據理反駁，這從一定程度上反映出在「魯迅論壇」活動的喜愛魯迅的網民比較富有理性，對魯迅的認識也比較深入。

關於對魯迅的評價與認識的問題，除了一位網民表示「不大認識，不敢評價」（19 號答卷），一位網民沒有直接評價之外（13 號答卷），其餘的十八位網民都談了自己對魯迅的認識與評價。有三位網民從性格的角度談論自己對魯迅的認識，例如，一位網民認為魯迅應該算「戰神，文化界的戰神」（8 號答卷）；一位網民表示自己「所理解的魯迅，在性格上的突出特點就是敢於迎接挑戰，敢於擔負責任。這種挑戰是關係到民族生死存亡的挑戰，這種責任是做中國脊樑的責任」（12 號答卷）；一位網民認為「魯迅很真實很幽默」（20 號答卷）。有四位網民從魯迅的思想的角度來談對魯迅的認識，例如，一位網民認為「魯迅是民族之鏡，民族之醫，假惡醜之天敵。魯迅是準聖，是取法之（於）上，可仰行而不止。魯迅速朽，民族新生；魯迅不朽，民族有救」（3 號答卷）；一位網民認為「魯迅是我們的思想啟蒙家，批判中華民族的劣根性尖銳、激烈、不留情面。他對民眾還是有寬容的一面」（4 號答卷）；一位網民認為「魯迅的思想性深刻性，遠遠高於其文學價值。他揭示了中國人幾千年以來的真性情所在。也可以說，每個人身上都有阿 Q 的影子。這是

一種悲壯的民族和人性的缺陷，不走出這個泥潭，未來是黯淡的。正視自己的醜陋，是偉大的自嘲！至今，沒有人超過他的認識」（11 號答卷）；一位網民認爲「魯迅先生可以用三個詞表達：反封建／反獨裁／反迷信」（16 號答卷）；一位網民指出「魯迅率先做的，就是質問『從來如此，便對麼？』」（《狂人日記》）從此開始了對中國積弱的解剖。笛卡兒尋求的是一件確切無疑的事以探索眞理，而魯迅終其一生在黑暗中尋找那個能魁（撬）動中國的可靠支點」（18 號答卷）。有七位網民從整體的角度評價魯迅，例如，一位網民認爲「魯迅是『偉人』——偉大的『人』」（5 號答卷）；一位網民認爲魯迅是「中國現代最偉大的文學天才，傑出的思想家，最堅定的自由民間知識分子」（7 號答卷）；一位網民認爲「魯迅是個有良知，學識豐富，敢於表達的人，他接受的西方文化，他深知中國和西方在人文上的差距，他痛心疾首，嫉惡如仇，是個人格魅力很不錯的人」（10 號答卷）；一位網民認爲魯迅是「人道主義者，個人主義者，永遠站在人民一邊，卻又不迎合庸眾」（14 號答卷）；一位網民評價魯迅「三個字：『民族魂』。中華民族的偉大，就在於能產生魯迅這樣的人。對中華民族的認識，至今無人超過魯迅。魯迅不是沒有缺點，但他是眞正的偉人」（17 號答卷）；一位網民認爲魯迅就是「雖然不相信希望卻爲別人製造希望，雖然知道現實的殘酷去（卻）不會把最殘酷的一面說給別人聽」這樣的人（15 號答卷）；另外有二位網民表達了相似的評價：「第一句，魯迅先生敢於自揭我們中國人的瘡疤，了不起。第二句，有魯迅的時代，可憐；沒有魯迅的時代，可悲！」（1 號答卷、2 號答卷）有 2 位網民對魯迅從事雜文創作的行爲進行了高度評價，例如，一位網民指出「雖然我欣賞他的文學才華，但我還是首先把重點放在他的社會批判和民族的關懷方面」（9 號答卷）；一位網民指出「文字精練如鑄，述景文字一級棒，可惜國家政治腐惡（敗），竟用畢生精力去寫雜文。那種令人絕望的社會，眞正爲國民操心的文人還能做什麼」（6 號答卷）。從上述訪談結果可以看出，在魯迅論壇活動的網民對魯迅的認識與評價呈現多元化色彩，既有從性格角度對魯迅做出的評價也有從整體角度對魯迅做出的評價，既有從思想角度對魯迅做出的評價也有從創作角度對魯迅做出的評價，需要指出的是，參與答卷的網民對魯迅的認識與評價都是正面的，這也從一個方面說明在魯迅論壇活動的大多數的網民對魯迅的瞭解比較多，認識也比較深刻。

關於如何看待魯迅論壇製作的紀念魯迅誕辰 120 週年的專輯「大家都來

吃魯迅」的問題，有十一位網民表示沒有看過或暫時無法看到，所以無法評論，有九位網民曾經看過這個專輯，其中有七位網民發表了不同的看法：有五位網民從正面評價這個專輯，例如，一位網民評價是「挺好的」（8 號答卷）；一位網民的評價是「不壞，炒作的也不壞。斜陽西樓和沉默的沙的（《》嫁給魯迅（》）系列尤其不壞」（9 號答卷）；一位網民的評價是「紀念魯迅，更多的是爲了將來！吃魯迅，是認爲有價值」（11 號答卷）；一位網民的評價是「客觀上起到了宣傳（這個詞不怎麼好聽，改做推廣吧）魯迅的作用」（14 號答卷）；一位網民的評價是「對喜歡魯迅和研究魯迅的人來說是非常得（的）」（16 號答卷）。有二位網民對此專輯提出了批評，例如，一位網民表示「反對這個活動，並認爲咆哮『吶喊著作秀』完全是腦袋秀豆（鏽透）了。吃魯迅有什麼意思，要消化魯迅，吸收魯迅。我經常對一些朋友說，與其寫魯迅，不如象（像）魯迅那樣寫」（12 號答卷）；一位網民表示「本身也參與《網絡魯迅》其中，120 週年於喜愛者是個紀念緬懷，但是於商業是個抄（炒）作！」（13 號答卷）從上述訪談結果可以看出，觀看過這個專輯的網民對這個專輯的另類的、富有網絡文化色彩的風格表示了較多的認同與接受。另外，從上述訪談結果中也可以看出，在魯迅論壇活動的一些網民雖然都喜愛魯迅，但是彼此之間的觀點不太一致，甚至達到了尖銳對立的程度，例如，9 號答卷網民和 12 號答卷網民都是魯迅論壇的比較活躍的資深網民，甚至可以說是元老級的網民，但是他們對魯迅論壇的首任版主，同時也是網易文化頻道現任主編的咆哮製作的「大家都來吃魯迅」專輯表達了截然不同的評價。需要強調的是，12 號答卷網民反對的只是網易文化頻道現任主編咆哮製作的紀念魯迅專輯的另類風格，而 13 號答卷網民則更明確的反對網易公司炒作魯迅的商業行爲，反對商業力量對魯迅的利用。

　　關於如何看待網絡中攻擊魯迅言論的問題，有五位網民表示「只要說得符合事實，有理，盡可寬容對待」（1 號答卷、2 號答卷、4 號答卷、6 號答卷、7 號答卷）。有七位網民認爲這些言論很無知：例如，一位網民表示「無知者無畏，跟這些人一般見識是浪費時間」（5 號答卷）；一位網民指出「那些言論實在拙劣，漏洞百出，而且要麼（麼）陳舊至極，要麼（麼）可笑至極，我有時不得不對能夠重複那些言論和相信那些言論的人物感到欽佩，因爲這沒有極端的偏執與無知是無法做到的」（9 號答卷）；一位網民表示「拿無知當個性，才看過幾本書啊」（15 號答卷）；一位網民指出「這些言論很無知，也很

愚蠢」（20 號答卷）；一位網民指出「第一，言論自由；第二，他們沒有讀懂魯迅。（17 號答卷）；一位網民指出「大部分人是沒有全面瞭解魯迅，小部分人是故意歪曲事實」（16 號答卷）；一位網民指出「拿來攻擊別人的話是其本身卑下」（13 號答卷）。有三位網民表示這些攻擊魯迅的言論還有一些作用，例如，一位網民表示「有些言論，是在說明事實。攻擊的結果，是回歸了一個真實的魯迅，並不能影響我對他的喜愛」（11 號答卷）；一位網民表示「覺得對魯迅的攻擊，大多是要把他從虛設的神位上摔下來。而我可能因較晚接近魯迅，從未將之擺上神壇，我的崇敬與他們無關」（18 號答卷）；一位網民指出「大多數網民非理性，或者攻擊的是教科書中意識形態化的魯迅，這與真正的魯迅無關」（14 號答卷）。有二位網民認為攻擊魯迅的現象很正常：例如，一位網民表示「攻擊很正常，不攻擊才反常」（12 號答卷）；一位網民表示「鬥爭是有來有往的，來而不往非禮也，攻擊就攻擊，只要他有種攻擊得下來」（10 號答卷）。有二位網民表示魯迅無需保衛，要捍衛別人說話的權利，例如，一位網民表示「魯迅無須『誓死保衛』，蒼蠅嗡叫自是難免，蠅矢（屎）當然須拂拭」（3 號答卷）；一位網民表示「每個人有自己的觀點，而且，我要誓死捍衛別人說話的權利」（8 號答卷）。有一位網民對攻擊魯迅的現象表示了不同的看法，認為「魯迅並不是被攻擊，而是被利用。利該用，利可用。我只覺得太多利用者不配，玷污了這利」（19 號答卷）。從上述訪談結果可以看出，參與答卷的多數網民對待網絡中攻擊魯迅的現象呈現出兩種鮮明不同的態度：一些網民比較富有理性，不僅表示要「寬容對待」，要「捍衛別人說話的權利」，而且也有幾位網民表示攻擊魯迅的言論在客觀中還有正面的作用，攻擊的結果也可能是「回歸了一個真實的魯迅」；而另外一些網民則比較富有感性，認為網絡中攻擊魯迅的言論顯得很無知。

⑥網民對「魯迅迷」稱呼的認同度不高。

關於是否贊同「魯迅迷」的稱呼的問題，有二位網民表示這個稱呼貼切，有二位網民表示「似乎不太貼切」，有七位網民表示不貼切，有五位網民表示自己不是「魯迅迷」或表示不崇拜任何人，有一位網民表示自己崇拜魯迅，有一位網民表示自己對稱呼不在乎，有二位網民沒有直接回答這個問題。從上述訪談結果中可以看出，雖然聚集在以「魯迅」為名的論壇中，但是參與答卷的多數網民都不太認同「魯迅迷」的稱呼，其原因也比較複雜。筆者在和一位資深網民見面時特地向他提到這個問題，他表示是在大學時代開始對

魯迅產生興趣，在有了一定的社會閱歷之後，自己成了魯迅的追隨者，但也不認同「魯迅迷」的稱呼；一位擔任過魯迅論壇版主的網民表示「魯迅迷」是一個有點莫名其妙的稱呼。雖然對照費斯克關於「迷」的定義，這些網民在某種程度上都可以稱為「魯迅迷」，但是他們對於「迷」的稱呼多少都有一點排斥心理。關於「魯迅迷」的特點，從訪談結果可以看出網民歸納的主要有如下幾類：①愛憎分明：例如，有二位網民認為「魯迅迷」最明顯的特點是愛憎分明和富有愛心（1號答卷、4號答卷）；一位網民認為「魯迅迷」最明顯的特點是愛憎分明和富有愛心，還有就是他們習慣於用自己的愛憎對社會現實進行挑刺（2號答卷）；一位網民認為「魯迅迷」最明顯的特點是愛憎一樣熱烈（3號答卷）。②關心現實問題：例如，一位網民認為「魯迅迷」的最大特點是執著於現實，有思想（5號答卷）；一位網民認為「魯壇（迅）迷」會和魯迅一樣最關心國事（6號答卷）；一位網民認為「魯迅迷」的最重要的特點在於對社會的思考和參與，或者說入世（9號答卷）；一位網民認為「魯迅迷」中有一部分是有強烈的社會關懷傾向的（14號答卷）。③理性思考，例如，有二位網民認為「魯迅迷」的特點是理性思考，不苟同（18號答卷、19號答卷）。有十位網民通過對比，指出「魯迅迷」的特點：有一位網民認為最明顯的區別是：「真的『魯迅迷』比起其他迷，文化素質要高一些」（7號答卷）；有一位網民認為「『魯迅迷』的人可以說大部分是『憤青』，而且都是有強烈的愛國憂民心」（16號答卷）；有一位網民認為「『魯迅迷』的最重要的特點在於對社會的思考和參與，或者說入世。其他作家的『迷』們，可以通過他們的『迷』，而暫時忘記這個現實世界，進入到他們自己界定的一個範疇之中，而魯迅『迷』則不得不從他們所「迷」之處，不停的抬起頭來比照這個現實世界」（9號答卷）；有一位網民認為「魯迅迷」與網絡中的「金庸迷」、「張愛玲迷」、「王小波迷」相比最為明顯的特點是「關心政治，語言鏗鏘，這也是『魯迅迷』的最為重要的特點」（10號答卷）；有一位網民認為「金庸是商業性的，張愛玲是情感性的，王小波是調侃性的，而魯迅是社會性的。用居高臨下的態勢，俯瞰了整個中國人的人性！魯迅迷，是因為佩服他的思想，像一把手術刀，解剖了一個民族軀體內的癩瘡疤！」（11號答卷）有一位網民認為「其他之迷之於迷者是一個人一個情結，而『魯迅』是對一個時代甚而一種時代的精神」（13號答卷）；有一位網民認為「可以這麼說吧，魯迅迷中有一部分是有強烈的社會關懷傾向的，而其他迷沒有。喜

歡魯迅的理由太多了，因為他太豐富了，可以從文學角度，可以從思想角度，可以從人格角度等等，而喜歡金（庸）只能從他的那些小說出發，喜歡張（愛玲的）也是只能（喜歡）他（她）的小說，喜歡王小波可能〔的角度也是〕（是喜歡他的）文本或者他（的）幽默的語言，（『魯迅迷』）共同的特點大概是喜歡思考吧」（14 號答卷）；有一位網民認為「『魯迅迷』也許比其他『迷』更愛思考一些吧？魯迅的文章帶給讀者的，除了閱讀的快感之外，更多的是痛苦，是思考」（17 號答卷）；有一位網民認為「所有喜歡魯迅的網民都有著一種近似的氣質，當然不包括那些葉公好龍之徒；張愛玲和王曉（小）波讀的很少，談不出什麼來；至於金墉（庸）迷，他們和魯迅愛好者差好幾個檔次，根本沒法比較，真的。魯迅愛好者的最為重要的特點我概括不出，根據我的感覺，這些人好惡很分明的，多少帶點魯迅的特點」（20 號答卷）。此外，也有一位網民認為「這些作家迷沒什麼特點，都一樣」（15 號答卷）。從上述訪談結果可以看出，參與答卷的網民認為「魯迅迷」的特點主要有如下幾點：「愛憎分明」、「關心現實問題」、「理性思考」等，值得注意的是，有幾位網民還區分了「魯迅迷」和網絡中的其他「作家迷」的異同，突出了「魯迅迷」的「文化素質高」、「愛思考」、「關注現實」等特點，從而可以在一定程度上加強對所迷對象的認同。

　　關於父母和朋友是否知道自己是「魯迅迷」的問題，有十位網民回答「知道」，有三位網民回答「有一些人知道」，有一位網民回答沒有與父母和朋友交流過這方面的問題，有一位網民回答「不太清楚」，有五位網民沒有回答或沒有直接回答這個問題。關於父母和朋友的態度的問題，有九位網民回答沒什麼態度，既不支持也不反對；有七位網民提到自己的父母或朋友也很喜愛魯迅；有一位網民回答「很少有理解的」；有二位網民回答「有些人認同，有些人不理解」；有一位網民回答「應該很吃驚嗎？」從上述訪談結果可以看出，參與答卷的網民中有超過半數的人表示自己的父母或朋友知道自己喜愛魯迅，有接近一半的網民表示自己的父母或朋友對自己喜愛魯迅沒什麼態度，另外還有七位網民表示自己的父母或朋友也喜愛魯迅。這從一個方面反映出在「魯迅論壇」活動的多數網民對魯迅的喜愛在某種程度上得到父母或朋友的支持。不過，也有一位網民表示自己的父母或朋友對自己喜愛魯迅「很少有理解的」，這在某種程度上反映出一些網民對魯迅的喜愛也可能被父母或朋友不理解。

關於是否會在某些場合掩飾自己是「魯迅迷」的問題，有一位網民沒有回答；有一位網民表示自己不是「魯迅迷」，當然無需掩飾；有一位網民表示「在跟一些無知的自以為前衛的人一起的時候會掩飾自己喜愛魯迅」（16號答卷）；有一位網民表示「現實和精神總是有距離的」，既不宣揚自己喜愛魯迅，當然也不需要掩飾；其餘的網民基本上表示自己不會掩飾自己喜愛魯迅，有幾位網民還表示會讓別人知道自己喜愛魯迅，例如，一位網民表示「唯恐人不知」（3號答卷）；一位網民表示「只要有必要，在任何場合我都可以宣稱自己喜歡魯迅」（5號答卷）；一位網民表示「盡可能的讓周圍的人知道我喜歡魯迅」（9號答卷）。從上述訪談結果可以看出，大多數的參與答卷的網民都表示不會掩飾自己對魯迅的喜愛，甚至有網民表示「唯恐人不知」。這從一個方面反映出在「魯迅論壇」活動的多數網民對魯迅的喜愛程度和認同程度較高，但也有少數的網民表示在某些無場合下會掩飾自己對魯迅的喜愛。

### 2、小　結

綜合上述訪談結果，可以看出：在魯迅論壇這一虛擬社區活動的網民以男性為主，在年齡上相對來說較大，多數人的年齡在 30～40 歲之間；網齡也較長；網民的職業較為多元化；網民訪問論壇的頻率從整體上來說比較頻繁；網民對論壇的涉入度較高；網民之間不僅有線上的聯繫而且也有線下的聯繫，一些網民還通過互動成為現實社會中的知心的朋友；網民對論壇的評價較好，認為論壇比較自由、比較富有魯迅精神，一些網民還對論壇產生了歸屬感，在論壇中感到了溫暖；多數網民通過網上的討論在知識方面、思維能力方面有了不同程度的收穫；網民對魯迅的認識較為深入，評價也較為理性，多數的網民都表示社會上關於魯迅的負面評價不會影響自己對魯迅的認識與喜愛；多數網民都不太認同「魯迅迷」的稱呼，一些網民表示自己不會掩飾對魯迅的喜愛，但也有一些網民表示會在一定的場合掩飾自己對魯迅的喜愛。

另外，通過訪談結果也可以發現一些值得討論的問題。

（1）「魯迅迷」具有明顯的「區辨力」。通過訪談結果可以看出，一些網民不僅歸納了「魯迅迷」的特點，而且還區分了「魯迅迷」與其他作家「迷」的異同，通過比較突出了「魯迅迷」「文化素質高」、「愛思考」、「關注現實」的特點。這些網民通過對「魯迅迷」作出的較高的評價（例如，一位網民認

爲「他們和魯迅愛好者差好幾個檔次，根本沒法比較」），在「魯迅迷」與其他的一些「迷」之間劃下了一道界線，在一定程度上加強了自己對所迷對象的認同。

（2）「魯迅迷」的「生產力」較爲突出。通過對論壇的觀察，可以看出以本論壇的文章爲主製作的紀念魯迅誕辰 120 週年專輯「大家都來吃魯迅」就是「魯迅迷」的「生產力」的集中的體現，專輯中收錄了一些網民以魯迅的著作爲戲仿或改寫對象所創作的一些具有網絡風格的文章，如《嫁給魯迅》、《狂人日記 2000 版》等。另外，從訪談中可以看出，一些網民把「魯迅迷」的特點概括爲「愛憎分明」、「關心現實問題」、「理性思考」等，這充分表明一些在論壇中活動的網民對魯迅的認同度較高，在很大的程度上受到了魯迅精神的影響，比較關注社會現實問題。另外，這些網民在相當大的程度上也受到了魯迅的影響，在論壇中發表了大量的談論時事、政治的文章，論壇也因此變成了一個以討論時事政治爲主的論壇，這在某種程度上也是「魯迅迷」的「生產力」的體現。需要指出的是，本論壇的一些網民不僅僅停留在從形式上戲仿魯迅的文章的層次，而且在精神上也受到魯迅的影響，繼承並發揚了魯迅的精神，用魯迅式的眼光與精神觀察、分析社會現實問題。

（3）「魯迅迷」對「迷」稱呼的認同度不高。從訪談中發現，多數網民雖然表示喜愛魯迅，但是都不太認同「魯迅迷」的稱呼。例如，一位網民雖然表示自己「是魯迅的崇拜者」（11 號答卷），但是不太認同「魯迅迷」的稱呼；一位網民表示「如果誰眞正喜歡魯迅，他必定能成爲我的朋友」（20 號答卷），但是也不太認同「魯迅迷」的稱呼。一位網民特別指出了自己不太認同「魯迅迷」稱呼的原因：「因爲『迷』代表一種非理性的喜愛。『魯迅迷』也許比其他『迷』更愛思考一些吧？魯迅的文章帶給讀者的，除了閱讀的快感之外，更多的是痛苦，是思考」。從這位網民的回答中可以發現，一些網民不太認同「魯迅迷」稱呼的原因是因爲對「迷」的概念存在一定的誤解。

（4）「魯迅迷」對「迷」的身份的認同度存在較大差異。從訪談中可以發現，網民對「魯迅迷」的稱呼的認同存在著較大的差異，例如，一些網民表示因爲「現實和精神總是有距離的」，所以在某些場合下爲了減少不必要的心理壓力會掩飾自己對魯迅的喜愛（參見 16 號答卷、20 號答卷）；但是，也有一些網民表示不會掩飾自己對魯迅的喜愛，甚至有網民表示「唯恐人不知」（3 號答卷），有的網民表示「只要有必要，在任何場合我都可以宣稱自己喜

歡魯迅」（5 號答卷），有的網民表示「盡可能的讓周圍的人知道我喜歡魯迅」
（9 號答卷），這充分表明一些網民對「魯迅迷」的身份認同度較高，不太在
意由此所可能帶來的社會上的負面評價。不過，也有一位網民表示雖然不會
掩飾自己對魯迅的喜愛，但是會採取一定的策略來規避可能遇到的壓力，例
如，一位網民表示自己「會說我喜歡魯迅，敬佩魯迅。但我不『迷』魯迅，
更不會迷信魯迅」（12 號答卷）。

　　（5）「魯迅迷」對魯迅的評價與認同度都較高。從訪談結果可以看出，
在「魯迅論壇」活動的網民雖然對魯迅的認識與評價呈現出多元化色彩，但
是對魯迅的認識與評價都是正面的，這也從一個方面說明在「魯迅論壇」活
動的大多數網民對魯迅的瞭解比較多，認識也比較深刻。另外，從訪談結果
也可以看出，在「魯迅論壇」活動的一些網民雖然都喜愛魯迅，但是彼此之
間的觀點不太一致，甚至達到了尖銳對立的程度，這也在某種程度上反映出
論壇中的網民都比較富有獨立思考的精神。

　　（6）「魯迅迷」對論壇的評價與認同度存在著較大的差別。從訪談結果
可以看出，魯迅論壇在一定程度上為散居在全國各地的廣大「魯迅迷」提供
了一個交流的平臺，但是在論壇活動的網民對論壇的評價不僅不太一致，而
且在一定程度上存在著較大的差別，這充分表明論壇中的網民並沒有形成一
個比較緊密的群體，而是分化成不同的小群體，這些小群體雖然都比較認同
魯迅，都受到魯迅精神的影響，但是彼此之間在一些問題上還存在著觀點上
的差異，甚至也會產生爭論。另外，網民對論壇的認同也不是始終如一的，
還會隨著時間的變化而有所變化。

　　（7）「魯迅迷」之間線上與線下的互動情況較為複雜。通過訪談結果可
以看出，一些網民之間不僅有線上的聯繫，而且也有線下的聯繫，有些網民
還把在線上建立的關係帶入現實生活之中，通過線下的密切聯繫建立了友
誼，甚至成為了知心的朋友。例如，魯迅論壇的一位資深網民在患癌症住院
期間，論壇中的一些網民不僅通過各種方式鼓勵他，另外還有一些和他相熟
的網民從全國各地趕到醫院探望他，鼓勵他最終戰勝病魔。但是，通過對網
民的訪談發現，網民之間的線下聯繫多是通過電話，通過版聚活動進行聯繫
的較少，有位資深網民還指出本論壇沒有舉行過版聚活動。這對於一個有多
年歷史的、有影響的論壇來說較為特別，不過，一位資深網民指出了本論壇
版聚活動較少的主要原因：「本論壇是個自由的地方，每個人都是獨立的，反

對幫派、山頭」（12號答卷）。但是，本研究認爲這位網民把版聚理解爲拉「幫派」和立「山頭」是不太恰當的，魯迅論壇版聚較少的原因可能是因爲「每個人都是獨立的」，另外也和版主幾乎沒有發起過這一活動有關。

## 四、網易‧魯迅論壇虛擬社區的問題與前瞻

在對中文網絡中的網易‧魯迅論壇虛擬社區進行抽樣分析和對部分「魯迅迷」進行深入訪談之後，本研究得出如下結論：

1、「魯迅迷」具有「區辨力」與「生產力」兩種行爲方式。約翰‧費斯克指出：「大眾文化迷在他們所著迷和不著迷的東西或人之間，劃下了一道不可跨越的鴻溝」〔註9〕。本研究發現，上述「魯迅迷」通常也會在他們所著迷和不著迷的作家之間進行區分，從而劃出一道界線，但是這些界線相對來說並不是「一道不可跨越的鴻溝」，而是一條只存在於網民的感覺之中、似有似無的不太嚴格的虛擬邊界。通過訪談，可以看出「魯迅迷」虛擬社區中的成員比較複雜，在「魯迅迷」虛擬社區活動的網民中不僅有「魯迅迷」，而且也有一些表示自己喜愛魯迅但是否認自己是「迷」的網民，甚至還有一些反對魯迅的網民，例如，網易‧魯迅論壇中就經常出現一些攻擊魯迅的網民。這些情況不僅使得虛擬社區顯得比較鬆散，而且可能會在某種程度上影響社區成員對所迷作家的區辨，從而使得「魯迅迷」的「區辨力」不太突出。另外，通過訪談結果也可以看出「魯迅迷」的「生產力」有較大的不同。約翰‧費斯克指出：

> 大眾文化迷具有生產力，他們的著迷行爲激勵他們去生產自己的文本。這些文本可能是青少年臥室的牆壁、他（她）們的穿著方式、他（她）們的髮型和化妝，從而，他（她）們使自己成爲其社會與文化效忠從屬關係的活生生的指示，主動的和富有生產力的活躍於意義的社會流通過程中〔註10〕。

本研究發現，「生產自己的文本」不僅是「魯迅迷」的「生產力」的一個方面，而且也是文化效忠從屬關係的一種體現，此外，一些「魯迅迷」還會在精神上、思想上受到魯迅的影響，把魯迅的精神、思想投射到自己的精神世界之中，用魯迅的精神、思想去觀察社會、介入現實生活。最爲突出的就

---

〔註9〕約翰‧費斯克《理解大眾文化》王曉珏、宋偉傑譯，第174頁。
〔註10〕約翰‧費斯克《理解大眾文化》王曉珏、宋偉傑譯，第174頁。

是一些「魯迅迷」在談論當代中國的現實問題時常常會受到魯迅精神的影響。

另外，費斯克指出「大眾生產力是以一種『拼裝』（bricolage）的方式，將資本主義的文化產物進行再組合與再使用的過程」〔註11〕，而「在資本主義社會中，『拼裝』是被統治者從『他者』的資源中創造出自己的文化的一種手段」〔註12〕。

本研究發現，一些「魯迅迷」也採用「拼裝」的方式創造自己的文本，例如，魯迅論壇中的《阿Q炒股》、《阿Q的網戀》、《假如阿Q當了CEO》、《孔乙己與阿Q的QQ對話》、《孔乙己之余杰版》、《嫁給魯迅》等文章就是網民從魯迅的文章中選取人物或故事情節進行的「拼裝」。但是，這種「拼裝」和費斯克所說的「拼裝」還有一些區別，「魯迅迷」並不是「被統治者」，它們的「拼裝」對象也並不是「資本主義的文化產物」，所以，「拼裝」只是「魯迅迷」的「生產力」的一種體現方式，而且這類文章相對於原創性的文章來說在數量上也不太多。

2、「魯迅迷」虛擬社區存在著較為複雜的認同問題。首先，「魯迅迷」都不太認同「迷」的稱呼。柯爾斯頓·普倫通過對「我愛齊娜」網站的研究，指出：

> 在互聯網上，「迷」的普及也許意味著過去關於「迷」是邊緣的癡迷者的成見，應該讓位於這樣一種觀點，即「迷」只是一個一般的網民。在互聯網上，似乎每個人都可能成為「迷」，每一個事物都有讓人著迷的理由〔註13〕。

雖然按照柯爾斯頓·普倫的觀點，上述「魯迅迷」虛擬社區中的大多數網民都是「迷」，但是這些「魯迅迷」對「迷」的稱呼並不太認同，大多數的網民都表示自己不是「迷」。通過訪談結果可以看出，這些網民之所以都不太認同「迷」的稱呼，大多都是因為對「迷」的概念存在著一定的誤解，他們認為「迷」的概念在中文語境中已經被異化了，甚至被妖魔化了，希望能把自己和那些「球迷」、「歌迷」區分開來。其次，「魯迅迷」對「迷」身份的認同度普遍不高。高夫曼（Goffman）指出人們在日常的社交場合內，

---

〔註11〕約翰·費斯克《理解大眾文化》王曉珏、宋偉傑譯，第177頁。

〔註12〕約翰·費斯克《理解大眾文化》王曉珏、宋偉傑譯，第178頁。

〔註13〕柯爾斯頓·普倫《創造網上社區——從「我愛齊娜」網站說起》，載《網絡研究：數字化時代媒介研究的重新定向》，戴維·岡特里特主編，彭蘭等譯，第98頁。

在處理和表態他們的自我認同時，經常會去揣測別人對他們可能有的或會做出的反應和評價〔註 14〕。本研究發現，雖然「魯迅迷」在現在多元文化的社會中並不是一個帶有貶義的稱呼，但是一些網民因為對「迷」的概念存在誤解而在某些場合出於減輕心理壓力的考慮會掩飾自己是「魯迅迷」，不過也有一些網民表示自己不會掩飾自己是「魯迅迷」，甚至會表示「唯恐人不知」、「一有機會就會宣揚」（參見上文關於「魯迅迷」的訪談結果）等，這也從一個方面表明網民對「魯迅迷」的身份的認同雖然不會改變，但是會隨著環境的變化而在表現上存在著一定的差異，有的網民在某些場合會掩飾自己是「魯迅迷」，有的網民則不會掩飾，不過，從總體上來說，因為對「迷」的概念存在一定的誤解，「魯迅迷」對「迷」身份的認同度不太高。再次，「魯迅迷」對所迷作家的認同存在著較大的差異。雖然從總體上來說，「魯迅迷」對魯迅的認同度較高，但是「魯迅迷」對魯迅的評價與認同度並不一致，存在著較大的差異。總之，「魯迅迷」中並非都是「狂熱的」「迷」，其中也有「冷靜的 Fans」，這也是造成「魯迅迷」對所迷作家評價差異的主要原因之一。最後，「魯迅迷」對虛擬社區的認同度普遍較高，絕大多數的網民對論壇的評價都比較好，對論壇的認同度也比較高，但是聚集在論壇這樣一個虛擬社區中的網民不僅沒有形成一個比較緊密的組織，甚至也沒有形成一個比較鬆散的組織，而是分化成不同的小群體，但即使是在這樣的狀況下，仍然有一些「魯迅迷」對虛擬社區產生了歸屬感，把這裡視為自己的網絡家園。

3、「魯迅迷」虛擬社區中的網民不僅有線上的聯繫而且也有線下的聯繫，一些網民還把在網絡中形成的關係延伸入現實生活中，成了現實生活中的知心朋友。此外，從訪談中也可以發現，論壇雖然是網民建立起關係的媒介，一些網民通過線上和線下的聯繫也已經成為了好朋友，但是一些網民因為對論壇的現狀不滿而逐漸淡出論壇，他們在線下的聯繫反而比在線上的聯繫還要多，也就是說，他們已經不太需要網絡這個中介來建立起彼此之間的關係了。另外，也有一些網民把在網絡中形成的知名度和影響力這些虛擬財富、無形資產通過發表文章的方式帶入現實生活中，在現實社會中獲得了一定的知名度和一定的商業利益。這也從一個方面表明，網絡世界並不是真正虛擬的，它不但是現實生活的反映和延伸，而且也在不斷的滲入現實生活之中。

〔註 14〕轉引自邵琮淳《網絡歌迷社群的團體認同和社會負面評價對歌迷自我及文本認同的影響：以交大機械 BBS 站小瑪歌迷版為例》，載「線上網路社會研究中心‧線上出版」（http://teens.theweb.org.tw/iscenter/publish）。

　　4、「魯迅迷」的游擊戰術還不能完全突破中文網絡的封鎖。雖然中文網絡的興起爲在大眾媒體中處於弱勢地位的「魯迅迷」們提供了一個難得的發表自己言論並交流彼此看法的機會，他們創造性地利用網絡公司提供的論壇構建了自己的虛擬交流平臺和網絡家園，爲自己開闢了新的文化生存空間（這也是 BBS 在英美等西方國家不流行而在中國流行的主要原因之一），但是，在當代中國的現實語境下，「魯迅迷」雖然可以在網絡中建構自己在當代文化中的生存空間，但是這個空間並不是他們理想中的自由的文化空間，他們還要受到上至國家「網絡辦」下至網絡公司的網管的相當嚴格的監控，因此，網絡空間並不是一個完全自由的公共空間，更像是一個福柯所說的監視無處不在的「超級圓形監獄」，例如，有關方面通過技術手段可以很容易的查找到每一個在論壇中發表文章的網民的 IP 地址，從而也就可以很容易地確定發表文章者所使用的電腦的具體的上網的地址以及發表文章者的眞實身份。

　　費斯克指出：

　　　　大眾文化的創造力與其說在於商品的生產，不如說在於對工業商品的生產性使用。大眾的藝術乃是「權且利用」（making do）的藝術。日常生活的文化，落實在創造性地、有識別力地使用資本主義提供的資源〔註15〕。

　　因此，爲了最大限度地爭取文化的生存空間，「魯迅迷」們採用了「游擊戰術」對抗形形色色的監控。正如德賽都所指出的那樣：

　　　　游擊戰術是弱勢者的攻擊藝術，他們從不在公開交戰的場合挑戰強勢者，因爲那會招致潰敗，但是他們卻在強勢者所宰制的社會秩序內部，並在反對這一秩序的過程中，持續他們的對抗行爲〔註16〕。

　　本研究發現，「魯迅迷」會採用如下的一些技巧來突破網絡的過濾系統：用標點符號、漢語拼音、諧音字或同音字替代某些敏感字及不雅的文字，用標點符號或空格加大文字之間的間距，改換文章的標題等。需要指出的是，這些文字技巧基本上都是用來對付網絡的自動過濾系統的，雖然可以較爲順利的通過網絡的自動過濾系統的檢查，但是發表在論壇中的文章除了受到網

〔註15〕約翰・費斯克《理解大眾文化》王曉玨、宋偉傑譯，第34頁。
〔註16〕轉引自約翰・費斯克《理解大眾文化》王曉玨、宋偉傑譯，第25頁。

絡系統的自動監管之外還要受到版主、網管甚至還有網絡警察的監控，因此，網民有時在文章被刪除的情況下還會採用改換文章標題的方式用不同的ID名再次或多次張貼文章，試圖逃脫這些人為的監控。古語云「道高一尺魔高一丈」，隨著時間的發展，網民對抗網絡監控的「游擊戰術」在方法上也會越來越豐富，而有關方面對網絡的監控手段也會越來越嚴厲。但正如費斯克所指出的那樣：

> 游擊戰或大眾文化的要旨在於，它是不可戰勝的〔註17〕。

> 游擊隊員也許無法積累他們贏得的勝利果實，但他們完全可以保持他們游擊隊員的身份。他們的戰術調遣，是傳統的「權且利用」的藝術，這種藝術會在他們的場所的內部，憑藉他們的場所，建構我們的空間，並利用他們的語言，言傳我們的意義〔註18〕。

因此，「魯迅迷」會通過對各種監控網絡空間的措施進行不停的「游擊戰術」，希望最終能在網絡公司提供的論壇上逐漸擴大自己的文化生存空間。

5、「魯迅迷」存在著「躲避」（或冒犯）與「生產力」兩種快感方式。費斯克指出：

> 大眾快感則來自人們創造意義的生產過程，來自生產這些意義的力量〔註19〕。

> 它以兩種主要的方式運作：躲避（或冒犯）與生產力。大眾快感的抵抗活動在不同的形式中，有不同的實踐方式〔註20〕。

> 一種是躲避式的快感，它們圍繞著身體，而且在社會的意義上，傾向於引發冒犯與中傷；另一種是生產諸種意義時所帶來的快感，它們圍繞的是社會認同與社會關係，並通過對霸權力量進行符號學意義上的抵抗，而在社會的意義上運作〔註21〕。

在「魯迅迷」虛擬社區中也存在著大眾快感的兩種運作方式：網民運用一些文字技巧突破中文網絡的自動過濾系統發表一些帶有「敏感」或「不雅」文字的文章，這種游擊戰術不僅是「符號學意義上的抵抗」，而且也是大眾快

〔註17〕　約翰・費斯克《理解大眾文化》王曉珏、宋偉傑譯，第 25 頁。
〔註18〕　約翰・費斯克《理解大眾文化》王曉珏、宋偉傑譯，第 44 頁。
〔註19〕　約翰・費斯克《理解大眾文化》王曉珏、宋偉傑譯，第 153 頁。
〔註20〕　約翰・費斯克《理解大眾文化》王曉珏、宋偉傑譯，第 61 頁。
〔註21〕　約翰・費斯克《理解大眾文化》王曉珏、宋偉傑譯，第 68 頁。

感中的「躲避（或冒犯）」方式的體現；一些網民以魯迅著作中的人物、情節為素材創作了大量的小說，這種創作行為也是大眾快感中的「生產力」方式的體現。費斯克認為：

> 日常生活乃由大眾文化實踐組成，其特徵是，弱勢者通過利用那剝奪了他們權力的體制所提供的資源，並拒絕最終屈從於那一權力，從而展現出創造力。對日常生活的文化所進行的最好描述，是有關鬥爭或反抗的比喻：戰略受到戰術的對抗，資產階級受到無產階級的抵制，霸權遇到抵抗行為，意識形態遭受反對或逃避；自上而下的權力受到自下而上的力量的抗爭，社會的規訓面臨無序狀態。這些反抗，這些社會利益的衝撞，都主要由快感所驅動：即生產出屬於自己的社會體驗的意義所帶來的快感，以及逃避權力集團的社會規訓所帶來的快感〔註22〕。

但是，「魯迅迷」的行為中雖然有「躲避（或冒犯）」和「生產力」這兩種大眾快感的運作方式，但這兩種行為並非僅僅由「快感」所驅動，而更多的是由當代中國的現實語境所驅動的。在當代中國的現實語境下，隨著中文網絡的發展，國家陸續頒布一系列的法規、政策來加強對網絡的管理，有關部門對網絡空間的監控也越來越嚴厲，作為大眾媒體中的弱勢群體的「魯迅迷」，為了追求能在中文網絡中比較容易地發表自己的觀點或文章，被迫採用游擊戰術去爭取更多的文化生存空間，這才是導致「魯迅迷」中出現「躲避」和「生產力」這兩種大眾快感運作方式的根本原因。

6、「魯迅迷」虛擬社區形成了獨特的亞文化。邁克爾·布雷克指出亞文化是：

> 處於下層結構地位的群體對具有占統治地位的意思體系作出反應的過程而發展起來的意思體系、表達方式或生活方式，它反映了下層階級企圖解決在廣泛的社會範圍內所引起的結構性矛盾〔註23〕。

本研究發現，「魯迅迷」對於所迷作家的理解與闡釋更多的是自己的觀點，而不太認同教科書或專家的觀點，或者說是對主流觀點的一種集體反抗，例如，「魯迅迷」對魯迅的理解與闡釋常常是對教科書中所塑造的魯迅形象的

---

〔註22〕 約翰·費斯克《理解大眾文化》王曉珏、宋偉傑譯，第58頁。

〔註23〕 轉引自倪沫《論網絡亞文化群體破壞行為的青春期性質》，載《雲南師範大學學報（哲學社會科學版）》2003年第6期。

一種反抗。馬克・波斯特以學術權威爲例指出「電子文本在網際間流竄，經由不斷的複製、拼貼、改寫、轉貼，已經模糊了讀者／作者的界限，人人是專家的結果，個個都不再是權威」〔註24〕。事實上，網絡是一個沒有學術權威也不尊重學術權威的文化空間，「魯迅迷」在論壇中的眾聲喧嘩也是對學術權威話語霸權的一種消解。倪沫認爲：

> 可以將亞文化群體理解爲集體性的解決問題的方式或共同應對相同處境的方法，它的產生源於主導權的衝突，所以表現爲處於相對弱勢的群體對主流文化的集體性反抗〔註25〕。

需要指出的是，「魯迅迷」在反抗主流意識形態、學術權威等占統治地位的意義體系的過程中不僅形成了不同的亞文化群體，而且也受到所迷作家的影響形成了不同的亞文化，例如，「魯迅迷」虛擬社區的亞文化內涵在某種程度上可以概括爲感時憂國的精神。鑒於「魯迅迷」虛擬社區中的組成人員比較複雜，聚集在「魯迅迷」虛擬社區中的成員不僅沒有形成一個比較緊密的組織，甚至都是獨來獨往的個體，所以本研究所歸納的這些虛擬社區的亞文化內涵僅是一個宏觀的概括，並不能完全的概括出「魯迅迷」虛擬社區的全部文化內涵，只有一定的參考作用。

7、「魯迅迷」虛擬社區仍然是一個男性話語主宰的空間。吳筱玫指出：

> 兩性間的本質差異，影響著兩性的電腦使用行爲，男生被科技本身所吸引，因此傾向於把電腦當成他們權力的延伸，或是超越生理局限的一種表徵，女生則實際的多，她們只關心機器的功用，視電腦爲達到某種目的的工具。」（Tannen，1999）〔註26〕

賀靈（S.C.Herring）對一個名爲 LINGVIST－L 的討論組進行觀察，發現很少有女性在 LINGVIST－L 上發表意見，她們像是坐在那裡旁觀，男人則滔滔不絕，似乎拼命想引起注意。賀靈接著研究其他新聞組，發現上面的討論形態雷同，當網站成員由兩性共同組成時，大部分意見都由男人發表，只是氣氛不像 LINGVIST_L 這麼僵，但就算是以女性議題爲主，或是女性成員爲主的網站，男性也嘗試主導討論〔註27〕。另一位學者洪恩（S.Horn）對一個男

---

〔註24〕　轉引自吳筱玫《網路傳播概論》，第 235 頁。
〔註25〕　倪沫《論網絡亞文化群體破壞行爲的青春期性質》，載《雲南師範大學學報（哲學社會科學版）》2003 年第 6 期。
〔註26〕　轉引自吳筱玫《網路傳播概論》，第 146 頁。
〔註27〕　轉引自吳筱玫《網路傳播概論》，第 150 頁。

女比例接近，女性占四成的討論組 ECHONYC 進行觀察，她原以爲女生的人數夠多，會比較勇於在網路上發聲，不過她卻發現：

> 女孩子一旦上線，還是會「潛伏」，他們很少互動、發言，多半扮演藏鏡人（lurker）的角色。洪恩揣測，這個現象顯示出，女人把顯示父權文化下的角色認同，反射到網際空間裏〔註28〕。

洪恩最後指出「兩性在網路上的行爲表現，反映的是現世對兩性角色的認知，他／她們把在現實空間中的溝通模式，套用到網際空間裏」〔註29〕。

本研究發現，男性網民在魯迅論壇中發言較多，比較活躍，在很大的程度上主宰著論壇的話語權，而女性網民則不太活躍，發言較少，在論壇中處於弱勢地位；在魯迅論壇活動的網民中，男性網民在數量上佔據絕對優勢，發言者也以男性網民爲主，論壇中的女性網民大多是「低度參與者」。另外，從管理論壇的版主的性別比例上也可以看出，女性在這些論壇中處於弱勢的地位：在魯迅論壇的四位版主中沒有一位女性。這一發現也在一定程度上驗證了上述兩位學者的研究結果：即現實社會中的男性霸權依然體現在網絡空間之中，女性在話語權上仍然是一個弱勢群體，「魯迅迷」虛擬社區仍然是一個男性主宰的話語空間，並沒有能消除兩性在話語權上的不平等地位。正如吳筱玫在《網絡傳播概論》一書中所指出的那樣：

> 雖然有許多不一致的論點，但大致說來，電腦中介下的兩性研究並沒有太令人驚奇的發現。簡而言之，網際空間裏可以隱藏性別的線索，但現實社會中的性別主義，並沒有因爲這樣的特性而蕩然無存。薩斯曼和泰森（2000）認爲，這顯示既有的傳播權力行爲，已經有短暫的社會化現象，變成行動力，穿越到網際空間之中，結果兩性間的權力差異仍然不變，電腦網路仍是男性所主宰的場域〔註30〕。

需要指出的是，「魯迅迷」虛擬社區中存在的男性話語霸權現象也和女性網民自身的性格有關，例如，本研究就發現一些女性網民在論壇中不太活躍，一些人還選擇了在論壇中潛水，主動放棄了自己在論壇中發言的權利。

8、「魯迅迷」虛擬社區中也存在著複雜的身份認同現象。段偉文指出：

---

〔註28〕 轉引自吳筱玫《網路傳播概論》，第150頁。
〔註29〕 轉引自吳筱玫《網路傳播概論》，第153頁。
〔註30〕 轉引自吳筱玫《網路傳播概論》，第155頁。

　　　　所謂身份認同（identity），簡單地講就是每個人對其自身的身份和角色的理解與把握。身份認同是個體進行活動的基礎，在網絡空間中也是如此。在網際交往中，準確地認定他人身份和穩定的表明自己的身份依然是相互理解和評價的基礎。由於網絡空間具有虛擬性和匿名性特點，身份認同問題變得更加複雜〔註31〕。

　　吳筱玫在《網絡傳播概論》一書中把虛擬社區中的身份認同現象劃分爲「虛擬化身」、「性別轉移」和「網路變身」這樣的三種現象。所謂「虛擬化身」就是「身份的電子文本化，即利用以文字和圖符爲主的一系列信息來描述主體的身份，也就是德里達所說的電子書寫。這實際上可稱爲一種虛擬實在，即以作爲主體擬像的電子文本對主體進行的仿眞，或者說主體通過其書寫的電子文本確立起網際身份」〔註32〕；「性別轉移」是指網民在網絡中以另一種性別出現的現象；「網路變身」是指網民以與現實社會中不同的一種身份或多種身份在網絡中的出現或者是在網絡中重建了一種與現實社會等級關係不同的等級關係。本研究發現，「虛擬化身」現象在「魯迅迷」社區中較爲常見，網民通過昵稱、ID 名、簽名檔的方式建立自己在網絡中的身份。值得一提的是，有相當數量的「魯迅迷」在論壇中只有一個或只使用一個 ID，這就使得他們在論壇中建立的身份比較穩定，也比較容易辨別。至於「性別轉移」現象，雖然是 MUD（泥巴）虛擬社區中的成員經常採用的一種策略，但是，本研究發現這種現象在「魯迅迷」虛擬社區中很難判斷，例如，雖然可以通過個別網站中的網民的註冊資料查到網民的性別等個人信息，但是，網民提供的註冊資料有可能是不全面的甚至也有可能是不眞實的。另外，本研究在對網民的訪談中雖然提到性別問題但是並沒有突出這個問題，加之一些網民出於保護隱私的原因沒有回答自己的性別，因此，本研究很難判斷網民是否出現過「性別轉移」策略。而「網路變身」現象在「魯迅迷」虛擬社區中則較爲常見，因爲網際身份的電子文本化會導致身份的流動性，所以網絡身份的建構不一定與現實身份相近，「魯迅迷」虛擬社區中的大多數網民在網絡中的身份都和現實社會中的身份不太相近，但本研究通過訪談也發現一些網民的網際身份和現實身份相近或一致的現象，例如，魯迅論壇中的一

〔註31〕段偉文《網絡空間的倫理反思》，南京：江蘇人民出版社，2002 年出版，第
　　　　46 頁。
〔註32〕段偉文《網絡空間的倫理反思》，第 47 頁。

位網民用他在現實社會中的職業作爲 ID 名，另一位網民用他的眞實姓名的漢語拼音作爲 ID 名，但即使這樣，相對於這幾位網民的眞實身份和眞實姓名來說，這些 ID 名仍然是他們眞實身份的網絡化身。總之，本研究的結果也在某種程度上驗證了前人的觀點「電腦網路不止是一個溝通工具的選擇，而往往是自我世界的延伸」〔註33〕。

9、「魯迅迷」虛擬社區中存在著明顯的權力衝突。從社會學和政治學的角度來說，「魯迅迷」虛擬社區之中的權力結構並不複雜，一個虛擬社區的成員通常由網管、版主、資深網民和普通網民組成，但是其間也存在著比較複雜的權力／政治關係。周濂指出：

在各種話語權力在 BBS 內部展開角逐之前，BBS 首先得接受現實的政治遊戲規則的制約，也即現實的新聞審查制度和言論監控制度的制約……除卻現實政治層面（意識形態的物質／社會層面）的控制，BBS 還要經歷另外一個層面的篩選，即主題和趣味的篩選（意識形態的符號層面）。BBS 中的話語權力鬥爭主要體現在某些群體以自己的旨趣對其他群體的旨趣（情趣、偏好、話語習慣、世界觀）進行框定的過程。換言之，當由特定的群體旨趣界定 BBS 形成過程時，話語權力的統治就出現了〔註34〕。

本研究發現，在「魯迅迷」虛擬社區中也存在著這兩種權力之爭：魯迅論壇的前版主「桃木劍」在論壇中發表了大量的談論民主與政治的文章，這些言論不僅都通過了網絡的自動過濾系統的檢查，而且被網絡公司收集、編輯爲個人的網上文集，但是，因爲被人舉報到國家「網絡辦」（這是網管在封殺「桃木劍」ID 的告示中指出的封殺原因），國家「網絡辦」於是通知網絡公司封殺了「桃木劍」的 ID，並且刪除了他在論壇中的全部文章。這一事件引起了許多網民對網管的極大的憤慨，不過網民的抗爭在國家「網絡辦」的嚴令之下並沒有多大的作用，最後不得不接受這個事實。這個事件表面上是網管和版主之間的權力衝突，實質上是網絡虛擬社區和現實社會中的政治遊戲規則（意識形態的物質／社會層面）的權力之爭。另外，魯迅論壇的版主更換較爲頻繁，新版主上任後通常都會把自己對魯迅論壇的理解與定位貫

---

〔註33〕 轉引自吳筱玫《網路傳播概論》，第 228 頁。
〔註34〕 周濂《BBS 中的政治遊戲》博客中國（http://www.Blogchina.com），2004-7-28，9：42：59。

穿於論壇的管理之中，引導論壇向自己希望的方向發展，這往往會引來一些
網民的批評與質疑，甚至會導致一些網民離開論壇或選擇在論壇潛水，不再
發表言論。例如，2002 年年末，魯迅論壇更換了版主，魯迅論壇的前版主「謫
仙人」和「斜陽西樓」等一大批論壇中的資深網民因為對新任版主的管理論
壇的政策表示不滿而集體撤離論壇，使論壇的人氣大降。本研究發現，「魯
迅迷」虛擬社區中的這兩類權力衝突都在較大的程度上對論壇的未來發展造
成了傷害，不僅影響了論壇的人氣，甚至會使正處於發展期的論壇元氣大
傷。史卓頓（Stratton）指出：

> 網路是邊緣人的天地，不過今天我們所謂的邊緣人，不再是少
> 數族群，而是那些沉默的大多數，那些在大眾媒體時代被壓抑了的
> 聲音。邊緣人的世界形成了激進的公共領域，和既有的公共領域觀
> 念同時並存。因此，對公共領域這個概念的理解，不再只是區分公
> 生活與私生活，而是指向一塊共享知識、政治的空間〔註35〕。

但是，在當代中國的現實語境下，有關方面對網絡的管理較為嚴格，中
文網絡在相當大的程度上還不是一個真正的公共領域。費斯克指出：

> 統治者在企圖控制被統治者的休閒及快感時，主要採用兩套策
> 略：一套是壓抑性的立法措施，另一套則是私自挪用，通過這種挪
> 用策略，形形色色「粗俗的」、無法控制的休閒追求，能夠更體面些
> 並被規訓化〔註36〕。

本研究發現，國家有關部門通常採用「壓抑性的立法措施」來管理中文
網絡論壇，通過制定一系列的嚴厲政策來體現意識形態的權威性，而很少或
幾乎不用「私自挪用」策略收編網絡言論，以此來引導中文網絡論壇。在全
球化的時代，這樣的管理方式不僅不切合中文網絡的實際，而且也不利於中
文網絡的發展，容易激發更為激烈的矛盾。對於中文網絡來說，「收編」其實
是比立法措施更好的管理手段。費斯克指出：

> 「收編」剝奪了被支配群體所產生的任何一種對抗式語言：
> 它褫奪了他們表達對抗的工具，並最終褫奪了被支配群體的對抗本
> 身。「收編」也可以被理解成一種遏制的方式——持異議者被允許
> 且被控制的一種姿態。它擔當的是安全閥的作用，因而強化了宰制

〔註35〕 轉引自吳筱玫《網路傳播概論》，第 234 頁。
〔註36〕 約翰・費斯克《理解大眾文化》王曉珏、宋偉傑譯，第 85～86 頁。

性的社會秩序，其方式是，它容許持異議者與抗議者有一定的自由，這自由足以讓他們相對而言感到滿意，卻又不足以威脅到他們所抗議的體制本身的穩定性，所以它有能力對付那些對抗性的力量〔註37〕。

因此，在當下的社會背景下，「收編」可能會形成政府和網民雙贏的理想的結果。另外，從構建和諧的社會來說，鑒於中文網絡的現狀，「收編」也是構建和諧的中文網絡最好採用的一種方式，有助於社會的穩定。需要指出的是，通過對「魯迅迷」虛擬社區的觀察與研究，可以看出，在這些論壇的初期，論壇的發展勢頭較好，不過在近一、二年論壇的發展卻呈現出明顯的倒退趨勢。這種狀況的出現雖然有較爲複雜的原因，但是，也和有關部門在近兩年對中文論壇採取越來越嚴屬的立法措施和管理政策有極大的關係。隨著中文網絡的飛速發展，網絡言論的影響力越來越大，有關部門逐漸意識到網絡的巨大影響力和潛在的危險性，於是陸續頒布越來越嚴屬的管理政策，強化對中文網絡的管理。但是正如費斯克所指出的那樣：

大眾文本能夠促成改變或者鬆動社會秩序的意義的生成，在這一點來說，它可以是進步的。但是，大眾文本絕不會是激進的，因爲它們永遠不可能反對或顛覆既存的社會秩序。大眾體驗總是在宰制結構的內部形成，大眾文化所能做的是在這個結構內部生產並擴大大眾空間。大眾意義與快感永遠不可能擺脫那些生產著服從關係的力量，事實上，它的本質在於它反對、抵抗、逃避或反擊這些力量的能力。大眾文化對相對性的需要，正表明了大眾文化可以是進步的或冒犯式的，但是永遠不可能完全擺脫社會的權力結構。大眾文化正是在這樣的權力結構中具有大眾性〔註38〕。

因此，對於中文網絡這樣一個和傳統媒體相比有著較大區別的「意見交換的場所」〔註39〕，特別是中文論壇這樣的虛擬社區，有關部門在制定相關管理政策時最好不要用階級鬥爭的觀點視之爲顛覆既存社會秩序的力量，最好把中文網絡視爲溝通政府與民間的渠道，胡錦濤、溫家寶等第四代領導人已經在這方面做出了表率，他們把網絡視爲瞭解民情的渠道，開始通過網絡

---

〔註37〕 約翰‧費斯克《理解大眾文化》王曉珏、宋偉傑譯，第23～24頁。
〔註38〕 約翰‧費斯克《理解大眾文化》王曉珏、宋偉傑譯，第159頁。
〔註39〕 約翰‧費斯克《理解大眾文化》王曉珏、宋偉傑譯，第235頁。

瞭解民情，希望有關部門在實際行動上也要與國家領導人保持高度一致。因此，本研究建議有關部門要與時俱進，以科學的發展觀爲指導，從構建和諧的網絡空間乃至和諧的社會出發，用人性化的手段管理中文網絡，在制訂相關管理政策時要考慮到中文網絡的特點，爲中文網絡文化的發展留下合理的、充裕的活動空間，最好不要採用比管理傳統媒體還要嚴格的方式管理中文網絡論壇，否則就不僅會對尚處於幼稚期的中文網絡文化的發展造成極大的傷害，而且也會對中文網絡未來的健康發展造成較大的負面影響，甚至可能會把中文網絡變成一個文化的沙漠。

10、「魯迅迷」虛擬社區存在著一定的生存危機。段偉文指出：

> 網絡是一種公共資源，而人們對待公共資源的態度往往不甚明智。人類生物學家蓋瑞‧哈定（Garret Hardin）將這種現象形象地稱爲「公共牧場的悲哀」〔註40〕。

本研究發現，在「魯迅迷」虛擬社區中也存在著一些不珍惜公共資源乃至濫用、破壞公共資源的現象，例如，在魯迅論壇中就發生過一位網民張貼有關89政治風波照片的事件，而張貼此類圖片行爲如果被網絡警察或有關部門發現，通常都會關閉該論壇，幸好論壇中一位老級的網民及時提醒版主在第一時間刪除了這些圖片，在很大程度上維護了論壇的安全。另外，在魯迅論壇經常可以看到一些層出不窮的商業廣告，這些因素都對論壇的氛圍和環境帶來了不良的影響。因此，爲了避免「公共牧場的悲哀」的出現，本研究也建議一些網民在現在的社會環境下保持清醒的頭腦，不僅要對商業力量的收編與招安保持高度的警惕，而且也要對國家有關部門制定的管理網絡的政策有深入的瞭解；既要充分的利用網絡空間所帶來的各種便利，也要儘量在維護論壇安全的前提下發表言論，雖然可以用游擊戰術打擦邊球，但是最好別越界，否則，就可能會對論壇的生存帶來極大的威脅，甚至會造成公共的電子牧場的消失。如果論壇被有關部門勒令關閉了，受損失最大的恐怕是各位網民。在當代中國，如果沒有了網絡這樣的公共的電子牧場，作爲弱勢群體的網民又能從哪裏找到一個可以發表自己言論的公共空間呢？

另外，正如本文上文所指出的，如果國家有關部門對中文網絡一味地採取嚴厲的監管政策，對中文網絡言論一味地採取「堵」而不採取「疏」的指導思想，只准談論風月不准談論國事，網民只能「而已而已」，這樣也會對

---

〔註40〕段偉文《網絡空間的倫理反思》，第163頁。

中文網絡的未來發展產生極大的威脅，甚至也會造成公共電子牧場的消失，這也將會是「魯迅迷」虛擬社區所面臨的最大的危機。中國互聯網絡信息中心（CNNIC）在 2005 年 1 月 9 日發布的《第十五次中國互聯網絡發展狀況統計報告》顯示中國內地的網民已經達到了 9400 萬，而 2009 年 7 月 16 日發布的《第二十四次中國互聯網絡發展狀況統計報告》顯示截止 2009 年 6 月 30 日，中國網民數量已經達到了 3.38 億，居世界首位〔註41〕，而且，網民的數量還以每年超過 10%速度增長，這樣一個龐大的群體迫切需要有關部門牢固樹立科學的發展觀，從「立黨為公、執政為民」的思想出發，認真、慎重的採用符合現代潮流的管理方式進行管理。本研究認為，在當代中國的現實環境下，保留公共電子牧場，適當地為網民創造較為自由的言論空間，這樣就可以在政府和網民之間建立一個比較理想的緩衝空間，不僅有利於化解社會矛盾，維護社會的穩定，而且也有助於構建和諧社會。

11、網易‧魯迅論壇作為「魯迅迷」虛擬社區的典型只是從一個角度反映出「魯迅迷」虛擬社區的某種狀況，並不具有廣泛的代表性。最後需要指出的是，本研究相對來說只是一個對「魯迅迷」虛擬社區的個案研究，相關的研究結論只能在一定範圍和在一定程度上具有參考價值，並不具有普世性。在此，也希望今後的研究者不僅要進一步擴大研究規模，而且也要努力減少研究偏差，從而使研究成果具有更大的參考價值。

---

〔註41〕中國互聯網絡信息中心（CNNIC）《第十五次中國互聯網絡發展狀況統計報告》、《第二十四次中國互聯網絡發展狀況統計報告》（http://www.cnnic.net.cn/）。

# 第四章　當代中文網絡中紀念魯迅的
專輯研究

　　自從魯迅先生逝世之後，社會上每到魯迅誕生或逝世的重要週年年份常常會有一些紀念活動，隨著中文網絡的興起，一些重要的中文網站也開始在魯迅誕生或逝世的重要週年年份製作紀念的專輯，例如在 2001 年魯迅誕生 120 週年和 2006 年魯迅逝世 70 週年之際，網易網、新浪網、搜狐網、人民網等中文網絡中的重要網站就製作了一些紀念魯迅的專輯，這對於觀察和研究魯迅先生在中文網絡中傳播與接受狀況提供了很好的素材。另外，天涯社區網站和騰訊網站都是近年在中文網絡中崛起的重要網站，聚集了眾多具有較高文化水平的網民，因此本文也把這兩個網站在 2006 年製作的紀念魯迅的專輯納入研究範圍。

## 一、中文網絡中紀念魯迅的專輯概況

### 1、中文網絡中紀念魯迅誕生 120 週年的幾個專輯

#### （1）網易網站紀念魯迅誕辰 120 週年專輯：「大家都來『吃』魯迅」

〔註 1〕

　　網易・文化頻道為紀念魯迅誕辰 120 週年而製作了題為「大家都來『吃』魯迅」的專輯，這個專輯由網易網站文化頻道的主編「咆哮」策劃，不僅匯聚了網民對社會上關於魯迅的熱點話題的評論，而且還有網民對魯迅作品的模仿秀，網絡色彩比較濃厚。這不僅是魯迅網絡傳播史上而且是魯迅研究史

---

〔註 1〕網易網站紀念魯迅誕辰 120 週年專輯：「大家都來『吃』魯迅」（http://www. culture.163.com/topic.html）。

上第一次以網民的文章爲主體的紀念魯迅的專輯。

在《前言：吶喊著作秀》部分，主要有《我們該如何紀念魯迅？》、伍恒山的《神壇上的魯迅和神壇下的小鬼》和網民「令狐沖」的《〈吶喊著作秀〉代序》，在「往日秀場」專欄收錄了葛濤的《歷史上紀念魯迅的活動掃描》，在「今日 T 型臺」專欄收錄了網民「漢上笑笑生」的《我們爲什麼紀念魯迅》、南琛的《魯迅的噪音》和網民「老酷」的《超越民族主義——從魯迅看當代學人的整體缺陷》等文章。

在《Tritube to 魯迅 for》部分，以新聞報導的形式，虛構了「天堂各界」紀念魯迅的活動：（1）「亂彈謠言中心」報導了紀念魯迅誕辰 120 週年的圖書出版情況：2001 年 9 月 25 日是魯迅先生誕辰 120 週年的日子，天堂各界紛紛行動起來，種種以紀念爲名義的表演陸續登場（在此處鏈接葛濤的《我們拿什麼獻給您，魯迅先生》一文，這篇文章介紹了爲紀念魯迅誕辰 120 週年而出版的相關圖書）。此外，還有一些紀念魯迅的影視活動：（2）天堂 TV 特別推出八集電視連續劇《阿 Q 正傳》（java 版）：（9 月 24 日播出）第一集：優勝記略（在此處鏈接豐子愷爲《阿 Q 正傳》所畫的漫畫插圖，下同）；（9月 25 日播出）第二集：續優勝記略、第三集：戀愛的悲劇；（9 月 26 日播出）第四集：生計問題、第五集：中興到末路；（9 月 27 日播出）第六集：革命；（9 月 28 日播出）第七集：不准革命；（9 月 29 日播出）第八集：大團圓。（3）天堂音像公司召集旗下歌手，推出翻唱魯迅的專輯《Tribute to lunxn for money》。這一專欄主要收錄了網民戲仿魯迅小說的文章，編者在「在線視聽」的標題下排列了網民的戲仿之作，同時在「原音重現」的標題下排列了魯迅的原作。「在線視聽」主要收錄了網民「雨燕」的《從百草園到三味書屋（影院版）》，這篇文章戲仿的對象是魯迅的《從百草園到三味書屋》；網民「雪無尋」的《風波新編》，這篇文章戲仿的對象是魯迅的《風波》；網民雷立剛的《互聯網時代的嫦娥奔月》、網民「雨燕」的《瓊森和潘婷的故事》、網民「水手刀」的《碧海青天夜夜心》，這三篇文章戲仿的對象是魯迅的《奔月》；網民「悠晴」的《祝福新編——祥林嫂的故事》，這篇文章戲仿的對象是魯迅的《祝福》；佚名的《咯吱咯吱洗吧》，這篇文章戲仿的對象是魯迅的《肥皂》；網民「張揚.batz」的《一個叫 RQ 的人的自述》，這篇文章戲仿的對象是魯迅的《阿 Q 正傳》；網民「熱帶魚」的《再回故鄉》、網民「雲淡風輕」的《閏土，你在故鄉還好嗎？》、網民「渚清沙白」的《故鄉（心情版）》，

這三篇文章戲仿的對象是魯迅的《故鄉》；網民「清水」的《子君的手記》、網民「米芒」的《傷逝》，這兩篇文章戲仿的對象是魯迅的《傷逝》；網民「達子」的《孔乙己：一個曾經的吉它手》、網民「stockton326」的《孔乙己：一個 NBA 球迷的故事》，這兩篇文章戲仿的對象是魯迅的《孔乙己》。（4）天堂出版社在 9 月的書市上隆重推出《紹興寶貝・私人相冊》，當天即成為「天堂暢銷書排行榜」NO.1。這本書主要把魯迅本人的照片和相關的照片用當下媒體常用的炒作標題重新進行了編排。在「絕對隱私」的標題下，收錄了魯迅本人在不同時期的照片，有「留學日本」、「東京弘文學院畢業照」、「我與《阿 Q 正傳》」、「墳」、「五十生辰」、「病後留影」、「遺像」等 7 幅照片；在「愛你，愛得像個敵人」標題下，收錄了魯迅的親人和師友的照片，主要有父親周伯宜、母親魯瑞、壽鏡吾、藤野嚴九郎、許廣平、馮雪峰、瞿秋白和柔石等列士共 7 幅照片；在「不過如彼」的標題下，收錄了魯迅曾經生活過的地方的照片，主要有百草園與三味書屋、當鋪與藥店、仙臺醫科專門學校、紹興會館、八道灣、大陸新村等地的照片，另外還收錄了虹口公園魯迅墓的照片。

在「我把魯迅先生送上法庭」部分，編者在「誰是魯迅真正的傳人」標題下，以天堂法庭審判「張廣天訴錢理群冒充魯迅傳人」的形式，介紹了因演出民謠史詩劇《魯迅先生》而在社會上引起廣泛爭論的張廣天對錢理群等人的批評，這是當時社會上比較熱門的話題。原告張廣天的陳述是《〈魯迅先生〉是演給王朔錢理群看的》，原告證人證詞是《我看〈魯迅先生〉普及好得很》，原告律師的陳述為《再說錢理群》；被告錢理群的陳述為《接著魯迅的話往下說》，被告證人證詞為《站在魯迅身後，他拒絕遺忘》，被告律師摩羅的陳述是《北大教授錢理群》。在「庭外採訪」的標題下，以「亂彈謠言中心」記者採訪的形式，收錄了張廣天和錢理群接受社會上一些媒體採訪的相關文章，採訪張廣天的主要文章有：《張廣天：我們要狠狠地作秀》、《張廣天至觀眾朋友的一封公開信》；採訪錢理群的主要文章有：《「罵」魯迅是正常的事情》、《錢理群：中學語文課本神化和庸俗化了魯迅》。在「陪審團成員：全體網民」的標題下，介紹了網民之間就此事所展開的激烈的爭論，主要文章有：《張廣天的革命秀》和《錢理群，你為什麼不負責？！》。在「陪審團投票」的標題下，進行了「你認為誰是魯迅真正的傳人？」的在線調查。本次調查的選項有：「錢理群」、「張廣天」、「都繼承了魯迅的某一面」、「他

們都不是」，投票的起止時間為 9 月 24 日～10 月 20 日。總共有 1828 位網民
參加了投票，投票結果顯示：選擇「錢理群」的有 151 票，占總投票數的 8.3%；
選擇「張廣天」的有 230 票，占總投票數的 12.6%；認為「都繼承了魯迅的
某一面」的有 335 票，占總投票數的 18.3%；認為「他們都不是」的有 1112
票，占總投票數的 60.8%。從這一投票結果可以看出，大多數參與投票的網
民都認為錢理群和張廣天都沒有很好的繼承魯迅精神，都不是魯迅精神的傳
人。

在「你是否還是那舊模樣？」部分，收錄了網民創作的描寫阿 Q、孔乙
己、狂人等人在當代中國的命運的文章：描述阿 Q 的文章有《阿 Q 炒股》、
《阿 Q 的網戀》、《假如阿 Q 當了 CEO》；描述孔乙己的文章有《孔乙己 Vs
網絡帥哥》和《網絡時代的孔乙己》；描述狂人的文章有《狂犬日記──〈狂
人日記〉續篇》。這些文章描述魯迅筆下的人物在當代社會的生活和遭遇，
不僅顯示了現實的荒誕，具有一定的諷刺現實的意義，而且反映出魯迅文章
的歷史穿透力和當下性。

在「魯迅與網民的第一次親密接觸」部分，以魯迅應邀在天堂網吧與網
民進行聊天的形式，收集了一些批評魯迅的文章和網民模仿魯迅創作的文
章。在「我一個都不寬恕」的標題下，收錄了一些攻擊魯迅的文章，主要有
葛濤輯錄的歷史上抨擊魯迅的言論《魯迅：百年被告》、葛紅兵的《為二十
世紀中國文學寫一份悼詞》、朱大可的《殖民地魯迅和仇恨政治學的崛起》、
王朔的《我看魯迅》和「野麥子」的《狂人日記 2000 版》等；在「關於教
育體制」的標題下，收錄了「秋有痕」的《紀念高考》一文，這篇文章以魯
迅的《記念劉和珍君》為戲仿對象，回顧了自己高考時的一些情形；在「關
於股票」的標題下，收錄了網民「理失真」的《論銀廣夏的倒掉》一文，這
篇文章以魯迅的《論雷鋒塔的倒掉》為戲仿對象，敘述了中國第一支藍籌股
銀廣夏倒掉的故事；在「關於愛情」的標題下，收錄了網民「斜陽西樓」的
《嫁給魯迅》和「沉默之沙」的《嫁給魯迅 II》，這兩篇文章都以夢幻的方
式虛構了朱安與魯迅的愛情。在作者的筆下，作為 21 世紀新女性的「我」
在通過時光隧道成為朱安之後，大膽的追求魯迅，終於獲得了魯迅的愛情。
在「關於網絡文化」的標題下，收錄了網民「少兒不宜」的《未有好貼之前》，
這篇文章戲仿了魯迅的《未有天才之前》，指出「好帖子並不是自生自長在
深林荒野裏的怪物，是由可以使好帖子生長的環境產生，長育出來的，所以

沒有這種環境，就沒有好帖。」在「要是今天魯迅還活著，他可能會怎樣？」的標題下，收錄了記者採訪周海嬰的訪談錄《魯迅活到現在要麼關在牢裏要麼不做聲》和網民「漢上笑笑生」的《牢裏的魯迅寫什麼？！》。網民的上述戲仿魯迅作品的文章巧妙地套用魯迅文章的語言和形式不僅較為幽默的諷刺了當前社會中的不良現象，而且也讓讀者在笑聲中感受到了魯迅文章的藝術魅力，取得了較好的藝術效果。

應當指出的是，網易網站紀念魯迅誕辰 120 的週年專輯在形式上極富創意，用 T 型臺走秀、新聞報導、電視劇、歌曲翻唱、法庭審判、網絡聊天等形式把社會上出現的各種「吃」魯迅的現象串聯起來，充分體現了網絡的優勢，不僅把社會上的一些關於魯迅的熱點話題融進專輯之中，而且也巧妙地諷刺了當代社會中的一些「吃」魯迅的現象，並通過鏈接論壇的形式為網民提供了發表對這些現象看法的互動平臺，但是，總的來說，這個紀念專輯比較突出網民對魯迅作品的模仿與惡搞，但在文章內容方面還略顯單薄，雖然有幾篇模仿文章不乏諷刺現實的意義，更多的文章只能算是單純的遊戲之作，沒有多少意義，這可能與網民對魯迅的認識在水平上還參差不齊有關。另外，以這種戲仿與惡搞的方式雖然富有狂歡節的色彩，是對傳統媒體上的魯迅形象的一種解構，但是作為紀念專輯來說，卻顯得不夠莊重。

### （2）新浪網紀念魯迅誕辰 120 週年專輯：「百年魯迅　精神豐碑」〔註2〕

新浪網紀念魯迅誕辰 120 週年的專輯題為「百年魯迅　精神豐碑」，由北京魯迅博物館學者參與策劃。新浪網的編輯為紀念魯迅誕辰 120 週年的專輯撰寫了如下的導言：

> 65 年前，郁達夫先生說：「沒有偉大人物出現的民族，是世界上最可憐的生物之群；有了偉大人物而不知擁護愛戴崇仰的國家是沒有希望的奴隸之邦。」他所提到的偉大人物即指魯迅先生。65 年過去了，先生的音容笑貌似乎依然在我們眼前浮現，先生的思想精神依然在激勵著我們前行……「前無古人，後無來者。念天地之悠悠，獨愴然而涕下。」遺訓猶在耳邊，先生已然作古，這裡，謹藉此專題表達我們對先生無限的哀思和無盡的緬懷吧！

---

〔註2〕 新浪網紀念魯迅誕辰 120 週年專輯：「百年魯迅　精神豐碑」（http://cul.book.sina.com.cn/focus/luxun.html）。

　　專輯設有如下的欄目：在「導言」的左邊就是供網民發表言論的論壇和悼念魯迅先生的網上紀念堂的鏈接，網民不僅可以自由的在論壇中發表自己對魯迅的看法，而且可以方便的到魯迅先生的網上紀念堂悼念魯迅；網民可以在「留言」中抒發自己對魯迅的懷念，也可以為魯迅獻上一束鮮花，敬上一杯美酒、點一首歌、點燃一株蠟燭等。

　　在「先生其人其事」部分，以圖片為主側重介紹魯迅的人生經歷與創作，收錄了魯迅在青年、中年、晚年等時期的一些照片，此外，還收錄了魯迅生活過的地方的照片和部分魯迅手稿的影印件，並在「魯迅作品集」的標題下，鏈接了魯迅的主要作品集。在「先生流離」的標題下，收錄了《魯迅先生年譜》、《魯迅自傳》和王曉明、林賢治等幾位著名的魯迅研究專家為《南方週末》紀念魯迅誕辰 120 週年專輯撰寫的介紹魯迅生平經歷的 8 篇文章；在「所謂平凡」的標題下，不僅收錄了與魯迅有關的一些佚聞趣事，如《魯迅先生的生活情趣》、《親自寫廣告的魯迅》、《回憶魯迅拒客》等，而且還摘錄了周海嬰《魯迅與我七十年》一書中的部分章節，如《周作人為何把魯迅逐出八道灣》、《魯迅的喪葬費是共產黨還是宋慶齡支付的？》等。

　　在「紀念魯迅　永久懷念」部分，主要收錄了一些悼念魯迅的文章。在「巨星隕落」的標題下，不僅收錄了魯迅逝世時社會各界悼念魯迅的文章、輓聯，而且收錄了從魯迅逝世一直到 60 年代對魯迅悼念的活動介紹。在「先生不朽」的標題下，主要收錄毛澤東、蔡元培、茅盾、老舍等社會名流對魯迅的高度評價。在「百年被告」部分，主要收錄了由葛濤輯錄的一個世紀以來非議、攻擊魯迅的有代表性言論，從中不僅可以看出不同時代非議魯迅言論的異同，而且對於當代的讀者也有參考價值。在「今世評說」部分，主要收錄了從報刊和網絡中上輯錄的一些文章。在「完全解讀」的標題下，收錄了一些當代作者對魯迅的解讀，主要有《魯迅，中國不能淡忘的旗幟》、《重讀魯迅》、《被意識形態化的魯迅》等文章；在「片言碎語」的標題下，收錄了《南方週末》紀念魯迅誕辰 120 週年專輯刊發的、由葛濤輯錄的網民對魯迅的一些評價。網民關於魯迅的評論被編者巧妙地用魯迅的文章或作品集的名稱如《朝花夕拾》、《花邊文學》、《華蓋集》、《準風月談》、《南腔北調集》、《吶喊》、《為了忘卻的記念》、《這樣的戰士》、《孤獨者》、《隨感錄》、《自由談》等串聯起來。

　　這個專輯還同時進行了題為「你怎麼看待一度甚囂塵上的否定魯迅

潮？」的在線調查，共有 6080 位網民參加了本次調查，詳見下文分析。

總的來說，新浪網紀念魯迅誕辰 120 週年的專輯是同類紀念專輯中作的比較好的，最值得稱道的是專門設計了魯迅先生的網上紀念堂供網民憑弔魯迅先生，網民可以在這裡抒發對魯迅先生的懷念之情，充分發揮了網絡互動的優勢。如果說網易網站紀念魯迅誕辰 120 週年的專輯「大家都來『吃』魯迅」以網民的文章爲主體，更多地體現了一種富有諷刺和戲仿的狂歡節色彩，那麼新浪網的紀念魯迅專輯則以轉載一些學者在傳統媒體上所發表的紀念魯迅的文章爲主體，更多地體現了歷史的厚重感和滄桑感。不過，這個專輯雖然在內容上比較全面，收錄了大量的文章，但是還存在一些問題，例如「今世評說」欄目所收錄的文章就有點雜亂，未能較爲全面地反映出當代魯迅研究的眞實水平。

**（3）搜狐網紀念魯迅誕辰 120 週年專題：「懷念魯迅先生」〔註3〕**

作爲中文網絡的三大門戶網站之一的搜狐網站，也製作了紀念魯迅誕辰 120 週年的專輯「懷念魯迅先生」。

在「魯迅生平」部分，主要介紹了魯迅的生平、一生的大事記、各地的紀念設施和魯迅的一些逸聞趣事；在「魯迅先生主要作品欣賞」部分，收錄了魯迅的《阿 Q 正傳》、《孤獨者》、《從百草園到三味書屋》、《我之節烈觀》、《魯迅舊體詩集注》等作品；在「世說魯迅」部分，收錄了周作人、梁實秋、陳村、王朔、張閎等人談論魯迅的文章和《魯迅挨罵錄》；在「懷念魯迅」部分，收錄了茅盾、巴金、蕭紅、郁達夫、林語堂等人回憶魯迅的文章，以及張承志、張夢陽等人撰寫的紀念魯迅的文章和各地紀念魯迅誕辰 120 週年活動的介紹；在「先生愛情」部分，收錄了幾篇介紹魯迅婚戀的文章，主要有《魯迅與朱安》、《魯迅醉打許廣平》等；在「先生照片」部分，收錄了魯迅的 20 多張照片；在「精神長存」部分，收錄了一些高度評價魯迅精神的文章，主要有《魯迅：21 世紀中國不能淡忘的旗幟》、《呼喚精神界之戰士》等。

總的來說，雖然這個紀念魯迅的專輯也設立了好幾個欄目介紹魯迅其人、其作和相關評論與研究，但是在內容上比較簡略，在形式上也缺乏新意，更多的是展示，缺乏互動性，另外，這個專輯收錄的網民紀念和談論魯迅的文章比較少，網民的聲音沒有能夠很好的體現出來，與新浪網和網易網的紀念魯迅的專題相比在製作水平上有明顯的差距。

〔註 3〕搜狐網紀念魯迅誕辰 120 週年專題：「懷念魯迅先生」（http://cul.sohu.com）。

（4）人民網紀念魯迅誕辰 120 週年專輯「紀念魯迅先生誕辰 120 週年」〔註4〕

人民網是人民日報主辦的官方網站，該站的紀念魯迅誕辰 120 週年專輯由人民網・讀書論壇的編輯「綠茶」等人策劃。編者在「導言」中強調：

> 今天我們紀念先生最重要的意義也在這「精神」二字。翻開報刊、雜誌、書籍，打開電視、廣播、網絡，在任一種傳播媒介上我們都不難看到學術腐敗、文藝創作的庸俗化、文學建設的緊迫性，如此等等，中國文化界也面臨著一場徹底的「反腐倡廉」，其創作精神日頹，不能不使我們敲響思想的警鐘。

在「走訪魯迅故居」部分，重點報導了在魯迅的故鄉紹興舉行的各種紀念魯迅的活動；在「各地紀念活動」部分，報導了北京、上海、天津、廣州等地紀念魯迅的活動；在「魯迅生平及主要作品」部分，主要收錄了《魯迅先生年表》和魯迅的《阿Q正傳》、《從百草園到三味書屋》、《我之節烈觀》、《魯迅舊體詩集注》等作品；在「懷念魯迅」部分，收錄了茅盾、巴金、蕭紅等人懷念魯迅的文章；在「魯迅研究」部分，收錄了李澤厚、陳思和、謝泳等人研究魯迅的文章和陳西瀅、蘇雪林等人批評魯迅的文章；在「評說魯迅」部分，收錄了周作人、陳村、王朔、張閎等人評論魯迅的文章；在「今日魯迅」部分，收錄了談論魯迅與當代社會的文章，主要有陳建功、林非等人在紀念魯迅誕辰 120 週年學術討論會上的發言，另外還有社會上關於魯迅的熱點話題，如商家打魯迅牌、與魯迅有關的戲劇引發的爭議等；在「凡人魯迅」部分，收錄了魯迅的感情生活和魯迅的一些逸聞趣事，主要有《魯迅與煙酒茶》、《魯迅飲食紀略》等；在「網民看魯迅」部分，收錄了網民評論魯迅的一些文章，主要有網民「醉禪」的《關於魯迅》、網民「寶華ABC」的《說說魯迅》等。

總的來說，這個紀念專輯雖然在紀念魯迅的新聞信息方面比較詳細全面，但是在介紹魯迅的內容方面較為單薄，未能比較充分地體現出編者在「導言」中所說的意圖。另外，這個紀念專輯也未能發揮出網絡可以互動的優勢，沒有供網民交流的互動平臺，專輯中所收錄的網民的文章也很少。這可能與該網站是人民日報主辦的網站這一背景有關，因此在某種程度上也可

---

〔註4〕人民網紀念魯迅誕辰 120 週年專輯：「紀念魯迅先生誕辰 120 週年」（http://culture.people.com.cn）。

以說，這個紀念專輯很像人民日報的一個網絡上的翻版，只注重提供紀念魯迅的新聞信息，沒能發揮出網絡互動的優勢。

### 2、中文網絡中紀念魯迅逝世 70 週年的幾個專輯

在 2001 年紀念魯迅誕生 120 週年之後，中文網絡中幾乎沒有再出現紀念魯迅的專輯，到 2006 年魯迅逝世 70 週年之際，中文網絡中又出現了一些紀念魯迅的專輯。除了在 2001 年製作過紀念魯迅專輯的網易網站、新浪網、搜狐網、人民網之外，天涯社區網站和騰訊網等一些網站也製作了紀念魯迅的專輯。

### （1）網易‧文化頻道紀念魯迅逝世 70 週年專輯：「以『不敬』的方式紀念魯迅先生」〔註5〕

網易網站製作的紀念魯迅先生誕生 120 週年專輯「大家都來『吃』魯迅」主要由該網站的魯迅論壇中發表的帖子組成，在中文網絡中產生了較大的反響。魯迅論壇本來是中文網絡中聚集眾多魯迅愛好者的論壇，但是因故在 2005 年網易網站改版時被撤銷，這使得眾多的魯迅愛好者離開網易網站，魯迅論壇也由此逐漸冷清。在此背景下，網易網站在 2006 年製作紀念魯迅逝世 70 週年的專輯「以『不敬』的方式紀念魯迅先生」主要由平面媒體的報導和其他網站發表的網民的文章組成。編者在專輯的「導語」中指出：

> 紀念魯迅先生是一件義不容辭的事，然而，我們的紀念方式，不再是一成不變的「緬懷」這種「主流」方式。我們試圖對魯迅先生提出質疑和新的評價，試圖讓先生走下神壇，恢復他本來的面目。這對先生有些「不敬」，但在當今這也不失為好的紀念方式。

專題設立了如下幾個欄目：在「歷史需要還原一個真實的魯迅」部分，收錄了《不能迴避的魯迅紀念》、《魯迅的當代價值》（張夢陽）、《魯迅形象的變化證明了中國的進步》以及《名人和學術界人物評魯迅》等文章；在「魯迅是性格陰毒、心態偏激的媚日文人？」部分，收錄了兩種攻擊魯迅的言論，一種是網民「憨子」的《魯迅的陰毒》，以及反駁文章《沒有缺憾，魯迅還能成其為魯迅嗎？》（石地）、《魯迅實際上還太單純善良》（佚名），另一種是《為什麼你們對魯迅那麼寬容？》，以及反駁文章《魯迅，一個特立獨行的知識分子》（「阿賽爾」）、《媚日說太幼稚》（佚名）；在「魯迅對當代中國

---

〔註5〕網易‧文化頻道紀念魯迅逝世 70 週年專輯：「以『不敬』的方式紀念魯迅先生」（http://culture.163.com/special/00280030/0610luxun.html）。

人信仰缺失負有責任」部分，主要收錄兩組文章：第一組文章有《重識魯迅：中國人眞的做了四千年的奴隸》（「西門先生」）及反駁文章《不要誤讀了魯迅》（「清峻」），第二組文章有《魯迅是否引起了當代部分年輕人的反感？》（佚名），以及反駁文章《用平常心對待魯迅的偉大》（佚名）、《讀〈希望〉》（佚名）等；在「魯迅難道不是大師級作家？」部分，收錄了《四方面論證魯迅不是大師級作家》（脂硯齋）和反駁文章《眞正識得先生文學的有幾人？》（佚名）；在「多方位多角度閱讀魯迅」部分，主要介紹李長之的《魯迅批判》、曹聚仁的《魯迅評傳》、韓石山的《老不讀胡適，少不讀魯迅》、李歐梵的《鐵屋中的吶喊》、王曉明的《無法直面的人生：魯迅傳》等著作；在「媒體報導魯迅逝世 70 週年紀念活動」部分，收錄了《周海嬰：生活中的父親從不「橫眉冷對」》以及日本仙臺劇社在中國演出的話劇《遠火》和紹興舉辦的紀念魯迅逝世 70 週年國際學術研討會的相關報導；在「延伸閱讀：魯迅與胡適」部分，收錄了《魯迅走下神壇，胡適躍上地面》（佚名）、《魯迅和胡適誰都不能少》（陳愚），另外還有大江健三郎的《魯迅伴隨我的一生》；在「投票」部分，設立了題爲「你如何評價魯迅遭質疑現象」的網絡調查，主要有如下選項：①人無完人，沒什麼大驚小怪的，②很可笑，是對魯迅無聊的攻擊，③動搖魯迅的地位是不可能的事，④我熱愛魯迅，但不再那麼崇拜了，⑤魯迅被神化了，應還原本來面目。（可惜的是，筆者沒有及時把這次調查的結果保存下來，無法瞭解網民的態度。）

編者最後在「結束語」中強調了製作這個專輯的目的：

> 魯迅是絕大多數人的偶像，對偶像的質疑和再認識當然是一件痛苦的事，更何況，魯迅的地位在大多數人的腦子裏已經扎了根，「而且已入骨三分」。可是在這種觀念之下，如果沒有破除偶像的勇氣，魯迅就容易成爲一種形而上的存在，「魯迅崇拜」最後也會成爲某種帶有暴力性質的崇拜。這是要不得的。

需要指出的是，這個紀念專輯所提出的「還原魯迅」，破除「魯迅崇拜」的目的是值得肯定的，而通過網絡這一新興媒體來解構以前由傳統媒體所塑造的魯迅形象也有很多的優勢，但是這個紀念專輯因爲內容單薄而在很大程度上沒能達到編者的目的。編者雖然列舉了幾篇質疑和批判魯迅的文章，但是這些文章，特別是網民的那幾篇文章，在某種程度上可以說是用毫無歷史依據的謠言攻擊魯迅的文章，在水平上還不足以「還原」魯迅。另外，與網

易網站在 2001 年製作的紀念魯迅誕生 120 週年專輯「大家都來『吃』魯迅」相比，這個專輯在所收錄的談論魯迅的網民文章不僅沒有明顯的進步，反而有不少的退步，這與網易網站撤銷魯迅論壇從而喪失了大量網民創作的具有一定水平的關於魯迅的原創帖子無疑有很大的關係。

### （2）新浪網紀念魯迅逝世 70 週年專輯：「我們離魯迅究竟有多遠」

〔註6〕

　　新浪網的博客頻道為了紀念魯迅逝世 70 週年而製作了紀念魯迅的博客，文章都選自文化界知名人士和網民發表在新浪網中各自博客中的文章。策劃者在導語中指出：

> 魯迅離開我們已經 70 年了。在漫長的歲月裏，他不斷被塑造
> 成各種偉大的雕塑，我們每個人都或多或少地受到他的影響，有滋
> 潤，也有遮蔽。革命年代，他是硬邦邦的偶像，籠罩著我們卑下而
> 需每日反省的生活；在和平年代，我們觸摸到他越來越柔軟的部分。
> 魯迅正在走出評論家和政治家的注釋，成為我們日常經驗與情感的
> 來源。關於他是否過時的爭論，每隔若干年就要口舌一番，那也正
> 是不朽人物才能享有的待遇。事實上，他離我們已經很近很近了。

　　專輯設立了如下欄目：在「魯迅在今天還有沒有價值」部分，收錄了黃鳴的《阿 Q 是魯迅》、摩羅的《魯迅：正題反作的思想家》、傅國湧的《魯迅是酒、胡適是水》、孫郁的《魯迅精神是藥，胡適精神是飯》、網民「老漢坐禪」的《魯迅不死》等 10 篇文章；在「真實的魯迅以及關於他的爭論」部分，收錄了陳丹青的《我喜歡魯迅的幾個理由》、網民「寒月冷星」的《魯迅對當代中國還有沒有價值？》、網民「柏寒吟楓」的《看神壇下的魯迅——魯迅談自己》、網民「篤志」的《他成了一個被割裂的偶像》、網民「阿平」的《魯迅究竟是誰？》等 10 篇文章；在「老百姓眼裏的魯迅和魯迅精神部分，收錄了網民「白天看星星」的《魯迅不應該離我們遠去》、網民「子魚」的《高貴的魯迅　一如高雅的古琴》、網民「楠鳳」的《還需要魯迅的筆解剖這時代》、網民「茨威格」的《魯迅，危險的憤青！》、網民「神也寂寞」的《我為什麼不喜歡魯迅？》等 10 篇文章。另外，這個專輯還同時進行了題為「魯迅離我們有多遠」的網絡調查，共有 3962 位網民參加答卷，詳見下文分析。

---

〔註6〕新浪網紀念魯迅逝世 70 週年專輯：「我們離魯迅究竟有多遠」（http://blog.sina.
com.cn/lm/luxun/index.html）。

　　總的來說，新浪網‧博客頻道製作的這個紀念魯迅的專輯是魯迅網絡傳播史上首次由博客中的文章組成的紀念專輯，取得了一定的成功，雖然編者只從新浪的博客中選擇紀念魯迅或談論魯迅的文章，範圍比較小，而且文章水平也參差不齊，但在一定程度上展示了當代部分網民對魯迅的理解和紀念。另外，專輯所提出的「魯迅在今天還有沒有價值」的問題和進行的「魯迅離我們有多遠」的網絡調查還是比較富有現實意義的，參與本次調查的網民對魯迅的認知狀況值得魯迅研究界和中學語文教教育界的重視。

　　（3）搜狐網站紀念魯迅逝世 70 週年專輯：「70 年後一回眸」〔註7〕

　　搜狐網‧讀書頻道爲紀念魯迅逝世 70 週年製作了題爲「70 年後一回眸」的專輯，策劃者在導語中指出：

> 在魯迅辭世 70 週年之際，我們重思魯迅留下的精神和文字遺產，我們回眸幾十年間魯迅形象與影響的變遷，所希望表達的，是對這位 20 世紀中國文化巨人的敬重，更希望通過這樣的回顧，爲當下提供更多的思考路徑。

　　專輯的頭條文章是張夢陽的《魯迅的當代價值》一文，該文指出了魯迅對於當代中國的價值所在。專輯還設立了如下欄目：在「新聞動態」部分，收集了一些紀念魯迅逝世 70 週年相關活動的新聞報導；在「瞭解魯迅」部分，收錄了周海嬰的《魯迅是誰》和《魯迅年譜》以及蔡元培、林語堂、老舍等「名家論魯迅」的文章；在「思考魯迅」部分，收錄了汪暉的《魯迅是對啓蒙抱有深刻懷疑的啓蒙者》、錢理群的《魯迅：四位一體的智者》等文章；在「爭議魯迅」部分，設立了「當代人根本沒有必要再學魯迅」、「魯迅還在青年人的心裏嗎」、「魯迅對當代中國還有沒有價值」三個話題供網民討論；在「八卦魯迅」部分，收錄了《魯迅 PK 不過玉女作家眞的很正常嗎》、《關係神秘傳緋聞　魯迅日記中「許小姐」眞相》、《文字透露幽秘信息　魯迅曾經暗戀過蕭紅》等文章。該專輯同時還進行了關於魯迅的網絡調查，有 283 位網民參與答卷，詳見下文分析。

　　10 月 19 日晚，搜狐網站還邀請魯迅的長孫周令飛和學者止菴和網民進行了題爲「還原魯迅」的網絡聊天，就魯迅生平和魯迅研究中的一些問題回答了網民的提問。雖然參與本次聊天的網民不多，但卻是魯迅網絡傳播史上魯

---

〔註 7〕搜狐網站紀念魯迅逝世 70 週年專輯：「70 年後一回眸」（http://cul.sohu.com/s2006/2006luxun）。

迅家人首次通過網絡聊天的方式和網民一起來紀念魯迅。這對於宣傳魯迅、普及魯迅都有一定的好處。

總的來說，搜狐網製作的這個紀念專輯比 2001 年時製作的紀念專輯有明顯的進步，其中舉行的魯迅家人和魯迅研究學者與網民的網絡聊天更是一個亮點。但是，這次專輯中所進行的網絡調查沒有能夠吸引到較多的網民參與調查，所提供的三個供網民討論的話題也很少有網民參加討論，這無疑是非常遺憾的。另外，這個專輯不僅有嚴肅的新聞報導，而且也有關於魯迅的八卦新聞，不僅有著名學人關於魯迅的論述，而且也有網民關於魯迅的評說，雖然水平參差不齊，但也構成了眾聲喧嘩的場面，只是以這種方式紀念魯迅逝世顯得有點不夠莊重。

### （4）人民網紀念魯迅逝世 70 週年專輯：「魯迅精神常青」〔註8〕

人民網為紀念魯迅逝世 70 週年而製作了題為「魯迅精神常青」的紀念專輯，這個專輯設立了如下欄目：在「新聞報導」部分，收錄紀念魯迅逝世 70 週年的相關活動的新聞報導；在「緬懷評說」部分，收錄了《我們需要魯迅年》、《魯迅：在流言傷害中挺立不屈》等文章；在「先生軼事」部分，收錄了《魯迅其實童心未泯很幽默》、《魯迅眼裏沒有偶像》等文章；在「音容笑貌」部分，收錄了魯迅的一些照片和「魯迅年譜」；在「精華作品」部分，收錄了《魯迅自傳》、《為了忘卻的記念》等文章，另外還設立了向魯迅先生「獻花留言」的論壇，供網民憑弔，抒發對魯迅的懷念之情。

總的來說，人民網這次製作的紀念魯迅專輯和在 2001 年製作的紀念魯迅專輯相比，在內容方面雖然有所增加，但是仍然略顯單薄。另外，這次紀念專輯的在形式方面與 2001 年的紀念專輯相比較有所進步，設立了供網民憑弔魯迅的論壇，從而使這個專輯在形式上顯得較為莊重，比較符合紀念一位文化偉人逝世的定位。

### （5）天涯社區網站紀念魯迅逝世 70 週年專輯：「民族精魂　暗夜豐碑」〔註9〕

2006 年 10 月 16 日，天涯社區網站在首頁位置製作了紀念魯迅逝世 70

---

〔註8〕人民網紀念魯迅逝世 70 週年專輯：「魯迅精神常青」（http://culture.people.com.cn）。

〔註9〕天涯社區網站紀念魯迅逝世 70 週年專輯：「民族精魂　暗夜豐碑」（http://cache.tianya.cn/publicforum/content/no01/1/389489.shtml）。

週年的專輯「民族精魂　暗夜豐碑」，在中文網絡中引起了較大的反響，專輯設立的討論區在短短幾天的時間內就出現了 1000 多個留言，一些網民在留言中抒發了對魯迅先生的懷念之情，同時也有一些網民在留言中攻擊魯迅，彼此之間也產生了一些論爭。專輯策劃者在導語中指出：

> 魯迅先生辭世 70 年了。70 年間，對他的解讀和闡釋、褒揚和審視、爭議和攻訐，幾乎從未停歇過，而真實的魯迅只有一個。專輯彙集的紀念各出真誠，真實的魯迅活在民間。

專輯設立了如下欄目：在「豐碑」部分，收錄了網民「梁由之」的《百年五牛圖之一：關於魯迅》、摩羅的《悲憫大地——魯迅組詩》、網民石地的《三祭魯迅：冷眼悲情睿見深》、網民「草魚子」的《魯迅——一個不帶麻藥的醫生》等 7 篇文章；在「解讀」部分，收錄了網民范美忠的《野草》心解（修訂稿）、網民「西辭唱詩」的《夜裏有屈原的植物——讀魯迅的詩》、網民「去年塵冷」的《豐富的痛苦——魯迅的精神歷程及其命運》、網民「羽戈」的《論魯迅的「鬼」氣&從失語到失魂》等 30 多篇文章；在「感悟」部分，收錄了網民仲達的《魯迅逝世 70 年祭：一個「失敗者」眼中的魯迅》、網民聞中的《魯迅：當精神處於弱勢的時候》、網民「悠哉」的《魯迅在紹興會館的孤獨》等 7 篇文章；在「評說」部分，收錄了網民「崇拜摩羅」的《作為祭品的先知》、網民陳愚的《魯迅、胡適及其角色定位》、網民孟慶德的《想起魯迅》、網民于仲達的《「個的自覺」和「罪的自覺」——重讀魯迅》等 40 多篇文章。這個紀念專輯收錄了網民發表在天涯社區網站各論壇中的比較有影響的文章（只有少數幾篇是轉載的魯迅專家撰寫的文章），不僅表達了民間熱愛魯迅的網民對魯迅逝世 70 週年的真誠的紀念，而且也集中展示出了網民閱讀魯迅、研究魯迅的水平，顯示出魯迅在民間的影響。該專輯同時還進行了關於魯迅的網絡調查，共有 2573 位網民參加答卷，詳見下文分析。

總的來說，從這個紀念專輯所收錄的上述文章中也可以看出策劃者要在專輯中反應出真實的魯迅的願望在一定程度上得到了實現，但是因為網民對魯迅的理解還不夠深入等原因，距離展示出真實的魯迅還存在一定的差距。如果說，網易網站製作的紀念魯迅誕辰 120 週年專輯「大家都來『吃』魯迅」富有網絡的狂歡色彩，充分展示了網民模仿魯迅的水平，那麼天涯社區網站紀念魯迅逝世 70 週年的專輯「民族精魂　暗夜豐碑」則富有學術研究的色彩，在很大程度上展示了網民闡釋魯迅的水平，這兩個紀念專輯風格的變化

也反映出魯迅網絡傳播從 2001 年到 2006 年的話題的變化和發展趨勢，即廣大網民對魯迅的理解逐漸的深入。

### （6）騰訊網紀念魯迅逝世 70 週年專輯：「21 世紀我們是否還需要魯迅？」〔註 10〕

　　騰訊網在 2006 年爲紀念魯迅逝世七十週年而製作了題爲「21 世紀我們是否還需要魯迅」的紀念專輯，引起了較大的反響，共有 2612 位網民參與，並發表了 1139 條評論。策劃者在專輯的導語中指出：

> 今天，當人們開始反思歷史時，魯迅不可避免地成了反思的對象：魯迅「刻薄」、「魯迅不是大師」、「魯迅媚日」等論調一次次地挑起爭論。還原魯迅、質疑魯迅成了學術界潮流；青年們則開始遺忘魯迅。有學者認爲，20 世紀是魯迅的世紀，21 世紀是胡適的世紀；某「80 後」作家更聲言，21 世紀還讓魯迅代表中國人，實在太落後。當紹興把「魯迅品牌」炒得火熱時，當知識分子呼籲破除「聖人迷信」時，當新一代聲言「對魯迅沒好感」時，魯迅的遺願是否正在實現？

　　專輯設立了如下幾個欄目：在「我們今天需要怎樣的魯迅？」部分，收錄了《論批判精神的缺失——紀念魯迅先生逝世 70 週年》（南方都市報紀念魯迅逝世 70 週年的社論）、《魯迅這塊招牌》（「漏齋」）、《魯迅：一個眞正反現代性的現代性人物》（《南風窗》雜誌對汪暉的訪談）、《我們今天怎樣讀魯迅》（深圳特區報刊登的林賢治的一次演講內容）。

　　在「魯迅：一個神話的『解構』」部分又分爲幾個小章節：在「被『意識形態化』的魯迅」的小節中，收錄了朱航滿發表在世紀中國網站的《將魯迅放回到人的位置來紀念》）；在「被『還原』的魯迅」的小節中，在「好玩」說的標題下收錄了《陳丹青演講：笑談大先生》），在「人格質疑」說的標題下收錄了葛紅兵的《話語領袖與聖人迷信》，在「刻薄」說的標題下收錄了史鑒的《魯迅眞的過分刻薄麼？》，另外，還有《周海嬰談父親：生活中的魯迅從不「橫眉冷對」》（新華日報）、王青笠的《不一樣的大家：魯迅喜歡吃零食、酷愛搞惡作劇》（華夏時報）、網民憨子的《魯迅是中國最媚日的文人？》、鮑爾吉・原野的《罵盡三千年沒罵過上海黑老大：魯迅的 N 個「不」》（杭州日

---

〔註 10〕騰訊網紀念魯迅逝世 70 週年專輯：「21 世紀我們是否還需要魯迅？」（http://www.qq.com）。

報）等文章；在「被紀念的魯迅：商業品牌與學術話題」的小節中，收錄了章建森的《今年是魯迅先生逝世 70 週年　我們該如何紀念他？》（今日早報）、宋曉松的《70 年後，魯迅商標滿故里》（成都商報）、《魯迅逝世 70 週年　中外學者研討魯迅文化》（中國新聞社）；在「被『冷落』的魯迅：青年一代有了新的偶像」的小節中，收錄了趙曉林的《別再把魯迅當做「鋪路石」》（濟南日報）、廖保平的《魯迅還在青年人心裏嗎？》（工人日報）、姜伯靜《既然魯迅過時了，讓你來代表中國人好了》（光明網）。

在「魯迅眞的『過時』了嗎」部分，分爲如下幾個小的章節：在「魯迅不適和青年人閱讀？」的小節中，收錄了韓石山《無法調和不如分開　少不讀魯迅，老不讀胡適》一文的摘錄（中國思維網）；在「時代變了，魯迅落後了」的小節中，收錄了韓石山《無法調和不如分開　少不讀魯迅，老不讀胡適》一文的摘錄；在「知識分子不能迷信魯迅？」的小節中，收錄了葛紅兵的《話語領袖與聖人迷信》（智識學術網）。

在「尋找魯迅的時代意義」部分分爲如下幾個小的章節：在「懷疑與批判：魯迅之後還有誰？」的小節中收錄了余杰的《叛徒們之魯迅》；在「尋求『個體的尊嚴與幸福』」的小節中收錄了《周海嬰上海書展上的講演：魯迅究竟是誰？》（文匯報）；在「重塑中國人的精神」的小節中收錄了張夢陽的《魯迅的當代價值》（中華讀書報）。

這個專輯還進行了題爲「你認爲魯迅的思想在二十一世紀的今天，是否已經『過時』」的網絡調查，共有 11129 位網民參與調查，詳見下文分析。另外，這個專輯還有「魯迅的遺囑」和「魯迅論中國人」（摘錄了魯迅的部分名言），以及「名人眼中的魯迅」（摘錄了林語堂、老舍、李敖、王朔、葛紅兵等人評論魯迅的文字）等內容。

總的來說，這個專輯設計的比較成功，吸引了上萬名網民的關注和參與。雖然這個專輯收錄的文章大多來自於報刊已經發表的文章，但是策劃者卻充分發揮了網絡的互動優勢，通過編排這些文章，再次提出了一個值得深思的問題：「21 世紀我們是否還需要魯迅？」這個話題吸引了眾多的網民關注和參與，並在閱讀過這個專輯之後在專輯所鏈接的論壇中發表了自己的觀點，其中有相當多的網民認爲 21 世紀的中國仍然需要魯迅的思想，另外，專輯設立的網絡調查結果也顯示出，在參與這次調查的 11129 位網民中有近 75%的網民認爲魯迅思想「絕不過時」，絕大多數的參與這個專輯調查的網民

都認為 21 世紀的中國仍然需要魯迅的思想。

## 二、小　結

　　回顧中文網絡中在 2001 年和 2006 年出現的上述紀念魯迅的專輯，可以說這些紀念專輯的出現和社會上紀念魯迅的活動密切相關，在某種程度上也可以說，正是社會上在魯迅誕生或逝世逢五或逢十週年之際舉行的紀念活動才引發了中文網絡中紀念魯迅的專輯的出現，而且中文網絡中這些紀念魯迅的專輯所收錄的一些文章就是來源於社會上的平面媒體的。另外，中文網絡中的一些紀念魯迅專輯的風格也受到了平面媒體紀念魯迅專題的風格的影響，如新浪網紀念魯迅誕辰 120 週年專輯就受到了《南方週末》紀念魯迅誕辰 120 週年專題的影響，而網易網站紀念魯迅逝世 70 週年的專輯也受到了《南方人物週刊》紀念魯迅逝世 70 週年專題的影響。

　　通過對網易網站、新浪網、搜狐網、人民網在 2001 年和 2006 年製作的紀念魯迅的專輯的比較，可以看出隨著中文網絡的發展，這些紀念專輯雖然在文章水平或製作風格上存在一些問題，但是在整體上有了明顯的進步，不僅在很大程度上展示出當代網民對魯迅的紀念，而且也在很大程度上顯示出當代網民對魯迅的認知的多元化。雖然這些紀念專輯中基本都是由各大網站製作，並且也包括陳丹青、謝泳等一些文化界人士和王曉明、林賢治等魯迅研究界人士評論魯迅的文章，但是網民的參與也是越來越多的，他們的聲音越來越大，和社會上的文化人士、魯迅研究專家一起構成了紀念魯迅的大合唱，充分顯示出魯迅在民間的強大生命力。需要指出的是，上述紀念魯迅的專輯收錄了一些網民談論魯迅的文章，有的專輯還以網民的文章為主，但是更多的專輯還是以專家學者的文章和平面媒體上的文章為主。雖然網民談論魯迅的文章中不乏一些有真知灼見的文章，但是大部分網民的文章對魯迅的闡釋還處於較低的水平，這不僅與中文網絡中缺乏大量富有一定水平的原創性的網民文章有較大的關係，而且也與上述網站製作紀念專輯時主要從本網站搜集文章沒有能從中文網絡中各大網站和論壇搜集編選文章有一定的關係。

　　此外，這些紀念專輯不僅表達了對魯迅的紀念，而且還提出了很多關於魯迅的值得思考的話題，諸如「我們離魯迅究竟有多遠」、「我們今天需要什麼樣的魯迅」、「21 世紀我們是否還需要魯迅」等等，雖然，廣大網民對魯迅

的瞭解不夠全面和深入，但是他們對這些問題的思考和回答都是值得魯迅研究者和中學語文教育者的重視。

最後需要從傳播學的角度分析一下網絡公司設立紀念魯迅專輯的原因。上文提到的網站除了人民網因為是人民日報主辦而帶有官方色彩之外，其餘的網站都是上市公司主辦的帶有濃厚商業色彩的網站。有學者指出：

> 網絡傳播的內容可能是與大眾傳播不一樣的，但是其傳播動機卻是和大眾傳播完全一樣的。換言之，宣傳動機、盈利動機、成就動機，仍舊是網絡傳播者的主導動機。〔註11〕

傳播學對大眾傳播者的動機進行了分類：

> 大眾傳播的傳播者的動機大致可以歸結為三種動機類型：第一，宣傳動機。類似於人際傳播中導向動機，是指傳播者欲影響受眾的思想和行動。政府、政黨和各社會團體，都想利用大眾媒介宣傳自己的觀點和主張。媒介自己也想宣傳自己的觀點。媒介的導向動機過於強烈，會為了宣傳自己的觀點，發揮議題設置功能……第二，營利動機。在現代社會中，絕大多數媒介都具有產業屬性，必須依靠廣告費和資金投入才能生存、發展。媒介工作者以傳播為謀生手段。所以，許多時候傳播內容和方式都由盈利的動機決定……第三，成就動機。類似於人際傳播中的自我維護動機，是指傳播者欲通過傳播獲得成就感和個人社會地位的上升。媒介總想通過傳播擴大社會影響力……成就動機過於強烈，使得媒介有時片面追求傳播的轟動效應。〔註12〕

從上述觀點可以看出，帶有官方色彩的人民網設立紀念魯迅專輯的動機以宣傳動機為主，以成就動機為輔，試圖通過設立紀念魯迅專輯來宣傳魯迅，並在一定程度上擴大網站在網絡中的影響力；新浪、天涯社區等商業網站設立紀念魯迅專輯的動機是以營利動機為主，以成就動機為輔，試圖通過設立紀念魯迅的專輯來吸引網民，以擴大網站的訪問量，獲得經濟效益，並在一定程度上擴大網站在網絡中的影響力。從這個角度來說，這些紀念魯迅的專輯都是網站為了經濟利益而生產的一種文化商品，而網站為了追求利益的最

---

〔註11〕 孟建、祁林《網絡文化論綱》，北京：新華出版社，2002 年 12 月出版，第 64頁。

〔註12〕 孟建、祁林《網絡文化論綱》，第 58～59 頁。

大化，為了吸引更多的網民來消費這個專輯，會按照傳播效果的需要對這些專輯進行設計，因而也可以說這些紀念魯迅的專輯所建構的內容在深層動機方面都在很大程度上是為了迎合網民的心理需要。「但是，大眾傳播者為了達到自己的目的，總是把傳播動機隱藏起來，普通受眾對此渾然不覺。」〔註13〕所以，網民在瀏覽紀念魯迅的專輯、參與魯迅話題的互動時，可能會不知不覺的在一定程度上受到這些網站精心設計的文化產品所暗含的導向的影響。總的來說，網站所設立的紀念魯迅的專題首先要符合網站的最大利益，首先，這個專題必須是符合國家各種政策的，不會給網站帶來一定的風險；其次，這個專題必須迎合大多數網民的心理，這樣才能吸引到大多數網民的關注和參與。

　　鑒於目前中文網絡中網民上網的主要動機是消遣和網民的整體文化水平不高的狀況，網站在設計每個紀念魯迅的專輯時就必須對有關魯迅的內容進行選擇，選擇那些比較淺一些、容易引起網民關注的內容，甚至要製造一些容易引起網民轟動的話題，因此，魯迅思想中的深刻性和批判性就被網站有意的懸置了。

---

〔註13〕孟建、祁林《網絡文化論綱》，第59頁。

# 第五章　當代中文網絡中關於魯迅的
網絡調查活動研究

　　隨著中文網絡的發展，魯迅也逐漸成爲網絡中的一個熱點話題，特別是在 2001 年魯迅誕生 120 週年和 2006 年魯迅逝世 70 週年之際，在社會上紀念魯迅的活動的影響下，中文網絡中也出現了紀念魯迅的熱潮，一些網站還發揮網絡具有互動性和即時性的特點進行了一些關於魯迅的網絡調查，這些調查雖然在調查內容的設計等方面還存在一些不足之處，但是因爲參與調查的網民通常較多，他們對魯迅的評價也爲研究魯迅在中文網絡中或者說是在民間的傳播提供了很好的素材。

## 一、當代中文網絡中關於魯迅的網絡調查活動概況

### （1）新浪網進行的「你怎麼看待一度甚囂塵上的否定魯迅潮？」的網絡調查 [註1]

　　2001 年，新浪網爲紀念魯迅誕辰 120 週年而製作了「百年魯迅　精神豐碑」專輯，這個專輯還同時進行了題爲「你怎麼看待一度甚囂塵上的否定魯迅潮？」的在線調查，共有 6080 位網民參加了本次調查，其中有 3213 位網民選擇「譁眾取寵，不值一提」，占總投票人數的 52.85%；有 1462 位網民選擇「有其存在的合理性」，占總投票人數的 24.05%；有 146 位網民選擇「很難判斷」，占總投票人數的 2.40%；有 1248 位網民選擇「這是評論者的自由」，占總投票人數的 20.53%。

　　這個網絡調查可能是目前已知的中文網絡中最早的關於魯迅的調查。從

---

〔註 1〕新浪網・文化頻道（http://cul.book.sina.com.cn/focus/luxun.html）。

2000 年開始，社會上陸續出現了以王朔、葛紅兵等人爲代表的批評魯迅的熱潮，新浪網爲了瞭解廣大網民對社會上否定魯迅的熱潮的態度而發起這個網絡調查。從投票結果可以看出網民的選擇呈現出多元化的特點，雖然有超過半數的網民認爲當前的否定魯迅的熱潮是「譁眾取寵，不值一提」，但是也有近 1／4 的網民選擇「有其存在的合理性」的選項，更有近 1／5 的網民選擇「這是評論者的自由」的選項，這些數字表明參與調查的網民對否定魯迅的熱潮有著比較多元化的認識。

（2）新浪·文化頻道發起的「二十世紀文化偶像評選」網絡調查〔註2〕

2003 年 6 月 6 日到 6 月 20 日，新浪·文化頻道聯合國內多家媒體舉行了「二十世紀文化偶像評選」的網絡調查，主辦者稱這次大型公眾調查活動的目的在於瞭解當代中國人的文化心態，擴大中國文化的世界影響。這次評選活動在開始舉行時就因爲周星馳、崔健、李小龍、鄧麗君等眾多的娛樂明星入選候選人名單而在社會上引起了強烈的反響，在評選過程中，又因爲張國榮等的得票數超過冰心、郭沫若等許多文化巨匠而引起了更爲激烈的爭議，評選結果揭曉後，又再次因爲張國榮排名第 6 而引發了大規模的論戰。

6 月 20 日，一直爭議很大的「二十世紀文化偶像評選活動」終於正式揭曉，共有 14 萬多人參加投票，十大獲選偶像分別是：魯迅（57259 票）、金庸（42462 票）、錢鍾書（30912 票）、巴金（25337 票）、老舍（25220 票）、錢學森（24126 票）、張國榮（23371 票）、雷鋒（23138 票）、梅蘭芳（22492 票）、王菲（17915 票）。新浪網在名單揭曉後對第一名魯迅的評價是：

> 新文化運動的主將，現代文學開山人物。一生致力於改造國民性，「我以我血薦軒轅」的理想從未動搖。魯迅在其生前，不但爲專制者的幫兇和幫閒文人所嫉恨，也遭到過左翼激進人士的猛烈抨擊，因此表示對其論敵「一個也不饒恕」。在他去世時，爲之送葬者人數極巨、規模極大，其身蒙有「民族魂」之旗，前則有拜倫、托克維爾之死，後則有薩特之死堪與伯仲。（點評：當然排第一，無論仇恨他的正人君子們如何污蔑他、詆毀他、歪曲他，他永遠是現代中國人的精神脊樑。）

在這次由新浪網聯合國內眾多媒體發起的評選 20 世紀中國文化偶像活動中，魯迅先生獲得了占總投票數的 40% 多的選票並當選爲 20 世紀中國文

---

〔註 2〕新浪網·文化頻道（http://cul.sina.com.cn）。

化偶像之首，這不僅充分表明了當代網民對魯迅先生在 20 世紀中國文化史上的重要地位的認同和尊敬，而且也從一個側面反映了魯迅在當代中文網絡中的傳播情況，充分表明已經逝世 67 年的魯迅先生在當代網民中仍然具有著重要的影響力。毋庸置疑，這次評選活動帶有濃厚的商業炒作目的，在網絡公司追求「眼球經濟」的時代，魯迅被某些網站和媒體利用來獲得吸引網民訪問的人氣和流量，雖然對於傳播魯迅起到了一定的作用，但是這種商業化的利用也是值得魯迅愛好者警惕的。

### （3）網易・新聞頻道進行的「是非魯迅」網絡調查〔註3〕

　　網民「david_huang」於 2003 年 7 月 5 日在網易網站的新聞論壇發表了《過大於功的魯迅》一文，認為「魯迅在對中國的種種落後進行激烈抨擊的時候，卻犯下了很多對中國歷史發展產生致命影響的錯誤：1，歷史虛無主義；2，現實虛無主義；3，只有批判，沒有建設。」7 月 6 日，他又在原文的基礎上補充了「民族虛無主義」一條。這篇文章很快就在網易網站的新聞論壇中引發了大規模的論戰，論戰一直持續到 11 月 30 日才告一段落，這篇文章也創紀錄地獲得了 108964 次點擊。在這樣的背景下，網易・新聞頻道在本頻道上製作了「是非魯迅」的專輯並進行了題為「是非魯迅」的網絡調查，調查包括「你認為魯迅先生的作品」和「你認為魯迅是」兩個問題。

　　共有 9343 位網民參加了「你認為魯迅先生的作品」問題的投票，其中選擇「振聾發聵，很有戰鬥性」選項的有 2614 票，占總投票人數的 28%；選擇「直指人心，發人深省」選項的有 4652 票，占總投票人數的 49.8%；選擇「書生之見，意義不大」選項的有 470 票，占總投票人數的 5%；選擇「尖酸刻薄，惹人討厭」選項的有 1064 票，占總投票人數的 11.4%；選擇「不欲置評」選項的有 543 票，占總數的 5.8%。

　　共有 9277 位網民參加了「你認為魯迅是」問題的投票，選擇「一名戰士」選項的有 3944 票，占總投票人數的 42.5%；選擇「好作家」選項的有 2664 票，占總投票人數的 28.7%；選擇「賣文為生」的人選項的有 664 票，占總投票人數的 7.2%；選擇「好鬥之人」選項的有 1673 票，占總投票人數的 18%；選擇「不清楚」選項的有 332 票，占總投票人數的 3.6%。

　　從投票結果可以看出，共有 7266 位網民認同問卷中從正面評價魯迅作品的選項，占總投票人數的 77.8%；有 1534 位網民認同問卷中從負面評價魯迅

〔註3〕網易網・新聞頻道（http://www.news.163.com）。

作品的選項，占總投票人數的 16.4%。再進一步分析投票結果，可以看出有4652 位網民認同魯迅的作品「直指人心，發人深省」的評價，占總投票人數的 49.8%；而認同魯迅的作品「振聾發聵，很有戰鬥性」的網民只有 2614 位，占總投票人數的 28%，這也顯示出當代大多數的網民對魯迅作品的評價更關注其思想性而非戰鬥性。值得注意的是，有 1064 位網民認同魯迅作品「尖酸刻薄，惹人討厭」的評價，占總投票人數 11.4%，有 470 位網民認同魯迅作品「書生之見，意義不大」的評價，占總投票人數的 5%，這些網民的觀點也從一個方面反映出互聯網中經常出現攻擊魯迅的文章的原因是因爲有一些網民對魯迅的評價較低。至於 543 位網民選擇「不欲置評」，占總投票人數的 5.8%，這一方面可能是因爲他們不贊同問卷的調查選項，另一方面也可能是因爲他們對魯迅的作品確實不屑一顧。

再來分析這次調查對魯迅本人評價的結果。共有 6608 位網民認同問卷中從正面評價魯迅本人的選項，占總投票人數的 71.2%；有 2337 位網民認同問卷中從負面評價魯迅本人的選項，占總投票人數的 25.2%。再進一步分析投票結果，有 3944 位網民認同魯迅是「一名戰士」的評價，占總投票人數的 42.5%；有 2664 位網民認同魯迅是「好作家」的評價，占總投票人數的 28.7%；這充分顯示出參與投票的大多數的網民對魯迅的評價還是比較高的。有趣的是，在有 3944 位網民認同魯迅是「一名戰士」的評價的同時還有 1673 位網民認同魯迅是「好鬥之人」的評價，這部分網民占總投票人數的 18%，這些數據充分表明，在相當多的網民的印象裏魯迅的「戰鬥」的形象比較突出。至於有占總投票人數 7.2%的 664 位網民認同魯迅是「賣文爲生的人」，可能是由於對魯迅生平的瞭解得不夠，也可能是出於對魯迅的輕蔑。選擇對魯迅本人「不清楚」的網民共有 332 位，占總投票人數的 3.6%，這表明網絡中確實有一些網民對魯迅本人不瞭解，另外，這部分網民的選擇也可能體現出他們對魯迅的不屑一顧的態度，因爲魯迅的作品在中學課本中甚至在小學課本中就有，按照現行的中學語文教育方法，作爲一個即使只受過初中教育的人來說，表示自己「不清楚」魯迅的人是不太容易讓人理解其態度的。

（4）新浪網發起的「你瞭解魯迅和他的作品嗎？」的網絡調查〔註4〕

2006 年 10 月 16 日，新浪網和華夏時報合作發起了題爲「你瞭解魯迅和他的作品嗎？」的網絡調查，共有 1709 位網民參與了這次問卷調查。

〔註4〕新浪網（http://www.sina.com.cn）。

　　在回答「你知道魯迅嗎？你瞭解他和他的作品嗎？」這一問題時，有 790 位網民選擇「讀過他的大多數作品，但不是全部，很喜歡」的選項，占總投票人數的 46.42%；有 758 位網民選擇「在學校裏學過他的作品，畢業後再也沒涉獵過」的選項，占總投票人數的 44.54%；有 140 位網民選擇「當然知道了，他的作品我全都讀過，他的生平我也瞭如指掌」的選項，占總投票人數的 8.23%；有 14 位網民選擇「幾乎完全不瞭解」的選項，占總投票人數的 0.82%。

　　在回答「你是通過什麼途徑知道和瞭解魯迅的」這一問題時，有 977 位網民選擇「在學校裏學習關於魯迅的課文」的選項，占總投票人數的 57.45%；有 599 位網民選擇「自己閱讀魯迅的作品和傳記」的選項，占總投票人數的 35.28%；有 113 位網民選擇「通過閱讀研究魯迅的文章」的選項，占總投票人數的 6.65%；有 9 位網民選擇「通過影視作品」的選項，占總投票人數的 0.53%。

　　在回答「你對魯迅的感情如何」這一問題時，有 783 位網民選擇「很喜歡，很崇拜，他是我的偶像」的選項，占總投票人數的 46.22%；有 640 位網民選擇「對他的感情很複雜，說不好」的選項，占總投票人數的 37.78%；有 184 位網民選擇「不怎麼瞭解，沒啥感情」的選項，占總投票人數的 10.86%；有 87 位網民選擇「他為人刻薄古怪，很煩他」的選項，占總投票人數的 5.14%。

　　在回答「你認為魯迅作品中成就最高的是」這一問題時，有 1013 位網民選擇「雜文，非常犀利，如匕首，似投槍」的選項，占總投票人數的 60.41%；有 527 位網民選擇「小說，比如《狂人日記》、《阿 Q 正傳》等」的選項，占總投票人數的 31.43%；有 132 位網民選擇「散文集，如《朝花夕拾》、《野草》等」的選項，占總投票人數的 7.87%；有 5 位網民選擇「詩歌」的選項，占總投票人數的 0.5%。

　　在回答「你對魯迅作品怎麼看」這一問題時，有 1185 位網民選擇「很深刻，很有蘊味」的選項，占總投票人數的 70.2%；有 236 位網民選擇「很尖酸刻薄」的選項，占總投票人數的 13.99%；有 166 位網民選擇「很晦澀，很難懂」的選項，占總投票人數的 9.84%；有 100 位網民選擇「很詼諧，很有趣」的選項，占總投票人數的 5.93%。

　　在回答「你認為魯迅一生最大的成就是」這一問題時，有 883 位網民選擇「猛烈抨擊幾千年來的舊文化、舊思想，是五四運動的先驅」的選項，占

總投票人數的 52.5%；有 536 位網民選擇「偉大的思想家，對中國的憤青影響深遠」的選項，占總投票人數的 31.87%；有 198 位網民選擇「一個文學家，寫出了很多傳世之作」的選項，占總投票人數的 11.77%；有 65 位網民選擇「關心青年，培養青年，爲青年作家的成長付出了大量的心血」的選項，占總投票人數的 3.86%。

在回答「你如何看待一度很火的否定魯迅潮」這一問題時，有 649 位網民選擇「譁眾取寵，不值一提」的選項，占總投票人數的 38.52%；有 444 位網民選擇「他們的大多數觀點都很牽強，有些方面也有一定道理」的選項，占總投票人數的 26.35%；有 345 位網民選擇「不太瞭解，很難判斷」的選項，占總投票人數的 20.47%；有 247 位網民選擇「很贊同，魯迅已經被神化了，不應該人爲拔高魯迅」的選項，占總投票人數的 14.66%。

在回答「你認爲魯迅作品適合收入中小學課本嗎」這一問題時，有 827 位網民選擇「適合不適合，要看對作品的選擇了，選對了就沒問題」的選項，占總投票人數的 48.62%；有 653 位網民選擇「都很適合，《從百草園到三味書屋》、《故鄉》等經典作品就應該讓大家在中學課本裏讀到」的選項，占總投票人數的 38.39%；有 197 位網民選擇「太不適合了，對於那個年齡段的學生來說很難理解」的選項，占總投票人數的 11.58%；有 24 位網民選擇「不好說，我也搞不懂」的選項，占總投票人數的 1.41%。

在回答「就你對魯迅已經形成的印象，今天回頭看，如果中學課本裏不選他的作品，你還會主動閱讀魯迅嗎？」這一問題時，有 658 位網民選擇「當然會，他的作品會是必讀的，如果錯過是一輩子的遺憾」的選項，占總投票人數的 38.71%；有 576 位網民選擇「可能會看一些，但大概不會引發我如此的興趣」的選項，占總投票人數的 33.88%；有 199 位網民選擇「不會，如果課文裏沒有，我也許根本不知道他是誰」的選項，占總投票人數的 11.71%；有 155 位網民選擇「這個就要看機緣巧合了，難說」的選項，占總投票人數的 9.12%；有 112 位網民選擇「如果我最早不是從中學課本裏讀到的魯迅，我會更喜歡他」的選項，占總投票人數的 6.59%。

從上述調查結果可以看出，在參與這次調查的網民中有超過 46% 的網民很喜歡魯迅，視魯迅爲偶像，同時也有超過 16% 的網民對魯迅沒什麼感情，有超過 5% 的網民很討厭魯迅。網民中間讀過較多魯迅作品的網民所佔的比例和只讀了中小學課本中的魯迅作品的網民所佔的比例比較接近，還有近

1%的網民對魯迅幾乎一無所知，只有 8%的網民比較瞭解魯迅的生平並讀過魯迅的全部作品，這也充分表明參與這次調查的網民中比較瞭解魯迅其人其作的人還是相對比較少的，從而也導致網絡中關於魯迅的評論在整體水平上不高，還需要廣大專業魯迅研究者的引導。

調查結果也顯示有超過 60%的網民認爲魯迅的雜文成就最高，有超過70%的網民高度評價魯迅的創作，認爲魯迅的作品很深刻，很有蘊味，有超過一半的網民認爲魯迅最大的成就「是猛烈抨擊幾千年來的舊文化、舊思想，是五四運動的先驅」，有超過 65%的網民對社會上否定魯迅的熱潮做出了負面評價，這充分顯示出參與這次調查的大多數的網民對魯迅的認識還是比較正確的。

另外，還可以看出有超過 57%的網民是通過課本接觸到魯迅作品的，有超過 44%的網民在課本中學過魯迅的作品但是在畢業後就沒有涉獵過魯迅的作品，有近半數的網民希望能選擇適合中小學學生的作品篇目，有近 1／3 的網民表示如果沒有從課本中讀到魯迅作品可能不會對魯迅產生興趣，甚至根本不知道他是誰，有超過 6%的網民表示如果不是最早從語文課本上讀到魯迅的作品會更喜歡魯迅，這也充分表明把魯迅作品收入中小學課本的方式對於普及和宣傳魯迅有著重要的作用。在某種程度上也可以說，語文課本中選錄的魯迅作品篇目和老師對魯迅作品的教學是很多網民接觸到魯迅作品的主要途徑，這不僅在很大程度上影響到他們對魯迅的第一印象，而且也在一定程度上影響到他們今後對魯迅的認知與評價。

總的來說，這次網絡調查不僅在問題的設計方面比較全面，而且參與答卷的網民也較多，調查的結果爲人們瞭解魯迅在網絡中的傳播狀況提供了具有重要參考價值的資料。

### （5）新浪網進行的「魯迅離我們有多遠」的網絡調查〔註5〕

新浪網・博客頻道爲紀念魯迅逝世 70 週年而製作了題爲「我們離魯迅究竟有多遠」的紀念專輯，這個專輯還同時進行了題爲「魯迅離我們有多遠」的網絡調查，共有 3962 位網民參加答卷。

在回答「你覺得魯迅對當代中國的價值」這一問題時，有 3463 位網民認爲「很大」，占總投票人數的 87.41%；有 303 位網民認爲「一般」，占總投票

---

〔註 5〕新浪網・博客頻道（http://blog.sina.com.cn/lm/luxun/index.html）。

人數的 7.65%；有 133 位網民認爲「說不清楚」，占總數的 3.36%；有 63 位網民認爲「沒有」，占總投票人數的 1.59%。

在回答「你理解的魯迅精神」這一問題時，有 1675 位網民選擇「揭露國民性」，占總投票人數的 42.28%；有 1143 位網民選擇「獨立人格」，占總投票人數的 28.85%；有 750 位網民選擇「批判姿態」，占總投票人數的 18.93%；有 394 位網民選擇「解剖自己」，占總投票人數的 9.94%。

在回答「你對魯迅的態度」這一問題時，有 3561 位網民選擇「喜歡」，占總投票人數的 89.88%；有 276 位網民選擇「無所謂」，占總投票人數的 6.97%；有 125 位網民選擇「不喜歡」，占總投票人數的 3.15%。

在回答「你買過魯迅的作品嗎」這一問題時，有 3188 位網民選擇「買過」，占總投票人數的 80.46%；有 774 位網民選擇「沒有」，占總投票人數的 19.54%。

在回答「你覺得魯迅是一個什麼樣的人」這一問題時，有 2002 位網民選擇「痛苦」，占總投票人數的 50.53%；有 777 位網民選擇「可愛」，占總投票人數的 19.61%；有 701 位網民選擇「幽默」，占總投票人數的 17.69%；有 377 位網民選擇「刻薄」，占總投票人數的 9.52%；有 105 位網民選擇「快樂」，占總投票人數的 2.65%。

從調查結果來看，參與調查的絕大多數網民都認爲魯迅對當代中國的價值很大，近半數的網民所理解的魯迅精神是揭露國民性，近 90%的網民表示喜歡魯迅；超過 80%的網民買過魯迅的著作；有超過一半的網民認爲魯迅是個痛苦的人，只有不到 3%的網民認爲魯迅是一個快樂的人。這不僅在某種程度上反映出網民眼裏的魯迅形象，而且也表明眞實的魯迅離網民越來越近，魯迅不再是那個帶著「三個家」「五個最」光環的人了。

另外，值得注意的是，調查結果也顯示出參與這次調查的網民中有 3.36%的網民對魯迅在當代中國的價值認識不清，有 1.59%的網民認爲魯迅對於當代中國沒有價值，有 6.97%的網民對魯迅的態度無所謂，有 3.15%的網民不喜歡魯迅，有 9.52%的網民認爲魯迅是個刻薄的人。這個結果不僅與這些網民對魯迅抱有偏見有關，也與一些網民根本就不喜歡魯迅有關。總的來說，雖然對魯迅抱有偏見或持否定態度的網民比較少，但也需要予以重視，要瞭解清楚他們否定魯迅的原因，這對於促進魯迅的傳播無疑有重要意義。

（6）搜狐網站為紀念魯迅逝世 70 週年而進行的網絡調查〔註6〕

搜狐網站為紀念魯迅逝世 70 週年而製作了題為「70 年後一回眸」的紀念專輯，該專輯同時還進行了關於魯迅的網絡調查，有 283 位網民參與答卷。

在回答「你最愛看魯迅的那類文章」這一問題時，選擇「小說」的網民，占總投票人數的 29.33%；選擇「雜文」的網民，占總投票人數的 49.82%；選擇「散文」的網民，占總投票人數的 17.31%；選擇「其他」的網民，占總投票人數的 3.53%。

在回答「你認為魯迅先生在當時的那個年代起著什麼樣的作用」這一問題時，選擇「激勵人心、喚醒民眾」選項的網民，占總投票人數的 33.55%；選擇「他是新文化運動的導師」選項的網民，占總投票人數的 14.80%；選擇「冷靜的觀察者和清醒的批判者」選項的網民，占總投票人數的 49.67%；選擇「其他」選項的網民，占總投票人數的 1.97%；

雖然參與這次調查的網民較少，與搜狐作為中文網絡的四大門戶網站之一的地位很不相稱，但是調查結果仍有一定的參考價值。從這次調查結果來看，參與調查的網民中有近一半的人喜歡看魯迅的雜文，有近 30%的網民喜歡魯迅的小說，同時有近一半的網民認為魯迅在他那個時代起到了冷靜的觀察者和清醒的批判者的作用，而認為魯迅起到激勵民心、喚醒民眾作用的網民也有近 30%，這不僅表明喜歡魯迅雜文的網民對魯迅雜文及其在中國歷史上的地位的認識比較一致，而且也表明喜歡魯迅小說的網民對魯迅小說及其在中國歷史上的地位的認識也比較一致。

（7）天涯社區網站為紀念魯迅逝世 70 週年而進行的網絡調查〔註7〕

天涯社區網站為紀念魯迅逝世 70 週年而製作了題為「民族精魂　暗夜豐碑」的紀念專輯，該專輯同時還進行了關於魯迅的網絡調查，共有 2573 位網民參加答卷。

在回答「你自認為瞭解魯迅嗎」這一問題時，有 990 位網民選擇「比較瞭解」的選項，占總投票人數的 38.5%；有 849 位網民選擇「比較熟悉」的選項，占總投票人數的 33%；有 734 位網民選擇「瞭解一點」的選項，占總投票人數的 28.5%。

---

〔註6〕搜狐網（http://cul.sohu.com/s2006/2006luxun）。
〔註7〕天涯社區網站（http://cache.tianya.cn/publicforum）。

（以下問題共有 2572 位網民回答）在回答「你讀過多少魯迅文章」這一問題時，有 995 位網民選擇「20～60 篇」的選項，占總投票人數的 38.7%；有 824 位網民選擇「20 篇以下」的選項，占總投票人數的 32%；有 753 位網民選擇「60 篇以上」的選項，占總投票人數的 29.3%。

在回答「你對魯迅的傾向是」這一問題時，有 2342 位網民選擇「比較尊崇」的選項，占總投票人數的 91.1%；有 132 位網民選擇「無所謂」的選項，占總投票人數的 5.1%；有 98 位網民選擇「比較反感」的選項，占總投票人數的 3.8%。

在回答「你的傾向主要來自」這一問題時，有 2150 位網民選擇「魯迅的文字」的選項，占總投票人數的 83.6%；有 255 位網民選擇「教育宣傳」的選項，占總投票人數的 9.9%；有 167 位網民選擇「其他人的評價」的選項，占總投票人數的 6.5%。

在回答「你準備讀《魯迅全集》嗎」這一問題時，有 1191 位網民選擇「一定會的」的選項，占總投票人數的 46.3%；有 814 位網民選擇「暫時未考慮」的選項，占總投票人數的 31.6%；有 567 位網民選擇「已經細讀」的選項，占總投票人數的 22%。

從調查結果中可以看出，在參與調查的網民中有超過 70%的網民對魯迅的瞭解比較多，有 68%的網民閱讀的魯迅作品也比較多，有超過 90%的網民對魯迅還是比較尊重的，有超過 83%的網民比較欣賞魯迅的文字，有近一半的網民表示會閱讀《魯迅全集》，有近 1／4 的網民已經讀過《魯迅全集》。這個調查結果與天涯社區網站是一個人文、思想類網站有一定的關係，聚集在該網站的網民文化水平通常比較高。

另外，調查結果也顯示出，有 3.8%的網民對魯迅比較反感，而他們對魯迅的傾向主要來源於魯迅的文字、教育宣傳和其他人的評價，調查結果沒有能夠顯示出這些對魯迅比較反感的網民對魯迅反感的具體原因，但估計和教育宣傳的負面影響有很大的關係。值得注意的是，有 32%的網民閱讀魯迅作品低於 20 篇，也就是說這些網民閱讀過的魯迅作品可能基本上都是語文課本中所選的魯迅作品，而這些通過課本所接觸到的魯迅作品並沒有引起他們繼續擴展閱讀魯迅的作品的興趣，這也從一個方面說明語文課本所選魯迅作品在某種程度上來說是需要改進的。

（8）騰訊網發起的「你認為魯迅的思想在二十一世紀的今天，是否已
　　經『過時』」的網絡調查〔註8〕

　　騰訊網在 2006 年為紀念魯迅逝世七十週年而製作了題為「21 世紀我們是
否還需要魯迅」的紀念專輯，並進行了題為「你認為魯迅的思想在二十一世
紀的今天，是否已經『過時』」的網絡調查，共有 11129 位網民參與調查。

　　調查結果顯示，在參與調查的網民中有 8406 位網民選擇了「絕不過時」
的選項，占總投票人數的 74.93%；有 1718 位網民選擇了「有一些思想已經過
時」的選項，占總投票人數的 15.31%；有 578 位網民選擇了「時代不同了，
魯迅的思想當然過時了」的選項，占總投票人數的 5.15%；有 517 位網民選擇
了「不瞭解魯迅的思想，說不好」的選項，占總投票人數的 4.61%。

　　從這一調查結果可以看出，參與這次調查的網民中有近 3 / 4 的網民認為
魯迅思想「絕不過時」，這一部分網民可以說是魯迅的堅定擁護者，非常推崇
魯迅；有超過 15% 的網民認為在 21 世紀，魯迅思想中「有一些思想已經過時」，
這部分網民可以說是比較理性、客觀的評價魯迅的思想。因為，魯迅的思想
形成於 20 世紀，可能有些思想在 21 世紀的語境下就顯得不太適合了。另外，
有超過 5% 的網民認為魯迅的思想「當然過時了」，選擇這一選項的網民對魯
迅思想的理解無疑是錯誤的。這一部分網民一方面可能不太瞭解魯迅思想，
另一方面也可能是堅決反對魯迅的，所以才會對魯迅思想作出了錯誤的評
價。至於有近 5% 的網民選擇「不瞭解魯迅的思想，說不好」的選項，可以說
這些網民對待這次調查是實事求是的，因為不瞭解魯迅的思想，所以不方便
回答魯迅思想在 21 世紀是否過時的問題。

## 二、小　結

　　在對中文網絡中陸續出現的關於魯迅的網絡調查進行過一番回顧之後，
可以看出，雖然這些調查可能存在著調查時間多選在社會上產生魯迅熱點話
題之際，內容設計大多不太全面、參與調查的人多局限於經常訪問本站的網
民等方面的問題，但是調查的結果無疑也為瞭解魯迅在當代中文網絡中傳播
與接受狀況提供了一些參考。

　　首先，中文網絡中關於魯迅的調查，在一定程度上反映出當代網民對魯
迅的認識。雖然參與調查的網民對魯迅的認識可能不怎麼全面，但是，從整

---

〔註 8〕騰訊網（http://www.qq.com）。

體上來說，大多數網民對魯迅還是比較尊重的，對魯迅的文章還是比較欣賞的，大多都能認識到魯迅對於中國的價值，對於魯迅的評價也比較客觀，有不少網民還表示會繼續閱讀魯迅的作品，這都在很大程度上反映出魯迅作品在中國的強大生命力和魯迅先生對中國人的深遠影響力。

其次，調查結果顯示出，很多網民是通過課本接觸到魯迅的，而他們對魯迅的認識也在一定程度上受到課本對魯迅的解讀的影響。調查也顯示有近一半參與調查的網民在中學階段結束之後就沒有再閱讀過魯迅，這與他們在中小學階段學習魯迅留下的印象無疑有很大的關係，在某種程度上也顯示出中學語文教育特別是中學語文中關於魯迅作品教學的失敗。因此，有關部門應當與時俱進，適當調整課本中選錄的魯迅作品的篇目，多選擇一些適合學生年齡特點的篇目供學生閱讀，教師在教學時也要淡化政治意識形態色彩，多講解一些適合學生年齡特點的內容。這對於在廣大學生中傳播魯迅，使廣大學生對魯迅產生良好的第一印象，進而繼續學習魯迅，學習新文化的優良傳統，無疑具有重要意義。

值得注意的是，調查結果也顯示出中文網絡中也有一些對魯迅產生誤解甚至敵視魯迅的網民，對於這些因為種種原因而沒能正確認識到魯迅價值的網民，要認真分析他們誤解甚至敵視魯迅的原因，多做一些普及魯迅、還原魯迅的工作。據筆者對中文網絡中的一些以經常攻擊魯迅而知名的網民的觀察，他們大多以攻擊魯迅來譁眾取寵，在網絡中獲得一定的知名度，然後再推出自己的文章或觀點，對這一部分網民要揭露其利用魯迅進行炒作的目的。另外，還有一些網民常常通過謾罵、攻擊魯迅來發洩其對現實的不滿，對這一部分網民要進行引導，讓他們更多地瞭解魯迅，把魯迅其人其事和現實問題明確區分開來。

另外，隨著中文網絡的飛速發展，中國網民的數量也會越快來越多，中國互聯網絡信息中心在 2009 年 7 月 16 日發布的消息是中國網民已經達到 3.38 億人〔註9〕，在某種程度上也可以說，中國已經逐漸步入網絡社會。此外，網民的年齡大多在 30 歲以下，他們無疑是國家和民族的未來的中堅。因此，網民對魯迅的看法值得重視，他們對魯迅的接受將直接反映出魯迅在當代中國社會的影響。而網絡調查結果顯示，一些網民對魯迅的理解和瞭解相對來說

---

〔註9〕 中國互聯網絡信息中心（CNNIC）《第 24 次中國互聯網絡發展狀況統計報告》（http://www.cnnic.net.cn/index.htm）。

還不夠全面，他們對魯迅的精神和價值認識的還不夠深入，這不僅需要有關部門對課本中選錄的魯迅作品進行調整，更需要專業的魯迅研究者能響應研究魯迅起家的李歐梵所提出的「知識分子要佔領網絡」的號召，走出書齋並介入到網絡中，對廣大熱愛魯迅的網民進行引導，幫助他們較爲全面深入的認知魯迅，從而使廣大熱愛魯迅的網民能夠正確地繼承新文化中的魯迅傳統並弘揚魯迅精神。

最後，還需要從傳播學的角度分析一下這些關於魯迅的網絡調查活動。傳播學理論認爲大眾傳播的受眾接觸媒介的動機有如下四點：「消遣的動機」、「認知的動機」、「社會交往的動機」、「逃避的動機」。在此基礎上，有學者詳細分析了網民上網的動機，指出在網民上網的這四種動機中，排在第一位的是「人際交往」動機，排在第二位的是「信息尋求」動機，排在第三位的是「自我確證」動機，排在第四位的是「逃避動機」：

> 網絡用戶的傳播動機和大眾傳播的受眾的動機也沒有太大的區別，仍然是消遣、認知、社會交往和逃避動機這四種。但各種動機的重要性程度有所不同。絕大部分用戶首先是抱著擴大交往的目的上網的，主要動機是虛擬的人際交往本身，而不是爲了建立眞正的人際關係。除了人際交往之外，互聯網用戶的最主要目標就是信息。新聞和娛樂信息佔據了主要的部分。作爲新發展起來的技術，網絡的意義又不僅僅在於它所能提供的互動服務和信息，更在於網絡本身已經成爲一種時尚。這就爲一些尋求個性的人群找到了很好的手段。在線閒談、電子購物、網絡遊戲，都是自我確證的好工具。……隨著時間的推移，在網絡空間與那些擁有共同興趣的人聯繫得更爲緊密，原有的上網目的會逐漸淡化，人們將爲了尋求個人情感的支持、與興趣相同的人溝通而上網。久而久之，網絡就漸漸形成了網民的心理歸宿，網民們開始學會用網絡逃避現實〔註10〕。

從這個角度來說，參與關於魯迅的網絡調查活動的網民更多的是體現了「信息尋求」的動機和「自我確證」的動機，他們可以通過參與網絡調查活動來獲得關於魯迅的相關信息，並確認自己對魯迅的觀點在網絡中的認同度。

而上述關於魯迅的網絡調查都是由商業網站製作的，商業網站發起這些關於魯迅的網絡調查並非是出於公益的目的，無疑包含有營利的傳播動機，

---

〔註10〕孟建、祁林《網絡文化論綱》，第 87 頁。

也可以說這些關於魯迅的網絡調查活動都是由各個商業網站設計製作的文化商品，是想通過關於魯迅的網絡調查吸引更多的網民訪問該網站，從而獲得更多的影響力。因此，這些關於魯迅的網絡調查活動在問卷的內容設計方面可能就不太重視調查問卷設計的學術性和專業性，而是比較注重所提出的問題是否對網民有吸引力，網民參與網絡調查也是比較隨機的，這樣的調查結果在準確性及可信度方面就會有所減弱。另外，從參與這些關於魯迅的網絡調查的網民數量可以看出，雖然新浪網關於 20 世紀中國文化偶像的網絡調查吸引了 10 多萬的網民參加，但是大多數的網絡調查只吸引了幾千人參加，這些網民的數量相對於中國 1 億多的網民來說仍然是比較少的一部分，所以，這些網絡調查結果只能是一個參考樣本，只能反映出中文網絡中很少一部分的網民對魯迅的評價。總之，我們要辯證的看對這些關於魯迅的網絡調查的結果，既要看到調查所反映出來的問題，也要警惕這些調查活動本身所存在的問題。

# 第六章　當代中文網絡中關於魯迅的 文章研究

## 一、評論魯迅本人的文章個案研究：網民「梁由之」的《關於魯迅》

　　網民「梁由之」的《關於魯迅》〔註 1〕一文包括如下幾章：一，豈有豪情似舊時（開篇）；二，身後是非誰管得（身後毀譽）；三，老歸大澤菰蒲盡（與左聯及國共兩黨的關係）；四，怒向刀叢覓小詩（與青年作家的關係）五，風波浩蕩足行吟（魯迅在上海。關於經濟）；六，送客逢春可自由（魯迅與自由主義）；七，以沫相濡亦可哀（婚姻、家庭）；八，有弟偏教各別離（與周作人的關係及其相互影響）；九，心事浩茫連廣宇（魯迅的思想、性格）；十，偶開天眼覷紅塵（關於文學創作）；十一，高丘寂寞竦中夜（創作準備期）；十二，誰令騎馬客京華（魯迅在北京，公務員時期。與許壽裳、蔡元培等人的關係）；十三，故鄉如醉有荊榛（在紹興。教員生涯）；十四，扶桑正是秋光好（魯迅在日本。早期的閱讀、創作和思想）；十五，少年哀樂過於人（時代，故鄉，家族，環境。少年時期）；十六，血沃中原肥勁草（結尾）。2006 年 1 月 1 日，該文的第二章「身後是非誰管得」作為祝賀網民新年的禮物發表在天涯社區‧關天茶舍，引起了眾多網民的關注。在一些網民的鼓勵同時也有一些網民質疑的情況下，「梁由之」克服種種困難，終於在 10 月 19 日寫完全文，為紀念魯迅逝世 70 週年獻上了一份厚禮。

　　「梁由之」在文章最後特別介紹了自己撰寫此文的目的：「回顧歷史，接

---

〔註 1〕　「梁由之」《關於魯迅》天涯社區‧關天茶舍（http://www.tianya.cn/publicforum）
　　　　2006-01-01。

近這些剛勁強健的靈魂，重溫他們的思考和選擇，是寫作《百年五牛圖》的初衷之一。目前各式各樣的討論，在理論上往往未能超越 20 世紀前期先賢思想之範圍，深度和廣度甚至常常不能及。不少議論都是矮人看場，人云亦云，隔靴搔癢，似是而非。看多了這樣的爭論，越發感到重新閱讀、瞭解、思考、認識前輩的必要。檢討和反思他們對現實的態度和道路的選擇，也許會給人們在當今時勢下如何有所作爲提供更多有益的啓示。」可以說，「梁由之」在文章中不僅在一定程度上實現了自己的目的，而且也影響到一批網民像他那樣重新認識歷史名人，從歷史汲取經驗。

這篇長文雖然沒有按照時間順序來描述魯迅的一生的重要經歷，但也大致的描述出魯迅一生的主要活動，在某種程度上也可以視爲一部魯迅傳。需要指出的是，作者不僅對魯迅的生平史實非常熟悉，而且能夠對魯迅的一些社會活動做出較爲深入的評述，這顯示出作者在魯迅研究方面已經具有較高的研究水平。不過，因爲該文是作者斷斷續續地寫成的，而且作者在後期爲了趕在魯迅逝世紀念日之前完成，所以不可避免的是該文存在一些小問題，如後面的幾章就略嫌倉促，沒有前幾章寫的那樣紮實。不過，這些小毛病無損於該文成爲 2006 年中文網絡中關於魯迅的最有影響的文章。另外，該文也可以說是魯迅網絡傳播史上第一篇由眾多網民參與互動而寫成的長文，「梁由之」在寫作過程中也多次和網民討論，並吸收一些網民的意見。

最後需要指出的是，從這篇長文中可以看出，從事外貿工作的「梁由之」對魯迅非常喜愛，並側重從自由主義的立場解讀魯迅，因此，這篇長文雖然具有一定的新意和水平，但所塑造的魯迅形象在一定程度上比較突出自由主義的色彩，從而與魯迅的眞實形象顯得有些不符。

## 二、評論魯迅作品的文章個案研究：網民范美忠解讀《野草》的系列文章

范美忠從北大歷史系畢業之後在社會上遭遇了很多的挫折和磨難，在這樣的背景下，他在精神上和魯迅產生了強烈的共鳴，對魯迅「佩服到了五體投地的地步」。﹝註2﹞范美忠尤其喜歡魯迅的《野草》，並因不滿意一些魯迅研究專家對《野草》的闡釋而開始自己解讀《野草》，他從自己的生命體驗出發

﹝註2﹞范美忠《我看魯迅系列之一：我與魯迅》新浪・讀書沙龍（http://forum.book. sina.com.cn）2001-07-19。

試圖寫出自己對《野草》的獨特理解。因為范美忠的思想有一個變化過程，所以他對《野草》的解讀也有一個明顯的變化過程。

范美忠在 2002 到 2003 年左右側重於從存在主義哲學的角度解讀《野草》，如他在《過客：行走反抗虛無》〔註3〕一文中就更多的從存在主義哲學角度評價「過客」：

> 過客說，他只得走……與其說是他的身體在行走和流浪，不如說他的內心沒有安身立命的家園，他的靈魂是無家可歸的漂泊的靈魂！在現代官僚極權工商業資本主義社會，田園早已荒蕪，故鄉正在淪陷，早已不是原來的故鄉，故鄉是無法返回的，只能作為一種鄉愁的對象而成為回思的精神意義上的存在，如果你回去，可能反認故鄉是他鄉，自身在故鄉成為異鄉人。甚至也許他有點後悔自己走得如此之遠，否則也不會如此孤獨，但已經晚了，一旦開始行走，就象（像）穿上了有魔力的紅舞鞋，再也無法停下來。因為他無法回去，走過的地方都不是他的家，你對走過的地方已經很熟悉，不會再給你期待和驚奇。行走雖然疲憊，但指向未來的可能性是地獄中的一線希望之光，有可能於無所希望中得救，這也是艱辛地向前行走的魅力和希望所在。

從上文可以看出，范美忠認為「過客」不停的行走是在反抗虛無，尋找精神家園，這不僅參考了存在主義哲學的觀點，而且也融入了自己在社會上四處漂泊的「異鄉人」的生命體驗，總的來說，他對《過客》的解讀還是具有一定水平的。

范美忠在社會上屢次碰壁之後，對自己的人生道路進行了反思，他開始參加家庭教會的聚會活動，閱讀《聖經》，並逐漸接受了基督教神學的影響。他的這一思想變化也體現在對《野草》的解讀之中。2005 年，范美忠在天涯社區網站連續發表了《復仇：對庸眾的復仇與極致生命美學》〔註4〕、《頹敗線的顫動：存在的撕扯與憤怒心態解剖》〔註5〕、《復仇‧二：反思精英心態

---

〔註3〕范美忠《過客：行走反抗虛無》天涯社區‧閒閒書話（http://www.tianya.cn/publicforum）2003-1-21。

〔註4〕范美忠《復仇：對庸眾的復仇與極致生命美學》天涯社區‧閒閒書話（http://www.tianya.cn/publicforum）2005-05-31。

〔註5〕范美忠《頹敗線的顫動：存在的撕扯與憤怒心態解剖》天涯社區‧閒閒書話（http://www.tianya.cn/publicforum）2005-06-08。

和超越啓蒙》〔註6〕、《秋夜：詭異夜晚冥想中之對抗》〔註7〕等四篇關於《野草》解讀的文章，並在《頹敗線的顫動：存在的撕扯與憤怒心態解剖》一文中明確地提出了「用神學資源超越魯迅思想」的觀點。他指出：

> 魯迅對人性缺乏足夠清醒的認識，因此，女兒的背叛和小孩子表現出來的人性惡才會讓老婦（魯迅自況）感到大受打擊。如果他信仰上帝，知道人都有罪性，就不會僅僅認爲自己很陰暗，小孩青年都很天眞善良，那麼對人性的陰暗也就可以心平氣和地接受；對自己身上的罪性，也無須吃驚並在新一代面前產生罪感和贖罪心理；你無須在任何人面前產生罪感，因爲無論他們是老一代還是新一代，所有人都是有罪的，我們在上帝面前都是罪人，靈魂的懺悔只能面對上帝進行，而不可能向任何具體的個人懺悔。既然知道人的作惡是因爲原罪，那麼自己也就不會如此仇視所謂「敵人」。會對別人也就有更多的寬恕之心，不會有如此大的憤怒和仇恨，自己的心境恐怕也就好得多了……因此我們應該用神學資源超越魯迅思想，但這裡是繼承和超越而非否定，因爲國民性（在精神人格而非靈魂層面，而自己也不能免於被批判）要批判，但還要進行人性批判，但這種批判我們沒有資格，而是每個人在上帝面前意識到自己的罪性並在上帝面前懺悔。

從上述文字可以看出，范美忠幾乎是不加批判的單純套用基督教神學的觀點來解讀《頹敗線的顫動》，並批評魯迅對人性缺乏認識，提出用基督教神學思想來超越魯迅思想，這種解讀在某種程度上可以說是比較偏執的。一些網民也對范美忠的觀點提出了批評。網民「梁由之」就在跟帖中指出：「『用神學資源超越魯迅思想』……是何其重大的判斷。能毅然決然下此等斷語者，不是超人，就是瘋子。」

另外，范美忠還在《復仇·二：反思精英心態和超越啓蒙》一文中再次用基督教神學的觀點解讀《復仇·二》，並以自身的思想變化過程說明應當走出魯迅接近基督教神學：

---

〔註6〕 范美忠《復仇·二：反思精英心態和超越啓蒙》天涯社區·閒閒書話（http://www.tianya.cn/publicforum）2005-06-14。

〔註7〕 范美忠《秋夜：詭異夜晚冥想中之對抗》天涯社區·閒閒書話（http://www.tianya.cn/publicforum）2005-6-25。

　　魯迅通過自己對《聖經》中基督因愛和信仰而被釘上十字架受
難這一事件的改寫，把神聖事件變成了世俗事件，神子變成了人子，
成爲先驅者改革者或者説精英的代表；把基督的愛的情感變成了自
己愛恨交織的情感，另還獲得了一種精神復仇的快感。從這裡我們
可以看出魯迅對基督教的不理解：他在爲《陀斯妥耶夫斯基全集》
日文版所作的序言裏面説：他無論如何不能理解那種無條件的寬恕
和愛。同時不能理解天堂的意義，以爲上了天堂就是一年四季看桃
花。這裡魯迅對基督教的誤讀導致他與基督教擦肩而過，魯迅有了
很強烈的罪的意識卻沒能走向上帝，這對魯迅來説是個遺憾，他錯
過了被神聖之光照亮的幸福，錯過了擺脱虛無黑暗和仇恨，擺脱内
心的冷漠和煉獄感的機會；他錯過了走向無條件的寬恕和愛的機
會，從而不能避免以後被利用；這種錯過同時也是中國思想精神史
的遺憾，使我們接受神學資源以及親近上帝的過程變得更爲遲緩。
因爲魯迅的影響太大了。魯迅是我精神發展中一個很重要的階段，
但現在是我走出他的精神和思想籠罩的時候了。但是，魯迅是豐富
的，他的國民性批判思想，他的獨異個體和立人的思想，他對中國
歷史文化的批判等等思想仍然意義重大。對魯迅我們理應持一種尊
重而不膜拜的態度，既不輕浮和狹隘地攻擊之，又不能死於魯迅，
不敢越雷池一步，而是在充分研究繼承魯迅思想精華的基礎上在某
些方面批判和超越之。

　　從上文可以看出，范美忠幾乎完全用基督教神學的觀點來解讀魯迅的
《復仇・二》，並用基督教神學的觀點來衡量魯迅的思想，批評魯迅沒有走
向基督教神學。這種解讀無疑是對魯迅作品的一種誤讀。

　　范美忠雖然還承認魯迅思想的一些價值，但對魯迅已經不再「佩服得五
體投地了」，而是宣布要走出魯迅的「精神和思想籠罩」。針對一些網民的質
疑，范美忠在跟帖中向各位網民介紹了自己思想轉向的原因：

　　　　我轉過來其實也經歷了不少的思想鬥爭的。除了對《聖經》的
領會，還有就是跟我對中國幾十年歷史以及人性的一些思考有關，
也跟我對自身教書生涯的反思以及從一個純粹的思想者變成一個有
思想的行動者有關係，這個時候我的思維也必須調整。總之這種轉
向決不意味著我放棄了批判和責任，而是意味著尋找一種更合理地

看待問題以及處理與他人關係的方式。不光你不理解，我的一些朋友也不理解！超越只是某些方面的超越，魯迅作爲一個思想深邃博大的文學思想大師，永遠是我們可以返回吸取養料的寶庫。但我始終認爲，匍匐在魯迅腳下不敢越雷池一步是不應該的。當然，我不是胡亂談超越，實際上也是我長期思考的結果。

總的來說，范美忠對《野草》中單篇文章的解讀都分爲兩部分：文本細讀部分和總結部分，從他對各篇文章的文本細讀部分的內容來看，他對文本的解釋還是比較細緻和準確的，但是他在各篇解讀文章的總結部分的內容卻大多都是用基督教神學的觀點審視魯迅在文章中所體現出來的思想。因而，范美忠對《野草》的解讀是極其個人化的，他結合自己的人生經歷和生命體驗對《野草》進行「六經注我」式的解讀，如果說他早期對《野草》的解讀還有一定的價值的話，那麼他後來對《野草》的解讀就顯得莫名其妙了，不僅脫離了《野草》的文本及文本創作時的背景，而且單純地以基督教神學的觀點爲準則，用基督教神學的觀點來裁判魯迅的思想，這種過度詮釋無疑是錯誤的。

2006 年范美忠在天涯社區網站發表了書稿《〈野草〉心解》（修訂稿），包括如下文章：1，《〈秋夜〉：詭異夜晚冥想中之對抗》；2，《〈過客〉：行走反抗虛無》；3，《〈影的告別〉：獨自遠行去守護存在》；4，《〈墓碣文〉：靈魂深處的慘烈搏鬥》；5，《〈死火〉：孤獨理想者之生命歷程》；6，《〈希望〉：肉搏空虛的暗夜》；7，《〈風箏〉：靈魂的罪感與懺悔意識》；8，《〈雪〉：偉大而孤獨的靈魂》；9，《〈我的失戀〉：魯迅的愛情觀》；10，《〈好的故事〉：惆悵美夢終爲幻》；11，《〈頹敗線的顫動〉：存在的撕扯與人性的困惑》；12，《〈復仇〉：對庸眾的復仇與極致生命美學》；13，《〈復仇·二〉：反思精英意識和超越啓蒙》；14，《〈失掉的好地獄〉：虛無主義的歷史哲學》，這也是中文網絡中網民創作的第一部關於《野草》的書稿，雖然范美忠對此前發表的解讀《野草》的文章有所修正，但是范美忠的觀點變化不大，依然是用基督教神學的觀點來過度詮釋《野草》。

## 三、仿寫魯迅作品的文章個案研究：網民「姚文嚼字」仿寫魯迅作品的系列文章

網民「姚文嚼字」從 2009 年開始陸續在其新浪網的個人博客（姚文嚼

字 http://blog.sina.com.cn/yaowenjiaoziyzy）中發表了多篇仿寫魯迅作品的文章，主要有《仿魯迅：新網絡狂人日記》〔註8〕、《仿魯迅：紀念傻大木君》〔註9〕（按：傻大木即薩達姆）、《仿魯迅：紀念三*鹿*集*團》〔註10〕、《仿魯迅：紀念盧武鉉君》〔註11〕、《論滑稽護航的倒掉》〔註12〕、《論上海危樓的倒掉》〔註13〕、《論鄧貴大的死掉（仿魯迅：論雷峰塔的倒掉）》〔註14〕、《論神童市長的倒掉》〔註15〕等十多篇。另外，他還把上述文章和《仿魯迅：〈紀念鄧貴大君〉》〔註16〕、《紀念成都9路公交遇難者（仿魯迅）》〔註17〕、《論·鄧·貴·大·的·死·掉》〔註18〕、《紀念毒奶粉受害者》〔註19〕、《新狂人日記　高考版——仿魯迅》〔註20〕等文章一起在凱迪社區·原創評論（http://club.kdnet.net/dispbbs）論壇中再次集中發表，在網絡中產生了一定的影響。

　　從這些文章的標題可以看出，這些仿寫魯迅作品的文章都是寫一些社會熱點話題，用魯迅的話語來諷刺一些不良的社會現象，如《仿魯迅：〈紀念鄧

---

〔註8〕　「姚文嚼字」《仿魯迅：新網絡狂人日記》（http://blog.sina.com.cn/yaowenjiaoziyzy）2009-02-22。

〔註9〕　「姚文嚼字」《仿魯迅：紀念傻大木君》（http://blog.sina.com.cn/yaowenjiaoziyzy）2009-03-15。

〔註10〕「姚文嚼字」《仿魯迅：紀念三*鹿*集*團》（http://blog.sina.com.cn/yaowenjiaoziyzy）2009-03-15。

〔註11〕「姚文嚼字」《仿魯迅：紀念盧武鉉君》（http://blog.sina.com.cn/yaowenjiaoziyzy）2009-06-02。

〔註12〕「姚文嚼字」《論滑稽護航的倒掉》（http://blog.sina.com.cn/yaowenjiaoziyzy）2009-06-11。

〔註13〕「姚文嚼字」《論上海危樓的倒掉》（http://blog.sina.com.cn/yaowenjiaoziyzy）2009-06-28。

〔註14〕「姚文嚼字」《論鄧貴大的死掉（仿魯迅：論雷峰塔的倒掉)》（http://blog.sina.com.cn/yaowenjiaoziyzy）2009-06-30。

〔註15〕「姚文嚼字」《論神童市長的倒掉》（http://blog.sina.com.cn/yaowenjiaoziyzy）2009-07-01。

〔註16〕「姚文嚼字」《仿魯迅：〈紀念鄧貴大君〉》（http://club.kdnet.net/dispbbs）2009-6-10。

〔註17〕「姚文嚼字」《紀念成都9路公交遇難者(仿魯迅)》（http://club.kdnet.net/dispbbs）2009-6-7。

〔註18〕「姚文嚼字」《論.鄧.貴.大.的.死.掉》（http://club.kdnet.net/dispbbs）2009-06-30。

〔註19〕「姚文嚼字」《紀念毒奶粉受害者》（http://club.kdnet.net/dispbbs）2009-02-22。

〔註20〕「姚文嚼字」《新狂人日記　高考版——仿魯迅》（http://club.kdnet.net/dispbbs）2009-06-04。

貴大君〉》一文模仿魯迅的原作諷刺被民女刺死的小官吏鄧貴大：

> 我是在十六日早晨，才知道有關野三關事件的報導；下午便得到噩耗，說野三關鎮招商局鄧貴大君等一行三人在雄風賓館「夢幻城」發生意外。但我對於這些傳說，竟至於頗為懷疑。我向來是不憚以最壞的惡意，來推測中國人的，然而我還不料，也不信竟會下劣兇殘到這地步。況且始終微笑著的和藹的鄧貴大君，更何至於無端地在一個娛樂城的弱女子的懷中倒下呢？

> 然而即日證明是事實了，作證的便是他自己的屍體。還有一位，是隨同的黃德智君。而且又證明著這不但是刺殺，簡直是瘋刺，因為已經不但肩膀處有傷，而且脖頸和胸肺部也有著致命傷。

> 但就有報導，說他是「霸王硬上弓」！

> 但接著就有流言，說他是公款嫖娼的。

> 慘象，已使我目不忍視了；流言，尤使我耳不忍聞。我還有什麼話可說呢？我懂得不高興的民族之所以默無聲息的緣由了。沉默呵，沉默呵！不在沉默中爆發，就在沉默中一直不高興著。

這篇仿寫文章大量使用魯迅原文的語言，不僅可以借助魯迅原文語言所表達出來的憤怒，取得強烈的批判效果，而且也可以借助魯迅原文的紀念對象是為革命而犧牲的女大學生劉和珍，與因調戲民女而被刺死的小官吏鄧貴大，形成了強烈的對比，取得了幽默的諷刺效果，這種仿寫文章與魯迅的原文形成對話關係，不僅再次證明了魯迅原文的強大的生命力，而且也充分顯示出魯迅原文的現實意義。

另外，從「姚文嚼字」在博客中發表的一些文章可以看出，其中的一些文章因為涉及到所謂的「敏感詞」而遭到了網站的刪除，如《仿魯迅：紀念傻大木君》一文在中青論壇及凱迪社區‧貓眼看人論壇發表後不久就遭到刪除。「姚文嚼字」對此現象很不解：「我就不明白，一個對於獨裁者的調侃，為何就觸痛了友邦奴才的痛處？」「姚文嚼字」的《仿魯迅：〈紀念鄧貴大君〉》一文在網絡中影響較大，被一些網民轉貼到多個網站和論壇，但是也多次被刪除。他在個人博客中發表的《鄧的事不讓說》〔註21〕一文中道出了自己仿

---

〔註21〕「姚文嚼字」《鄧的事不讓說》（http://blog.sina.com.cn/yaowenjiaoziyzy）2009-07-07。

寫魯迅文章的目的：

> 　　再說仿魯迅的文章，完全是一種調侃或曰文字遊戲，正如我的
> ID 起名「姚文嚼字」就是咬文嚼字之諧音，意在明示我朝君臣，本
> 人只是文字遊戲而已，並無刀槍藏身，論壇或紙媒都請放我一馬。
> 　　這點小小心願都難以如願，最終遍體鱗傷。

　　從「姚文嚼字」的一些仿寫魯迅作品的文章在網絡中被刪除的現象可以看出，中文網絡的管制政策有點莫名其妙：網民在網絡中有時可以諷刺外國政府首腦，但通常不能諷刺國內的流氓小吏（談論鄧貴大事件的文章屬於網絡刪除的對象之一），這種雙重的刪帖標準無疑是嚴重錯誤的。另外，網絡的自動過濾系統雖然可以自動過濾所謂的「敏感詞」，但是網民用游擊戰術可以在一定程度上突破網絡封鎖，如「姚文嚼字」用一些標點符號把「敏感詞」間隔開來變成「三*鹿*集*團」「鄧.貴.大」等就可以突破網絡的「敏感詞」自動過濾系統在論壇中發表出來，但是論壇的版主及網站的網管在發現這些包含「敏感詞」的文章後通常會及時刪除這些文章。「姚文嚼字」及轉帖這些文章的網民只好採用游擊戰術，反覆的在各大論壇發表這些文章，希望最終能有一些文章不被發現並遭到刪除。

## 四、攻擊魯迅的文章個案研究：網民「脂硯齋」（紫硯齋）攻擊魯迅的系列文章

　　2006 年的中文網絡中突然冒出了一個網名為「脂硯齋」的網民，他自稱為「北大教授的教授」，在一年之中不停地變換網名在各大中文論壇反覆發表《魯迅並非大師級作家的四點理由》、《魯迅的國民性改造，是開歷史的倒車》、《對魯迅的批判，是中國思想界的勝利》、《魯迅十批判書》、《神化魯迅，必然墮入新的精神愚昧》、《魯迅精神 pk 現代意識的智慧困境》等攻擊魯迅的文章，在中文網絡中引起了一些反響，據「脂硯齋」自述，《魯迅並非大師級作家的四點理由》一文「在天涯、網易、中華網、新浪等各大網站首頁亮相後，遭到網民二千多跟貼的圍剿和唾罵。」「脂硯齋」也因此成為中文網絡中攻擊魯迅的最著名的網民之一。

　　「脂硯齋」在《魯迅並非大師級作家的四點理由》〔註22〕一文中從如下

---

〔註22〕 「脂硯齋」《魯迅並非大師級作家的四點理由》新浪‧讀點魯迅論壇
（http://forum.book.sina.com.cn）2006-10-23。

四個方面論述魯迅不是大師級的作家：一、「缺乏宏大磅薄的敘述氣質」；二、「缺少睿智的哲思縱深空間」；三、「缺乏母體文化的強勢底氣」；四、「革命的文學埋葬了文學的革命」。「脂硯齋」最後指出：「魯迅，是中國現代文學的一座豐碑，但決非文學的上上境界，他與中國古往一流文學相去甚遠，與同輩世界文學大師不可比肩，我們在他的精神遺產中吸其養份，但決不能以一葉綠色擋住自家門前的天高地闊視線。」

綜觀「脂硯齋」的上述的幾篇攻擊魯迅的文章，不僅其標題可以說是譁眾取寵，聳人聽聞，而且其文也強詞奪理，毫無邏輯性可言。值得一提的是，「脂硯齋」經過反覆地在各大中文論壇發表這幾篇漏洞百出的文章達到了在網絡中博得了一定的知名度的目的，正如網民「無花惟有寒」在跟帖中所指出的那樣：「看來，這位紫硯齋（按：這是脂硯齋的另一個網名）的任務就是用文革式的思維和語言來污蔑一個有勇氣做他不敢做的事的人，並希圖從中撈些好處，博取些名聲，嘿嘿，當真是無恥之尤。」

另外，「脂硯齋」也通過貶低魯迅來達到讚美《紅樓夢》的目的，例如他在《魯迅並非大師級作家的四點理由》一文中就說：

> 魯迅是帶著整體信仰的先入為主的道德批判來創作其小說和雜文裏的典型人物的，其主旨是否定的和批判的，是帶有群體意識的道德說教，是對個體意識的打壓和毒害。而曹雪芹的《紅樓夢》卻是帶著溫情和憐憫，通過對個體生命的命運的描寫，表現出其對個體生命的洞照，對個體自由的渴慕和嚮往，是具有真正人本主義精神的……古往今來，沒有哪一部小說像《紅樓夢》那樣充滿對個體生命的洞照，對個性自由的渴慕和嚮往，對人性欲望的解放如此放肆與瘋狂。雪芹同志是通往現代人文精神的橋樑，是中國人文啟蒙智慧的結晶。是人本主義和個體精神在中國超時代的強力跨越。他所釋放的「我是人，人所具有的我莫不具有」的人性張力，才是現代文明人所需要補充的精神能量。

由此看來，「脂硯齋」採取這種攻擊魯迅的方式來突出《紅樓夢》的價值無疑是不恰當的，「脂硯齋」如果真想在網絡中推廣《紅樓夢》就應該停止這種沒有多少效果的方式，認認真真、踏踏實實地做些推廣《紅樓夢》的正事。

進入 2007 年，「脂硯齋」繼續在中文網絡中不斷發表攻擊魯迅的文章，這些文章除了《魯迅並非大師級的作家四點理由》等一些在 2006 年就發表

過的舊作之外，還有《魯迅是民族脊樑還是最媚日的漢奸？》、《魯迅像芙蓉姐姐一樣搞笑》、《魯迅欺騙了整個中國》、《二十天不出雞論：「魯迅」的倒掉》、《魯迅把人的本質社會化，是對人本啓蒙思想的反攻清算》、《魯迅認祖封建集權文化的三點理由》、《魯迅爲封建集權文化代言的主要特徵》、《魯迅是中國極左思潮的最後一座牌》等新作，因爲「脂硯齋」攻擊魯迅的言論在2006 年就被一些網民批駁過，許多網民對「脂硯齋」的言論和炒作手法已經比較熟悉，所以這些文章大多數都沒有在中文網絡中引起較大的影響，只有2007 年 11 月 8 日在天涯社區・關天茶舍發表的《魯迅是民族脊樑還是最媚日的漢奸？》〔註23〕一文在網絡中引發了較大的論爭，並被天涯社區網站在首頁推薦。

　　「脂硯齋」在該文中對魯迅的《今春的兩種感想》一文進行了曲解，並在文章最後表明了他對魯迅的總的認識：

> 魯迅既不是民族脊樑也不是民族漢奸；他是一個十分優秀的作家，但並不偉大；他是一個有力的思想家，絕不是什麼民族魂；他是現代白話文的主將，胡適陳獨秀是領導者和創始人；他寫作，完全是命運的一次偶然，並非魯屁精們搞笑的那種神話故事；他的小說成就超過了他的所有文字，他的雜文成就最低，摻雜了太多的私己成分和偏執情緒；他抗擊封建禮教的力度超過他同時代的任何文人，但他也是所有新文化精英人物中封建極權文化最濃厚的一個；世間萬象，本是多元。魯迅同我們一樣，是一個矛盾的個體。一味的貶，是對魯迅的污蔑。一味的褒，是對全中國人的忽悠和欺騙。

　　一些網民在跟帖對「脂硯齋」的觀點進行了反駁。網民「包法利」指出：「LZ（樓主）僅憑魯迅的一段話便指魯迅媚日，豈非一葉障目，或攻其一點、不及其餘？倘若你將魯迅全集通讀過，無論如何不會得出這個結論。」網民「cloud8682」說：「魯迅先生可能確實沒有實質上的抵抗日本侵略，但是他在治療中國人的『靈魂』，也確實給很多愛國青年指引了一條路，讓這些有識青年認識到國人的不足，從而去改變。魯迅先生的語言確實會讓很多人受不了，因爲他下的都是猛藥，在那個時代，我覺得，『激勵』永遠比『安慰』、『寬容』重要。」

---

〔註23〕 「脂硯齋」《魯迅是民族脊樑還是最媚日的漢奸？》天涯社區・關天茶舍（http://www.tianya.cn/publicforum）2007-11-08。

　　針對眾多網民的批評，「脂硯齋」不僅不斷轉載中文網絡中一些攻擊魯迅的舊作為自己辯護，而且也不斷化名發表支持自己的文章，並給反駁自己的網民扣上了「魯粉」（魯迅的粉絲）和「極左」的帽子。一些網民對「脂硯齋」拿攻擊魯迅來炒作的目的予以痛斥。網民「疏離島」說：「一位在中國文壇上畫出濃墨重彩一筆的且已經逝去的文人為何要在離世多年成為樓主出位的犧牲品？你又何必踩著文人的頭顱去達到你騙帖的目的？魯迅先生是什麼與你何干？樓主可用洗腳水照照自己，裏裏外外打量打量，也許很多道理就明白了。」網民「在路上的小蟲」通過查證註冊資料指出在「脂硯齋」辱罵魯迅的文章中的支持者幾乎都是他自己的化名：「沒人支持其狗屁文章就自己給自己虛張造勢，紫硯齋 111 無恥下作可憐可悲……」可以說，一些網民對「脂硯齋」的批駁比較有力，但是，有一些網民在本次論爭中不夠理性，用粗話痛罵「脂硯齋」，這就使得本次論爭在一定程度上顯得粗鄙化。如果這些熱愛魯迅的網民在捍衛魯迅時能夠繼承魯迅的論戰技巧，而不是簡單地以痛罵來解決問題，那就更好了。

　　「脂硯齋」在不停的攻擊魯迅並大捧《紅樓夢》之後，終於表露出其真實的目的：推銷自己的小說《靈石》。他在《紫硯齋的長篇比魯迅小說地道》〔註24〕一文中說：

　　　　我自知筆力遜魯，但在以下三方面比魯地道：1、超越世俗的銳利洞察力……2、石磨的哲學含量……3、魅力四射的江南文化走秀。

　　應當說，「脂硯齋」通過用聳人聽聞的暴力語言批評魯迅來獲得知名度，然後再推銷自己的小說，這種利用魯迅來炒作自己的手法的確有些無恥。好在廣大網民已經識別出「脂硯齋」的目的，並予以揭露和大力批判，使其目的無法達到。

## 五、小　結

　　通過上文的分析，可以得出如下的結論：

　　首先，網民評論魯迅的文章水平參差不齊，差距較大。雖然有一些網民評論魯迅的文章具有一定的水平，甚至有一些網民如「梁由之」等人對魯迅

---

〔註24〕「脂硯齋」《紫硯齋的長篇比魯迅小說地道》新浪・讀點魯迅論壇（http://forum.book.sina.com.cn）2007-03-09。

的評論文章已經達到較高的水平，但是大多數網民的評論文章相對來說對魯迅的認知和闡釋還處於較低級的水平，這不僅與網民對魯迅作品的閱讀較少有關，而且也與魯迅作品本身的複雜性和豐富性有關，熟讀魯迅作品的網民，特別是讀過魯迅大部分作品的網民總的來說還是很少的。

其次，網民對魯迅作品的評論比較側重於表達自己閱讀魯迅作品的感受，帶有較濃厚的個人體驗色彩，如網民范美忠對《野草》的解讀，就是結合自己的人生體驗，寫出自己對《野草》的理解，這些帶有個人色彩的關於魯迅作品的闡釋和解讀，雖然不一定正確，但都表達出作者個人對魯迅作品的理解和閱讀感受，對於瞭解魯迅在民間的傳播與接受來說也是具有一定的價值的。

再次，網民仿寫魯迅作品的文章雖然有一些純粹是遊戲之作，但是也有一些文章具有現實意義。如網民「姚文嚼字」仿寫魯迅作品的系列文章，就是大量採用魯迅原文中的語言和段落來批評現代社會中的一些不良問題，不僅取得獨特的諷刺效果，而且也顯示出魯迅文章的生命力和歷史穿透力。

最後，網民攻擊魯迅的文章雖然很多但大都是毫無道理的大批判，真正能客觀的指出魯迅「罪狀」的文章幾乎沒有。一些別有用心的網民通常拿一些聳人聽聞的罪名來指責魯迅，通過謾罵與醜化魯迅來發洩心中對塑造魯迅神聖形象的政府和政黨的不滿，一些想利用魯迅炒作的網民常常通過攻擊魯迅來挑起網絡論爭從而達到在網絡中成名的目的。可以說，中文網絡中攻擊魯迅的文章都是拿魯迅說事，通過攻擊魯迅來達到別的一些目的。另外，攻擊魯迅的文章通常會引起網絡中擁護魯迅的網民與反對魯迅的網民之間的論爭，雙方在論爭時常常採用粗鄙化的暴力語言互相攻擊，從而使一場關於魯迅的論爭最後變成一場網民之間的掐架，這無疑是很遺憾的。

另外，還需要從大眾文化理論和心理學的角度對中文網絡中關於魯迅的上述四類文章進行深入分析。約翰·費斯克曾借用德賽都關於「解讀」與「解碼」的觀點對大眾的「解讀」與「解碼」進行分析，他指出：

　　這裡，德賽都（1984）對解讀與解碼（decipherment）所作的區別十分具有啟發性。解碼是學習以他人的術語來閱讀他人的語言，解讀則是把自己的口語和方言文化使用於書寫成文字的書面化文本的過程。解碼需要訓練和教育，而對訓練和教育加以組織的力量和控制語言系統的力量，是同樣的社會力量。可以說，權力以相

同的方式在運作。它的功能是使讀者臣服於權威文本的權威，從而臣服於作爲策略行爲人的批評導師，後者從他者或她所加入權力中獲利。然而，解讀則要求早於書寫的（經典的）文化的口語文化。口語文化超出並且反抗「官方」語言，所以，它與官方語言的法則相對立。解碼則將文本提升爲語言（langue）的範例，成爲普遍語言系統的代表。該系統不容爭議，只可以被使用；並且，在被使用的過程中，它使用著它的使用者；解碼訓練文本的讀者成爲被語言系統所使用的人。而解讀所強調的是言語（parole）而非語言（langue），是實踐而非結構。它所關注的是語言在日常生活中的使用，而非語言系統或是語言的正確性。解讀強調語境性，一種特定的語言使用對應於特定的語境所具有的獨特關係。所以，閱讀關注著瞬時與非永久。對應著不同的因素和目的，社會效忠從屬關係隨之形成和變化，所以，語言的使用方式和對應語境之間的關係不可能是永久不變的。〔註25〕

從約翰·費斯克的上述觀點來說，如果把通常在報刊上發表和在出版社出版的傳統的魯迅研究成果稱作是對於魯迅的「解碼」式閱讀的話，那麼就可以把網民關於魯迅的評論文章稱作是對於魯迅的「解讀」。網民對魯迅的「解讀」不像傳統的魯迅研究那樣遵從「語言」（langue）或語法規則，是一種富有實踐性、語境性、口語化的「言語」（parole），在某種程度上也可以說是對傳統的魯迅研究的一種「反抗」。無論是「梁由之」帶有鮮明個人色彩的描述魯迅一生的傳記，還是范美忠對《野草》的個人化解讀，甚至是一些網民對魯迅的簡短的評論，都是網民從個人對魯迅的理解出發而作出的「解讀」，這種「解讀」雖然可能在觀點上受到傳統魯迅研究的一些影響，但是在形式上是口語化的「言語」（parole），與傳統的魯迅研究有明顯的不同。

此外，網民對魯迅的「解讀」在很大程度上並非像魯迅研究專家那樣對魯迅的文本作整體的研究，而是通常選擇哪些自己感興趣的或者是對自己有用的文本內容，在總體上是一種「選擇性的，斷續式的」。約翰·費斯克指出：

　　　　這種有選擇的、斷續性的觀看方式是一種抵抗，或者說，這至

---

〔註25〕約翰·費斯克《理解大眾文化》王曉珏、宋偉傑譯，第132～133頁。

少是對文本結構中的意識形態與社會意義的一種逃避行為。它躲開
了文本結構的取向，從而使文本可能面對不同的和多元的相關
點……這種幼稚的、不受規訓的閱讀方式也是一種大眾方式。它對
文本抱有一種深切的不尊重：在它看來，文本不是由一個高高在上
的生產者——藝術家所創造的高高在上的東西（比如中產階級文
本），而是一種可以被偷襲或被盜取的文化資源。文本的價值在於它
可以被使用，在於它可以提供的相關性，而非它的本質或美學價值。
大眾文本所提供的不僅僅是一種意義的多元性，更在於閱讀方式以
及消費模式的多元性〔註26〕。

從這個角度來說，網民對魯迅的「解讀」常常是選擇魯迅文本中與自己
相關聯的內容，也是對魯迅文本所包含的意識形態和社會意義的一種「躲
避」，是對傳統的解讀魯迅文本方式的一種「反抗」。

至於網絡中出現的眾多的仿寫魯迅作品的文章和攻擊魯迅的文章，我們
可以從狂歡節理論的角度進行分析。

巴赫金發現了民間狂歡節三種主要的形式：「儀式化的奇觀；喜劇式的語
言作品——倒裝、戲仿、滑稽模仿、羞辱、褻瀆、喜劇式的加冕或廢黜；各
種類型的粗言俚語——罵人話、指天賭咒、民間的褒貶詩等。」〔註27〕約翰・
費斯克在巴赫金狂歡節理論的基礎上指出：

狂歡節建構了一個「在官方世界之外的第二世界與第二種生
活」（巴赫金，1968：6），一個沒有地位差別或森嚴社會等級的世
界。「狂歡節彈冠相慶的是暫時的解放，即從占統治地位的真理與
既定的秩序中脫身的解放，它標誌著對所有的等級低位、一切特
權、規範以及禁律的懸置。」它的功能乃是解放，是允許一種創造
性的、遊戲式的自由，「是尊崇富於創造的自由……是從流行的世
界觀中解放出來，也是從常規與既定的真理、從陳辭濫調、從所有
無聊單調的與普遍的食物當中解放出來。」〔註28〕

網絡空間相對於現實社會而言是一個虛擬的世界，也是「一個沒有地位
差別或森嚴社會等級的世界」，按照上述觀點，在某種程度上也可以說，網絡

---

〔註26〕　約翰・費斯克《理解大眾文化》王曉珏、宋偉傑譯，第171頁。
〔註27〕　約翰・費斯克《理解大眾文化》王曉珏、宋偉傑譯，第101頁。
〔註28〕　約翰・費斯克《理解大眾文化》王曉珏、宋偉傑譯，第99頁。

空間有點類似於一個狂歡節的廣場，也帶有狂歡節的色彩：網民對魯迅作品的戲仿文章類似於狂歡節中的「喜劇式的語言作品」，網民對魯迅的攻擊文章類似於狂歡節中的「各種類型的粗言俚語」。

斯泰姆（Stamm）曾經指出：

> 狂歡節爲社會秩序當中的一切，譬如階級意義上的等級秩序、政治操縱、性壓抑、教條主義與偏執狂等，提供了一種解神話的工具。就此意義而言，狂歡節隱含著一種創造性的不敬，是對不合理的強大、陰沉苦悶、獨白狀態的激進反抗〔註29〕。

按照這一觀點，可以說網民在網絡中發表的戲仿和攻擊魯迅的文章都是對現實社會中官方或學者們關於魯迅文章的解讀和所塑造的魯迅形象時所隱含的神話色彩的一種激進的反抗：戲仿魯迅的文章是對魯迅文章的一種解構，攻擊魯迅的文章也是對傳統的魯迅神聖形象的一種解構。需要指出的是，中文互聯網在 2002 年國家頒布有關互聯網管理的規定之前幾乎沒有多少的法律約束，很像一個狂歡節廣場，而在 2002 年國家正式施行有關管理互聯網的規定之後，國家實際上對互聯網進行了嚴密的監控，中文互聯網也不再是一個不受各種法規約束的狂歡節廣場，而是一個表面上帶有一些狂歡節色彩的虛擬空間，更像福柯所描述的受到無所不在的監視的「全景監獄」，網民在網絡中的言行實際上還會受到相關法規的一些約束，只不過不像在現實社會中那麼嚴厲。

在此需要對網絡中戲仿魯迅的文章和攻擊魯迅的文章再作進一步的分析。網絡中戲仿魯迅的文章大致分爲兩類：一種是仿照魯迅的文章所寫的單純的遊戲之作，這樣的戲仿文章在一定程度上消解了魯迅原文的深刻的社會意義，只留下一些幽默的色彩和笑聲；另一種仿照魯迅的文章所寫的批評現實社會的文章，則在一定程度上延伸了魯迅文章的現實批判意義，不僅帶有幽默諷刺的色彩，而且也帶有一定的現實意義。而網絡中攻擊魯迅的文章大致可以分爲如下幾類：一種是借攻擊魯迅在網絡中進行大肆炒作，以達到獲得關注和知名度的目的，如「脂硯齋」、「作家顧曉軍」等人的文章；一種是借攻擊魯迅來發洩對現實社會和政府的不滿，藉此反抗現實社會，如廖亦武、「中華不敗」等人攻擊魯迅的文章；還有一種是爲被魯迅批評過的人進行歷史翻案而攻擊魯迅的文章，如姚小遠等人的文章。需要指出的是，這幾

---

〔註29〕轉引自約翰・費斯克《理解大眾文化》王曉珏、宋偉傑譯，第 123～124 頁。

類文章雖然借助於網絡的開放性得以在網絡中發表出來，但是從總體上來說，這幾類攻擊魯迅的文章都是沒有多少價值的。

　　另外，對於網絡中經常出現的網民的粗口謾罵行為，還需要從心理學的角度進行分析。有學者對網民的謾罵行為進行深入研究之後指出：網民在網絡中經常謾罵的主要原因有三種：第一，是「希望引人注目」；第二，是一種「無意識的行為」或「潛意識的行為」；第三，是一種「攻擊性的緩解」〔註30〕。按照這一觀點，可以說「脂硯齋」、「作家顧曉軍」等人攻擊魯迅的文章主要是出於「希望引人注目」的心理原因；廖亦武、「中華不敗」等人攻擊魯迅的文章主要是出於一種「攻擊性的緩解」的心理原因；姚小遠等人攻擊魯迅的文章主要是出於一種「無意識的行為」或「潛意識的行為」。大致瞭解這幾類攻擊魯迅的文章所形成的心理原因，可以有助於人們更深入地瞭解這幾類文章寫作的背景。

〔註30〕孟建、祁林《網絡文化論綱》第 81 頁。

# 第七章　當代中文網絡中與魯迅有關的網民研究

　　中文網絡中關於魯迅的網民大致可以分為兩類：一類是熱愛魯迅的網民（也被稱為「魯迅迷」，簡稱「魯迷」，或魯迅的「粉絲」，簡稱「魯粉」），如方舟子、「檳榔」、仲達、陳愚、孟慶德、范美忠、「崇拜摩羅」等，他們在網絡中的活動在一定程度上體現出魯迅的影響；一類是利用魯迅大肆炒作的網民如宋祖德等，他們在網絡中的活動是對魯迅的歪曲與利用。

## 一、方舟子個案研究

　　網民方舟子是中文網絡的元老之一，他很喜歡魯迅，從初中時就開始經常閱讀《魯迅全集》，並深受魯迅精神的影響。方舟子說：「先生所教給我的，並非人生觀——我覺得人生觀是應該靠自己去領悟的，無人可教——而是更為實際的東西，教我為人，教我處世，教我作文，甚至也教我寫詩。」〔註1〕

　　方舟子在 1994 年 2 月和幾位留美青年學者共同創建的新語絲網站（網址 http://www.xys.org），網站的名字即來源於魯迅參與創辦的雜誌《語絲》，並用魯迅的手跡集成「新語絲」這三個字，另外網站還設立了中文網絡中第一個關於魯迅的專欄新語絲·魯迅家頁，方舟子自己還把《魯迅全集》中的許多文章輸入電腦然後上傳到網絡中，對於魯迅在中文網絡中的傳播作出了重要的貢獻。後來因為一些網站的創建者退出，方舟子獨自承擔起這一網站的運營和維護，並在 1997 年把新語絲網站在美國註冊成為非贏利組織。

　　早期的新語絲網站主要是愛好文學、史學的中國留學生在網絡中發表文

---

〔註1〕方舟子《我的「偶像」》《中國青年》2004 年 11 期（下）。

章和交流的一個中心，因爲學生物化學專業的方舟子在 2000 年首先揭露「基因皇后」陳曉寧在國內造假的事情，並由此開始揭露國內學術界一系列腐敗現象，現在的新語絲網站已經成爲中文網絡中揭露國內學術腐敗的主要網站，目前已經揭露了近 400 起學術腐敗事件。新語絲網站把揭露各種學術腐敗的文章都收集在「立此存照」專欄中，這一專欄的名稱也來源於魯迅。作爲生物化學家的方舟子現在以獨立學術打假人的身份活躍在社會上，在揭露學術腐敗事件時很有魯迅「痛打落水狗」的精神，這也與他本人深受魯迅的影響有關。方舟子說：「我自小喜讀魯迅文章，以後也不曾遠離過，如此薰陶之下，難免潛移默化受其影響，例如疾惡如仇的性格、不留情面的文風，都有魯迅的影子。」〔註2〕

魯迅在《文化偏至論》（1907）、《破惡聲論》（1908）中就指出晚清知識界的各種「僞士」和「惡聲」對於國家和社會的巨大危害，後來又在 1926 年撰寫的《學界三魂》一文中把當時的學界劃分爲「官魂」、「匪魂」和「民魂」，並指出：「惟有民魂是值得寶貴的，惟有他發揚起來，中國才有眞正的進步」〔註3〕。魯迅研究專家王富仁有感於 20 世紀末中國知識界的狀況而在 2000 年以魯迅爲榜樣撰寫了一篇題爲《學界三魂》的文章，他在文章中把魯迅稱爲中國「民魂」的代表，指出：「他（魯迅）走的是一個普通知識分子的道路，一個一般的社會公民的道路。他始終是以一個獨立的社會成員的身份說話的，是以一個社會公民的身份說話的。」〔註4〕在某種程度上也可以說方舟子是作爲「社會公民」在進行學術打假，他的行爲也是對魯迅社會理性批評精神的繼承和發揚。

方舟子在揭露學術腐敗時往往語氣比較嚴厲，並被一些人視爲不夠「厚道」。對此，方舟子在一次演講中指出這種論戰風格也來源於魯迅的影響：

> 科學打假是有根有據地把事實擺出來加以打擊，只不過措辭比較嚴厲，讓有些人受不了。比如說造假的人是「學術騙子」，有的人就覺得太嚴厲的，就說我罵人了。我覺得這不是罵人。如果你是個騙子，我就說你是個騙子，這怎麼能說是罵人呢（笑聲、掌聲）。這

〔註2〕姚凡《方舟子談健康、保健品、魯迅》廈門日報 2007-02-28
〔註3〕魯迅《學界三魂》，《魯迅全集》第 3 卷，人民文學出版社 2005 年出版，第 222 頁。
〔註4〕王富仁《學界三魂》，載一土編《21 世紀：魯迅和我們》，人民文學出版社 2001 年出版，第 450 頁。

句話是我模仿魯迅的話。也一直有人說魯迅罵人，魯迅回答說，如果說良家婦女是婊子，那是罵人，如果說婊子是婊子，那就不是罵人，那只不過指出了一個事實。（笑聲、掌聲）〔註5〕

應當說，方舟子發揚魯迅精神以新語絲網站爲陣地揭露國內的學術腐敗現象已經取得了重要的成就，但是國內的學術腐敗現象依然非常嚴重，方舟子也遭到了很多的污蔑和攻擊，被斥爲「魯迅餘孽」、「科衛兵」，不過方舟子從魯迅那裡汲取精神力量，仍然像魯迅那樣在進行韌性的戰鬥。他在文章中這樣說：

幾年來由於打擊僞科學、揭露學術腐敗，我天天都遭受攻擊、謾罵，有時便如此自嘲：偉大如魯迅者尚且難免生前死後都飽受誣衊，何況我等凡人？既然被人當成是魯迅遺孽，那麼如此享受魯迅待遇也算是「罪有應得」，何須多慮？〔註6〕

值得欣慰的是，方舟子在遭受污蔑和打擊時也得到了越來越多的有良知的學者的支持，相信通過方舟子及新語絲網站的不斷努力，國內的學術腐敗現象在不遠的將來會得到一定的遏制。

另外，方舟子寫作的一些關於學術論爭的文章也深受魯迅雜文風格的影響，常常「攻其一點，不計其餘」，一招致命。如他在批評朱大可的《殖民地魯迅與仇恨政治學的崛起》一文時就指出朱大可在論證魯迅眞正喜歡劉和珍，許廣平只是劉和珍的替代時的史實錯誤：

不知朱評論家蝸居澳大利亞批評魯迅時，手頭可有一套《魯迅全集》？若有，只需翻一翻，就可發現劉和珍犧牲於 1926 年 3 月 18 日，而在此一年前，即 1925 年 3 月 11 日，許廣平就已開始與魯迅通信……1925 年 8 月中旬，受學潮牽連，許廣平曾到魯宅住了約一週，兩人於此時定情……此時距劉和珍之死，還有半年。在色情狂看來，人間情感唯有性愛可言，師生之誼全屬虛妄，所以痛悼學生的文章，也非要當成是在痛悼情人不可。〔註7〕

方舟子雖然視魯迅爲偶像，深受魯迅的影響，但是他對自己和魯迅的異

---

〔註5〕 方舟子《世界一流大學建設和學術規範》，2005 年 11 月 27 日晚在浙江大學的演講實錄（http://campus.eol.cn）。

〔註6〕 方舟子《我的「偶像」》，《中國青年》2004 年 11 期（下）。

〔註7〕 方舟子《淫者見淫——評朱大可〈殖民地魯迅和仇恨政治學的崛起〉》，南方網（http://nf.nfdaily.cn）2006-10-21。

同有著比較理性的認識，他在接受《外灘畫報》記者採訪時說：

> 我最欣賞的是魯迅先生以博愛的精神、超人的姿態對中國社會
> 所做的最深刻的剖析和對黑暗勢力進行的最無情的攻擊。在理性主
> 義和個人英雄主義的人生哲學、疾惡如仇的性格、不留情面的文風
> 這些方面，我可能受到了魯迅的影響，但是我沒有魯迅的文學天才、
> 國學大師風範和社會洞察力，而在科學素養、思辨推理能力和對西
> 方文化的瞭解方面我自認爲強於魯迅，把我們兩人做簡單的對比是
> 不妥的，稱我爲「網上魯迅」更是愧不敢當。〔註8〕

總的來說，方舟子對於魯迅的網絡傳播工作作出了非常重要的貢獻：在
90 年代中期，他花費大量的時間把魯迅的許多文章從書本輸入電腦，不僅使
魯迅的許多文章進入了互聯網，而且也使網民可以閱讀到用人民文學出版社
1981 年版《魯迅全集》校對後的比較準確的魯迅文本，爲魯迅在中文網絡中
的傳播打下了良好的基礎；2000 年之後，他利用自身的專業知識以社會公民
的立場在新語絲網站發動了學術打假的活動，繼承魯迅的「一個也不寬恕」，
「痛打落水狗」的精神，揭露了眾多的學術腐敗，不僅有力的推動了國內的
學術打假事業，而且也在某種程度上弘揚了魯迅的精神和社會正氣。

## 二、「檳榔」個案研究

「檳榔」（另一網名「檳郎」）是一位任教於南京某高校的中國現代文學
專業的教師，因爲比較推崇魯迅而在中文網絡中弘揚魯迅的精神。他不僅自
己創辦了檳榔文學園網站，而且也經常在各大中文網絡論壇發表文章談論魯
迅，並受魯迅的影響寫作了大量的文章，這寫文章大致分爲如下幾類：改寫
魯迅作品的文章，談論魯迅左派的文章，模仿魯迅雜文撰寫的抨擊現實社會
醜惡現象的雜文隨筆，抨擊社會醜惡現象的詩歌等，其中在網絡中產生了一
定影響的是他論述「魯迅左派」的一些文章。

自 2001 年以來，「檳榔」陸續在中文網絡中發表了《弘揚魯迅的左翼民
族主義》、《魯迅對左翼文學的擔當》、《魯迅左派論綱》等文章，在中文網絡
中豎起了「魯迅左派」的旗幟。「檳榔」指出：

> 「魯迅左派」，是魯迅與左翼、馬克思主義、社會主義的結合
> 體。魯迅既是左翼文化工作者，30 年代左翼文化領袖，又是馬克思

---

〔註 8〕 新浪網《對話方舟子》（http://book.sina.com.cn/nzt）2007 年 02 月 07 日。

主義者和社會主義者。不論是從進化論到階級論，從國民性批判到
提倡革命文學，魯迅關注的重心始終是被壓迫的勞苦大眾，這正是
左翼文學的最深層本質的規定。魯迅的民族主義是被壓迫階級和被
壓迫民族的民族主義，是被壓迫民族的國際主義。〔註9〕

「檳榔」對魯迅的理解與闡釋與他的人生經歷有很大的關係。他出身於
底層，又在人生道路上遭受了許多磨難，因此對底層人民的苦難和命運非常
關心，他在《祖國，我回來了，無限感傷》〔註10〕一文中說：「我是中國的
左翼知識分子，最關心廣大下層勞動人民的社會權益」。他又在《鐮刀和鐵
錘是我的十字架》〔註11〕一文中說：「我只是一個窩身於書齋和學院的『亭
子間文人』，鐮刀和鐵錘是我的十字架，我關注工人農民階級的翻身道路。」
「檳榔」在尋找改變工農命運的道路時找到了魯迅：

在二十年代末，伴隨著國民大革命的性質的變化，知識分子的
思想發生轉變⋯⋯以魯迅為代表的左翼知識分子走上了為工農大眾
翻身解放的道路。他們反映勞動人民被統治階級壓迫下的苦難，鼓
舞他們為維護自己的利益的鬥爭，對壓迫者猛力地揭露和批判，在
「紅色的三十年代」寫下了中國左翼文學的壯麗詩篇。魯迅，正是
在這時代的左翼大潮中成為民族的巨人。〔註12〕

需要指出的是，雖然「檳榔」關於「魯迅左派」的闡述在概念上還存在
一些容易產生歧義的問題，他特別突出魯迅「左翼」精神的也顯得有些片面
化和簡單化，但是，「檳榔」繼承和發揚魯迅精神，在中文網絡中從當下的
社會現實問題出發對「魯迅左派」的倡導和建構無疑是值得關注的。後來，
檳榔文學園網站因為網絡公司不再提供免費的個人網站空間而在 2004 年被
關閉，「檳榔」又創建了博客站點「中國魯迅左翼文學網」，延續了他在中文
網絡中所倡導的「魯迅左派」的一貫立場，繼續弘揚「魯迅左派」的精神。
「檳榔」不僅把他的「魯迅左派」的理論應用於具體的文藝批評和社會批評，
為底層民眾吶喊，抨擊社會的不公和黑暗，而且還梳理「魯迅左派」的歷史，
並對自己的觀點進行了反思，可以說，「檳榔」的理論思考又深化了一步，
但是，「檳榔」所倡導的「左翼魯迅」的觀點總的來說顯得有些偏執，在「檳

---

〔註 9〕　「檳榔」《魯迅左派論綱》（http://blog.stnn.cc/libins）。
〔註 10〕　「檳榔」《祖國，我回來了，無限感傷》（http://blog.stnn.cc/libins）。
〔註 11〕　「檳榔」《鐮刀和鐵錘是我的十字架》（http://blog.stnn.cc/libins）。
〔註 12〕　「檳榔」《鐮刀和鐵錘是我的十字架》（http://blog.stnn.cc/libins）。

榔」眼裏「左翼魯迅」既是他的精神導師又是他改變工農大眾命運的工具。

「檳榔」在 2001 年年底開始上網寫作，2002 年一年在網絡中發表了 100 多篇文章，其中有不少關於魯迅的文章，如《魯迅和中國民權保障同盟》〔註13〕、《魯迅和「準風月談」》〔註14〕、《學魯迅讀史》〔註15〕、《讀魯迅，並談作家鬥志的意義》〔註16〕、《讀魯迅〈野草〉》〔註17〕等，這些文章大多都是借助魯迅的思想和言論來抨擊現實社會中的醜惡現象，如他在《從魯迅開始談當下「吃人」》〔註18〕一文中批評廣東吃嬰兒的現象：

魯迅在八十年前說：「這人肉的筵宴現在還排著，有許多人還想一直排下去。掃蕩這些食人者，掀掉這筵席，毀壞這廚房，則是現在的青年的使命！」應該時過境遷之後，不再重複他的話了，但對於當下社會文明的許多現實的，譬喻的「吃人」，顯露的和未顯露的「吃人」，我給以最強烈的詛咒！

此外，「檳榔」還寫作了一些直接抨擊社會問題的文章，如《老產業工人階級的沒落》〔註19〕、《農民抗稅鬥士蔣大清》〔註20〕、《跳樓自焚與非暴力不合作》〔註21〕、《收容我吧，打死我吧，我已在這片土地上暫住了五千年》〔註22〕等，這類文章具有強烈的社會批判意義。「檳榔」在對自己的網絡寫作進行總結時特別指出了自己寫這些批評社會問題的文章是受到了魯迅的影響：

〔註13〕 「檳榔」《魯迅和中國民權保障同盟》天涯社區·關天茶舍（http://www.tianya.cn/publicforum）2002-10-18。

〔註14〕 「檳榔」《魯迅和「準風月談」》天涯社區·關天茶舍（http://www.tianya.cn/publicforum）2002-11-7。

〔註15〕 「檳榔」《學魯迅讀史》天涯社區·關天茶舍（http://www.tianya.cn/publicforum）2002-11-12。

〔註16〕 「檳榔」《讀魯迅，並談作家鬥志的意義》天涯社區·關天茶舍（http://www.tianya.cn/publicforum）2003-2-6。

〔註17〕 「檳榔」《讀魯迅〈野草〉》天涯社區·關天茶舍（http://www.tianya.cn/publicforum）2003-02-13。

〔註18〕 「檳榔」《從魯迅開始談當下「吃人」》天涯社區·關天茶舍（http://www.tianya.cn/publicforum）2003-4-19。

〔註19〕 「檳榔」《老產業工人階級的沒落》天涯社區·關天茶舍（http://www.tianya.cn/publicforum）2002-12-07。

〔註20〕 「檳榔」《農民抗稅鬥士蔣大清》天涯社區·關天茶舍（http://www.tianya.cn/publicforum）2003-01-18。

〔註21〕 「檳榔」《跳樓自焚與非暴力不合作》天涯社區·關天茶舍（http://www.tianya.cn/publicforum）2003-01-20。

〔註22〕 「檳榔」《收容我吧，打死我吧，我已在這片土地上暫住了五千年》天涯社區·關天茶舍（http://www.tianya.cn/publicforum）2003-04-26。

對自己的 2002 年的網絡文章做一個簡單的梳理，社會批評佔了大頭，對一些不良的社會現象，特別是官僚們的腐敗現象，我不遺餘力地給以鞭撻，對社會弱勢群體受到的不公正熱力呼吁，這正是我從魯迅先生那裡學來的雜文精神。我稱自己的網絡散文為雜文。我也寫了思想文化批評方面的網絡文章，最多的要算研讀魯迅的隨筆和對網絡環境的不如人意進行的文字批評。〔註23〕

另外，「檳榔」還在 2002 年發表了多篇改寫魯迅作品的文章，主要有《我參與了迫害夏瑜》〔註24〕、《我參與了捕殺阿 Q》〔註25〕、《涓生的手記之二》〔註26〕、《我四次追殺魯迅》〔註27〕等，這些文章大多從魯迅原文的故事中抽取一些情節進行改寫，通過解構原作來表達作者的一些看法。如《我參與了迫害夏瑜》就是借一位看管夏瑜的獄吏的自述來描寫夏瑜在監獄中的狀況。總的來說，這類文章是在魯迅原作基礎上的再創作，但是意義不大。

「檳榔」在 2004 年之後很少再在網絡中發表批評時政的雜文隨筆了，經過一段時間的沉默，在 2005 年和 2006 年開始在網絡中發表了一些詩歌，其中有一些是抨擊社會醜惡現象的詩。從 2007 年起，「檳榔」開始在網絡中大量發表詩歌，這些詩歌的創作基本上都是從他的魯迅左派思想立場出發，強調「人文精神——介入現實——批判性」〔註28〕，如 2008 年寫的《賣淫女抗日——故鄉女俠雙傳》、《涼山到東莞的童工》、《勞改工地的女郎》，2009 年寫的《千古奇冤鄧玉嬌》、《為工人劉漢黃而作》、《唐福珍的向日葵》等。「檳榔」說：「我寫了不少為工人階級吶喊的詩，強調階級鬥爭和階級意識，詩文中經常出現左翼、左派、左翼文人等作為肯定性的概念」〔註29〕，因此他把自己

〔註23〕　「檳榔」《年底回顧：我的網絡》天涯社區‧關天茶舍（http://www.tianya.cn/publicforum）2002-12-31。

〔註24〕　「檳榔」《我參與了迫害夏瑜》天涯社區‧關天茶舍（http://www.tianya.cn/publicforum）2002-10-31。

〔註25〕　「檳榔」《我參與了捕殺阿 Q》天涯社區‧關天茶舍（http://www.tianya.cn/publicforum）2002-10-30。

〔註26〕　「檳榔」《涓生的手記之二》天涯社區‧關天茶舍（http://www.tianya.cn/publicforum）2002-11-2。

〔註27〕　「檳榔」《我四次追殺魯迅》天涯社區‧關天茶舍（http://www.tianya.cn/publicforum）2002-11-13。

〔註28〕　「檳榔」《關於詩歌創作答 XWZ》天涯社區‧天涯詩會（http://www.tianya.cn/publicforum）2007-11-12。

〔註29〕　「檳榔」《偶然筆談雪爪殘泥——答 W》天涯社區‧關天茶舍（http://www.tianya.

創作的這些抨擊社會醜惡現象的詩歌稱爲「左翼政治詩歌」。

2007 年,「檳榔」在和網民的網絡對話中曾介紹了自己網絡寫作的變化:「02～04 年是我網絡寫作的一個高潮,以雜文和隨筆爲主。05、06 轉向詩歌,寫的少,影響也小得多了。」〔註 30〕「近兩年多種原因,網絡活動和寫作都少了,非常落寞,不同過去。」〔註 31〕「檳榔」在網絡寫作風格方面的變化比較複雜,有各種原因,但其中最主要的一點是公安部門曾就「檳榔」在網絡中發表的一些文章傳訊了他,「檳榔」的文章也開始被一些網站和論壇封殺而無法在網絡中發表出來,「檳榔」是在受到政治壓力的背景下才開始轉換寫作方式的。2008 年,「檳榔」不僅在網絡中發表了多首詩歌,而且也發表了多篇關於魯迅的研究論文,顯示出他對魯迅的研究已經具有一定的學術水平。

總的來說,「檳榔」在網絡中不僅建立了多個關於魯迅的網站來傳播魯迅,而且以雜文和詩歌創作來大力弘揚魯迅的批判精神,爲魯迅的網絡傳播作出了一定的貢獻,但是他作爲一個中國現代文學專業的大學教師在對魯迅進行闡釋時比較突出魯迅左翼的一面,把魯迅作爲改造現代社會的工具,沒有能夠較爲客觀全面地闡釋魯迅,因此就顯得有些片面化、簡單化。

## 三、于仲達個案研究

于仲達(另一網名仲達)是一位在網絡中成長起來的熱愛魯迅的網民,被一些網民稱爲網絡中的魯迅捍衛者,他在天涯社區網站先後發表了《魯迅:焦灼和疼痛過後的冷硬》、《魯迅:一個獨異的精神個體》等大量的關於魯迅的文章,顯示出了旺盛的創作能力。這些文章主要分爲兩大類,一類是對學者和網民對魯迅批評的反駁,一類是闡述自己對魯迅的理解。另外,仲達還在《與魯迅的精神相遇》、《于仲達訪談錄:魯迅先生見證了我曾走過的十年艱難歲月》等文中回顧了自己的精神歷程以及與魯迅精神相遇的過程。仲達說自己「是從個體生命體驗這一角度去閱讀魯迅的,獲得的當然是一個心靈意義上的魯迅」:

> 對於我而言,魯迅先生是我的「精神父親」,每當我處於困頓

---

cn/publicforum)2007-11-12。

〔註 30〕「檳榔」《關於詩歌創作答 XWZ》天涯社區·天涯詩會(http://www.tianya.cn/publicforum)2007-11-12。

〔註 31〕「檳榔」《偶然筆談雪爪殘泥——答 W》天涯社區·關天茶舍(http://www.tianya.cn/publicforum)2007-11-12。

中時，我便感到他的存在，他硬是逼著我克服自身的缺陷成爲獨立
的自己。魯迅最能觸動我靈魂的是，他對被侮辱被損害者的同情，
對處於困境中的靈魂給予關注。〔註32〕

仲達後來又在《魯迅逝世70年祭：一個「失敗者」眼中的魯迅》一文中
強調：

我是比較推崇從個體生命體驗角度出發去解讀魯迅的，雖然這
種解讀帶有很大的個人性，同時，我也清楚個人生命體驗是帶有局
限性。也許，有人會說這種解讀缺乏學術價值，但是，我仍然認爲
這種解讀對個體精神品格的培植，具有積極意義。〔註33〕

需要指出的是，仲達的這種生命體驗式的魯迅研究在網絡中比較突出，
中文網絡中目前還沒有一個網民像他那樣結合自己的生命體驗寫出那麼多
的具有一定學術水平的關於魯迅的文章。仲達結合自己的生命體驗撰寫的這
些關於魯迅的文章後來被結集爲個人電子文集《一個人的魯迅》，不僅在網
絡中產生了一定的影響，而且也作爲一名民間魯迅研究者的思考成果引起了
一些魯迅研究專家和資深出版人的注意。總體上來說，仲達在精神上追隨魯
迅的時期對魯迅的理解與闡釋以及對錢理群、王曉明、林賢治等魯迅研究專
家的研究成果的評論也都顯示出一定的學術水平。

仲達在2006年魯迅逝世七十週年之際對自己從1998年開始在精神困境
之中追隨魯迅的精神歷程進行了反思，他在《魯迅逝世70年祭：一個「失敗
者」眼中的魯迅》一文中說：

人存在是，因爲自己在支撐自己，我研讀魯迅，是爲讓魯迅照
亮自己的存在，從而喚醒自我心中的力量，而不是把自己變成魯迅
的奴隸。失去模仿，意味著眞正找到自身。成爲自己，這才是我所
需要的。〔註34〕

仲達由此在文章中宣布，「通過此文我開始擺脫魯迅以及學院學者對自己
的影響，逐步觸摸到眞實的自我。」後來，仲達一直在尋找後魯迅時代的精

---

〔註32〕仲達《于仲達訪談錄：魯迅先生見證了我曾走過的十年艱難歲月》（http://
article.hongxiu.com/a/2007-1-13）。
〔註33〕仲達《魯迅逝世70年祭：一個「失敗者」眼中的魯迅》，紅袖添香網站（http://
article.hongxiu.com/a/2007-1-13）。
〔註34〕仲達《魯迅逝世70年祭：一個「失敗者」眼中的魯迅》，紅袖添香網站（http://
article.hongxiu.com/a/2007-1-13）。

神歸屬問題，他 2007 年在與一位基督徒的網絡對話之後逐漸靠攏了基督教，並最終在 2007 年的復活節決定走出魯迅並受洗皈依基督教。仲達在此後很少再寫關於魯迅的文章，更多的關注精神信仰問題，他此後所寫的文章基本上都是從基督教的觀點出發的，同時他也明確地把在網絡中發表的《當代中國文學靈魂緯度的根本欠缺》和《背負自己的十字架》等帶有基督教色彩的文章作為自己的代表作。仲達雖然「因為信靠基督的緣故」，「也做一點基督教文化關聯中的魯迅思想的研究」，但是他卻否定了自己此前的魯迅研究：

> 魯迅就是我的過去，魯迅實際上肯定了痛苦，而沒有超越痛苦……我們不要放大錯誤和黑暗，要放大光明和正確。這就需要感悟到自己身上的佛性和神性，而佛學和基督信仰給了我亮光。〔註35〕

從仲達的上述言論來說，他對魯迅的體驗與研究已經在很大程度上陷入偏執，甚至是誤入迷途。仲達曾經特別強調自己把魯迅視為「精神之父」，自己「對魯迅的研究，首先是用魯迅精神鞭策自己，逼著自己成為獨立的個體，擺脫各種依附，正視自我的局限，獨掌自己的命運，在狹小緊張的生存空間裏，利用智慧，戰勝生存困境，挑戰各種力量對我的桎梏。」〔註36〕「研讀魯迅，能讓他照亮自己的存在，成為前行的動力，在現實層面能改變自己生活，能力範圍之外還能夠幫助別人，乃至為社會做點事情，是我畢生的理想」。〔註37〕但當他發現魯迅解決不了自己的精神困境時就開始尋找其他的精神資源，並從基督教那裡獲得了靈魂的拯救。但是，從仲達在 2009 年初在天涯社區網站發表的《北大的學而思》、《評當代魯迅研究者》等舊作以及他與網民的對話中可以看出，他仍然在關注魯迅，仍然在中文網絡中做傳播魯迅、普及魯迅的工作。他甚至在 2009 年 8 月打電話給在社會上和網絡中以「范跑跑」而聞名的熱愛魯迅的網民范美忠，希望范美忠能利用他在網絡和社會上的知名度來做一些推廣魯迅的工作，並向社會推薦民間的魯迅研究成果，這些都在很大程度上表明仲達仍然在關注魯迅，研讀魯迅，並在為推廣魯迅，弘揚魯迅做著努力。

---

〔註35〕仲達《2008 年的閱讀劄記：信仰、文學和兒童》，天涯博客：于仲達的精神空間（http://blog.tianya.cn/blogger/view_blog）2009-2-9。
〔註36〕仲達《于仲達訪談錄：魯迅先生見證了我曾走過的十年艱難歲月》（http://article.hongxiu.com/a/2007-1-13）。
〔註37〕仲達《一個「底層寫作者」的沉默告白——2007 年新年獻辭》（http://my.hongxiu.com/006/5389）。

仲達在人生困境中開始接觸魯迅，在很大程度上受到了魯迅的反抗絕望的思想的影響，但是他最終沒有能夠像魯迅那樣成功地反抗絕望並直面人生，而是走出魯迅並皈依基督教。應當說，仲達的思想轉向並非個例，在中文網絡中也有一些曾經熱愛並追隨魯迅的網民經過一段時間之後發生了思想變化，明確地宣布要走出魯迅。這種現象是可以理解的，在某種程度上也標誌著網絡中一些熱愛魯迅的網民的思想變化。雖然仲達曾經宣稱要走出魯迅，但是他仍然沒有完全擺脫魯迅的影響，他多年以來在中文網絡中所發表的大量評論魯迅及其作品和思想的文章仍然是值得關注的，這些文章在某種程度上也都可以說是對魯迅精神的繼承和發揚，具有一定的價值，另外，仲達對自己與魯迅精神相遇過程的描述也爲當代魯迅接受研究留下了一份眞實的資料。

## 四、范美忠（「范跑跑」）個案研究

范美忠也是中文網絡中一位較爲知名的熱愛魯迅的網民，不僅熟讀魯迅著作，而且對魯迅也有一些研究心得，他在 2006 年初修訂完成的書稿《〈野草〉心解》在天涯社區網站發表之後，得到了眾多網民的稱讚，范美忠也自詡他建立在 30 年失敗人生基礎上的《野草》解讀是中國最好的。但是，眞正讓熱愛魯迅的范美忠天下聞名的是他在四川汶川大地震之後發表的《那一刻地動山搖——5・12 大地震親歷記》〔註38〕一文，這篇文章中的一些言論在全國引起了強烈的反響，一時間可謂是千夫所指，萬眾痛恨，但也有一些網民爲范美忠辯護，甚至稱范美忠爲「魯迅的傳人」、「21 世紀的新魯迅」、「爲眞理而犧牲的當代魯迅」。如網民黃鴻鳴就在一篇博客中列舉了范美忠的幾條「價值」：

> 在殘酷的現實生活中，對范美忠來說，一個人的戰爭從此才正式開始，就像當年的魯迅，這個社會雖然還容不下魯迅，但終有一日不能不接受魯迅式的社會批判。〔註39〕

對於部分范美忠的支持者把范美忠與魯迅相提並論的現象，網民「微風輕拂」尖銳地指出：

〔註38〕范美忠《那一刻地動山搖——5・12 大地震親歷記》（http://blog.sina.com.cn/guangyafanmeizhong）2008-05-26。

〔註39〕黃鴻鳴《范美忠的價值》（http://blog.sina.com.cn/s/blog）。

范跑跑和他的粉絲們的言論是虛偽的，也是愛和眞背離的另一種後果，范跑跑在博客裏大談特談魯迅，范跑跑的追隨者將范跑跑比作當代魯迅，比作民主鬥士，這都是可笑的。他們根本不理解魯迅，更不理解什麼是民主和自由，魯迅用愛來求眞，民主自由更是人文情懷的最終訴求，無論是東方的五千年文明，還是民主自由的發源地西方國家，懦弱和自私都是要被人們唾棄的。〔註40〕

另外，范美忠作爲一個熟讀魯迅的網民在接受各種媒體採訪時經常還引用魯迅的話來爲自己辯護，無論他是自覺還是不自覺地引用魯迅的言論，他都是在把自己在地震中的言行和魯迅類比，甚至在某種程度上自視爲學習魯迅的戰鬥精神，把自己當作一個不向庸眾低頭、敢於講眞話的「鬥士」：

范美忠在接受上海《東方早報》記者採訪時候模仿魯迅的話說：通過一系列事件經歷我終於確認了一點，我們這個民族是個非常低劣的沒有自由渴望沒有一點血性的民族，他們中的大多數人豬一樣地活著，這樣的民族墮落甚至滅亡都不必以爲不幸的。

〔註41〕

從范美忠的這個言行不難看出他對魯迅精神理解的偏執與錯誤。仲達與范美忠曾經就魯迅的話題有些交流，對范美忠比較瞭解，因此他對范美忠的這個行爲分析得比較到位：

「求眞比唯美更有價值」，這是范美忠又一個文學價值取向，也正是他喜歡魯迅、陀斯妥耶夫斯基和昆德拉而拒絕中國文學的原因。范美忠引用魯迅的話說：「當我露出自己眞的血肉來，那時還不厭棄我的，即使是梟蛇鬼怪，我也願與它爲伍，我且尋野獸和惡鬼去！」但是，不是什麼眞話都可以隨便說的，要考慮到民族文化心理……魯迅在《我要騙人》裏認爲：「永無披瀝眞實的心的時光」，因爲眞實是不能夠說的，是會致愛我者於死的。《傷逝》典型地表現了這一披瀝眞心的危害。〔註42〕

〔註40〕「微風輕拂」《范美忠是當代魯迅、民主鬥士！》，微風輕拂的博客（http://blog.sina.com.cn/weifenqf）。
〔註41〕轉引自于仲達《存在主義是一種困境——我對「范美忠事件」的一點看法》，于仲達博客（http://smbzd.vip.bokee.com）。
〔註42〕于仲達《存在主義是一種困境——我對「范美忠事件」的一點看法》，于仲達博客（http://smbzd.vip.bokee.com）。

　　總之，在很大程度上可以說，自稱熱愛魯迅的范美忠在「5‧12」大地震之後的一些言論特別是他在爲自己辯護時多次引用的魯迅的文字，這都在一定程度上顯示出他對魯迅的理解比較偏執。毋庸諱言，此前的范美忠的確對魯迅比較熱愛，對魯迅的作品也比較熟悉，甚至對魯迅的《野草》也頗有個人研究心得，但是他忽視了現在的社會背景，片面地強調所謂的「眞」，機械的理解、引用魯迅的話，歪曲了魯迅的原意，從而在一定程度上違背了魯迅。相信被范美忠視爲偶像的魯迅在「5‧12」大地震的背景下也不會做出像范美忠那樣的舉動，發出像范美忠那樣的言論。如果范美忠還像他以前所聲稱的那樣熱愛魯迅，他就應當徹底反思自己，利用這個機會改正自己的錯誤，眞正地繼承魯迅的精神，而非僅僅停留在口頭上賣弄幾句魯迅的文字。另外，網絡中的那些拿魯迅來爲范美忠辯護的「粉絲」們都沒有能夠較爲全面地認識到魯迅的精神實質，都沒有認識到范美忠的錯誤之處，須知所謂的不向庸眾低頭的「鬥士」等等，都不是魯迅的眞實形象。

　　2009 年，已經很少在網絡中發表文章的范美忠在天涯社區網站發表了一篇解讀《祝福》的文章，似乎在基本完成《野草》的解讀之後又開始解讀魯迅的《吶喊》、《彷徨》等小說，但遲遲不見其他的解讀文章發表在網絡中，這也從一個方面反映出經歷過「范跑跑」風波的范美忠又開始研讀魯迅了。希望范美忠能客觀的解讀魯迅，並從魯迅那裡汲取精神力量。

## 五、宋祖德個案研究

　　網民宋祖德是一位商人，他以不斷爆料娛樂圈明星的負面新聞而聞名於社會。宋祖德在成爲商人之前是一個文學青年，對魯迅有所瞭解，所以他把自己爆料明星隱私、揭露娛樂圈潛規則的行爲和魯迅揭露社會黑暗的行爲相比，並在自己設立於新浪、搜狐、網易、騰訊等四大門戶網站中的個人博客中自稱爲「當代魯迅」。宋祖德曾經在自己寫的一首詩裏自比爲魯迅：「自古憤怒出詩人，憤怒只因太眞誠，祖德就像周樹人，橫眉狂掃虛僞塵。」宋祖德在回答一位記者關於他和魯迅相似之處的問題時不僅自稱是「新魯迅」，還指出兩人之間的相似之處：

> 　　他（魯迅）很正直，很善良，很有社會責任感，有遠大理想抱
> 負，那就是我所欣賞的人。我們兩個都很喜歡文學，我們兩個都學

過醫，我們兩個有時候都說一些犀利的話，甚至置生命安危於不顧。〔註43〕

此外，宋祖德還在自己撰寫的《明星‧性‧金錢‧網絡》一書的「序言」中寫到要做一個「魯迅式的鬥士」：

> 直到這一刻，做一個與世無爭的詩人依然是我心底最深的渴望。但是為了那些受矇騙的孩子，我不得不把自己的幸福推後 20 年。我承諾，在這 20 年裏，不管我周圍的環境變得多麼惡劣，我都要堅持做一個魯迅式的鬥士，跟娛樂圈的一切假醜惡鬥爭到底。〔註44〕

然而，娛樂大王宋祖德自稱為「當代魯迅」，那他真的就是所謂的娛樂圈的「魯迅」嗎？他的行為是繼承魯迅傳統弘揚魯迅精神嗎？我們不妨看看宋祖德自稱的揭露娛樂圈黑暗的目的：

> 在這樣一個缺乏文藝批評家的年代，祖德挺身而出，勇敢地向娛樂圈的假醜惡開戰，許多人把祖德比喻成魯迅，更有億萬網民尊稱祖德為娛樂圈的「紀委書記」，祖德一次次站在娛樂圈的風口浪尖揭露娛樂圈的假醜惡，只為拯救日漸扭曲的娛樂圈，只為拯救被誤導的青少年。〔註45〕

誠然，宋祖德對娛樂圈的不少爆料都被後來的事實所證明，但是，宋祖德不斷爆料娛樂圈明星隱私的行為在性質上和魯迅揭露社會黑暗的行為根本不同，魯迅對社會黑暗的批判富有理性和深度，希望「揭出病苦，以引起療救的注意」，而宋祖德所謂的揭露娛樂圈黑暗的行為很淺薄、甚至僅僅停留在爆料明星隱私的層面，有的爆料內容甚至顯得很不夠道德。因此，宋祖德雖然打著出自公心的旗號，希望救救那些被引入迷途的青少年追星族，實際上仍然是一種娛樂圈的炒作行為，而他自稱「當代魯迅」的行為本身也是一種自我炒作，是對魯迅的惡搞。2009 年末和 2010 年初，有關法院已經判決宋祖德在暴料導演謝晉和演員金巧巧的「秘聞」時觸犯法律，這些都是對

---

〔註43〕張潔、李霈霈《你所不知道的宋祖德——宋祖德「性情」解剖》，山西晚報 2009 年 11 月 28 日。

〔註44〕宋祖德《明星‧性‧金錢‧網絡》「序言」，娛樂大王宋祖德騰訊博客　當代魯迅（http://user.qzone.qq.com/622009050）。

〔註45〕宋祖德《金巧巧應該向祖德道歉七天》，娛樂大王宋祖德的博客　當代魯迅（http://blog.sina.com.cn/songzude）2009-12-19。

於宋祖德的某些暴料行爲、甚至是違法的暴料行爲的警告和懲罰。2010 年初，新浪網站也關閉了宋祖德的個人博客，使這位自稱「當代魯迅」的商人失去了一個重要的炒作平臺，相信在不遠的將來，網易等其他網站也會步新浪的後塵關閉宋祖德的個人博客，這無疑會消除中文網絡中關於魯迅的不少雜音。

## 六、小　結

通過上文的分析，可以得出日下的結論：

首先，網民推動了魯迅的網絡傳播工作。中文網絡的興起爲一些民間的熱愛魯迅的人士提供了一個較爲方便的發表園地和交流平臺，一些在精神上追隨魯迅的網民逐漸從網絡中成長起來，方舟子、「檳榔」、仲達、陳愚、孟慶德、范美忠、「崇拜摩羅」等人就是其中的佼佼者，這些網民在網絡中發表了大量的關於魯迅的文章，不僅顯示出魯迅在當代網民中間的接受狀況，而且反映出魯迅先生的思想和文章依然具有頑強的生命力和現實意義。

其次，網民對魯迅精神的接受有正面的繼承也有負面的歪曲：方舟子繼承魯迅的批判精神發起並從事學術打假工作，「檳榔」繼承魯迅的左翼精神，關注底層民眾的苦難，仲達和范美忠學習魯迅的反抗絕望的精神，試圖擺脫個體精神的困境，這幾位網民都是從不同角度正面接受了魯迅精神的影響；宋祖德打著響應魯迅「救救孩子」的呼籲的旗號，揭露當代娛樂圈的種種黑幕，這種接受是對魯迅精神的歪曲和利用。總的來說，網絡中從正面接受魯迅影響的網民還是越來越多的。

再次，網民對魯迅的接受差異較大，不僅接受魯迅的側重點不同，而且接受魯迅的過程也不同：方舟子和「檳榔」等網民對魯迅批判精神的繼承和發揚有明顯差異，但是他們對魯迅批判精神的繼承一直堅持下來，沒有明顯的變化；仲達和范美忠都在很大程度上受到魯迅反抗絕望精神的影響，但是他們在精神上追隨魯迅一段時間之後，都先後提出要用基督教神學來超越魯迅思想。客觀的說，一些網民隨著對魯迅的瞭解的深入，對魯迅思想的認知發生變化是可以理解的，用基督教神學來解決個人的思想困境也是可以的，但是忽略本土的語境要用基督教神學來超越魯迅的思想的觀點卻是錯誤的。

另外，還需要用大眾文化理論對網民接受魯迅的情況進行分析。約翰‧費斯克指出大眾文化迷具有「生產力」和「辨識力」，並對這兩個概念進行了

闡述：

　　大眾生產力是以一種「拼裝」（bricolage）的方式，將資本主義的文化產物進行再組合與再使用的過程。按照列維斯特勞斯的理論，「拼裝」是部落中人的日常實踐，他們創造性地組合手邊現有的材料與資源，製造出一些可以滿足當下需要的對象、符號或儀式。這是一種非科學的工程，是一種最典型的「權且利用」的作為。在資本主義社會中，「拼裝」是被統治者從「他者」的資源中創造出自己的文化的一種手段〔註46〕。

　　……

　　大眾辨識力不僅僅是從既存的文化資源的庫存中去選取與揚棄的過程。它更是對選擇出的意義加以創造性使用的過程，在持續的文化再生產過程中，文本和日常生活被富有意義地連接起來。大眾辨識力所關注的並非質量之批判，而是相關性之感知。它所關注的與其說是文本，不如說是文本可以被加以使用的方式〔註47〕。

　　按照這一觀點，可以說方舟子、「檳榔」、于仲達、范美忠等幾位受到魯迅影響的網民對於魯迅的接受與轉化在一定程度上體現出了他們的「生產力」：在網絡中用「拼裝」的方式對魯迅及其文章進行「再組合與再使用」，通過這樣一種「權且利用」的行為，希望從魯迅的資源中創造出自己的文化。而他們對魯迅及其文本的「辨識力」則體現在他們對於魯迅的接受與轉化，即對從魯迅那裡選擇出的與自己的日常生活有「相關性」的文本和「意義」進行創造性的使用的過程：方舟子把從魯迅那裡選擇的社會批判精神用於揭露社會上的各種學術腐敗行為；「檳榔」把從魯迅那裡選擇的左翼戰鬥精神用於批判現實社會的腐敗並表達對底層人民苦難的同情；于仲達和范美忠把從魯迅那裡選擇的「反抗絕望」的精神用於拯救個人的精神困境並抵抗社會的壓迫；宋祖德從魯迅那裡選擇關注兒童健康成長，「救救孩子」的精神，不斷地爆料娛樂明星的負面新聞，在某種程度上也是對社會上的娛樂明星的一種反抗。因此也可以說，這些網民對魯迅的接受更多的側重於魯迅文本與自己日常生活的「相關性」，即更多地關注魯迅的文本中那些可以為自己所用的部分，所以，他們對魯迅的接受大多都帶有一些片面性，只突出接受魯

---

〔註46〕約翰·費斯克《理解大眾文化》王曉珏、宋偉傑譯，第177頁。
〔註47〕約翰·費斯克《理解大眾文化》王曉珏、宋偉傑譯，第179頁。

迅文本和精神中的某一部分，從而對於魯迅的文本和精神的豐富性有所遮蔽。

　　另外，約翰‧費斯克還指出大眾文本具有大眾意義和大眾快感：

　　　　大眾文本必須提供大眾意義與大眾快感。大眾意義從文本與日常生活之間的相關性中建構出來，大眾快感則來自人們創造意義的生產過程，來自生產這些意義的力量。快感來自於利用資源創造意義的力量和過程，也來自一種感覺：這些意義是我們的，對抗著他們的。大眾快感必定是被壓迫者的快感，這種快感必定包含對抗、逃避、中傷、冒犯性、粗俗、抵抗等因素。因服從意識形態而產生的快感是沉默和霸權式的，它不是大眾的快感，而是與大眾的快感相對立的〔註48〕。

　　從這個角度可以說，作為在現實社會中的對於闡釋魯迅較少擁有話語權的弱勢者，網民在網絡中利用魯迅的文本來創造自己的意義時不僅獲得了一定的話語權，而且也獲得了一定的「快感」，這種「快感」也是「被壓迫者的快感」，包含著一定的反抗性。約翰‧費斯克曾將大眾快感劃分為兩類：

　　　　一種是躲避式的快感，它們圍繞著身體，而且在社會的意義上，傾向於引發冒犯與中傷；另一種是生產諸種意義時所帶來的快感，它們圍繞的是社會認同與社會關係，並通過對霸權力量進行符號學意義上的抵抗，而在社會的意義上運作。……因而大眾的快感，既包含生產者的快感（創造自己的文化），也包含冒犯式的快感（抵抗者宰制性的結構）〔註49〕。

　　按照這一觀點，網民在接受魯迅時不僅通過魯迅及其文本創造出了自己的文化，在一定程度上成就了自我，而且這種網民個人對魯迅的解讀在一定程度上也是對於在現實社會中處於霸權地位的傳統的魯迅解讀的一種反抗：方舟子通過對魯迅批判精神的繼承，開創了在網絡中批判現實社會中學術腐敗的工作，不僅是對現實社會中各種學術腐敗行為的一種反抗，也是對於逐漸脫離現實社會退入書齋的魯迅研究的一種反抗；「檳榔」通過對魯迅的社會批判精神和關注底層人民苦難的精神的繼承，在網絡中樹立起「魯迅左派」的旗幟，不僅是對現實社會中各種腐敗和不公平的社會現象的一種反

_____

〔註48〕　約翰‧費斯克《理解大眾文化》王曉珏、宋偉傑譯，第153頁。
〔註49〕　約翰‧費斯克《理解大眾文化》王曉珏、宋偉傑譯，第68～70頁。

抗，也是對現實社會中的逐漸脫離現實社會退入書齋的傳統的魯迅研究的一種反抗；于仲達和范美忠通過對魯迅反抗絕望思想的繼承，不僅在網絡中發表了大量的解讀魯迅的文章，而且也是對個人在現實社會中所遭受到的各種各樣的壓迫的一種反抗，在某種程度上也是對傳統的魯迅研究的一種反抗；宋祖德打著繼承魯迅的旗號不斷在網絡中揭露娛樂明星的隱私，他的這種行爲雖然是對魯迅精神的歪曲與惡搞，但也在一定程度上是對社會上崇拜娛樂明星行爲的一種反抗。需要指出的是，無論是方舟子和「檳榔」等網民側重從社會的層面來接受魯迅的批判精神和現實意義，還是于仲達和范美忠等網民側重從個體的層面來接受魯迅的反抗絕望的思想，他們所產生的影響在總體上來說還是比較小的，雖然在網絡中有一些知名度和影響力，但是除了方舟子和宋祖德之外，他們在現實社會中都還沒有產生一定的影響（范美忠在社會上獲得廣泛的關注是因爲「范跑跑」風波，並非因爲弘揚魯迅精神），更沒有能夠對於傳統的魯迅研究形成一定的衝擊。

# 結　論

## 一、「網絡魯迅」產生的原因

概括來說，「網絡魯迅」產生的原因主要有如下幾點：

**1、互聯網為「網絡魯迅」的形成提供了外部的技術條件。**

魯迅作爲中華民族的偉大作家，一直影響著眾多的中國人，但是這些受到魯迅精神影響普通的民眾在互聯網出現之前卻很少有機會能夠通過報刊、廣播、電視等大眾媒體表達出自己對魯迅的多元化的看法。互聯網作爲一種低門檻的大眾傳播媒介具有自由和開放的特點，隨著互聯網在中國的興起，越來越多的普通民眾開始能夠使用互聯網進行交流，一些網民開始在網絡中傳播魯迅並討論關於魯迅的話題，逐漸形成了一定的規模並產生了一定的影響，這樣的一種網絡文化現象被筆者命名爲「網絡魯迅」。可以說，沒有互聯網這一大眾媒體也就沒有「網絡魯迅」的產生。

**2、魯迅所具有的影響力為「網絡魯迅」的形成提供了內部條件。**

魯迅出生於 1881 年，逝世於 1936 年，他不僅在生前就在中國具有重要的影響，而且至今仍然在中國產生著重要的影響，他的作品成爲一代又一代的中國人的精神資源。在中國進入網絡時代之後，他又吸引了一些網民在中文網絡中討論他，雖然這些關於他的評論比較多元化，有繼承，有批駁，但都從某種程度上說明魯迅至今依然具有重要的影響力，依然能夠成爲網民討論的熱點話題。據筆者對中文網絡的觀察，可以說，很少有幾位二十世紀的著名作家能像魯迅那樣至今仍然在中文網絡中具有一定的影響力。因此，魯迅所具有的影響力是「網絡魯迅」產生的內部條件，也就沒有現在的「網絡

魯迅」。另外，從哲學的角度來說，內因決定外因，可以說，魯迅所具有的影響力是「網絡魯迅「產生的主要因素和決定性因素，互聯網是「網絡魯迅」的產生的次要因素和外部因素。

### 3、網民傳播與討論魯迅的不同心理動機共同促進了「網絡魯迅」的產生。

美國心理學家馬斯洛（A‧H‧Maslow）在 1943 年提出了「需要層次理論」，把人的心理需要分為生理需要，安全需要，社交需要，尊重需要，求知需要，審美的需要，自我實現需要等五類〔註50〕。中文網絡中的網民在現實社會中的社會身份比較複雜，他們在網絡中傳播與討論魯迅的心理動機也可以說比較不同：有的網民是為繼承和弘揚魯迅的批判精神，類似於馬斯洛所說的「自我實現需要」，如方舟子、「檳榔」等；有的網民是為了學習魯迅的反抗絕望的思想，類似於馬斯洛所說的「求知需要」，如范美忠、于仲達等；有的網民是想獲得一定的知名度，通過譁眾取寵達到其他的目的，類似於馬斯洛所說的「尊重需要」（外部尊重，希望自己有威望），如「脂硯齋」、「作家顧曉軍」、宋祖德等。網民帶有這些不同的心理動機傳播或討論魯迅話題，再加上一些官方機構帶有宣傳動機和一些商業網站帶有營利動機在網絡中傳播魯迅，這些因素不僅共同促進了「網絡魯迅「的產生，而且也都在一定程度上造成了「網絡魯迅」的多元性。

## 二、「網絡魯迅」的特點

「網絡魯迅」是一種在中文網絡中產生並發展著的文化現象，因此，網絡文化所具有的一些特點如虛擬性、民間性、狂歡性、交互性、口語化等也體現在「網絡魯迅」這一網絡文化現象之中。

### 1、虛擬性與真實性交織

互聯網是一個由文字、圖片、視屏、符號等組成的虛擬的空間，是不同於現實的物理空間的賽伯空間（cyberspace），但是網民在這一虛擬的網絡空間中通過互動卻可以得到一種真實的感受。有學者借用波德里拉的「仿像」理論研究互聯網，指出互聯網有「仿像」的邏輯，可以營造出「一個與現實無關，但是比現實感覺還要真實的超現實」：

---

〔註50〕http://www.psytopic.com/mag/post/talk-about-maslows-theory-required-levels.html

　　　　儘管網絡行為是以符號而不是以眞實的行動爲手段，但是互動
　　帶來的網民和網絡社會的改造與被改造的關係卻和眞實世界中的人
　　認知自然、改造自然的關係有著驚人的相似的。更重要的是，這兩
　　種行爲給網絡主體帶來的心理感覺是相似的，甚至完全一致的，尤
　　其是在一些滿足精神層面的需求方面，比如受尊敬的感覺，自我價
　　值實現的感覺等。那麼，網絡的虛擬性就有了革命性的意義：它不
　　僅僅是眞實世界的某種指稱，而且它本身就是眞實世界的一部分，
　　它的虛擬性是通過對網絡社會的改造這一實踐活動來完成的，尤其
　　重要的是，由於感覺的一致性使得這種原本虛擬的符號行爲具有眞
　　實行爲的意義〔註51〕。

　　從傳播媒介的角度來說，傳統的魯迅研究所使用的是報刊、廣播、電視
等大眾媒介，而「網絡魯迅」是中文網絡空間的一種文化現象，當然也具有
虛擬性：網絡中的「魯迅」是由一些存在於虛擬的電子空間中的文字、圖片、
視屏和符號組成的，在表象上不同於現實中的具有一定時空界限的物理空間
中的「魯迅」，但是，因爲具有虛擬性的網絡能夠爲網民營造出類似於在現實
社會的物理空間中的精神感受，所以，網絡中的「魯迅」既是現實社會中的
「魯迅」在虛擬空間中的一種指稱「符號」，又作爲一種符號反映出現實社會
中的「魯迅」，並在一定程度上成爲現實社會中「魯迅」的一部分，因此也具
有一定的眞實性。在此意義上可以說，「網絡魯迅」不僅是網絡這一虛擬空間
的文化現象，也是現實社會中關於魯迅的各種話題在網絡空間中的反映，具
有一定的眞實性。例如，一些網民熱衷於在網絡中發表仿寫魯迅的文章，藉
此達到批判現實社會中的各種弊端的目的，這些文章雖然是在虛擬空間中發
表的，但卻是批判現實社會中的各種弊端的，因此也具有一定的眞實性。

### 2、民間立場為主

　　在網絡中，雖然有一些官方機構和一些商業網站介入魯迅的網絡傳播，
但是，網民是從事魯迅網絡傳播工作的主力軍。雖然從事魯迅網絡傳播工作
的網民在現實社會中的身份複雜，其中還有幾位是從事魯迅研究的專家，但
他們在網絡中基本上都是從民間的立場來傳播魯迅或討論魯迅的，因此相對
於現實社會中的傳統的魯迅研究而言，「網絡魯迅」就帶有鮮明的民間色彩。

---

〔註51〕孟建、祁林《網絡文化論綱》第 249～250 頁。

傳統的魯迅研究在魯迅於二十世紀九十年代逐漸走下神壇之後，在社會上特別是在文化領域的影響力逐漸式微，並逐漸脫離現實社會退入書齋，成為一種學問，但是網絡中的一些受到魯迅影響的網民卻用大量的文章關注現實，關注底層人民的苦難，批判現實社會中各種弊端問題，這些文章雖然研究水平不高，但在精神上繼承了魯迅的批判精神，貼近現實、貼近社會大眾，在一定程度上反映出社會大眾的心聲，因此也具有鮮明的民間色彩。

另外，隨著市場經濟在中國的逐步興起，此前長期承擔著官方意識形態功能的魯迅也從二十世紀九十年代開始逐漸走下神壇，很少再作為官方意識形態的一個傳聲筒，並逐漸從文化領域的中心走向邊緣，而此前處於文化領域邊緣的或被官方壓制的各種思潮也此起彼伏地發起了對此前長期承擔著官方意識形態功能的魯迅的批判運動。這些在現實社會中出現的批判魯迅的言論也都不同程度地在網絡中產生了一些影響，一些網民也熱衷於在網絡中批判魯迅，甚至於用各種暴力的語言來攻擊魯迅。總的來說，這些網民的言論雖然沒有多少價值，但也是一種從民間而非官方立場解讀魯迅的一種表現。

### 3、互動性較強

傳統的魯迅研究受制於傳播媒介的局限，信息傳播者與受眾之間大多都是單項的傳播，互動較少。而在網絡中，借助於網絡的技術優勢，信息傳播者和受眾可以跨越時空很方便地形成雙向的互動，「網絡魯迅」的互動性較強這一特點鮮明的體現在網絡論壇之中，網民可以在自己感興趣的魯迅話題後面跟帖和原作者進行交流，不僅表達自己的贊同的觀點，而且也可以表達不同的觀點，甚至也可以參與進來和原作者一同寫作。例如，網民「梁由之」在寫作《關於魯迅》這篇長文時不僅和網民多次討論，並且還把一些網民的意見吸收到這篇文章的寫作之中。這種可以較方便地進行雙向互動的特點對於促進魯迅的網絡傳播具有重要的促進作用，可以吸引那些對關於魯迅的話題感興趣的網民參與到討論之中，通過呼應或質疑該話題從而在一定程度上擴大了魯迅的網絡傳播範圍。

另外，有學者借用德國學者哈貝馬斯的「公共領域」的理論，認為「互聯網的發展，形成一個龐大的虛擬空間，為公眾提供了一個具有溝通、監督功能的『公共領域』，對社會民主化進程產生重大影響。」

德國學者哈貝馬斯於 1962 年提出了「公共領域」的概念。和

公共輿論的概念不同的是，公共領域並非一般的意見表達園地，而是一個對話性的概念。公共領域的基礎是對話，聚集在一個共享的空間中、作爲平等參與者的面對面相互交談。……哈貝馬斯認爲，公共領域應當擁有脫離國家控制和市場操縱的相對獨立性。在此領域裏，市民可以自由表達及溝通意見，也可以對公共事務進行批評。從本質上講，公共領域是一個批判性的概念。所以，大眾傳播媒介是發揮公共領域作用的重要一環〔註52〕。

但是從嚴格意義上來說，目前的中文網絡空間受到了國家的較爲嚴密的控制，並不是哈貝馬斯所說的「公共領域」，不過可以說是一個門檻較低的較爲平等的公共空間，網民可以在國家有關政策許可的範圍內較爲容易地發表自己的觀點。就中文網絡論壇中關於魯迅話題的討論的狀況而言，網民雖然可以較爲方便的進行雙向互動，但是鑒於目前在網絡中談論魯迅話題的網民對魯迅的瞭解程度普遍較低，因此從整體上來說，網民關於魯迅話題的討論在水平上都普遍較低，網民還需要進一步提高自己對魯迅的認知水平，這樣才能充分地發揮出網絡的互動性優勢，從而有力地推動魯迅的網絡傳播工作。

### 4、主要使用口語化語言寫作

傳統的魯迅研究成果大都是發表在報刊上或在出版社出版，因此總的來說都是用比較規範的書面語言進行寫作，而「網絡魯迅」中的許多文章大都是發表在論壇、網站或博客之中，特別是那些發表在論壇中的關於魯迅的討論，在總體上來說是使用口語化的語言進行表達，不像發表在報刊上的那些傳統的魯迅研究成果所使用的語言那樣規範。

有學者指出：

互聯網的文字，雖說是書面語言，但經過了屏幕化、超文本化之後，也必然呈現出口語化的特點。語言是環境的產物，書面語言和口頭語言的差異是由使用環境的不同造成的。網絡語言是互聯網用戶之間信息交換的主要載體。根據使用環境的不同，網絡語言可分爲網絡新聞語言、網絡文學語言和網絡社區日常用語。這三種網絡語言的口語化程度也各不相同〔註53〕。

---

〔註52〕孟建、祁林《網絡文化論綱》，第230～231頁。
〔註53〕孟建、祁林《網絡文化論綱》，第41頁。

存在的就是合理的，網絡語言是網民在交流中創造並使用的，在某種程度上也可以說，口語化的語言是網絡中通行的常用的語言，基本能滿足網民交流的需要，甚至一些帶有鮮明的網絡色彩的網絡常用語言已經被現實社會所接納和使用。在此，既不能用傳統魯迅研究成果所使用的語言的規範來要求網絡中發表的那些關於魯迅的文章，貶低其價值，同時也不能把網絡語言所具有的口語化的特點擴大化，突出其詼諧幽默的價值，要充分認識到網絡中發表的那關於魯迅的文章使用口語化的網絡語言的不足。對於魯迅這樣一位偉大的作家，口語化的語言的確在一定程度上無法較爲準確地闡釋出魯迅博大精深，這也是「網絡魯迅」的局限所在。

## 三、「網絡魯迅」與傳統魯迅研究的區別與聯繫

在分析了「網絡魯迅」的上述特點之後，需要再進一步分析「網絡魯迅」與傳統的魯迅研究的關係。首先分析兩者的不同之處。

1、傳播的媒介不同。傳統的魯迅研究成果通常在報刊、圖書等紙質媒介和廣播、電視等電子媒介上傳播，而「網絡魯迅」的內容都是通過網絡發表傳播的，這使得兩者在傳播媒介及由此產生的傳播效果方面形成較大的差異。

2、研究立場有所不同。傳統的魯迅研究成果大部分都是學者通過對魯迅進行學術研究後所獲得的，是一種職業化的工作，目的在於學術研究，在整體上是一種精英文化；而「網絡魯迅」的成果基本上都是網民業餘完成的，一部分是網民在閱讀魯迅之後所撰寫的，另外一部分是網民借用魯迅的思想和語言批判現實社會問題，目的在於通過行動實踐來傳承魯迅精神，所以更多地體現出民間的色彩，在整體上是一種草根文化。

3、使用的語言有所不同。傳統的魯迅研究成果基本上都是用比較規範的書面語言進行寫作，在語言的使用方面比較準確規範；而「網絡魯迅」的成果基本上都是用比較口語化的語言進行寫作，在語言的使用方面不太嚴謹。

4、學術水平差異較大。傳統的魯迅研究經過近百年的發展不僅擁有眾多高水平的研究者，而且已經取得了豐碩的成果，正在成爲一種專門的學問「魯學」；而「網絡魯迅」從 2000 年算起，也只有十多年的發展歷史，雖然網絡中談論魯迅的網民具有一定的數量，但是他們對魯迅的認知水平在整體上都比較底，大部分網民在網絡中發表的討論魯迅的文章從水平上來說只能算作一種淺層次的閱讀感受，還不能算是學術研究。

　　5、影響力差別較大。當前的傳統的魯迅研究成果在當代消費文化盛行的社會背景之下，已經與現實社會逐漸脫節，並逐漸成爲書齋中的一門貌似高深的學問，研究魯迅主要面對學術同行，影響力大多局限於學術同行之中，很少能對普通民眾產生影響；而「網絡魯迅」雖然學術水平較低，但在整體上來說還是較爲密切的關注現實問題，通過口語化的語言來批判現實社會問題，或者用口語化的語言抒發自己閱讀魯迅作品的眞實感受，比較貼近社會大眾，因此能在網絡中影響到一批關心魯迅話題的網民。

　　其次，「網絡魯迅」與傳統的魯迅研究兩者之間具有一定的聯繫。

　　1、兩者不是對立的，而是互補的。當前的傳統的魯迅研究主要面向學者同行，也有一部分面向普通的魯迅讀者，而「網絡魯迅」主要面向網民，兩者雖然在面對的對象方面有所不同，但這種不同並不是對立的關係，而是一種互補的關係，兩者都是在做魯迅的傳播與研究工作，只是側重點不同。

　　2、傳統的魯迅研究對「網絡魯迅」產生了正負兩方面的影響。從正面影響的角度來說，傳統的魯迅研究成果可以幫助一些網民提高對魯迅的認知水平，一些網民處於研讀魯迅著作的需要而參考傳統的魯迅研究成果，從中吸取一些可以爲自己所用的有益的內容，如于仲達在研讀魯迅作品的過程中就閱讀了大量的魯迅研究著作，從而提高了自己對魯迅的理解水平；從負面影響的角度來說，傳統魯迅研究中的某些成果可能比較陳舊和僵化，這可能會影響到一些網民對魯迅的評價，認爲魯迅是官方意識形態的代言人，從而對魯迅產生敵意，當然也有可能會促使一些網民通過親身閱讀魯迅作品來感知眞實的魯迅，如范美忠就是因爲不滿於傳統魯迅研究成果之中的關於《野草》的研究而親自解讀《野草》的。

　　3、「網絡魯迅」目前還沒有能夠對傳統的魯迅研究形成影響。「網絡魯迅」具有鮮明的民間色彩，它繼承魯迅的批判精神關注當下的社會問題，具有一定的現實批判性，相對於在當代社會的文化領域之中已逐漸退居邊緣的傳統的魯迅研究來說更具有活力，在理論上可以承擔起刺激傳統魯迅研究的任務。但是目前的「網絡魯迅」在整體上還處於水平較低的狀態，不僅沒有產生一批具有較高水平的研究成果，而且還處於網民自發的狀態，沒有形成一定的規模，雖然已經引起了一些魯迅研究專家的關注，但是還沒有能夠對傳統的魯迅研究產生一定的影響。

## 四、「網絡魯迅」的價值與局限

總的來說，「網絡魯迅」具有如下的價值：

1、拓寬了魯迅傳播的範圍。在中國社會進入互聯網時代之後，一些網民率先在網絡中建立起關於魯迅的網站和論壇，並在網絡中討論關於魯迅的話題，魯迅在網絡中的傳播工作由此也順應時代的潮流逐漸開展起來，一些官方機構和商業網站也看到魯迅在中文網絡中的影響力而隨之在網絡中開展傳播魯迅的工作，可以說，如果沒有網民自發的在網絡中進行傳播魯迅的工作，中文互聯網中就有可能在初創時期內沒有關於魯迅的傳播內容，這不論是對於魯迅還是對於中文網絡來說都是一大遺憾，畢竟魯迅是二十世紀中國最偉大的作家。

2、展示了民間對魯迅的認知狀況。從魯迅在二十世紀初期登上文壇之後，他的作品不僅擁有一些知識分子讀者，而且也在很長一段時間內擁有擁有大量的民間普通讀者，但是鑒於傳播媒介等方面的原因，很難看到民間普通讀者對魯迅的評論，而民間普通讀者對魯迅的評論並不是沒有，只是不便於廣泛傳播出來從而為人所知。互聯網這一開放性的媒介可以為民間的普通讀者提供一個較為方便地發表對魯迅評論的平臺，由此民間普通讀者對魯迅的多元化的、鮮活的評論就可以在較大範圍內傳播開來，從而可以在一定程度上展示出民間普通讀者對魯迅的多元化認知狀況。

3、在一定程度上彌補現在魯迅研究的不足。魯迅在中國現當代歷史上一直和社會現實密切相關並發揮著重要的影響，而在當代社會背景下，傳統的魯迅研究與魯迅的精神有所脫節，逐漸脫離現實社會問題並成為一種職業化的學術研究，「網絡魯迅」則在一定程度上弘揚魯迅的精神，突出魯迅的當下性，關注現實社會問題，關注底層人民的苦難，由此也在一定程度上彌補了當前的傳統魯迅研究的不足。

另外，「網絡魯迅」也具有如下幾方面的局限：

1、在整體上對魯迅的認知水平較低。「網絡魯迅」在一定程度上展示出民間普通讀者對魯迅的認知狀況，從中可以看出，民間普通讀者對魯迅的認知水平在整體上還處於比較低的水平，這不僅與網民整體的文化水平不高有關，而且也與魯迅的博大精深有關。要對魯迅這樣一位偉大的作家有較為深入和全面的認識，就需要讀者具有較高的文化水平和研究能力，而在中文網絡中具有這種認知水平的普通讀者目前很稀少，這種狀況也就決定了「網絡

魯迅」將在很長一段時間內都處於對魯迅的認知水平較低的階段。

　　2、不僅在社會上而且在網絡中的影響力都比較小。中文網絡可以說是一個海洋，網民達到 1 億多人，但是在網絡中談論魯迅的網民在數量上還是很少的，可以說「網絡魯迅」只是中文網絡文化中很小的一部分內容。雖然偶而有一些關於魯迅的論戰在網絡中產生較大的影響，但是在經過一陣論戰之後，「網絡魯迅」又歸於沈寂，因此從整體上來說，「網絡魯迅」在網絡中的影響力還是比較小的，還不能對中文網絡的發展產生明顯的影響。而在現實社會中，可以說「網絡魯迅」不僅沒有在社會的文化領域產生什麼影響，甚至還沒有能力對傳統的魯迅研究產生一定的影響。這些狀況都充分說明「網絡魯迅」還需要大力加強內容建設，較大幅度地提高自身的水平，這樣才能發揮出一定的影響力。

　　3、存在較爲明顯的暴力話語問題。從網絡中關於魯迅的討論中可以看出網民經常使用暴力語言，不僅有網民用暴力語言攻擊魯迅，而且也有不少的網民使用暴力語言彼此攻擊，這種現象體現出網民的心理動機不太健康：有網民想用暴力語言攻擊魯迅以引人注目，獲得知名度；有網民使用暴力語言彼此攻擊以發洩怒火，宣洩個人的各種心理壓力，但是總的來說，這種暴力語言的氾濫導致具有良好交互性的網絡在一定程度上喪失了技術上的優勢所帶來的便利，無法構建成一個可以平等理性對話的「公共領域」，從而對魯迅的網絡傳播工作造成了負面影響，這無疑是很遺憾的。

## 五、「網絡魯迅」的傳播效應與未來發展趨勢

　　從傳播效應的角度來說，「網絡魯迅」經過近十年的曲折發展，已經形成了如下的特點：

　　1、爲民間的普通讀者提供了一個開放的傳播和研究魯迅的平臺，有助於進一步推動魯迅的傳播與研究工作。互聯網的開放性可以使民間的普通讀者獲得一個傳播魯迅和發表自己對魯迅看法的公共空間，這無疑會吸引一些熱愛魯迅的網民在網絡中傳播魯迅、討論魯迅，從而促使越來越多的人參與到傳播與研究魯迅的工作之中。

　　2、爲魯迅研究凝聚和儲備了一批生力軍，有助於魯迅研究的薪火相傳。「網絡魯迅」的興起不僅使一批熱愛魯迅的網民得以通過互聯網表達他們對魯迅的看法，而且也在一定程度上推動了民間普通讀者參與到魯迅的傳播與

研究工作之中，爲魯迅研究儲備了後續的新生力量。這些熱愛魯迅的網民雖然目前對魯迅的認知水平在整體上還處於較低的階段，但是他們出於興趣討論魯迅、閱讀魯迅，假以時日，相信他們會在魯迅的傳播與研究工作方面做出一些成績。他們對於逐漸學院化並日漸冷落的魯迅研究來說無疑是一批新生的力量。

　　3、爲傳統的魯迅研究提供了一些可資參考的內容，有助於傳統的魯迅研究彌補自己的不足。當前的傳統魯迅研究逐漸學院化，主要由魯迅研究專家來從事，成爲一種職業化的學術研究，不僅在較大程度上與現實社會脫節，而且也逐漸與魯迅的批判精神脫節。可以說，傳統的魯迅研究已經走入了另一個極端，並日漸僵化。而「網絡魯迅」來自民間的普通讀者，在內容上繼承魯迅的批判精神，關注當下的社會問題，關注底層人民的苦難，在形式上豐富多樣，比較活潑，這些都可以在一定程度上彌補當前的傳統魯迅研究的不足。但是因爲「網絡魯迅」水平較低以及其他方面的原因，目前的傳統的魯迅研究還沒有對「網絡魯迅」予以充分清醒的認識，沒有認識到「網絡魯迅」在內容、形式以及思維方式方面可以借鑒的地方。

　　另外，「網絡魯迅」在經歷了興起、發展和分化這三個階段之後，其未來的發展走向也需要注意如下幾個方面：

　　1、需要產生一批具有一定魯迅研究水平的網民。目前的「網絡魯迅」雖然出現了幾位對魯迅具有一定認知水平的網民，如方舟子、「檳榔」、「老金在線」、于仲達、范美忠等，但是數量還是比較少，在網絡中談論魯迅的大多數網民對魯迅的認知水平還處於較低的層次，這極大地影響了「網絡魯迅」的後續發展。而「網絡魯迅」持續健康的發展，迫切需要一大批對魯迅認知水平較高的網民，相信隨著越來越多的具有較高文化素養的人成爲網民，網民的整體文化水平也會逐步提高，當一批對魯迅認知水平較高的網民出現時，「網絡魯迅」也就會在整體水平上有明顯的進步。

　　2、需要產生一批具有一定水平的魯迅研究文章。從整體上來說，目前的「網絡魯迅」較多的側重於傳播魯迅，對於魯迅的研究還比較薄弱，而傳播魯迅與研究魯迅是相輔相成的，在傳播魯迅的基礎上還應當進一步加強對魯迅的研究，並用所取得的魯迅研究的成果來指導魯迅的傳播工作，當傳播魯迅與研究魯迅的工作形成良好的互動與循環時，就會共同促進「網絡魯迅」的健康發展。因此，迫切需要產生一批具有較高水平的魯迅研究成果來推動

「網絡魯迅」的進一步發展。

　　3、需要多吸收傳統魯迅研究的有益成果。目前網絡中談論魯迅的文章在整體上比較偏於表達網民個人對魯迅的看法和閱讀感受，大多數還沒有上升到研究層次，而大多數的網民都對傳統的魯迅研究持有不關心的態度，甚至持有排斥的態度。其實「網絡魯迅」和傳統的魯迅研究在本質上是互補的關係，並不是對立的關係。毋庸諱言，傳統的魯迅研究中的確存在一些讓網民反感的內容，如神化魯迅等等，但是，這部分內容並不是傳統魯迅研究的主流，而只是傳統魯迅研究的支流。傳統的魯迅研究經過近百年的發展，已經取得了眾多的研究成果，這些成果可以作為網民的借鑒和學校的對象，如果網民不從中吸收一些有益的成果，將可能會走一些彎路，從而在較長一段時間內無法加深對魯迅的認知程度。因此，網民要用魯迅所倡導的「拿來主義」從傳統的魯迅研究成果中吸收有益的部分，從而進一步推動「網絡魯迅」的發展。

　　4、需要在自身領域內進一步營造健康的網絡環境。「網絡魯迅」的發展不僅需要網民修練好內功，進一步加強對魯迅的認知水平，而且也需要良好的外部發展條件，需要和諧健康的網絡環境。總的來說，目前的中文網絡環境不太理想，一方面網絡中存在著較多的低俗文化、庸俗文化，另一方面國家有關機構對網絡的監控政策比較嚴厲，這些外在的因素都在一定程度上影響著「網絡魯迅」的發展。鑒於掃除中文網絡中低俗文化、庸俗文化還需要相當長的一段時間，而國家有關機構制定的網絡管理政策在較短的時間內也很難放鬆，因此，必須先把網絡中關於魯迅的網站、論壇的環境營造好，為網民提供一個健康的網絡環境，這樣才能推動「網絡魯迅」的進一步的發展。

## 六、「網絡魯迅」與當代思想文化的關係

　　「網絡魯迅」作為一種網絡中的文化現象，也不可避免的與當代中國的思想與文化產生一些聯繫。

　　1、「網絡魯迅」是當代中國文化的一個症候，是一種帶有反抗主流文化色彩的亞文化，在一定程度上展示出民間業餘思考者對魯迅乃至中國的思考狀況。因為魯迅對中華民族劣根性的批判和對中國命運的思考在二十世紀中國的歷史上產生了深刻的影響，魯迅也在一定程度上成為底層民眾的代言人。可以說，網民對魯迅的關注與評論在一定程度上也是通過關於魯迅的話

題來表達對當代中國的思考，這一點在網民通過仿寫魯迅的文章來批判現實社會弊端方面表現的尤為突出。

2、「網絡魯迅」是中文網絡文化乃至當代中國文化的一個個案，做好魯迅的網絡傳播工作對於建設好當代中文網絡文化乃至當代中國文化都具有重要意義。魯迅的網絡傳播工作不僅關係到廣大網民特別是廣大青年對作為中華民族優秀文化傳統之一的魯迅精神的傳承，而且也關係到中文網絡中社會主義核心價值體系的構建和國家的文化安全。毋庸諱言，當前的中文網絡中充斥著太多的庸俗和低俗的文化，嚴肅的文化以及中華民族優秀的傳統文化都處於邊緣，長此以往，中華民族優秀的文化在中文網絡中將處於一個非常危險的境地。在這種情況下，更需要在中文網絡中大力弘揚魯迅精神，特別是要發揚魯迅的「立人」精神，培養一大批高素質的網民，逐漸扭轉中文網絡文化的現狀，使中文網絡成為傳播中國優秀文化的陣地。雖然張夢陽、錢理群、李新宇、王學謙等一些魯迅研究界的專家曾經在網絡中傳播過魯迅，但是他們因種種原因都沒能堅持下去，在此也呼籲能有更多的魯迅研究專家介入到中文網絡中，充分的利用網絡這一最新媒體和陣地，更多地做一些傳播魯迅的工作，這不僅對於進一步推動魯迅的當代傳播和進一步提高中文網絡中網民對魯迅認知的水平無疑具有重要意義，而且對於建設好中文網絡文化具有重要的意義。

3、中文網絡文化乃至當代中國文化都需要「網絡魯迅」。要想建設好中文網絡文化，就應當弘揚魯迅的批評精神，允許批評聲音的存在，為社會提供一個表達不滿的場所。從 2000 年到 2009 年魯迅的網絡傳播狀況也可以看出，一些網民借魯迅來批評現實社會的弊端，發洩對現實社會中一些問題的不滿，這種文章常常被屏蔽或刪除，這對於網絡文化建設無疑有一種負面的影響。隨著中文網絡的飛速發展，網絡言論的影響力越來越大，有關部門逐漸意識到網絡的巨大影響力和潛在的危險性，於是陸續頒布越來越嚴厲的管理政策，強化對中文網絡的管理。從 2000 年到 2009 年魯迅的網絡傳播狀況來看，政府的互聯網管理政策存在一些問題，而建設好中文網絡文化必需要有一個比較適合網絡實際發展狀況的政府管理政策的保障。現行的互聯網管理政策比較嚴格，不僅限制了魯迅的網絡傳播工作，而且也在相當的程度上限制了中文網絡文化的發展。因此，建議有關部門要與時俱進，以科學的發展觀為指導，從構建和諧的網絡空間乃至和諧的社會出發，用比較富有人性化的手段管理中文網絡。

# 參考文獻

（一）圖　書

B

1. 鮑宗豪主編《網絡與當代社會文化》上海：上海三聯書店，2001 年 7 月出版。

2. 鮑宗豪主編《數字化與人文精神》上海：上海三聯書店，2003 年 6 月出版。

3. 保羅・萊文森《數字麥克盧漢——信息化新紀元指南》何道寬譯，北京：社會科學文獻出版社，2001 年 12 月第 1 版。

4. 巴雷特《賽博族狀態——因特網的文化、政治和經濟》李新玲譯，保定：河北大學出版社，1998 年 12 月出版。

C

1. 巢乃鵬《網絡受眾心理行爲研究》，北京：新華出版社，2002 年 12 月出版。

2. 陳思和《中國新文學整體觀》（第二版），上海：上海文藝出版社，2001 年 2 月出版。

3. 陳文江、黃少華《互聯網與社會學》，蘭州：蘭州大學出版社，2001 年出版。

D

1. 丹尼斯・麥奎爾、斯文・溫德爾《大眾傳播模式論》祝建華、武偉譯，上海：上海譯文出版社，1997 年 8 月出版。

2. 戴維・莫利、凱文・羅賓斯《認同的空間——全球媒介、電子世界景觀與文化邊界》司豔譯，南京：南京大學出版社，2001 年 8 月出版。

3. 戴維・岡特里特《網絡研究：數字化時代媒介研究的重新定向》彭蘭等譯，北京：新華出版社，2004 年 1 月出版。

4. 迪克・赫伯迪格《亞文化：風格與意義》，陸道夫等譯，北京：北京大學出版社，2009 年 3 月出版。

5. 道格拉斯・凱爾納《媒體文化》，丁寧譯，北京：商務印書館，2004 年 3 月出版。

6. 段偉文《網絡空間的倫理反思》，南京：江蘇人民出版社，2002 年 1 月出版。

7. David Bell and Barbara M. Kennedy edited *The Cyberculture reader London*：Routledge，2000.

H

1. 何精華《網絡空間的政府治理》，上海：上海社會科學院出版社，2006 年 6 月出版。

2. 黃鳴奮《超文本詩學》，廈門：廈門大學出版社，2002 年 10 月出版。

3. 黃少華、翟本瑞《網絡社會學：學科定位與議題》，北京：中國社會科學出版社，2006 年 5 月出版。

4. 胡泳《眾聲喧嘩──網絡時代的個人表達與公共討論》，桂林：廣西師範大學出版社，2009 年 10 月出版。

5. Howard Rheingold *The Virtual Community* http://www.rheingold.com.

J

1. 江潛《數字家園──網絡傳播與文化》上海：復旦大學出版社，2001 年 12 月出版。

2. 金元浦主編《文化研究：理論與實踐》開封：河南大學出版社，2004 年 1 月出版。

3. Jordan Tim《網際權力：網際空間與網際網路的文化與政治》江靜之譯，臺北：韋伯文化出版社，2001 年出版。

L

1. 藍愛國《網絡惡搞文化》，北京：中國文史出版社，2007 年 12 月出版。

2. 李建強《網絡影評的生存態勢及其走向研究》，上海：上海交通大學出版社，2010 年 6 月出版。

3. 李永剛《我們的防火牆──網絡時代的表達與監管》，桂林：廣西師範大學出版社，2009 年 10 月出版。

4. 劉文富《網絡政治──網絡社會與國家治理》，北京：商務印書館，2002 年 12 月出版。

5. 劉華芹《天涯虛擬社區：互聯網上基於文本的社會互動研究》，北京，民族出版社，2005 年 4 月出版。

6. 羅鋼、劉象愚主編《文化研究讀本》，北京：中國社會科學出版社，2000年 9 月出版。

M

1. 孟建、祁林《網絡文化論綱》，北京：新華出版社，2002 年 12 月出版。

2. 馬克·斯勞卡《大衝突——賽博空間和高科技對現實的威脅》黃錙堅譯，南昌：江西教育出版社，1999 年 1 月出版。

3. 馬克·波斯特《第二媒介時代》范靜嘩譯，南京：南京大學出版社，2001年 5 月出版。

4. 馬克·波斯特《信息方式——後結構主義與社會語境》范靜嘩譯，北京：商務印書館，2000 年 9 月出版。

5. 馬歇爾·麥克盧漢《理解媒介》，何道寬譯，北京：商務印書館，2003年 4 月出版

6. 摩爾《皇帝的虛衣——因特網文化實情》王克迪、馮鵬志譯，保定：河北大學出版社，1998 年 12 月出版。

7. 邁克爾·海姆《從界面到網絡空間——虛擬現實的形而上學》，金吾倫、劉鋼譯，上海：上海科技教育出版社，2000 年出版。

8. 曼紐爾·卡斯特《網絡社會的崛起》，夏鑄久等譯，北京：社會科學文獻出版社，2006 年 9 月出版。

N

1. 尼古拉·尼葛洛龐帝《數字化生存》胡泳、范海燕譯，海口：海南出版社，1997 年 2 月第 3 版。

2. 尼克·史蒂文森《認識媒介文化——社會理論與大眾傳播》王文斌譯，北京：商務印書館，2001 年 5 月出版。

O

1. 歐陽友權等著《網絡文學論綱》，北京：人民文學出版社，2003 年 4 月出版。

2. 歐陽友權著《比特世界的詩學——網絡文學論稿》，長沙：嶽麓書社，2009年 10 月出版。

3. 歐陽友權主編《網絡文學概論》，北京：北京大學出版社，2008 年 1 月出版。

P

1. 普拉特《混亂的聯線——因特網上的衝突與秩序》郭立峰譯，保定：河北大學出版社，1998 年 12 月出版。

2. Patricia Wallace《互聯網心理學》謝影、苟健新譯，北京：中國輕工業出版社，2001 年 1 月出版。

S

1. 沙蓮香主編《傳播學》，北京：中國人民大學出版社，1990 年 2 月出版。

T

2. 陶東風《文化研究：西方與中國》，北京：北京師範大學出版社，2002年 3 月出版。

3. 鐵馬、曦桐《賽伯的文學空間》，濟南：山東文藝出版社，2001 年 4 月出版。

4. 泰瑪・利貝斯、埃利胡・卡茨《意義的輸出——〈達拉斯〉的跨文化解讀》劉自雄譯，北京：華夏出版社，2003 年 8 月出版。

W

1. 王逢振主編《網絡幽靈》，寧一中譯，天津：天津社會科學院出版社，2000年 10 月出版。

2. 王天意《網絡輿論引導與和諧論壇建設》，北京：人民出版社，2008 年 8 月出版。

3. 王文宏主編《網絡文化多棱鏡》，北京：北京郵電大學出版社，2009 年 6 月出版。

4. 王錚《同人的世界——對一種網絡小眾文化的研究》，北京：新華出版社，2008 年 9 月出版。

5. 吳筱玫《網絡傳播概論》，臺北：智勝文化事業有限公司，2003 年 1 月出版。

6. 威廉・J・米切爾《比特之城——空間・場所・信息高速公路》胡泳、范海燕譯，北京：三聯書店，1999 年 12 月出版。

X

1. 雪莉・特克《虛擬化身：網路世代的身份認同》譚天、吳佳真譯，臺北：遠流出版事業股份有限公司，1998 年 12 月出版。

2. 西奧多・羅斯扎克《信息崇拜》，苗華健、陳體仁譯，北京：中國對外翻譯出版公司，1994 年出版。

Y

1. 約翰・費斯克《解讀大眾文化》楊全強譯，南京：南京大學出版社，2001年 11 月出版。

2. 約翰・費斯克《理解大眾文化》王曉珏、宋偉傑譯，北京：中央編譯出版社，2001 年 9 月出版。

3. 約斯・德・穆爾《賽博空間的奧德賽——走向虛擬本體論與人類學》，麥永雄譯，桂林，廣西師範大學出版社，2007 年 2 月出版。

Z

1. 翟本瑞《網路文化》，臺灣：南華大學社會學研究所，2002 年出版。
2. 張震《網絡時代倫理》，成都：四川人民出版社，2002 年 10 月出版。
3. 曾國屏等《塞博空間的哲學探索》，北京：清華大學出版社，2002 年 10 月出版。

## （二）論　文

B

1. 筆公好龍《中文論壇的顯趨勢》，載凱迪網絡（http://www.cat898.com/）05 年 03 月 24 日 00：40。

C

1. 陳芳哲《網民結構及網絡行為》，載南華大學社會學研究所《E-Soc Journal》第 41 期（http://www.nhu.edu.tw）。
2. 陳俊升《臺灣網路文化研究概況》，載南華大學社會學研究所《E-Soc Journal》第 24 期（http://www.nhu.edu.tw/~society）。
3. 陳俞霖《網絡認同的追尋與型塑》，載南華大學社會學研究所《E-Soc Journal》第 24 期（http://www.nhu.edu.tw）。
4. 陳俞霖、陳怡安《網路社會規範與秩序模式初探》，載南華大學社會學研究所《E-Soc Journal》第 24 期（http://www.nhu.edu.tw）。

G

1. 古文秋《網絡沖浪並非獨自一人：虛擬小區是小區》，載南華大學社會學研究所《E-Soc Journal》第 34 期（http://www.nhu.edu.tw）。

H

1. 黃厚銘《面具與人格認同——網路的人際關係》：http://www.ios.sinica.edu.tw
2. 黃啓龍《網路上的公共領域實踐：以弱勢社群網站為例》，載南華大學社會學研究所《信息社會研究》第 3 期（http://webpac.nhu.edu.tw：8080/library/e_j_result）。

J

1. 江典嘉《由權力觀點解讀電子布告欄版面的運作》，載線上網路社會研究中心・線上出版（http://teens.theweb.org.tw/iscenter/publish）。

L

1. 李靜宜、郭宣靆《虛擬社區與虛擬文化》，載南華大學社會學研究所所《E-Soc Journal》第 26 期（http://www.nhu.edu.tw）。

2. 梁正清《中國大陸網路的發展與政治控制》，載南華大學社會學研究所《信息社會研究》4 期（http://webpac.nhu.edu.tw：8080/library/e_j_result）。

O

1. 歐貞延《網路社會的研究方法》，載南華大學社會學研究所《E-Soc Journal》第 33 期（http://www.nhu.edu.tw）。

P

1. 彭蘭《網上社區個案研究之一——豆瓣》彭蘭的 BLOG（http://blog.sina.com.cn/plan）2007-03-28

2. 彭蘭《網上社區研究個案之二——百度貼吧》彭蘭的 BLOG（http://blog.sina.com.cn/plan）2007-06-13

3. 彭蘭《網上社區研究之三——貓撲》彭蘭的 BLOG（http://blog.sina.com.cn/plan）2008-04-26

4. 彭蘭《傳播者、受眾、渠道：博客傳播的深層機制研究》彭蘭的 BLOG（http://blog.sina.com.cn/plan）2007-12-09

T

1. 唐士哲《民族志學應用於網路研究的契機、問題與挑戰》，載南華大學社會學研究所《信息社會研究》第 6 期（http://webpac.nhu.edu.tw：8080/library/e_j_result）。

W

1. 王佳煌《誰的電子公共領域？臺灣經驗》載線上網路社會研究中心·線上出版（http://teens.theweb.org.tw/iscenter/publish）。

2. 吳美娟《整合、互補性網絡研究途徑》，載線上網路社會研究中心·線上出版（http://teens.theweb.org.tw/iscenter/publish）。

X

1. 謝豫立《WWW 網站內虛擬社群之社群意識形成研究：以奇摩家族爲例》，載線上網路社會研究中心·線上出版（http://teens.theweb.org.tw/iscenter/publish/）。

2. 徐美芬《BBS 使用者文章發表策略之研究——以交通大學信息科學系「教育，百年大計」BBS 爲例》，國立屏東師範學院國民教育研究所碩士論文，載臺灣碩士論文網站（http://datas.ncl.edu.tw）。

Y

1. 余小玲、林承賢《網絡權力與網絡民主》，載南華大學社會學研究所《E-Soc Journal》第 27 期（http://www.nhu.edu.tw）。

Z

1. 周濂《BBS 中的政治遊戲》，載博客中國網站（http://www.Blogchina.com）2004-7-28，9：42：59。

2. 翟本瑞《網絡文化研究方法反省》，載南華大學社會學研究所《E-Soc Journal》第 9 期（http://www.nhu.edu.tw）。

3. 張再雲《網絡文化與社會學研究方法——一項網絡研究的反思》，http://www.hust.edu.cn/chinese/departments/dept_sociology

4. 張遠山《中文網絡的過濾與屏蔽》，載新語絲網站（http://xys.3322.org）2003 年 7 月 7 日。

5. 中國互聯網絡信息中心（CNNIC）《第十五次中國互聯網絡發展狀況統計報告》《第二十四次中國互聯網絡發展狀況統計報告》。（http://www.cnnic.net.cn/index.htm）